Volker Dützer, geboren 1964, lebt und arbeitet im Westerwald. Die Bandbreite seiner Romane reicht vom lupenreinen Kriminalroman über Science-Thriller bis zur Horror-Kurzgeschichte.

VOLKER DÜTZER

IM STURM

EIN KÜSTENKRIMI

Erstausgabe Mai 2024

Copyright © 2024 dp Verlag, ein Imprint der
dp DIGITAL PUBLISHERS GmbH
Made in Stuttgart with ♥
Alle Rechte vorbehalten

Im Sturm

ISBN 978-3-98998-040-2
E-Book-ISBN 978-3-98778-954-0
Hörbuch-ISBN: 978-3-98778-955-7

Covergestaltung: Verena Kern
Umschlaggestaltung: ARTC.ore Design
Unter Verwendung von Abbildungen von
shutterstock.com: © Ball SivaPhoto, © Bildagentur Zoonar GmbH, ©
Lorna Roberts, © Mia Stendal
Lektorat: : Birgit Förster
Satz: dp DIGITAL PUBLISHERS GmbH
Druck und Bindung: Books on Demand GmbH, Norderstedt

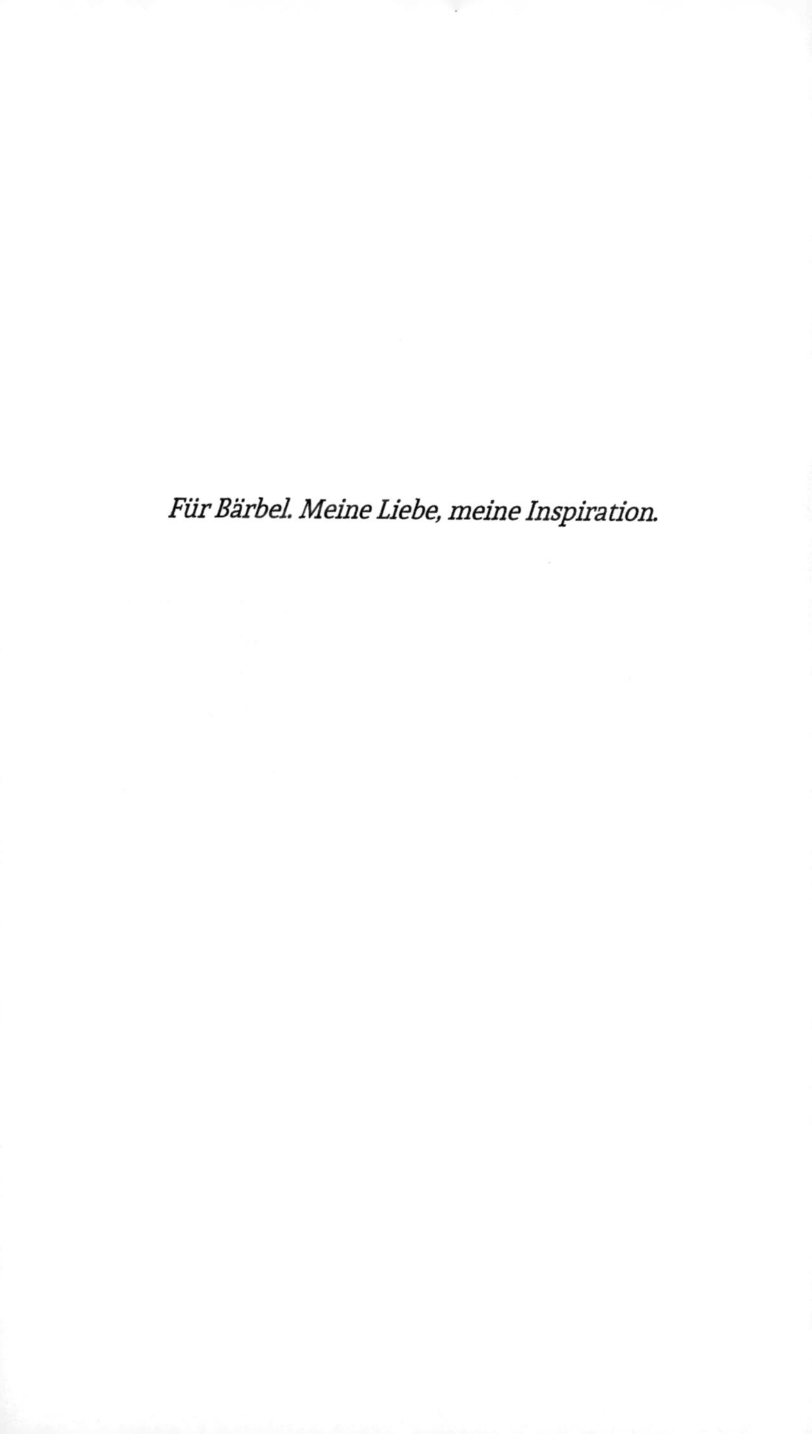

Für Bärbel. Meine Liebe, meine Inspiration.

And what's in it for me, my pretty young thing?
Why should I whistle, when the caged bird sings?
If you lose a wager with the king of the sea
You'll spend the rest of forever in the cage with me.

(Sting, The soul cages)

1

Alderney, 1. Juni

Die Segeljacht glitt lautlos über das flaschengrüne Wasser der Braye Bay. Die letzten Sonnenstrahlen tauchten das Vorsegel in ein weiches Licht und vergoldeten Mastspitze und Decksaufbauten. Der Skipper drehte am Steuerrad, holte das Großsegel ein und ließ das Boot mit der einlaufenden Tide auf die Hafeneinfahrt zutreiben.

Ruby Nolan verfolgte mit einer Mischung aus Sehnsucht, Neid und Bewunderung, wie der weiße Rumpf elegant durch die seichte Dünung schnitt. Ihr Blick wanderte weiter zu der schlanken, sonnengebräunten Frau, die am Bug stand. Mit einer Hand hielt sie sich am Vorstag fest, mit der anderen schirmte sie die Augenpartie gegen die tief stehende Sonne ab. Ihre blonden Locken glänzten im letzten Tageslicht wie eine schimmernde Aureole. Sie trug weiße Shorts, bequeme Sneaker und ein blaues T-Shirt mit dem aufgedruckten Wappen von Alderney, einem goldenen Löwen auf grünem Grund. Der Mann hinter dem Ruder hatte eisgraues Haar und war mindestens zwanzig Jahre älter als seine Begleiterin. Wahrscheinlich waren sie für einen Wochenendtrip vom Festland aus über den Kanal nach Alderney gesegelt. Ruby malte sich ihre Ankunft im Braye Beach Hotel aus, wo ein Abendbüfett aus erlesenen Meeresfrüchten auf sie wartete. Vielleicht würde der Mann anschließend eine Flasche Champagner auf die gebuchte Suite bestellen und sich auf eine heiße Nacht mit der kühlen Blonden freuen. An jedem Wochenende fielen reiche Geschäftsleute, Banker und Broker aus der Londoner City auf den Kanalinseln ein, um sich zu amüsieren und ihr Geld zu verprassen. Ob sie seine Ehefrau war? Oder nur eine kurze Affäre, deren Namen er morgen schon vergessen haben würde?

Die Jacht glitt majestätisch in das innere Hafenbecken. Als sie die Einfahrt passierte, änderte sich schlagartig das sanfte, bernsteinfarbene Licht, wie es so oft auf Alderney geschah. Einer Armee grauschwarzer Schattenkrieger gleich, verschluckte ein aufziehendes Wolkenband die Sonne. Eine Windbö kräuselte das Wasser. Fasziniert beobachtete Ruby, wie eine unsichtbare Hand das Meer streichelte. In weniger als einer Stunde würden die Zärtlichkeiten zwischen Wind und See enden und ein handfester Sturm über die Insel hinwegfegen. Für alle Segler, die jetzt noch auf dem offenen Wasser waren, wurde es höchste Zeit, heimzukehren.

Alderney! Für das Paar auf dem Boot bedeutete der Name einen Ort, der Glück, Spaß und Luxus versprach. Für Ruby war die Insel ein öder Felsen im Meer, an den sich zweitausend *Lapins* klammerten. Die Franzosen nannten die Insulaner nach den Unmengen von Kaninchen, denen man überall begegnete. Die Lapins konnten Alderney ebenso wenig verlassen wie Ruby. Der Ärmelkanal trennte die Tiere vom Festland, Ruby dagegen hielt ein Geflecht aus Blutsbande, Schuldgefühlen und Verantwortung fest.

Im Zwielicht der Abenddämmerung blickte sie resigniert auf ihre verdreckten Hände und die schwarzen Halbmonde unter den Nägeln. Sie wusste, dass sie gehen musste, ehe es zu spät war. Doch sie konnte es nicht.

Durch das Loch im Fenster der Werkstatt hinter ihr drangen Stimmenfetzen nach draußen. Ruby verscheuchte die Träumereien von einem besseren Leben, schlug die Fahrertür des Pick-ups zu und wischte sich die ölverschmierten Hände ab. Sie erreichte damit nur, den Dreck noch mehr zu verteilen. Wütend pfefferte sie den Lappen in eine rostige Blechtonne, versetzte ihr einen Tritt und stapfte auf den Hintereingang der kleinen Tankstelle mit angeschlossener Autowerkstatt zu. Dies war ihre Welt – ein Leben, das weiter von den Vergnügungen der reichen Londoner entfernt war als Alderney vom Grund des Ärmelkanals.

Die Auseinandersetzung in der Werkstatt gewann an Lautstärke und Aggressivität. Eine der beiden Stimmen erkannte Ruby als die ihres Bruders Robbie. Die zweite kam ihr bekannt vor, aber sie achtete nicht auf sie. Es spielte keine Rolle, mit wem Robbie wieder Streit angefangen hatte oder ob er gerade einen der wenigen Kunden verprellte, die die Dienste der Nolans noch in Anspruch nahmen. Sie hatte all das so satt, dass es kaum mehr zu ihr vordrang.

Ruby streckte die Hand nach der Türklinke aus und schwor sich in diesem Moment, dass sie fortgehen würde. Sie wollte nicht enden wie Dad, dessen Grab sie jeden Samstag auf dem Friedhof der Saint Anne Church besuchte.

Aus der Halle drang ein dumpfer Schlag, das aufgeregte Geschrei verstummte. Ihre Finger verharrten über der Klinke. Die plötzliche Stille war so vollkommen, als wäre Ruby schlagartig taub geworden. Den Bruchteil einer Sekunde lang war sie überzeugt, dass sie die verbeulte Tür um keinen Preis öffnen durfte, obwohl sie es unzählige Male in ihrem Leben getan hatte. Tat sie es dennoch, würde sie durch eine magische Pforte treten, hinter der unvorstellbare Schrecken lauerten. Nichts wäre dann mehr so wie zuvor. Ein namenloses Ding würde das zerbrechliche Gewebe aus Raum und Zeit zerreißen und sie und die Welt, die sie kannte, durch den Riss saugen und verschlucken.

Ruby hörte das Flappen eines Segels in der abendlichen Brise und das Lachen der Frau auf dem Boot. Die alltäglichen Geräusche klangen seltsam fehl am Platz. Etwas Furchtbares war passiert – ein Ereignis, das niemand mehr ungeschehen machen konnte und das ihr Leben für immer verändern sollte.

Der sonderbare Moment übernatürlicher Klarheit verging so schnell, wie er gekommen war. Leise quietschend schwang die Blechtür zur Werkstatt auf. Vor der Hebebühne, auf der ein hellgrüner Mini Cooper auf einen neuen Auspuff wartete, stand Robbie. Er hielt einen großen Schraubenschlüssel in der Hand, von dem Blut auf den Betonboden tropfte. Zu seinen Füßen lag Louie Harris, der Mann, den die meisten Leute auf Alderney am liebsten tot gesehen hätten. Ihr Wunsch hatte sich offenbar gerade erfüllt.

2

Ruby schloss die Augen, wartete einen Moment und öffnete sie wieder. Harris lag wie zuvor auf dem Boden der Werkstatt, Robbie stand am selben Fleck, mit kalkweißem Gesicht und einem Chaos aus Ungläubigkeit und Panik im Blick. Dies was kein Albtraum, sondern die Wirklichkeit.

Robbie, der ewige Pechvogel; der kleine Junge, den sie vor all den Katastrophen, in die er ständig geriet, beschützen musste, es jedoch selten vermocht hatte. Robbie, der kein Fettnäpfchen ausließ und Probleme anzog wie ein Dunghaufen Fliegen. Er stand da wie ein vor der Schlange erstarrtes *Lapin* und versuchte zu begreifen, was er getan hatte.

Das Schicksal hatte es nie besonders gut mit ihm gemeint. Als der liebe Gott die Unglücksraben ausgesucht hatte, war Robbie irrtümlich gleich zweimal an der Reihe gewesen. Diesmal hatte er den Vogel abgeschossen.

„Robbie. Was hast du gemacht?", fragte Ruby.

Er schien sie erst jetzt wahrzunehmen, hob den Kopf, als wäre er mit Blei ausgegossen, und ließ den Schraubenschlüssel fallen. Er schlug scheppernd auf den Betonboden. Ein Tropfen Blut spritzte hoch und landete auf Rubys Jacke. Ihr Bruder stand vor ihr in Dads altem

Mechaniker-Overall, der ihm eine Nummer zu groß war, glotzte sie mit seinen Teetassenaugen an und deutete auf Harris.

„Er wollte das Geld. Alles. Sofort."

Seine Schultern sackten nach vorn, er schien zu schrumpfen und begann zu zittern, als wäre er in ein Fass mit Eiswasser gefallen. In der Stille hörte Ruby seine Zähne klappern.

„Da ... da ... das geht doch ni... nicht. Wir haben's ja ni... nicht", stotterte er.

Sie verdaute den Schock schneller als er. Ihr Verstand begann kalt und klar zu arbeiten. So war es immer. Robbie steckte in der Klemme, Robbie hatte Mist gebaut, Robbie ließ sich übers Ohr hauen, und sie bog es gerade. Schließlich musste sie auf ihn aufpassen, denn das hatte sie Dad versprochen.

Und nun lag der Ex-Bulle Louie Harris mit einem Loch im Kopf auf dem verölten Werkstattboden und rührte sich nicht mehr. Ihr Blick fiel auf den blutigen Schraubenschlüssel, wanderte weiter zu Robbies mondbleichem Gesicht und verhakte sich in etwas, das er gerade gesagt hatte. Es passte nicht zu dem, was sie sah. Endlich drängte sich die Erkenntnis in ihr Bewusstsein.

„Es waren doch nur noch drei Raten fällig", sagte sie. „Ich habe Baxter pünktlich an jedem Monatsanfang bezahlt."

„Ich hab mir noch mal was geliehen", murmelte Robbie.

„Wie viel?"

„Ich hatte einen todsicheren Tipp. Ehrlich, Ruby, ..."

„*Wie viel?*"

„Zwanzig...tausend.“

Zwanzigtausend Pfund! Woher sollten sie so viel Geld nehmen? Die Werkstatt warf gerade genug ab, um sie beide und Mum mit dem Allernötigsten zu versorgen.

„Er hat behauptet, Baxter hätte die Geduld verloren“, sprudelte Robbie hervor. „Er nimmt uns alles weg, wenn wir ihn nicht sofort ausbezahlen, hat er gesagt. Da musste ich doch etwas tun. Das verstehst du doch, Ruby, nicht wahr? Das verstehst du doch? Es ging nicht anders.“

„Warum bist du nicht zu mir gekommen?“

„Ich wollt's dir nicht sagen, hab gedacht, ich krieg's alleine hin. Du hast genug Sorgen mit Mum und der Werkstatt.“

Sie fuhr sich über die Augen und schüttelte entsetzt den Kopf. Baxter hatte dem naiven Robbie einen Kredit aufgeschwatzt, den sie nie zurückzahlen konnten, und sie damit in die Falle gelockt. Nun hatte er sie in der Hand. Sie machte einen Schritt auf Harris zu.

„Ist er ...?“

Sie meinte tot. Tot. Tot. Tot. Ruby fürchtete sich davor, das Wort auszusprechen. Wenn sie den Mund hielt, blieb es vielleicht ein böser Traum. So lächerlich es war, klammerte sie sich doch an diese verrückte Vorstellung, bis die Illusion zerplatzte wie eine Seifenblase.

Robbie beugte sich über die mutmaßliche Leiche und zuckte zurück, als könnte sie ihn beißen.

„Ich weiß nicht“, sagte er. „Sollen wir nachsehen?“

Dad ausgenommen, hatte Ruby noch nie einen Toten gesehen. Ihr Vater hatte einen so friedlichen Eindruck gemacht, aber das war vermutlich auf die Arbeit des Bestatters zurückzuführen gewesen. Ruby wusste, dass sie irgendetwas mit den Verstorbenen anstellten, damit sie hübscher aussahen. Harris dagegen wirkte im Tod genauso verkniffen und misstrauisch wie im Leben. So als könnte er selbst nicht glauben, dass er gegangen war.

Sie zögerte und betrachtete ihn genauer. Er schien nicht mehr zu atmen, sein Brustkorb bewegte sich nicht. Da war eine Menge Blut unter seinem Kopf. Konnte ein Mensch so viel davon verlieren, ohne zu sterben? Sie biss sich auf die Unterlippe. Auch wenn er noch lebte, konnten sie ihn nicht einfach auf die Ladefläche des Pick-ups legen und ins Mignot Memorial Hospital bringen. Der Notarzt würde fragen, wie es zu der Kopfverletzung gekommen war, und die Polizei einschalten. Es würde eine Untersuchung geben, Chief Henderson würde Robbie verhaften und einsperren. Ihr Bruder hatte häufig Ärger mit der Polizei – hier eine Kneipenschlägerei, dort eine nächtliche Ruhestörung, weil er mit seinem aufgemotzten Sunbeam Stiletto die Rue de Beaumont entlangraste. Wenn man es recht bedachte, war Henderson ziemlich nachsichtig mit ihm umgegangen. Er hatte ihn mehrfach ermahnt, aber immer wieder laufen lassen. Einen versuchten Totschlag konnte er allerdings nicht ignorieren.

„Der neue Chief soll ein harter Hund sein", sagte Robbie.

Ruby blickte auf.

„Wovon sprichst du?"

„Wir haben einen neuen Polizeichef - Cole heißt er, glaube ich. Er war bei der Metropolitan Police in London in einer Sondereinheit."

„Woher weißt du das?"

Robbie zuckte mit den Schultern. „Dave hat's mir erzählt."

In ihrem Hinterkopf begannen die Alarmglocken zu schrillen. Natürlich! Chief Henderson war tot. Es hieß, er sei hinter seinem Schreibtisch an einem Herzinfarkt gestorben, aber wahrscheinlich hatte ihn der Gin umgebracht. Robbie hatte recht, der Neue wusste, wie man Mörder überführte. Im vergangenen Herbst hatte er im Alleingang die Flutmorde aufgeklärt, an denen Henderson sich zwanzig Jahre lang die Zähne ausgebissen hatte.

„Ich werde sagen, dass Harris mich angegriffen hat und dass ich mich gewehrt habe", sagte Robbie. „Vielleicht hab ich ein bisschen zu fest zugeschlagen, aber umbringen wollte ich ihn nicht."

„Sei still, ich muss nachdenken."

Sie lief nervös auf und ab, hielt dann inne und blickte durch das vordere Fenster. Vor einer der Zapfsäulen stand ein silberner Ford Explorer. Das musste der Wagen sein, mit dem Louie Harris gekommen war.

Robbie zog sein Handy aus einer Tasche des Overalls.

„Wen rufst du an?", fragte Ruby.

„Die Polizei. Und das Mignot Memorial."

„Steck das Telefon ein." Sie brütete bereits einen Plan aus. „Wir müssen die Leiche fortschaffen", sagte sie.

Er sah sie verständnislos an. „Wie … fortschaffen?"

Ruby schnalzte ungeduldig mit der Zunge. Manchmal arbeitete Robbies Verstand so langsam wie ein alter Schiffsdiesel.

„Du hattest in den letzten zwei Jahren mindestens ein halbes Dutzend Mal Ärger mit der Polizei", sagte sie. „Niemand, der halbwegs bei Verstand ist, wird dir das

Märchen abnehmen, dass du, ohne es zu wollen, zu hart zugeschlagen hast. Das hätte nicht mal Henderson getan. Wenn du 'ne Menge Glück hast, verknacken sie dich nur wegen Totschlag und nicht gleich wegen Mord."

„Sie können mich ruhig ausquetschen. Ich werde sagen, dass er uns überfallen hat. Ich schaffe das."

„Na klar", ätzte Ruby. „Mensch, Robbie, denk einmal richtig nach. Hast du vergessen, wer dieser Mann ist? Jeder auf Alderney weiß, dass Louie Harris vom Dienst suspendiert wurde, weil er unseren Dad für einen Einbrecher hielt und ihn erschossen hat! Niemand wird daran zweifeln, dass du ihn aus Rache erschlagen hast. Dafür gehst du für den Rest deines Lebens in den Knast."

„Oh."

Ruby dachte fieberhaft nach. Um über die Runden zu kommen, hatten sie einen Kredit gebraucht, aber nach Dads Tod keinen mehr bekommen. John Baxter, der selbst ernannte Inselkönig und ewige Kandidat für das Amt des Präsidenten von Alderney, hatte seine Hilfe angeboten. Er unterstützte großzügig in Not geratene Inselbewohner, denen allerdings schnell klar wurde, dass man von ihm nichts umsonst bekam. Wer mit den Raten in Verzug geriet, machte Bekanntschaft mit Louie Harris, der jeden säumigen Zahler daran erinnerte, dass sein Boss in erster Linie Geschäftsmann und kein altruistischer Baptistenprediger war. Der ehemalige Polizist terrorisierte dann die Schuldner, bis sie aus Scham und Angst zahlten und schwiegen.

Nach Dads Tod hatte Baxter Ruby in der Werkstatt aufgesucht, ihr fünfzigtausend Pfund in die Hand gedrückt und ihr versichert, sie könne sich mit der Rückerstattung Zeit lassen, bis das Geschäft wieder besser lief.

Ruby hatte das Geld genommen, weil sie keine Wahl gehabt hatte. Ihr war rasch der Verdacht gekommen, dass Baxter Hintergedanken hegte, aber als sie begriffen hatte, dass er es auf das Grundstück der Familie Nolan und die Nachbarparzellen abgesehen hatte, war es zu spät gewesen. Die Falle war zugeschnappt, und sie und Robbie zappelten am Haken wie zwei fette Wolfsbarsche.

All das musste sie nun aus ihren Gedanken verbannen und eiskalt und überlegt handeln. Falls der neue Chief ein Verbrechen wittern sollte, blieb ihm nichts anderes übrig, als so gut wie jeden auf der Insel zu verdächtigen. Harris hatte den meisten Leuten einen Grund geliefert, ihm den Schädel einzuschlagen. Er musste annehmen, dass jemand eine alte Rechnung beglichen hatte.

Ruby blickte sich in der Werkstatt um. Die Tür zum Hinterhof stand offen. Eine dunkelgrüne Persenning flatterte im Wind und gab ab und zu den Namen eines kleinen Kajütboots preis: die *Candice*, Harris' Boot, das er vor einer Woche wegen eines defekten Außenbordmotors hergebracht hatte. Ruby hätte ihn liebend gerne zum Teufel gejagt, aber sie brauchten jeden Cent. Auch Louie Harris war ein zahlender Kunde. Ihr kam eine Idee.

„Hast du den Motor der *Candice* endlich repariert?", fragte sie.

„Klar. Die Ersatzteile sind heute Morgen gekommen. Warum fragst du?"

Sie erklärte ihm ihren Plan, der allmählich Gestalt annahm, noch während sie ihn entwickelte.

„Wenn wir uns nicht allzu dämlich anstellen, wird uns niemand mit seinem Verschwinden in Verbindung bringen."

Sie musterte ihren Bruder stirnrunzelnd. Er kaute an den Nägeln und trat nervös von einem Bein aufs andere. Robbie war das schwache Glied in der Kette. Kam er damit klar, einen Totschlag begangen zu haben? Harris war ein Erpresser und Denunziant gewesen, aber trotzdem ein menschliches Wesen. Robbie hatte dessen Leben mit dem Hieb eines Schraubenschlüssels beendet, was auch für ihn nicht ohne Folgen bleiben konnte. Stellte er sich der Polizei, bedeutete das eine Katastrophe. Die Nolans würden alles verlieren, was sie besaßen: die Werkstatt, ihren Lebensunterhalt und den kümmerlichen Rest Ansehen, den die Familie auf Alderney noch genoss. Mum würde es nicht überleben, wenn sie Robbie ins Gefängnis steckten. Seit Dads gewaltsamem Tod war sie ohnehin schwer depressiv.

Ruby zerrte eine starke Plastikplane von einem staubigen Werkzeugregal und faltete sie auseinander.

„Los, pack mit an. Wir schaffen ihn auf die *Candice*."

Er half ihr, die Plane auf dem Boden auszubreiten. Sie fassten Harris unter den Schultern und an den Füßen. Ruby fluchte und keuchte. Der Kerl war schwer wie die Schuld, die auf ihnen lastete.

„Zieh ihm die Jacke aus", sagte sie.

„Wieso?"

„Erklär ich dir gleich. Mach schon."

Das Vorhaben war komplizierter als gedacht, doch schließlich schafften sie es. Ruby warf Robbie die auffällige Jacke mit dem Polizeiemblem der Guernsey Police zu. Harris war zwar nicht mehr im Dienst, aber er lief immer noch in der Uniformjacke herum. Er schien sich daran geklammert zu haben wie an einen Talisman, denn außer seinen Erinnerungen war sie das Einzige, was ihm geblieben war. Wie so oft, hatte der schwache Henderson ihn gewähren lassen.

„Probier sie an."

Robbie versank in der Jacke. Ruby musterte ihn kritisch. Er war kleiner und schmaler als Harris, außerdem hatte er feuerrotes Haar, genau wie sie selbst. Er schien zu begreifen, schlug den Kragen hoch und zog seine schwarze Wollmütze über die Ohren. Aus der Nähe betrachtet, war die Verkleidung sofort zu durchschauen, aus einiger Entfernung könnte ein flüchtiger Beobachter ihn jedoch durchaus mit Harris verwechseln, wenn er nicht allzu genau hinschaute.

Er sah sie hoffnungsvoll, beinahe bittend an.

„Hast du einen Plan?"

Ruby grinste. Die Anspannung schien ihre Mundwinkel zu zerreißen.

„Habe ich nicht immer einen? Ich kann mir zwar nicht vorstellen, dass jemand Harris vermissen wird, aber irgendwem wird bald auffallen, dass er nicht mehr da ist. Die Polizei wird nach ihm suchen, herumschnüffeln und anfangen, Fragen zu stellen: Wen hat er zuletzt getroffen, wo ist er vor seinem Verschwinden gewesen, und wen hat er angerufen?"

„Aber ... das führt sie sofort zu uns."

Sie drehte sich nach der Uhr am Kopfende der Werkstatt um. Es war kurz vor sechs. Die Sturmwolken hingen so tief und schwer über der Insel, als zöge bereits die Dämmerung herauf. Sie fasste ihren Bruder bei den Schultern und bohrte ihren Blick in seine zweifelnden Augen.

„Hör mir jetzt genau zu. Wir können nicht abstreiten, dass er hier war, also erzählen wir folgende Geschichte: Harris hat gegen sechs auf meinem Handy angerufen und nach seinem Boot gefragt. Ich habe ihm versichert, dass es fertig ist und ich gerade dabei bin, es zum Hafen zu bringen. Hast du das kapiert?"

Er nickte krampfhaft. Sie ließ ihn los und begann, auf und ab zu laufen, während sie weiterredete.

„Es ist wichtig, dass wir bei der Version bleiben, falls sie uns einzeln befragen. Wir werden den Ablauf so lange wiederholen müssen, bis wir selbst daran glauben."

Robbie pfiff durch die Zähne. Ruby blieb stehen und drehte sich um. Ihr Bruder hielt Harris' Brieftasche in den Händen.

„Mann, er hat über zweitausend Pfund bei sich."

Sie zögerte einen Augenblick. Das Geld konnten sie gut gebrauchen.

„Leg sie zurück", sagte sie dann.

„Aber ..."

„Mach, was ich dir sage. Wenn Baxter Harris geschickt hat, um Schulden einzutreiben, und das Geld später fehlt, wird die Polizei sofort von Raubmord ausgehen und einen Unfall ausschließen."

„Aber ich dachte ..."

„Was?"

„Wir versenken ihn doch mit der *Candice*. In einer Stunde liegt das Schwein auf dem Meeresgrund.

Niemand wird die Leiche jemals finden. Alle werden denken, dass Harris ertrunken ist."

„Und wie willst du zurück an Land kommen? Schwimmen?", fragte sie.

„Was sollen wir denn sonst machen?"

„Das wirst du schon sehen. Leg jetzt die Brieftasche zurück."

Robbie fügte sich widerwillig. Sie durchsuchten die Hosentaschen des Toten und stießen auf einen Schlüsselbund.

„Weißt du, wo er wohnt?", fragte Ruby.

„Nachdem seine Alte ihn an Weihnachten rausgeworfen hat, ist er bei Nellie Marshall untergekrochen. Er hat im Parterre ein Apartment gemietet."

„Gut. Fahr mit seinem Wagen dorthin."

„Was soll ich denn dort?", maulte Robbie.

„Ruf mich von seinem Festnetzanschluss aus an."

„Wozu?"

„Die Polizei wird unsere Geschichte überprüfen. Sie werden sich die Verbindungsdaten und Anruflisten beim Provider besorgen. Also muss dieser Anruf wirklich stattgefunden haben, kapiert?"

„Sie sollen glauben, dass es Harris war, der angerufen hat", sagte Robbie.

„Jetzt hast du's verstanden. Ich lasse inzwischen sein Boot zu Wasser."

„Und dann?"

„Du wartest eine Viertelstunde in seiner Wohnung, bevor du zum Hafen fährst. Dann gehst du an Bord der *Candice* und bringst sie zum Saye Beach."

„Und wenn mich jemand sieht?"

„Das will ich doch hoffen. Die Polizei soll schließlich glauben, dass der alte Starrkopf trotz unserer Warnungen rausgefahren ist, um den reparierten Motor zu testen. Je mehr Zeugen, desto besser. Sie werden einen Mann in einer Jacke der Guernsey Police sehen, der an Bord der *Candice* geht und leichtsinnigerweise bei einem aufziehenden Unwetter den Hafen verlässt. Pass aber auf, dass dir niemand zu nahe kommt. Schaffst du das?"

„Sicher, warum nicht?"

Weil du gerade einen Menschen erschlagen hast und kaum klar denken kannst, dachte Ruby.

„Wie lange brauchst du vom Hafen bis zum Saye Beach?", fragte sie.

Robbie ging zum Fenster und warf einen skeptischen Blick in den Himmel. Es hatte zu regnen begonnen, der Sturm gewann stetig an Kraft.

„Zehn Minuten, vielleicht fünfzehn oder zwanzig. Es kommt auf den Wind und die Strömung an. Da braut sich was zusammen."

Ruby atmete tief durch. In den meisten Dingen erwies sich Robbie als Niete, aber er war ein guter Segler und kannte die Gewässer um Alderney wie seinen Werkzeugkasten. Möglicherweise kamen sie aus der Sache ja noch raus, ohne dass man ihn ins Gefängnis steckte.

„Los jetzt. Trödle nicht rum, und fass mit an."

Sie wickelten Harris in die Plane und trugen ihn nach draußen. Die Blechtür zum Hinterhof schlug krachend gegen die Hallenwand. Bald würde es zu gefährlich sein, mit dem Boot hinauszufahren. Doch genau dieses Risiko machte den Plan, den Ruby in Sekundenschnelle entwickelt hatte, glaubhaft. Harris war bei den

Bewohnern von Alderney verhasst gewesen, weil er während seiner aktiven Zeit als Polizist seine Nase mit Vorliebe in Dinge gesteckt hatte, die ihn nichts angingen. Alle kannten ihn als misstrauischen Stinkstiefel, der hinter jedem Lächeln eine Verschwörung witterte. Drängte man ihn zu einer Sache, die ihm gegen den Strich ging, konnte man davon ausgehen, dass er mit Sicherheit das Gegenteil tat. Niemand würde sich wundern, wenn er mit dem Boot, das die Nolans repariert hatten, sofort eine Probefahrt machen würde, weil er befürchtete, übers Ohr gehauen zu werden. Hätte Ruby ihn vor dem aufziehenden Sturm gewarnt, wäre er erst recht gefahren. Von einem einmal gefassten Entschluss ließ er sich nicht abbringen, das war erst recht im Revier der Alderney Police bekannt. Die Geschichte, die sie dem neuen Chief auftischen würden, war deshalb absolut glaubwürdig.

Robbie benutzte die Laufkatze des Hebekrans, mit dem sie Bootsrümpfe und anderes schweres Gerät umsetzten, um die Leiche an Bord der *Candice* zu hieven. Ruby stand Schmiere und versicherte sich, dass niemand sie beobachtete. Der Regen fiel in dichten silbrigen Bahnen zur Erde und schützte sie vor neugierigen Blicken.

Wenig später lag die Leiche auf dem Deck des acht Meter langen Kajütboots. Sie begannen die *Candice* zum Transport vorzubereiten. Robbie schlang die Tragegurte um den Rumpf, während Ruby den Auslegerkran bediente. Bald ruhte die *Candice* fest verzurrt auf dem Bootsanhänger.

„Ich lasse das Boot zu Wasser. Du fährst mit Harris' Wagen zu Nellie Marshall und rufst mich von seinem

Apartment aus auf meinem Handy an. Anschließend kommst du sofort zum Hafen und bringst die *Candice* zum Saye Beach. Wir treffen uns dort in einer Stunde“, erklärte Ruby.

Eine Windbö spielte übermütig mit der zerfledderten Werbefahne bei den Zapfsäulen und klatschte Regensalven gegen den Bootsrumpf. Der Wettergott war mit ihnen und deckte ihr Vorhaben, die Straßen waren wie leer gefegt.

Ruby sah auf ihre Armbanduhr. Es war Viertel nach sechs. Sie blickte Robbie nach, der durch den Regen auf den silbernen Explorer zulief. Hatte sie die richtige Entscheidung getroffen? Wenn sie aufflogen, würde sie wegen Beihilfe zum Mord und Verschleierung einer Straftat ins Gefängnis gehen. Sie konnte sich nicht damit herausreden, ihren Bruder schützen zu wollen, es war ihr Plan, die *Candice* zu versenken und die Leiche verschwinden zu lassen. Was sie noch mehr beunruhigte, war die Frage, ob sie mit ihrer Tat klarkommen würden. Für den Rest ihres Lebens teilten sie nun ein Geheimnis, das niemals offenbar werden durfte.

Ruby koppelte den Anhänger an den Pick-up und fuhr zum Hafen. Das Risiko, dass die Polizei Harris’ Leiche während der kurzen Fahrt entdeckte, schätzte sie gering ein. Selbst wenn sie in eine Verkehrskontrolle geriet, würden die Beamten das Boot nicht durchsuchen. Alderney war klein, jeder kannte jeden. Es gab nur vier Polizisten im Revier von Saint Anne. Da waren der schleimige Gordon Lyme – ein Neffe des Chefs der übergeordneten Guernsey Police –, der junge Dave Bailey, der mit Robbie zur Schule gegangen und locker mit ihm befreundet war, sowie Constable Penny Saunders.

Der alte Henderson wäre ohnehin zu faul gewesen, eine Radarfalle aufzubauen und sich mit dem Papierkram herumzuschlagen. Blieb der neue Chief, den sie noch nicht einschätzen konnte.

Sie fuhr an Fort Grosnez vorbei zum Breakwater-Damm. An dessen südlichem Ende wendete sie und manövrierte den Pick-up rückwärts an der Mole entlang. Hier senkte sich die Fahrspur allmählich ab und führte ins Hafenbecken hinein. Als die Wellen den Kiel umspülten, stoppte sie. In diesem Moment klingelte ihr Handy. Das Display zeigte Robbies Mobilfunknummer an. Sie zischte ärgerlich durch die Zähne.

„Du sollst mich doch von Harris' Anschluss aus anrufen und nicht von deinem Telefon, du Idiot!", schnauzte sie.

„Schalt mal 'nen Gang runter, Schwesterchen", erwiderte er. „Ich bin vor dem Haus, aber ich komme nicht rein."

„Wieso nicht?"

„Der Typ hat 'nen Hund. Der macht einen Heidenlärm, wenn ich mich der Wohnungstür auch nur nähere."

Ruby fluchte. Sie hatten kaum begonnen, da wurde es bereits kompliziert und lief aus dem Ruder. Es fehlte noch, dass die neugierige Nellie Marshall nachsah, warum der verdammte Köter kläffte.

„Okay, komm zurück zur Werkstatt. Du musst Harris' Handy benutzen."

„Bin gleich da."

Ruby stieg aus dem Pick-up und kletterte auf das Boot. Bei der ersten Durchsuchung der Leiche hatte sie nur auf die Schlüssel geachtet. Sie ekelte sich davor, den Toten anzufassen. Ihr blieb nichts anderes übrig, als die Plastikplane, in die sie ihn gewickelt hatten, wieder aufzuschnüren. Sie kniete sich neben den Toten und zerschnitt das zähe Gewebeklebeband mit ihrem Taschenmesser.

Harris' Mobiltelefon steckte in einer Seitentasche seiner Cargohose. Ruby nahm es mit spitzen Fingern heraus und wischte über das Display. Wenn es mit einer PIN geschützt war, hatte sie ein Problem, doch zu ihrer Erleichterung wurde sie aufgefordert, den eingescannten Fingerabdruck abzugleichen. Sie unterdrückte ihre Abscheu, packte Harris' rechte Hand und drückte seinen Zeigefinger auf das Display. Die Haut war noch warm. War das normal? Wie schnell kühlte ein Toter ab?

Das Telefon piepte eine Bestätigung. Hastig rief Ruby die Einstellungen auf und verlängerte die verbleibende Zeit bis zur nächsten Aufforderung zur Identifizierung auf eine Stunde, das sollte reichen.

Sie blickte auf Harris hinab, der regungslos auf dem Deck lag. Hastig schob sie mit der Schuhspitze einen Zipfel der Plane über sein Gesicht. Das Klebeband, mit dem sie ihn verschnürt hatte, lag in der Werkstatt. Es musste eben so gehen, Harris war es egal. Sie ließ das Boot zu Wasser, vertäute es am Pier und fuhr zur Werkstatt zurück.

Robbie wartete bereits auf sie. Sie drückte ihm das Handy in die Hand und wandte den Blick ab, als sie die Unsicherheit in seinem Gesicht sah.

„Reiß dich zusammen, wir haben es fast geschafft“, sagte sie.

Er nickte stumm und begann zu wählen.

„Was machst du da?", fragte Ruby.

„Dich anrufen."

„Nicht von hier aus. Du musst zurück zu Harris' Apartment. Sonst fliegen wir auf, wenn die Polizei die Funkzellen auswertet. Ich glaube, die können das mit GPS ziemlich genau überprüfen."

„Okay."

Robbie war kreidebleich. Er stellte keine Fragen mehr, sondern reagierte nur noch mechanisch auf ihre Anweisungen. Ruby verließ der Mut. Auch wenn ihr Plan gelang, würden sie scheitern, wenn die Polizei ihren Bruder einem Verhör unterzog. Er würde keine zehn Minuten durchhalten.

„Fahr jetzt los", sagte sie.

Er steckte das Telefon ein, schlich mit hängenden Schultern zu Harris' Wagen und fuhr los. Ruby wartete angespannt. Sieben Minuten später klingelte ihr Handy.

„Okay. Du weißt, was du zu tun hast", sagte sie. „Wir treffen uns am Saye Beach."

Als sie in die sandige Zufahrt zum Strand im Nordosten von Alderney einbog, fegte ein stürmischer Wind über die Insel und zupfte übermütig an den weiß bemützten Wellen. Mit sorgenvoller Miene beobachtete Ruby das aufgewühlte Meer. Himmel und See verschmolzen in dem unwirklichen Zwielicht. Irgendwo dort draußen kämpfte ein kleines Kajütboot gegen die Kraft des Sturms an. Sie musste auf Robbies seemännisches Können vertrauen, er konnte die Gefahr besser einschätzen als sie. Trotzdem fühlte sie sich für ihn verantwortlich, es war ihr Plan gewesen, ihre

Entscheidung, ihren Bruder in dieser Nussschale auf das offene Meer hinauszuschicken ... mit einer Leiche an Bord.

Endlich erspähte sie einen hellen Fleck, der wie ein Korken auf den Wellen tanzte und langsam größer wurde.

Die *Candice* lief in die Bucht ein. Robbie drehte das Boot bei, das heftig in der Dünung zu schaukeln begann. Ruby watete in die kalte Brandung hinein. Er reichte ihr die Hand und zog sie an Bord.

„Was hast du denn jetzt wieder angestellt?", fragte sie.

Er fuhr sich über die Hautabschürfungen auf seiner linken Wange.

„Die See geht ziemlich heftig. Ich bin mit dem Kopf gegen das Steuerrad geknallt."

„Hat dich jemand gesehen?"

„Der alte Lewis. Was sollen wir mit Harris machen?"

„Hilf mir, die Flutventile zu öffnen."

„Wozu?"

Ruby kniff die Augen zusammen und schätzte die Entfernung zu den Riffen ab, die sich etwa eine Seemeile nordöstlich der Bucht erstreckten. Bei Flut waren sie auch für geübte Segler schwer zu erkennen, Dutzende Boote lagen dort auf Meeresgrund. Der Meeresboden fiel bis auf eine Tiefe von dreißig Metern ab.

„Wir stellen das Ruder fest und lassen das Boot auf die Riffe zutreiben", sagte Ruby.

Er nickte aufgeregt. „Jeder wird glauben, dass die *Candice* bei Sturm aufgelaufen und Harris über Bord gegangen ist. Die ablaufende Tide wird ihn in den Kanal hinaustreiben, wo ihn die Fische fressen."

„Hoffen wir es. Wie lange wird es dauern, bis das Boot vollläuft und sinkt?"

Robbie warf einen skeptischen Blick in den aschgrauen Himmel. „Das kommt darauf an, wie weit wir die Ventile aufdrehen. Bis zu den Riffen braucht die *Candice* bei der ablandigen Strömung ungefähr fünfzehn Minuten."

„Okay. Zieh die Jacke aus."

Robbie entschied, die Ventile zur Hälfte zu öffnen. Sie laschten das Ruder fest und drehten das Boot in den Wind. Robbie drückte den Gashebel nach vorn, dann sprangen sie in das flache Wasser. Nach wenigen Augenblicken verschmolz das Kajütboot mit der Dämmerung. Robbie zitterte vor Kälte, Ruby spürte nichts. Ihre Gedanken wirbelten in einer endlosen Spirale herum, auf der Suche nach einem Detail, das sie übersehen haben könnte.

„Hast du den Explorer am Hafen abgestellt?", fragte sie.

„Bei der Mole in der Nähe der Anlegestelle der *Candice*."

„Gut. Fahren wir zurück."

Zwanzig Minuten später betraten sie die Werkstatt. Ruby erschrak. Vor der Hebebühne stand ihre Mutter. In ihren alten Morgenmantel gehüllt, mit wirrem, grauem Haar und bleich wie der Tod starrte sie auf den großen Blutfleck.

„Mum! Was machst du denn hier?", fragte Ruby.

3

2. Juni

Detective Chief Inspector Steve Cole nippte an seinem Kaffee und führte eine stumme Unterhaltung mit dem Foto seines Vorgängers Bill Henderson, das an der Wand gegenüber dem Schreibtisch hing. Der im vergangenen Herbst verstorbene Leiter der Alderney Police Force erwies sich heute als besonders wortkarg, also konzentrierte sich Steve auf den Kalender. Am 9. September war er auf Alderney angekommen und hatte seinen Dienst als Polizeichef der Insel angetreten. Seit 266 Tagen war sein altes Leben unwiderruflich vorbei, und seit ebenso vielen Tagen war er von Abby und der kleinen Ivy getrennt – was auch der eigentliche Grund seiner trübsinnigen Laune war.

Er lehnte sich zurück und trank einen Schluck. Das Knarren des wackeligen Bürostuhls erinnerte ihn daran, dass er noch immer keinen neuen geordert hatte. Er hatte niemals vorgehabt, länger als nötig zu bleiben. Vieles war seit diesem Entschluss geschehen und hatte sich verändert – Entwicklungen waren eingetreten, mit denen er nicht gerechnet hatte und die seine Pläne über den Haufen geworfen hatten.

Steve stand auf, schlenderte mit der Tasse in der Hand ans Fenster und blickte skeptisch in den wolkenverhangenen Himmel. Seit gestern Abend fegte ein heftiger Sturm über Alderney hinweg. Der Frühling war nass und kalt zu Ende gegangen, der Sommer ließ sich Zeit. Auf der Frankreich vorgelagerten Insel schien alles etwas länger zu dauern. Steve glaubte, die tadelnden Blicke seiner Vorgänger im Rücken zu spüren, weil sie seine Einschätzung missbilligten. Eigentlich hatte er die Porträts abhängen wollen, doch das hätte bei seinen Untergebenen einen Sturm der Entrüstung hervorgerufen. Auf Tradition legte man großen Wert in Saint Anne, der einzigen Ortschaft Alderneys, die zugleich Hauptstadt und Regierungssitz der Insel war. Also hatte er die Fotos hängen lassen und auch sonst nichts verändert – bis hin zu dem knarrenden Bürostuhl. Denn schließlich war er nur auf der Durchreise, nicht wahr? Es lohnte die Mühe nicht, sich häuslich einzurichten. So oder so ähnlich hatte er bei seiner Ankunft im September gedacht. Die geplante kurze Episode auf der kleinen Kanalinsel dauerte inzwischen allerdings fast ein Dreivierteljahr.

„Okay, es war meine Entscheidung, hierherzukommen und den Posten des Chiefs zu übernehmen", murmelte er. „Ich gebe ja zu, dass es gar nicht so übel ist. Allmählich gewöhne ich mich daran."

Nein, es waren nicht der gemächliche Polizeidienst und die Ruhe, die ihn störten. Ihn machte das Warten verrückt. Eigentlich hatte er längst fort sein wollen, zusammen mit Abby, aber sein Erfolg als verdeckter Ermittler der Londoner Metropolitan Police hatte ihm einen Strich durch die Rechnung gemacht. Abby steckte seit einem halben Jahr in einem Zeugenschutzprogramm fest. Sie sollte als Kronzeugin in dem Prozess gegen den Mafiaboss Viktor Sorokin aussagen, den sie gemeinsam zur Strecke gebracht hatten. Die Verhandlung hätte bereits im Februar stattfinden sollen, aber Sorokins Anwälte erreichten mit Befangenheitsanträgen und anderen an den Haaren herbeigezogen Gründen immer wieder einen Aufschub. Steve fragte sich, welche Strategie dahintersteckte. Der Pate der Londoner City saß im Pentonville-Gefängnis und wartete auf seinen Prozess wegen Korruption und Geldwäsche. An seiner Verurteilung bestand kein Zweifel. Nicht zuletzt durch Abbys Aussage waren die Beweise der Anklage wasserdicht.

Mit jedem Tag, der verging, vermisste er sie mehr. Würden sie nach all den Monaten der Trennung überhaupt dort weitermachen können, wo ihre Beziehung erzwungenermaßen unterbrochen worden war? Offiziell war Steve, der eigentlich Thomas McCallum hieß, bei einem Flugzeugabsturz vor Neufundland ums Leben gekommen. Nicht einmal Abby war in den Plan eingeweiht gewesen, den er und sein Freund und früherer Vorgesetzter Matt Frazer ersonnen hatten. Dass sie seinen Tod vorgetäuscht hatten und er als Detective Chief Inspector Steve Aiden Cole auferstanden war, hatte sich als enorme Belastung für ihr gegenseitiges Vertrauen erwiesen. Ob sich die Notlüge am Ende als Beziehungskiller entpuppen würde?

Matt hatte keinen anderen Weg gesehen, als Thomas McCallum sterben zu lassen, um ihn vor der Vendetta Sorokins zu bewahren. Der Mafiapate hatte geschworen, jede Frau zu töten, mit der sich Steve auf eine

Beziehung einließ. Es war eine perfide, grausame Art der Rache, die nicht nur ihn, sondern auch die Menschen, die Steve liebte, in tödliche Gefahr brachte. Und das alles nur, weil der Russe davon überzeugt war, dass Steve den Tod von Sorokins Geliebter Natasha Gradenko zu verantworten hatte. Es wurde Zeit, all das hinter sich zu lassen. Zeit, dass Abby ihre Aussage machte und zu ihm nach Alderney kommen durfte.

Vom vorderen Teil des Reviers drang eine resolute Frauenstimme durch die angelehnte Milchglastür mit der Aufschrift *Chief.* In den kurzen Pausen, in denen die Besucherin Luft holte, hörte Steve die Stimmen von Gordon Lyme und Dave Bailey, die versuchten, die Frau zu beruhigen.

Er trank seinen Kaffee aus und begab sich in die Wache. Vielleicht war etwas passiert, das ihm die trüben Gedanken und die Langeweile vertrieb. Auf Alderney gab es für sein Team nicht viel zu tun. Das war einer der Gründe gewesen, warum er dem Plan zugestimmt hatte, unter neuer Identität den Posten als Chief anzunehmen. Das Leben als verdeckter Ermittler war gefährlich. Die Zahl der Verbrecher, die er hinter Gitter gebracht hatte und die ihn am liebsten tot gesehen hätten, war zu lang geworden. In diesem Job stand man ständig mit einem Bein im Grab oder schwamm als Wasserleiche in der Themse. Wie beschaulich war dagegen Alderney. Seit er die Flutmorde im vergangenen September aufgeklärt hatte, war nichts Aufregenderes mehr passiert als eine Auseinandersetzung zwischen betrunkenen Jugendlichen mit dem Hafenmeister, bei dem eine Flasche Ale zu Bruch gegangen war. Das Herumsitzen machte ihn verrückt.

Er ging nach vorn. Bei jedem Schritt spürte er das Stechen in seiner linken Hüfte, das schlimmer würde, wenn das Barometer fiel. Es erinnerte ihn daran, wie knapp er in Sorokins Lokal und Schaltzentrale in der Londoner City, dem *Red Door*, mit dem Leben davongekommen war.

Vor dem Tresen in der Wache stand Nellie Marshall, eine resolute Dame mittleren Alters. Sie war krankhaft neugierig, liebte Katzen und besaß ein Haus in der Victoria Street, in dem sie Apartments an Feriengäste vermietete. In den ersten beiden Wochen nach seiner Ankunft auf Alderney hatte Steve in einem ihrer möblierten Zimmer gewohnt, aber Nellies penetrante Neugier hatte ihn rasch dazu veranlasst, sich nach einer anderen Bleibe umzusehen. Seine Wahl war auf ein renovierungsbedürftiges, altes Pfarrhaus unterhalb des Cliff Path gefallen, das der Gemeinde von Saint Anne gehörte.

„Und ich sage dir, es ist etwas Schreckliches geschehen, Gordon", beharrte sie. „Mich zwickt's im Nacken. Als Prescotts Kater verschwand, war's genauso. Und was mit dem passiert ist, weißt du ja."

„Es ist noch zu früh, um etwas zu unternehmen", sagte Dave.

Die vollen Wangen des jungen Constables glühten wie zwei reife Pfirsiche. Steve bemerkte ein paar Krümel auf seinem Hemd und einen angebissenen Donut auf dem Schreibtisch.

„Was gibt's denn?", fragte er.

Nellie drehte sich zu ihm um. „Ihre Mitarbeiter behaupten, ich will mich nur wichtigmachen, Chief Cole."

Gordon Lyme hob abwehrend die Hände. „Das habe ich nicht gesagt."

Steve sah zu Penny hinüber. Sie saß an ihrem Platz, grinste und rollte hinter Nellies Rücken mit den Augen.

„Mrs Marshall glaubt, dass ihrem Mieter etwas zugestoßen ist", erklärte Dave.

„Und gibt's dafür einen Anlass?", fragte Steve.

„Ich weiß, dass die Leute Louie Harris nicht leiden können. Sie sagen, er sei ein Widerling, und haben damit vielleicht sogar recht, aber er zahlt immer pünktlich", antwortete Nellie.

„Dann ist doch alles in Ordnung", erwiderte Steve.

„Eben nicht. Heute ist der Erste, und er ist nicht vorbeigekommen."

„Er begleicht seine Miete in bar?"

„Er will es so. Mir ist es egal, solange ich mein Geld bekomme."

„Vielleicht ist er in Urlaub gefahren oder aufs Festland rüber, um Freunde zu besuchen", sagte Gordon.

„Louie hat keine Freunde", murmelte Penny.

„Sergeant Lyme hat recht", sagte Steve. „Das allein reicht noch nicht, eine Suchaktion auszulösen. Mr Harris kann seinen Aufenthaltsort frei wählen und ..."

„Er ist äußerst korrekt", fiel Nellie ihm ins Wort. „Wäre er verreist, hätte er mir das Geld vorher gebracht oder einen Umschlag in den Briefkasten gesteckt. Seit gestern Abend läuft ununterbrochen der Fernseher. Und dann ist da noch der Hund."

„Welcher Hund?", fragte Steve.

„Harris besitzt einen Berger de Picardie", sagte Dave.

„Wenn er länger fortbliebe, hätte er ihn doch mitgenommen, nicht wahr?", sagte Nellie. „Das arme Tier bellt und jault in der Wohnung, dass es nicht zum Aushalten ist.“

„Er wird Hunger und Durst haben“, sagte Penny.

„Okay, dann schauen wir uns dort mal um. Sie besitzen einen Zweitschlüssel?“, fragte Steve.

Nellie nickte eifrig.

„Kommst du mit, Penny?“

Dave zog eine Schnute, Gordon setzte eine beleidigte Miene auf.

Ich muss etwas gegen die Langweile unternehmen, dachte Steve. Sie reißen sich schon darum, einen Hund zu füttern.

Aber mit Penny war er nun mal am liebsten unterwegs. Gordon konnte er nicht ausstehen, und Dave war anstrengend. Er witterte bei jeder Gelegenheit ein Kapitalverbrechen und rasselte Ermittlungsmethoden und Profilingweisheiten herunter, die er in einem Online-Fortbildungskurs paukte.

„Okay. Brauchen wir einen Maulkorb?“, fragte Penny.

„Daves Lunchpaket wird’s auch tun.“

Der junge Constable machte ein Gesicht, als hätte er die Order erhalten, eine Diät einzulegen.

„Ist das dein Ernst?“, fragte er.

„Aber klar doch“, sagte Steve.

Penny schüttelte den Kopf und schob ihn aus der Wache. Nellie Marshall folgte ihnen nach draußen.

„Du solltest Dave nicht immer so aufziehen“, sagte Penny.

„Wenn er in dem Tempo weiterfuttert, wird er bald selbst wie ein Donut aussehen.“

„Das liegt in der Familie. Daves Mum ist auch … nun, ein bisschen füllig.“

„Du meinst, der Grund für seinen gesunden Appetit ist ein Kindheitstrauma, weil er beim Essen als Jüngster immer zu kurz kam?"

„Wahrscheinlich schiebt er einfach nur Kohldampf, Dr. Cole."

Folgte man vom Revier der Queen Elizabeth II Street, stieß man nach etwa hundert Metern auf die Victoria Street. Sie hätten ihr Ziel in wenigen Minuten zu Fuß erreichen können, aber Steve ließ Penny einen der drei Streifenwagen vorfahren. Das ungewöhnlich nasskalte Wetter machte seiner geflickten Hüfte zu schaffen. Sie warf ihm einen besorgt-mütterlichen Blick zu, den er geflissentlich ignorierte, als er zum Wagen humpelte. Während der kurzen Fahrt jammerte Nellie Marshall unentwegt über die ihr entgangenen Mieteinnahmen.

Das schmale Haus mit der Sandsteinfassade und den weißen Fensterrahmen drängte sich zwischen einen Blumenladen und Sam's Café. Im Parterre befanden sich zwei Apartments, Nellie wohnte im Obergeschoss.

Penny parkte auf dem Kopfsteinpflaster vor dem Haus und bemühte sich, die bepflanzten Terrakottatöpfe zu verfehlen. Steve stieg aus und öffnete die hintere Wagentür. Nellie eilte geschäftig auf die Haustür zu. Sie hatten kaum den Korridor betreten, als Harris' Hund an der Tür kratzte und jaulte. Dann begann er laut zu bellen.

„So geht das seit gestern Abend."

Sie fummelte verärgert den Schlüssel ins Schloss.

„Würden Sie bitte draußen warten?", sagte Penny.

„Ich denke nicht dran, das ist mein …"

„Wir informieren Sie über alles, was nötig ist", sagte Steve. „Kannst du gut mit Hunden?"

Penny blickte ihn skeptisch an. „Eher mit Katzen.“

„Okay, ich gehe vor.“

Er öffnete vorsichtig die Tür. In der Diele stand ein struppiger, brauner Hund. Er sah Steve aus großen Augen an, senkte dann den Kopf und begann, unruhig auf und ab zu laufen.

„Er scheint ziemlich durcheinander zu sein“, stellte Penny fest.

„Jedenfalls macht er keinen gefährlichen Eindruck. Er wird ausgehungert sein. Schau mal, ob du seinen Napf findest, und gib ihm Wasser.“

Er schob die Tür zum Wohnraum auf. Das Apartment war leer. Auf dem Bett lagen zwei geöffnete, halb gepackte Koffer, dazwischen hastig hingeworfene Kleidungsstücke. Der Fernseher lief.

Penny füllte eine Edelstahlschale mit Wasser und stellte sie auf den Boden. Der Hund näherte sich ihr zögernd und zuckte zurück, als sie ihn streicheln wollte. Doch schließlich war sein Durst größer als sein Misstrauen.

„Ich frage mich, warum ein Kerl wie Harris sich ein Haustier hält“, sagte sie nachdenklich.

„Was für ein Typ Mensch ist er denn?“, fragte Steve.

„Er hat sich nie in unser Team eingefügt. Louie war nicht bereit, etwas von sich preiszugeben oder sich zu öffnen. Niemals wusste man, was in ihm vorging, keiner von uns hatte Lust, mit ihm Streife zu fahren.“

„Harris war Polizist?“

„Ja. Alle waren erleichtert, als er gehen musste.“

„Warum denn das?“

Penny seufzte. „Das ist ’ne lange Geschichte. Louie war ein Korinthenkacker und bestand darauf, jede noch so kleine Gesetzesübertretung scharf zu ahnden. Die Kids, die im Hafen ihre Partys feiern, hätten ihn am liebsten mit einem Betonklotz am Bein im Meer versenkt."

„Hat Henderson ihn nicht aufgefordert, sich zu mäßigen?"

„Er war froh, wenn Harris für Ruhe sorgte, weil er keine Lust hatte, sich selbst um den alltäglichen Kleinkram zu kümmern." Penny schüttelte den Kopf. „Er muss ziemlich einsam sein. Der Rauswurf hat ihn schwer getroffen."

„Keine Ehefrau oder Familie?", fragte Steve.

„Als ich vor drei Jahren meinen Posten antrat, lief gerade die Scheidung." Sie lächelte gequält. „Ich lernte ihn sofort von seiner besten Seite kennen. Er war ein solcher Miesepeter, dass jeder im Revier einen Bogen um ihn machte."

„Vielleicht hat der Hund ihm das Gefühl gegeben, nicht ganz allein auf der Welt zu sein", sagte Steve. „Nellie meinte, er hätte ihn niemals zurückgelassen."

„Oder er hat ein Wesen gesucht, das von ihm abhängig ist und das er kontrollieren kann", erwiderte Penny. „Schau ihn dir an. Das Tier ist völlig verängstigt."

„Gut möglich."

Sie sah sich im Apartment um. „Sieht aus, als hätte er es verdammt eilig gehabt, zu verschwinden."

„Stimmt", antwortete Steve, „aber etwas hinderte ihn daran, es durchzuziehen."

„Oder jemand."

„Davon würde ich ausgehen." Er durchsuchte rasch den Inhalt der beiden Koffer. „Auf jeden Fall hatte er genug Geld für eine längere Reise."

Steve hielt ein Bündel Pfundnoten hoch. Es war nicht das Einzige, das er fand.

Penny pfiff durch die Zähne.

„Das müssen mindestens hunderttausend Pfund sein.“

„Eher zweihunderttausend.“

„Glaubst du, jemand hatte es auf das Geld abgesehen?“

„Jedenfalls ist er nicht dazu gekommen, es sich unter den Nagel zu reißen.“

„In der Kaffeemaschine ist noch Kaffee“, sagte sie. „Der Fernseher läuft, und Harris hat gegen seine Gewohnheiten den Hund zurückgelassen. Scheint so, als wäre er nur mal eben Zigaretten holen gefahren und hätte vorgehabt, schnell wieder zurückzukommen. Ich habe das dumpfe Gefühl, dass er seinen kurzen Ausflug nicht überlebt hat.“

„Wäre denkbar. Fragen wir mal die Nachbarn. Vielleicht hat jemand etwas gesehen oder gehört.“

Penny deutete auf den Hund. „Was machen wir mit ihm?“

„Ich fürchte, er muss sich vorübergehend ein neues Zuhause suchen.“

„Auf Alderney gibt’s aber kein Tierheim.“

„Wolltest du dir nicht schon lange ein Haustier anschaffen?“, fragte Steve.

Penny verzog den Mund. „Sicher keinen solchen Flohzirkus.“

„Was macht eigentlich Frank?“, fragte Steve. „Benimmt er sich?“

Sie öffnete den Schrank unter der Spüle, stieß auf eine Packung Hundefutter und füllte den Napf auf. Der Hund fraß hastig.

„Er hat wieder angefangen zu trinken.“

„Das war wohl unvermeidlich.“

Steve dachte an den Morgen zurück, an dem Penny zum ersten Mal mit einem blauen Auge im Revier aufgetaucht war. Kurz darauf hatte er mit Frank Saunders eine kleine Spazierfahrt zu den Klippen am Cachalière Pier unternommen und ihm klargemacht, was ihn erwartete, wenn er seine Frau noch mal verprügeln sollte.

„Du hast gar nichts davon erzählt“, sagte er.

Sie zuckte mit den Schultern und schaltete den Fernseher aus.

„Er behauptet, es wäre ein einmaliger Ausrutscher gewesen.“

„Ist er handgreiflich geworden?“

„Er war zu betrunken, um wirklich gefährlich zu sein. Ich habe ihm Handschellen angelegt und ihn an die Heizung gefesselt.“

„Wow. Du führst ja ein aufregendes Eheleben.“

Er stellte sich vor, wie Penny den Hundert-Kilo-Mann aufs Kreuz gelegt hatte. Sie maß gerade mal einen Meter sechzig. Trotzdem sollte man sie nicht unterschätzen, dachte er.

„Ich frage mich, wie lange du den Scheißkerl noch ertragen willst.“

„Ich wollte ihm eine letzte Chance geben, weil ich hoffte, die Rosskur, die du ihm verpasst hast, würde wirken.“

„Hat sie aber nicht.“

„Solange er nüchtern bleibt, ist alles okay.“

„Aber er schafft's nicht.“

„Nein.“

„Kommst du klar? Wenn die Hilfe brauchst ...“

„Danke. Ich werde ausziehen, hab nur noch nichts Passendes gefunden.“

„Weiß er es schon?“

„Ja. Aber ich glaube, er hat noch nicht wirklich realisiert, dass ich es diesmal ernst meine.“

„Mmh. Wenn's ihm klar wird, könnte er etwas Dummes anstellen.“

„Das ist Franks Problem, nicht meins. Sag bloß, du machst dir Sorgen um mich.“

„Aber sicher doch. Ich kümmere mich um mein Team. Ihr könnt mir jederzeit euer Herz ausschütten.“

Penny lachte. „Dann schicke ich dir Dave vorbei.“

„Stimmt etwas nicht mit ihm?“

„Ich glaube, er hat Liebeskummer.“

„Oha.“ Steve dachte an die vielen gescheiterten Beziehungen, die hinter ihm lagen. „Ob ich da der richtige Ratgeber bin?“

„Wo wir gerade beim Thema sind ... Wie geht's Abby?“

„Der Prozess gegen Sorokin ist wieder verschoben worden. Solange sie nicht aussagen kann, bleibt sie im Zeugenschutz. Es ist kompliziert.“

„Das ist es doch immer, oder nicht?“, sagte Penny.

„Das kannst du laut sagen.“

„Gibt es etwas Neues von Cataldo?“

Steve zog sich einen Stuhl heran. Die Erwähnung von Sorokins halb verrücktem Ziehsohn verstärkte das Stechen in seiner Hüfte.

„Er wird wegen mindestens zwölf Auftragsmorden von Interpol gesucht. Seit er uns durch die Lappen gegangen ist, scheint er wie vom Erdboden verschluckt zu sein. Er sitzt irgendwo im Dunkeln, leckt seine Wunden und wartet, bis sich die Wogen geglättet haben. Ich bin sicher, dass wir noch von ihm hören werden."

Der Hund hatte sich satt gefressen und schnüffelte vorsichtig an Steves Hosenbein.

„Erzähl mir mehr über Louie Harris", sagte Steve. „Warum ist er aus dem Dienst ausgeschieden?"

Penny zog die Mundwinkel nach unten.

„Er ist und bleibt ein Arsch. Wenn er sich wirklich aus dem Staub gemacht hat, weint ihm auf Alderney niemand eine Träne nach."

„Mmh. Sieht aber so aus, als hätte er's nicht geschafft, wegzukommen. Ob jemand eine offene Rechnung mit ihm beglichen hat?"

„Manchmal denke ich, jeder auf der Insel hatte schon mal Streit mit ihm." Penny nahm ein Foto von der Wand und reichte es Steve. Es zeigte einen untersetzten Mann um die fünfzig, Penny, Gordon Lyme und Bill Henderson.

„Constable Louie Harris, jahrelang scharf auf den Posten des Chiefs, den er aber nie bekommen hat", erklärte sie. „Ein arroganter Prinzipienreiter und herrschsüchtiger Kontrollmensch – ein echter Soziopath. Solange du ihm Honig um den Bart schmierst, kommst du gut mit ihm klar. Aber wehe, du stellst dich ihm in den Weg oder kritisierst ihn. Dann kann er richtig ausrasten. Er schnüffelt gerne im Privatleben anderer Leute herum und sucht nach Fehlverhalten und Schwächen, die er sich zunutze machen kann."

„Klingt nach einem netten Kollegen."

Penny schnaubte. „Frag mal Gordon. Selbst ihm war Harris zuwider."

„Und Dave?"

„Der kam erst, als Harris gehen musste."

„Er wurde suspendiert?"

„Bill blieb am Ende keine andere Wahl. Wenn du mich fragst, hat er ihn viel zu lange gewähren lassen. Bis es zur Katastrophe kam."

„Du machst mich regelrecht neugierig", sagte Steve.

„Harris erschoss einen vermeintlichen Einbrecher. Später stellte sich heraus, dass Angus Nolan unschuldig war. Er betrieb eine Autowerkstatt im Hafen, sein zweites Standbein war der Verkauf von Alarmanlagen und Sicherheitstechnik. Er war echt gut in dem Job. Seit immer mehr reiche Geschäftsleute aus der City of London Alderney als Wochenendparadies entdeckt haben und sich hier Ferienhäuser kaufen, hatte er gut zu tun."

„Gab es Zeugen?"

„Nein. Harris behauptete, Nolan habe einen Komplizen gehabt, der vom Tatort geflohen war, aber das konnte nicht bewiesen werden. Nolans Tochter Ruby sagte aus, dass ihr Vater spätabends einen Kontrollgang unternommen hätte, um eine von ihm installierte Alarmanlage zu überprüfen. Es war eine Angewohnheit von ihm, den Kunden die Qualität seiner Arbeit gewissermaßen in Echtzeit zu demonstrieren. Harris war besessen davon, eine Einbruchsserie aufzuklären, die uns monatelang beschäftigte. Alle wussten, dass er Angus Nolan verdächtigte, ihm regelrecht nachstellte, und dass er zu Überreaktionen neigte."

„Das heißt, er griff schnell zur Waffe."

Penny nickte. „Nur, dass sie diesmal losging. Nolan war sofort tot, Harris hatte drei Mal gefeuert."

„Wie lange ist das her?"

„Etwa zwei Jahre. Die Serie ging übrigens nach Nolans Tod weiter, was im Nachhinein auf tragische Weise seine Unschuld beweist."

„Hatte er Familie?"

„Ja. Angus hinterließ eine Frau und zwei Kinder."

„Wie haben sie seinen Tod verkraftet?", fragte Steve.

„Robbie und Ruby führen die Autowerkstatt am Hafen weiter. Der Junge ist dreiundzwanzig. Er hat den Tod seines Vaters nie verwunden. Seitdem schlägt er immer wieder über die Stränge und baut einen Mist nach dem anderen. Seine drei Jahre ältere Schwester versucht, den Laden zusammenzuhalten, aber sie hat's schwer. Es heißt, die Mutter sei depressiv und nicht mehr ganz richtig im Kopf."

Steve stand auf. Der Hund blickte ihn erwartungsvoll an.

„Er mag dich", sagte Penny.

„Was machen wir denn nun mit ihm?"

„Sieht so aus, als hätte er sich für dich als neuen Herrn entschieden."

Steve seufzte. „Was soll ich mit einem Hund anfangen?"

„Bring ihn doch mit ins Revier."

„Ein Revierhund?"

Penny zuckte mit den Schultern. „Warum nicht? Er wird's gut bei uns haben. Dave wird ihn mit Sausages füttern, bis er platzt."

Steve hängte das Foto zurück an den Haken. Nellie Marshall zwängte sich durch den Türspalt und reckte neugierig den Hals.

„Mir ist noch etwas eingefallen, Chief Cole. Gestern Abend gegen sechs stand Harris' Wagen vor der Tür. Er muss kurz vorher gekommen sein, denn als ich gegen halb sechs den Müll raustrug, war er noch nicht da. Eine Viertelstunde später habe ich gesehen, wie er wieder weggefahren ist."

„Wissen Sie, wohin er wollte?", fragte Penny.

„Vor ein paar Tagen erwähnte er, dass sein Boot in der Werkstatt wäre. Vielleicht wollte er es abholen."

„Harris besitzt ein Boot?", fragte Steve.

„Ein Kajütboot, mit dem er oft zum Angeln rausfährt", bestätigte Penny.

„Wo lässt er denn normalerweise Reparaturen durchführen?"

„Bei den Nolans."

„Ups. Dann wollen wir die Herrschaften mal besuchen."

Penny reichte ihm eine Hundeleine. „Festnahmen gehören zu deinem Aufgabengebiet, Chief."

Beim Anblick der Leine zog sich der Hund blitzartig in eine Ecke zurück. Seine Augen waren riesengroß und angsterfüllt, er zitterte.

„Hast wohl schlechte Erfahrungen gemacht, was?" Steve zuckte mit den Schultern. „Deine Entscheidung. Constable Saunders ist der Meinung, du sollst mitkommen."

Er drehte sich um und ging zur Tür. Der Hund folgte ihm in respektvollem Abstand.

„Er hat eine gute Menschenkenntnis", sagte Penny und lachte.

4

Ruby strich ruhelos in der Werkstatt umher. Ihre Augen brannten vor Müdigkeit, in der vergangenen Nacht hatte sie kaum Schlaf gefunden. War sie endlich in einen unruhigen Schlummer gefallen, spulte ihr Unterbewusstsein in Schleifen denselben Film ab. Er handelte von Mord, Blut und einem Louie Harris, der aus den Fluten auftauchte und als untoter Wiedergänger an Land watete, um Rache zu nehmen. So verbissen sie ihn auch bekämpfte, die wirren Sequenzen endeten stets damit, dass sie Robbie nicht schützen konnte und Harris ihm den Schädel einschlug. Im Traum vertauschten sich ihre Rollen in dem Drama ins Gegenteil.

Noch in der Nacht hatten sie den Blutfleck beseitigt, so gut es ging. Nachdem Mum über ihn gestolpert war, hatte sie sich bekreuzigt und wortlos die Werkstatt verlassen. Ruby war ihr nachgelaufen und hatte etwas von einem Kunden gefaselt, der sich verletzt hatte.

„Wir haben ihn ins Mignot Memorial gebracht", log sie. „Es sah schlimm aus, aber es war nur eine Platzwunde, die heftig blutete."

Mum hatte kein Wort über ihre Entdeckung verloren. Ruby hatte sich geschämt, denn sie wusste, dass sie ihrer Mutter nichts vormachen konnte. Sie erkannte eine Lüge, sobald sie Rubys Mund verließ.

Wie viel hatte sie wohl von dem tödlichen Streit mitbekommen? Sie schwieg beharrlich. Sobald Ruby das Thema vorsichtig anschnitt, presste sie die Lippen aufeinander und starrte stumm vor sich hin.

Im Morgengrauen hatte sie das Internet nach den neuesten kriminaltechnischen Möglichkeiten durchforstet. Die Polizei war in der Lage, auch die geringsten DNA-Spuren auszuwerten. UV-Licht offenbarte Blut, das mit bloßem Auge nicht zu erkennen war. Ruby untersuchte eingehend die Stelle, wo Harris gelegen hatte. War da nicht ein dunkler Schatten mit den Umrissen des Blutflecks zu erkennen? Sie ließ sich auf die Knie herab, strich mit den Fingerspitzen über den fleckigen Betonboden, spähte unter Werkbänke und Schränke, inspizierte die Pfeiler der Hebebühne und kroch umher auf der Suche nach Spuren, die sie übersehen haben könnte.

Als sie vom Saye Beach heimgekehrt waren, hatte sie der erste Schock ereilt. Zwar hatten sie Harris' Leiche fortgeschafft, aber der verdammte Schraubenschlüssel lag noch immer dort, wo Robbie ihn hatte fallen lassen. Ruby hatte ihn aufgehoben, war wie der Teufel zu der Bucht zwischen Fort Grosnez und der Festung Doyle im Westen gerannt und hatte ihn ins Meer geworfen.

„Was machst du da?"

Sie fuhr herum und stieß sich den Schädel an der Hebebühne.

„Musst du dich so anschleichen?", zischte sie wütend.

„Hab ich gar nicht."

Robbie starrte mit rot geränderten Augen auf den Boden.

„Es ist noch graue Ölfarbe da. Meinst du, wir sollten den Fleck überstreichen?"

„Damit die Stelle noch deutlicher auffällt? Der Rest des Bodens ist so dreckig, dass man fast keine Farbe mehr sieht. Du kannst die Polizei auch gleich mit der Nase draufstoßen und herausposaunen, dass du Harris erschlagen und anschließend frisch gestrichen hast, um die Blutspuren zu beseitigen."

Ihr Bruder zuckte zusammen, als hätte sie ihn geohrfeigt. Sie setzte sich auf und lehnte erschöpft den Kopf an die Hebebühne. Weder Robbie noch sie waren zum Verbrecher geboren. Sie hatten nicht die Nerven, um die Sache durchzustehen, und doch blieb ihnen nichts anderes übrig.

„Tut mir leid", sagte sie mit geschlossenen Augen. „Ich hab's nicht so gemeint."

„Schon okay", sagte Robbie. „Ich weiß, es ist gerade ein bisschen schwierig."

Ruby lächelte. Das war die gröbste Untertreibung, die sie seit Langem gehört hatte.

„Das Schlimmste haben wir hinter uns", sagte sie. „Hilf mir, nach Hinweisen zu suchen, die wir übersehen haben könnten."

Er blickte sich ratlos um. Dann ordnete er mechanisch das herumliegende Werkzeug in den Werkstattwagen und schob ihn an seinen Platz vor dem Fenster. Ruby schlug die Augen auf und verfolgte, was er tat.

„He, was ist das da?", rief sie.

Dort, wo der Wagen gestanden hatte, lag ein Zettel auf dem Boden – vielleicht ein Lieferschein oder eine Rechnung, die Robbie verschlampt hatte. Sie kroch darauf zu und hob ihn auf.

„Seit wann spielst du Lotto?", fragte sie.

„Hä?"

Er nahm ihr den Schein ab.

„Hab ich nicht. Vielleicht war's Mum."

„Du weißt doch, dass sie Glücksspiel hasst", erwiderte Ruby. „Sie ist schon verrückt geworden, wenn Dad ein paar Cent in den Spielautomaten im *Divers Inn* warf. Ob der Schein Harris gehört?"

„Keine Ahnung."

Mit dem Lotterieschein in der Hand schlich er apathisch aus der Halle. Ruby sah ihm stirnrunzelnd nach. Sie musste etwas unternehmen, einen Weg finden, wie er damit klarkam, dass er einen Menschen getötet hatte. Sie dachte an Mums beharrliches Schweigen. Seit Dads Tod geisterte sie häufig nachts durch das Haus, verbrachte die Tage im Bett oder wanderte stundenlang am Meer entlang. Sie schluckte zu viele Tabletten, sprach kaum noch und hatte stark abgenommen. Ruby sah sie, wie sie früher gewesen war: eine lebenslustige, tatkräftige Frau, die ihren Mann und ihre Kinder liebte. Vor ein paar Wochen hatte Mum die Religion für sich entdeckt. Inzwischen verpasste sie keinen Sonntagsgottesdienst. Zunächst hatte Ruby gehofft, dass ihr der Glaube Stabilität und Kraft zurückgeben würde, aber das war nicht geschehen. Wenn Robbie sich nicht fing, hatte sie bald zwei Pflegefälle am Hals.

Die Tür zum Verkaufsraum der Tankstelle quietschte in den Angeln. Robbie schwankte. Er war furchtbar bleich, doch dann stieg ihm so schnell das Blut ins Gesicht, dass man dabei zusehen konnte.

„Ich hab …" Er setzte noch einmal an: „Ich … ich hab …"

Ruby rieb sich die Augen. „Spuck's einfach aus, Robbie. Was hast du diesmal angestellt?"

Er grinste über beide Ohren und sah plötzlich wieder aus wie der kleine Junge, den sie so geliebt hatte.

„Ich habe den QR-Code gecheckt. Harris hat gewonnen."

Ruby sah ihn verständnislos an. „Wie viel?"

„Der Arsch hat den Jackpot geknackt."

„Musst du schon vor Mittag anfangen zu saufen?"

„Ich bin stocknüchtern. Sieh's dir selbst an, wenn du mir nicht glaubst." Er gab ihr den Lottoschein und sein Handy. „Aber lange bin nicht mehr nüchtern, darauf kannst du wetten. Das muss gefeiert werden."

Check if your're a winner. Scan with the national Lottery app!, stand über dem QR-Code.

Ruby fotografierte den Schein mit der Kamera, die App zeigte umgehend die Ziehungszahlen an. Sie waren identisch mit denen auf dem Lottoschein. Sie versuchte es noch einmal, das Ergebnis war das Gleiche.

„Ich hab's dir doch gesagt!"

Er fasste sie an den Hüften, wirbelte sie herum und stellte sie wieder auf die Füße. „Wir sind reich, Ruby! So reich wie John Baxter!"

Ihr Verstand weigerte sich zu akzeptieren, was sie sah. Mit zitternden Fingern wiederholte sie den Scan. Harris hatte tatsächlich in der National Lottery gewonnen.

Misstrauisch, wie sie war, suchte sie nach einem Irrtum, nach einem Fehler. Die Nolans hatten noch nie Glück gehabt, ihnen klebte das Pech an den Hacken. Sie konnte es einfach nicht glauben.

„Aber ... aber der Gewinn gehört ihm ... die haben doch seinen Namen ...", stammelte sie.

„Haben sie nicht! Auf dem Schein steht nur eine Losnummer. Wer ihn besitzt, kann ihn einlösen." Er nahm ihre Hand und zog sie aus der Halle. „Los, wir fahren zu Richards Kiosk."

Er kletterte in das Fahrerhaus des Pick-ups, Ruby folgte ihm traumwandlerisch. Sie war noch immer davon überzeugt, dass ihr Glück wie eine Seifenblase platzen würde. So war es schließlich jedes Mal.

In *Richards Newsagent* waren ein Zeitungskiosk und die Post von Alderney untergebracht. Robbie stellte den Wagen unmittelbar vor dem Eingang ab. Er zog den Zündschlüssel ab und stieß die Tür auf. Ruby hielt ihn zurück.

„Warte."

„Wieso?

„Lass uns nachdenken, bevor wir mit beiden Beinen in den nächsten Schlamassel hineinspringen."

„Was für ein Schlamassel? Wir gehen da rein, kassieren das Geld und baden in süßen kleinen Pfundnoten."

„Was ist, wenn Harris von dem Lottogewinn wusste und es überall herumerzählt hat?"

Robbie überlegte einen Augenblick, dann schüttelte er den Kopf.

„Das konnte er nicht. Heute ist Donnerstag. Die Ziehung der National Lottery findet immer mittwochs statt. Er war gegen halb sechs bei uns, aber sie geben die Gewinnzahlen erst nach acht bekannt. Außerdem ... wenn er es wusste, warum hat er dann die zwanzigtausend Pfund zurückverlangt?"

„Es ist Baxters Geld, vergiss das nicht."

Robbie riss sich von ihr los und stieg aus. „Ich hole mir jetzt die Kohle. Entweder kommst du mit, oder du lässt es bleiben."

Langsam öffnete sie die Tür. Wahrscheinlich sah sie Gespenster, aber sie konnten nicht vorsichtig genug sein.

„Versprich mir, dass du niemandem etwas davon erzählst. Keine wilden Partys, keine teuren Anschaffungen."

Er drehte sich um. „Mach dich mal locker, Schwesterchen. Ich weiß, was ich tue."

Da bin ich mir nicht so sicher, dachte sie.

Der Angestellte hinter dem Tresen prüfte den Schein und warf ihnen über den Rand seiner Brille einen ungläubigen Blick zu. Robbie grinste wie ein Honigkuchenpferd, Ruby dagegen war so angespannt, dass sie fürchtete, bei der geringsten Bewegung in tausend Stücke zu zerspringen.

Der Mann schüttelte den Kopf, rückte seine Brille gerade und beugte sich wieder über seinen Computerbildschirm.

Robbie klopfte mit der flachen Hand auf den Tresen.

„He, geht das nicht schneller? Muss ich den Laden erst kaufen?"

„Das wird nicht nötig sein. Aber Sie werden verstehen, dass ich aufgrund der hohen Gewinnsumme eine gewisse Sorgfalt walten lassen muss."

„Wie hoch?", krächzte Ruby.

„Es sind ... einen Moment ...", er hackte mit gekrümmtem Zeigefinger auf die Tastatur. „Es sind genau fünfhunderttausend Pfund."

Rubys Kehle trocknete schlagartig aus, ihr wurde heiß und schwindelig. Das alles konnte nicht real sein. Unauffällig zwickte sie sich in den Unterarm.

„Super, wir hätten einen Koffer mitbringen sollen", sagte Robbie.

„Der Gewinn wird nicht bar ausgezahlt", antwortete der Mann.

„Was soll das heißen?"

„Er wird auf Ihr Konto überwiesen. Das ist bei hohen Summen üblich. Sie werden auf dem Postweg von der National Lottery über den Zahlungseingang informiert."

„Was müssen wir tun, um das Geld so schnell wie möglich zu bekommen?", fragte Ruby.

In ihrem Kopf drehte sich alles, sie erkannte kaum ihre eigene Stimme wieder. Fünfhunderttausend Pfund! Stolperte sie gerade ins Paradies oder in den nächsten Albtraum?

Der Drucker neben dem Monitor spuckte ein Blatt aus. Der Angestellte schob es über den Tresen.

„Sie müssen Name und Adresse eintragen und dazu eine Bankverbindung. Da der Gewinn mehr als hunderttausend Pfund beträgt, dauert es in der Regel eine Woche, bis der Betrag gutgeschrieben wird. Wenn Sie es wünschen, stellt Ihnen die National Lottery einen Gewinnerbetreuer zur Verfügung. Er wird Sie beraten und dafür sorgen, dass alles korrekt abgewickelt wird." Er rang sich ein missglücktes Lächeln ab. „Herzlichen Glückwunsch."

„Jesus!" Robbie stieß ein fiependes Keuchen aus.

Der Mann beugte sich vor und sagte leise: „Ich würde Ihnen raten, die Nachricht erst einmal zu verarbeiten und auf keinen Fall irgendjemandem davon zu erzählen.“

„Gilt das auch für Sie?“, fragte Ruby.

„Selbstverständlich. Ich bin zur Diskrektion verpflichtet.“

Ob er die Wahrheit sagte? Wahrscheinlich würde sich die Neuigkeit wie ein Lauffeuer verbreiten. In ein paar Stunden wusste vermutlich jeder auf Alderney, welchen Dusel die Nolans hatten. Das durfte auf keinen Fall passieren.

Ruby schnappte sich einen Kugelschreiber, ließ ihn fallen und hob ihn wieder auf. Ihre Hände zitterten vor Aufregung, als sie mit krakeliger Schrift das Formular ausfüllte. Fünf Mal überprüfte sie die Kontonummer und bat den Angestellten der Lottogesellschaft, sie ebenfalls zu kontrollieren.

Drei Minuten später saßen sie im Fahrerhaus des Pick-ups. Die Anspannung löste sich explosionsartig. Sie lachten und schrien durcheinander. Robbie hüpfte wie ein Äffchen auf dem Beifahrersitz auf und ab, Ruby trommelte wie verrückt auf das Lenkrad. Sie waren auf einen Schlag all ihre Sorgen los ... fast alle.

„Wir kaufen eine Pulle Schampus“, kreischte er. „Eine Magnumflasche. Das muss begossen werden. Mum wird Augen machen.“

Ruby wurde ernst. „Lass uns warten, bis wir sicher sind, dass Harris nichts von dem Gewinn wusste und es herumerzählt hat.“

„Er *kann* es *nicht* gewusst haben, Schwesterchen.“

„Mum darf nie erfahren, was gestern Nacht passiert ist. Hast du das verstanden, Robbie?“

„Ja, schon klar." Er runzelte die Stirn. „Hat sie was gesagt?"

„Nein. Aber die Geschichte, die ich ihr erzählt habe, hat sie jedenfalls nicht geglaubt."

„Woher willst du das wissen?"

„Ich hab's ihr angesehen. Ich kenne Mum gut ... und dann doch wieder nicht. Sie hat sich total verändert."

„Wir bringen sie zu einem richtig guten Seelenklempner, einem, der sie heilt – mit Hypnose und so 'nem Zeug", entgegnete Robbie. „Geld haben wir ja jetzt genug. Den Gewinn können wir ihr nicht verheimlichen."

„Alles zu seiner Zeit. Wir warten, bis das Geld auf dem Konto ist. Zu niemandem ein Wort, ist das klar? Keine Lokalrunden, keine Saufgelage, kapiert?"

„Du bist 'ne Spaßbremse, Ruby. Was soll denn schon passieren?"

„Ich weiß es nicht. Aber es *wird* etwas passieren, verlass dich drauf."

Sie ließ den Motor an und fuhr los.

„Zur Werkstatt geht's links ab", sagte Robbie.

„Ich muss noch was erledigen."

Sie stoppte im Zentrum der Insel in der Nähe des einzigen größeren zusammenhängenden Waldgebiets östlich von Saint Anne. An seinem südlichen Rand, am höchsten Punkt Alderneys, thronte Baxters Wochenenddomizil. Sein Hauptwohnsitz, von dem aus er die meisten Geschäfte abwickelte, befand sich auf der größeren Nachbarinsel Guernsey, seine Familie stammte jedoch von Alderney. Er ließ keine Gelegenheit aus, um auf die lange Reihe seiner Ahnen hinzuweisen, die ihrer Heimat die Treue gehalten hatten. Seit er beschlossen hatte, die Wahl zum Präsidenten der States of

Alderney zu gewinnen, verbrachte er mehr Zeit in seinem Elternhaus, das er großzügig aus- und umgebaut hatte. Leider fehlte ihm das nötige Feingefühl und eine Portion Bescheidenheit, weshalb das Haus nun deplatziert wie die Protzvilla eines Oligarchen über der Insel thronte.

„Du wartest im Wagen", sagte Ruby.

„Was willst du von Baxter?"

„Wenn er Harris geschickt hat, wird er sich fragen, wo sein Geldeintreiber bleibt. Ich will ihn aushorchen. Lass mich das machen."

Bevor Robbie etwas erwidern konnte, stieg sie aus und lief auf das schmiedeeiserne Tor zu. Es war breiter als die Längswand ihrer Werkstatt. Sie drückte auf den Schalter der Gegensprechanlage und hoffte, dass Baxter sich gerade auf Alderney aufhielt.

Seine sonore Stimme dröhnte aus dem kleinen Lautsprecher. „Wer ist da?"

„Ruby Nolan. Ich habe etwas für Sie, auf das Sie sehnsüchtig warten."

„Treten Sie ein, Miss Nolan."

Der Türöffner summte. Ruby schlüpfte durch eine Pforte neben dem Tor und ging die Auffahrt zum Haus empor. Baxter erwartete sie in der offenen Eingangstür.

„Ich bin überrascht, Sie zu sehen."

„Lassen Sie uns gleich zur Sache kommen."

Mit einer einladenden Geste trat er zur Seite. „Immer herein in die gute Stube."

Er führte sie in sein Arbeitszimmer. Die Südwand war vom Boden bis zur Decke verglast und gewährte einen atemberaubenden Blick auf das Meer. Am Horizont

flimmerte die Küste Frankreichs als nadelfeiner Dunst-
streifen.

„Darf ich Ihnen etwas zu trinken anbieten?"

„Nein, danke."

Er schenkte sich trotz der frühen Stunde einen bern-
steinfarbenen Scotch ein.

„Also, was kann ich für Sie tun?"

„*Ich* kann etwas für *Sie* tun. Mein Bruder hat sich weitere zwanzigtausend Pfund bei Ihnen geliehen."

„Das ist richtig."

„Sie bekommen das Geld in zehn Tagen zurück. Dazu
die restlichen Raten für den ersten Kredit. Plus Zinsen."

Baxter lächelte. „Interessant. Haben Sie in der Lotterie gewonnen?"

Ruby zuckte zusammen. War das nur eine Redewen-
dung gewesen? Oder hatte Harris Baxter von seinem
Glück erzählt? Nein, das war unmöglich. Robbie hatte
recht, er konnte nicht gewusst haben, dass er einen
Volltreffer gelandet hatte.

Baxter ließ den Scotch im Glas kreisen und trank einen Schluck.

„Nun, ich bin einverstanden. Ehrlich gesagt, hatte ich
kaum mit einer vollständigen Rückzahlung des Kredits
gerechnet."

„Bestellen Sie Harris, dass er Prügel bezieht, wenn ich
ihn noch einmal in unserer Werkstatt sehe."

Er blickte sie erstaunt an und schien ehrlich überrascht.

„Er war bei Ihnen?"

„Lassen Sie die Spielchen. Sie haben ihn geschickt, um
uns unter Druck zu setzen. Dazu besteht kein Anlass.

Sie bekommen Ihr Geld. In zehn Tagen, vielleicht früher."

Er nickte nachdenklich. „Ich verlasse mich auf Ihr Wort."

Sie wandte sich rasch ab. Baxters Stimme hielt sie zurück.

„Ich hätte da übrigens einen Auftrag, der Sie interessieren könnte. Mir kam zu Ohren, dass Sie einen Geschäftszweig Ihres Vaters weiterführen."

„Sie sprechen von dem Einbau von Alarmanlagen?"

„Richtig. Ich nutze dieses Haus zwar nur an den Wochenenden, habe es aber dennoch so hergerichtet, dass ich hier Entspannung finde. Sie wissen, dass ich ein leidenschaftlicher Kunstsammler bin?"

Ruby nickte zögernd. „Ich habe davon gehört."

„Es befinden sich einige wertvolle Stücke hier, die eines besseren Schutzes bedürfen. Ich wünsche mir eine moderne Sicherungsanlage, die ich von meinem Smartphone aus bedienen kann. Lässt sich das einrichten?"

„Schaffen Sie sich einen Hund an."

„Kommen Sie schon, den Auftrag können Sie doch gut gebrauchen."

„Ich muss das erst mit meinem Bruder besprechen", wich Ruby aus.

Jetzt, wo sie bald um fünfhunderttausend Pfund reicher waren, konnte sie sich ihre Kunden aussuchen, und Baxter gehörte sicher nicht zu ihrer Wahl. Eigentlich brauchte sie gar nicht mehr zu arbeiten, wenn sie das Geld klug anlegte.

„Wir wissen doch beide, dass Sie die Hosen anhaben", sagte Baxter.

„Ich muss mir das Haus zuerst genau ansehen."

„Rufen Sie mich an, wenn Sie sich frei machen können." Er prostete ihr zu. „In zehn Tagen sehen wir uns
wieder. Ich zähle auf Sie, Miss Nolan."

Sie verabschiedete sich und verließ nachdenklich die
Villa. Ob es ein Fehler gewesen war, Harris' Besuch in
der Werkstatt zu erwähnen? Baxter schien tatsächlich
nichts davon gewusst zu haben. Hatte sein Geldeintreiber auf eigene Rechnung gearbeitet? Dann hatte sie seinen Boss möglicherweise erst auf diese Spur gebracht -
was wiederum bedeutete, dass Baxter nun anfangen
würde, seine Nase in Dinge zu stecken, die ihn nichts
angingen. Sich den gut vernetzten Inselkönig zum Gegner zu machen, war das Letzte, was sie im Augenblick
gebrauchen konnten. Wenn er dahinterkam, was sie
mit Harris angestellt hatten, verlieh ihm dieses Wissen
enorme Macht über sie. Das alles gefiel ihr überhaupt
nicht. Sie stieg in den Pick-up und kaute nervös auf ihrer Unterlippe.

„Was hat er gesagt?", fragte Robbie.

„Er ist einverstanden. In zehn Tagen sind wir unsere
Schulden los. Außerdem will er uns mit dem Einbau einer Alarmanlage beauftragen."

„Da pfeif ich drauf. Wir haben es nicht mehr nötig,
uns abzurackern."

„Ich habe ihm gesagt, dass ich zuerst mit dir sprechen
muss. Vielleicht ist es klüger, den Auftrag anzunehmen. Wenn wir ihn ausschlagen, wird er sich fragen,
warum wir auf die Einnahmen verzichten, obwohl wir
sie dringend brauchen."

„Und Harris?"

„Was soll mit ihm sein? Der kommt nicht wieder."

„Hat er nach ihm gefragt?“

„Nein“, sagte Ruby.

Robbie blickte sie hoffnungsvoll an. „Das ist gut, oder?“

„Ja“, log sie.

Baxter wird ihn bald vermissen, dachte sie.

Dann wird er nach ihm suchen und feststellen, dass er spurlos verschwunden ist. Warum zum Teufel musste sie ihm auf die Nase binden, dass Harris bei ihnen gewesen war? Die Antwort lag auf der Hand: Sie war davon ausgegangen, dass Baxter ihn beauftragt hatte. Aber das stimmte nicht.

Sie fuhren zur Werkstatt am Hafen zurück. Während der Fahrt schwieg Ruby verdrossen. Sie war wütend auf sich selbst, weil sie versehentlich schlafende Hunde geweckt hatte. Als sie in die Tankstelle einbog, stand ein Kunde vor der verschlossenen Tür des Verkaufsraums.

„Kümmre du dich um ihn“, sagte Ruby.

„Wieso ich?“, maulte Robbie. „Warum soll ich noch für ein paar Cent Benzin verkaufen, wenn ich eine halbe Million auf der Bank habe?“

„Halt die Klappe, und tue, was ich dir sage.“

Sie lief zur Rückseite des Grundstücks, betrat die Halle und erschrak.

„Mum?“

Ihre Mutter kniete auf dem Boden und schrubbte mit einer Bürste den Schatten, den Harris’ Blut auf dem Beton hinterlassen hatte.

„Was tust du da?“

Sie hörte nicht auf zu putzen, sondern verstärkte ihre Anstrengungen noch. Ruby fiel ihr in den Arm.

„Hör auf damit.“

Die Augen ihrer Mutter flackerten wie Irrlichter.

„Wir müssen Buße tun. Gott wird uns strafen.“

Ruby wurde heiß. Wie viel hatte Mum von den Ereignissen der vergangenen Nacht mitbekommen? Hatte sie gesehen, wie Robbie Harris niedergeschlagen hatte? Waren sie von ihr beobachtet worden, wie sie die Leiche in die Plane gepackt und fortgeschafft hatten?“

„Wovon redest du, Mum?“

„Ruby!“

Sie fuhr herum. Robbie stand im Durchgang zum Verkaufsraum. Seine Euphorie war wie weggeblasen.

„Wir bekommen Besuch“, sagte er.

„Wer?“

„Der neue Chi... Chief“, stotterte er.

„Was wollte der Typ vorhin?“

„Nur ’ne Zeitung.“

„Bring Mum nach oben, und koch ihr einen Tee.“

Ruby blickte durch das staubige Hallenfenster. An einer der beiden Zapfsäulen stand ein Streifenwagen. Zwei Polizisten stiegen aus - ein Mann, den sie noch nie gesehen hatte, und Penny Saunders. Sie kannte Penny, war mit ihr oft an den Klippen entlanggejoggt. Doch seit deren Eheprobleme zugenommen hatten, war der Kontakt fast gänzlich eingeschlafen. Mit ihr würde sie keinen Ärger bekommen, aber der neue Chief ließ ihre Alarmglocken schrillen. Sie schätzte ihn auf Mitte dreißig. Er war schlank und groß, dunkelblond und machte einen durchtrainierten Eindruck. Allerdings zog er das linke Bein leicht nach, möglicherweise infolge einer Verletzung. Henderson hatte stets die Uniform der Alderney Police Force getragen und Wert darauf gelegt, dass seine Leute auf ein tadelloses Äußeres achteten. Der Mann an Pennys Seite trug ein weißes Hemd, ausgewaschene Jeans und eine abgetragene Lederjacke. Rubys Blick streifte den Polizeiwagen. Auf dem Rücksitz saß ein struppiger Hund, der sich die Schnauze am Fenster platt drückte.

Sie fuhr herum und sah sich gehetzt in der Halle um. Der Putzeimer und die nasse Stelle vor der Hebebühne fielen sofort ins Auge. Hektisch zerrte sie eine Gummimatte herbei und breitete sie über den Fleck. Dann schob sie den Werkzeugwagen auf die Matte, nahm einen Engländer heraus und machte sich am Auspuff des Mini Cooper zu schaffen, der noch immer auf der Bühne stand. Zwei Sekunden später hörte sie die vordere Tür quietschen und bezwang ihren aufgeregten Herzschlag. Aus dem Augenwinkel sah sie Penny und den Chief näher kommen. Und sie entdeckte etwas, das ihr Herz zum Rasen brachte. Unter einem Lappen auf dem Werkzeugwagen ragte Harris' Handy hervor. Robbie musste es dort abgelegt haben, nachdem sie vom Saye Beach zurückgekehrt waren.

5

Steve betrat hinter Penny die Werkstatt. Ruby Nolan stand unter der Hebebühne und schraubte an einem Mini Cooper.

„Hallo, Ruby."

Die junge Frau drehte sich zu ihr um und lächelte.

„Hi, Penny. Wie geht's? Wir haben uns ja 'ne Ewigkeit nicht gesehen. Wird Zeit, dass wir mal wieder zusammen joggen gehen."

„Äh, wir sind dienstlich hier. Das ist Chief Cole. Chief - Ruby Nolan."

Er streckte die Hand aus. „Freut mich, Sie kennenzulernen."

Ruby wischte die ölverschmierten Finger an ihrer Jeans ab. „Sorry, ich habe schmutzige Hände."

„Schon okay. Wir haben nur ein paar Fragen und wollen Sie nicht lange aufhalten."

„Wie kann ich Ihnen helfen?"

„Sie reparieren hier alles Mögliche, nicht wahr?", fragte Steve.

Ruby nickte. „Autos, Boote – alles, was einen Motor hat. Macht der Streifenwagen Probleme?"

„Bis jetzt nicht. Wie läuft denn das Geschäft?"

„Es reicht zum Leben, Alderney ist klein." Ruby kniff die Augen zusammen. „Sie sind doch sicher nicht gekommen, um mit mir über unsere Einnahmen zu reden, Chief Cole."

„Nein, sondern über einen Ihrer Kunden."

„Wir sind wegen Louie Harris hier", sagte Penny. „Er ist verschwunden."

Rubys Miene verdüsterte sich. Von einem Moment zum anderen schien sie verschlossen wie eine Auster. Kein Wunder, dachte Steve, schließlich hat der Ex-Cop ihren Vater erschossen.

„Ich bin die Letzte, die ihm eine Träne nachweint", sagte sie. „Warum sucht ihr ihn ausgerechnet hier?"

„Wir wissen, dass sein Boot hier steht", sagte Penny.

„Nicht mehr. Er rief gestern Abend an und wollte wissen, wann es fertig ist. Ich war gerade damit beschäftigt, die *Candice* zum Hafen zu bringen."

„Wann war das?", fragte Steve.

„So gegen sechs."

„Er war also hier?"

Ruby nickte. „Er kam ungefähr fünfzehn Minuten später, so genau kann ich das nicht sagen. Ich hab nicht auf die Uhr gesehen."

„Wie lange blieb er?"

„Nicht länger als eine Viertelstunde. Er machte Ärger - wie immer, wenn er irgendwo auftaucht."

Steve wandte sich um. Im Durchgang zum Verkaufsraum stand ein junger Mann mit strubbeligem rotem Haar. Steve schätzte ihn auf Anfang zwanzig. Er trug einen grünen Mechanikeroverall, auf seiner linken Wange leuchtete ein Bluterguss in allen Regenbogenfarben. Die Haut war mit Abschürfungen übersät.

„Sie sind der neue Chief, hab ich recht?", sagte er.

„Steve Cole. Und Sie sind?"

„Robbie Nolan." Er kam näher und reichte ihm die Hand. „Meiner Schwester und mir gehört die Werkstatt."

„Was ist denn mit Ihrem Gesicht passiert?"

„Ich bin gegen die Hebebühne gelaufen."

„Mein Bruder ist manchmal … etwas ungeschickt", sagte Ruby.

„Worum ging es denn nun in dem Streit?", fragte Penny.

„Ich hab nicht gesagt, dass wir uns gestritten haben", sagte Robbie schnell.

„Es gab den üblichen Ärger", mischte sich Ruby ein. „Du kennst doch Harris. Er suchte nach einem Grund, die Rechnung kürzen zu können, und wollte eine Probefahrt machen, bevor er bezahlt."

Penny nickte. „Das passt zu ihm."

Steve beobachtete Ruby. Seit ihr Bruder aufgetaucht war, trat sie unruhig von einem Bein aufs andere.

„Er ist dann zum Hafen gefahren", sagte sie. „Ich hatte die *Candice* kurz zuvor ins Wasser gelassen."

„Er ist bei diesem Sturm mit dem Boot raus?"

„Ich habe ihn gewarnt, aber Harris wäre nicht Harris, wenn er sich von irgendjemandem etwas sagen lassen würde. Wenn er da draußen abgesoffen ist, ist er's selbst schuld."

„Das Boot war jedenfalls okay", sagte Robbie. „Der Motor lief wie 'ne Eins."

Ein Klingelton unterbrach das Gespräch. Auf dem Werkstattwagen lag ein Handy, dessen Display aufleuchtete. Weder Ruby noch ihr Bruder reagierten darauf.

„Wollen Sie nicht rangehen?", fragte Steve.

Ruby griff nach dem Telefon, wischte über das Display und lehnte den Anruf ab.

„Der kann warten", sagte sie.

Steve zog fragend eine Augenbraue hoch.

„Ein ungeduldiger Kunde. Davon gibt's jede Menge. Das sind die, die sich später mit dem Begleichen der Rechnung besonders viel Zeit lassen." Sie steckte das Handy in die Gesäßtasche ihrer Jeans.

„Okay, das war's erst mal", sagte Steve. „Wenn wir noch Fragen haben, wissen wir ja, wo wir Sie finden."

Sie gingen zum vorderen Ausgang. An der Tür blieb Steve stehen und wandte sich um.

„Eins verstehe ich nicht."

„Was denn?", fragte Ruby.

„Ich kann mir nicht vorstellen, dass ich das Boot eines Mannes reparieren würde, der meinen Vater erschossen hat – auch wenn's keine Absicht war."

„Wir können es uns nicht leisten, uns unsere Kunden auszusuchen. Harris wird behandelt wie jeder andere, denn er bezahlt wie jeder andere."

Steve lächelte. „Das wird's wohl sein. Auf Wiedersehen, Miss Nolan. Robbie."

Sie gingen nach draußen und stiegen in den Streifenwagen. Der Hund tänzelte nervös auf der Rückbank und jaulte.

„Er hat dich vermisst", sagte Penny schmunzelnd.

„Na, wenigstens einer."

„Nimmst du ihnen die Geschichte ab?", fragte sie.

„Schwer zu sagen. Ich hatte das Gefühl, dass Ruby Nolan sich gut im Griff hat."

„Als Robbie auftauchte, wurde sie ganz schön nervös", meinte Penny.

„Das kann alles und nichts bedeuten. Stimmt es, was sie erwähnte – dass ihr Bruder ziemlich ungeschickt ist? Für mich klang es nach einer Ausrede."

„Dass er mit dem Kopf gegen die Hebebühne geknallt ist, nehme ich ihm auch nicht ab." Penny seufzte. „Er ist nicht gerade der Hellste und gerät immer wieder an die falschen Leute. Wahrscheinlich hat er im *Divers Inn* oder im *Moorings* eins auf die Nase bekommen. Ich werde mich mal umhören."

„Auf jeden Fall haben die beiden einen Grund, Harris den Tod zu wünschen."

„Was nicht heißt, dass sie ihn gleich ermordet haben."

„Aber möglich wär's schon", sagte Steve.

„Ja, möglich wär's."

Sie fuhren zum Hafen. Der Sturm hatte nachgelassen, aber es wehte noch immer ein kräftiger Südwestwind, der Sprühregen über die Insel fegte. Sie stellten den Streifenwagen am Breakwater-Damm ab. Steve schaute sich um.

„Wie werden denn die Boote zu Wasser gelassen?", fragte er.

„Kommt darauf an. Vorn bei der Hafeneinfahrt gibt es eine Bootswerkstatt. Mainbrayce benutzt einen Portalkran, um kleinere Jachten aus dem Wasser zu heben."

„Von welcher Art Boot reden wir überhaupt?", fragte Steve.

„Harris besitzt ein Kajütboot von acht Metern Länge." Penny zeigte ihm ähnliche Boote. „Man kann mit einem Anhänger am Breakwater entlangfahren und ein Boot von dort aus ins Wasser lassen. Ich schätze, so haben es die Nolans gemacht."

Steve schlenderte an der Mole entlang. Die feuchte Meeresluft machte seiner Hüfte zu schaffen.

„Chief Cole?"

Er drehte sich um. Jim Lewis, der Hafenmeister, kam eilig auf ihn zu.

„Ich wollte Sie schon anrufen", schnaufte er. „Der Wagen dort versperrt die Zufahrt." Er deutete auf einen silbernen Ford Explorer, der nachlässig geparkt zwei Parklücken beanspruchte. „Ich kenne den Wagen, er gehört Louie Harris. Er fordert von allen, sie sollen sich an die Regeln halten, aber selbst schert er sich einen Dreck darum."

Steve ging um den Wagen herum.

„Seit wann steht er hier?", fragte Penny.

„Seit gestern Abend. Gegen sechs habe ich gesehen, wie Ruby Nolan sein Boot ins Wasser gelassen hat. Kurz darauf tauchte Harris auf und ging an Bord. Ich rief ihm zu, er solle bei dem Wetter lieber im Hafen bleiben, aber er hat mich ignoriert."

„War ja nicht anders zu erwarten", sagte Penny.

Der Hafenmeister strich sich über den rotgrauen Bart und kniff die Augen zusammen. Steve erinnerte sich an den Tag im vergangenen Herbst, als er ihn wegen der Flutmorde befragt hatte. Der Alte konnte nicht besonders gut sehen, weigerte sich aber beharrlich, eine Brille zu tragen. Irgendwie sind sie alle ziemlich stur auf Alderney, dachte er.

„Sind Sie sicher, dass es Louie Harris war?", fragte er.

Lewis nickte heftig. „Ich hab ihn an seiner Jacke erkannt."

„Was ist denn daran so besonders?"

„Er trägt immer noch seine alte Uniformjacke. Henderson hat's ihm durchgehen lassen", seufzte Penny.

Lewis blickte auf das diesige Meer hinaus und schnüffelte wie ein Terrier. „Ich schicke besser die *Roy Barker* raus", sagte er, „aber ich will Ihnen keine Hoffnung machen. Das war'n ordentlicher Sturm letzte Nacht."

Steve blickte Penny fragend an.

„Die *Roy* ist unser Seenotrettungskreuzer", erklärte sie.

„Okay. Geben Sie mir Bescheid, wenn Sie eine Spur von Harris gefunden haben."

Sie kehrten zum Streifenwagen zurück.

„Was denkst du?", fragte Steve.

„Der alte Starrkopf hat alle Warnungen in den Wind geschlagen und ist bei Sturm rausgefahren. Das Wetter im Kanal kann tückisch sein. Ich schätze, den werden wir nicht wiedersehen."

„Könnte gut sein."

Einzelne Regentropfen klatschten auf die Frontscheibe. Steve trommelte leise auf das Lenkrad.

„Was stört dich an der Geschichte?", fragte Penny.

„Wie kommst du darauf, dass es so ist?"

Sie lächelte. „Ich kenne diesen abwesenden Blick. Entweder bist du in Gedanken bei Abby ... oder du witterst ein Verbrechen."

„Oder mir ist einfach nur langweilig. Aber du hast recht, es gibt tatsächlich etwas, das mir komisch vorkommt."

„Und zwar?"

„Lewis ist blind wie ein Maulwurf."

„Er hat Harris' Jacke aber genau beschrieben."

Steve nickte. „Eben. Er hat die Jacke identifiziert, die ihm vertraut ist, aber nicht den Mann, der sie trug.“

6

9. Juni

„Wir könnten nach Südamerika auswandern, nach Australien oder Neuseeland. Dort eröffnen wir eine Surfschule in Wellington. Die Stadt ist ein Treffpunkt der besten Segler und Surfer. Oder wir kaufen uns ein hochseetüchtiges Boot und segeln um die Welt. Vielleicht sollten wir auch gar nichts machen, liegen einfach nur faul in der Sonne und lassen uns Drinks servieren.“

Robbie lief aufgeregt zwischen den Schrotthaufen auf dem Hinterhof der Werkstatt auf und ab. Seit einer Woche sprudelten immer neue Vorschläge aus ihm heraus, einer verrückter als der andere.

Ruby klemmte eine Elektrode in den Halter des Schweißapparats und klappte das Visier ihrer Schutzmaske herunter, um eine Naht zu ziehen. Die Welt schrumpfte zusammen auf den Lichtblitz und das Verschmelzen des Stahls. Wenn ihr Bruder wieder mal über seine eigenen Pläne gestolpert war oder Mum wie ein Geist durch das Haus wandelte, zog sich Ruby in ihre innere Vorstellungswelt zurück. Dann hockte sie auf einer rostigen Tonne und starrte auf den Schrott, der sich vor ihr auftürmte. Einmal im Monat klapperte sie die Insel ab und sammelte Altmetallteile ein, aus denen sie bizarre Kunstwerke schuf, die sie an Touristen verkaufte. Seltsam anmutende Tiere, Schlangen aus Kettengliedern und Schraubenschlüsseln, Fische mit beweglichen Flossen, skelettartige Gitarrenspieler aus alten Rohren und Gartendekos aus rostigen Blechen.

Robbie blieb kurz stehen, begutachtete ihre neueste Schöpfung und nahm dann seine ruhelose Wanderung wieder auf.

„Du könntest eine Galerie in London eröffnen und den Kram an Kunstsammler verkaufen", sagte er.

Ruby antwortete nicht. Bisher hatte ihr Hobby kaum etwas eingebracht. Es war eher eine Meditation als ein lohnendes Geschäft.

„Was hältst du von Teneriffa oder Thailand?", fuhr ihr Bruder fort. „Das milde Klima wird Mums Rheuma lindern."

Sie nahm die Schweißmaske ab.

„Wir können nicht weg, Robbie."

„Warum nicht?" Er versetzte einer leeren Öldose einen Tritt. „Alderney ist ein öder Felsen. Ich habe mich hier nie wohlgefühlt."

„Einer von uns muss bei Mum bleiben."

„Sie kommt natürlich mit", sagte er.

„Sie will nicht fort."

„Hast du mit ihr geredet?"

Ruby nickte. „Sie sagt, sie will bei Dad bleiben."

„Er ist tot und liegt auf dem Friedhof."

Ruby zuckte müde mit den Schultern. „Ich konnt's ihr nicht ausreden. Du kennst sie doch."

Robbie runzelte die Stirn. „In letzter Zeit verhält sie sich ganz schön abgedreht, findest du nicht?"

„Ja.“

„Hast du mit ihr über die Nacht gesprochen?“

„Ich hab's ein paarmal versucht. Sie blockt immer total ab. Tut so, als wäre nichts geschehen.“

„Wie viel hat sie wohl mitbekommen?“, überlegte er.

„Wahrscheinlich mehr, als uns lieb sein kann. Aber sie wird dichthalten. Wir sind schließlich ihre Kinder, und die wird sie nicht an die Polizei verpfeifen. Eher beißt sie sich die Zunge ab.“

„Ich träume manchmal von Harris“, sagte Robbie. „Ich stehe am Saye Beach. Die See ist ruhig und dunkel und glatt wie ein Spiegel. Ich wundere mich, weil das Meer sonst nie so aussieht - wie schwarze Ölfarbe. Es fließt um meine Füße und spült den Sand unter mir fort. Ich sinke ein und kann nichts dagegen tun. Dann fange ich an zu schreien und sehe Harris. Er kommt aus dem Wasser auf mich zu, streckt seine verfaulten Arme aus und ruft, ich müsse mit ihm kommen. Wenn ich mich umdrehe und weglaufen will, ist das Land verschwunden. Es ist einfach nicht mehr da und ...“

„Hör auf damit!“ Wütend warf Ruby den Schweißschirm auf den Boden. „Harris ist tot. Den haben längst die Fische gefressen.“

Sie stapfte auf die Werkstatt zu und knallte die Tür hinter sich zu. Erst Mum und nun Robbie. Vor allem wegen ihm musste sie etwas unternehmen. Er schwankte zwischen Euphorie über den unverhofften Reichtum und seinen Schuldgefühlen, weil er einen Menschen getötet hatte. Meistens hockte er vor seinem Computer, lenkte sich mit Videospielen ab oder starrte auf den Fernseher und betrank sich. Ein paar Nächte lang war auch sie von Albträumen verfolgt worden, aber sie schaffte es, die traumatischen Bilder zu verdrängen, indem sie sich auf das Hier und Jetzt konzentrierte. Die nächsten Tage und Wochen würden anstrengend genug werden. Sie war die Einzige in der Familie, die genug Verstand besaß, um zu verhindern, dass sie alle ins Gefängnis wanderten. Es war beinahe mit Händen zu greifen, dass der neue Chief ihnen misstraute und ein Verbrechen witterte. Sie hatten ein Motiv, um Harris zu ermorden, die Gelegenheit und die Mittel. Irgendwo hatte sie aufgeschnappt, dass die Polizei ihre Untersuchungen stets mit diesen drei Überlegungen begann. Wenn das stimmte, waren sie automatisch die Hauptverdächtigen. Sie waren es, die Harris zuletzt lebend gesehen hatten – wenn man von dem halb blinden Lewis absah. Ihr brach jedes Mal aufs Neue der Schweiß aus, wenn sie an ihren Fehler mit dem Handy dachte. Das war verdammt knapp gewesen. Hätte sie nicht so geistesgegenwärtig reagiert, hätte sie Cole eine Menge erklären müssen und sich unweigerlich in Widersprüche verstrickt.

Ruby ging nach oben, duschte heiß, bis sie das Gefühl hatte, die ständig kreisenden Gedanken zusammen mit dem Metallstaub in den Abfluss gespült zu haben, und zog sich um. Als sie ins Freie trat, saß Robbie auf einem ausgebauten Autositz, tippte auf seinem Handy herum und trank Bier.

„Schraub endlich den Auspuff an den Mini. Floyd hat schon wieder angerufen. Wenn sein Wagen heute nicht fertig wird, sucht er sich eine andere Werkstatt.“

„Dann muss er nach Guernsey. Es gibt keine andere Autowerkstatt auf Alderney. Wohin fährst du?“

„Zur Bank. Ich muss Baxter bezahlen.“

„Ist die Kohle da?“

„Ich werd's gleich erfahren.“

Sie stieg in den Pick-up und fuhr nach Saint Anne. In der Victoria Street erwischte sie einen freien Parkplatz vor der Filiale der HSBC-Bank, bei der die Nolans mehrere Konten führten. Als sie in der Lottoannahmestelle eine Bankverbindung hatte angeben müssen, war sie so durcheinander gewesen, dass sie unwillkürlich das Geschäftskonto der Werkstatt in das Formular eingetragen hatte. Vielleicht hatte sie wieder einen Fehler gemacht, denn sowohl Robbie als auch ihre Mutter hatten Zugriff darauf. Jemand musste auf das Geld aufpassen, sonst würde ihr Brüderchen in einer Woche die Hälfte des Gewinns verschleudern. Und Mum? Bei ihr wusste man mittlerweile nicht mehr, ob sie noch zurechnungsfähig war.

Ruby beschloss, für das Firmenkonto einen Online-Zugang einzurichten und die Passwörter unter Verschluss zu halten. Es lag ihr fern, die beiden um ihren Anteil zu bringen, aber zumindest Robbie musste man ab und zu vor seiner eigenen Dummheit bewahren.

Sie betrat die Bank und steckte ihre Kreditkarte in einen der beiden Geldautomaten. Nach der Autorisierung überkam sie das Gefühl, vor einem Spielautomaten zu stehen, der gerade den Hauptgewinn ausspuckte. Es gab keinen Zweifel mehr, sie waren reich! Der Kontostand belief sich auf zweihundertachtzigtausend Pfund. Aber hatte der Angestellte in der Annahmestelle nicht von fünfhunderttausend gesprochen?

Ein Schreiben der National Lottery mit der Ankündigung des Zahlungseingangs hatte sie auch nicht erhalten. In der Aufregung der vergangenen Tage hatte sie gar nicht mehr daran gedacht.

Der angezeigte Kontostand war viel zu niedrig. Selbst wenn sie die Miesen von rund zwanzigtausend abzog, die auf jedem Auszug fett und rot leuchteten, fehlte fast die Hälfte des versprochenen Gewinns. Was sie sah, konnte nicht stimmen. Sie druckte die Auszüge aus und entdeckte in der Kontenübersicht die Ursache: Gestern hatte jemand zweihunderttausend Pfund in bar abgehoben. Ruby brauchte nicht lange darüber nachzudenken, wer dieser Jemand gewesen war. Sie zog die Karte aus dem Automaten und verließ die Filiale.

Zehn Minuten später stürmte sie wutentbrannt in die Werkstatt. Robbie saß auf dem Werkzeugwagen, rauchte und glotzte auf sein Handy. Der Auspuff für den Mini lag noch immer dort, wo sie ihn abgelegt hatte.

„Was hast du mit dem Geld gemacht?"

Er sah träge auf. „Hä?"

Sie nahm ihm das Telefon weg und stieß ihn vor die Brust. Er strauchelte und kippte von seinem wackeligen Sitz.

„He! Was ist denn in dich gefahren?"

„Ich will wissen, wozu du zweihunderttausend Pfund brauchst."

„Ich habe keine Ahnung, wovon du redest."

Ruby versetzte dem Auspuff einen Tritt. „Lüg mich nicht an. Du hast die Mitteilung der Lottogesellschaft abgefangen und fast die Hälfte des Gewinns abgehoben."

Robbie sah sie verständnislos an. „Hab ich nicht."

Sie packte ihn grob am Arm.

„Das werden wir ja sehen. Komm mit."

Sie stieß ihn in den Pick-up und fuhr zur Bankfiliale zurück. Vor den beiden Schaltern standen mehrere Kunden. Ruby wartete ungeduldig, bis sie endlich bedient wurden. Zwei Minuten später war ihr klar, dass Robbie die Wahrheit gesagt hatte.

„Wieso hat Mum das Geld abgehoben?", fragte er. „Und warum hat sie uns nichts davon gesagt?"

„Wir werden sie fragen."

Sie fuhren zur Werkstatt zurück.

„Mum? Wo steckst du?"

In der Küchenspüle stapelte sich der Abwasch, im Badezimmer quoll Schmutzwäsche aus dem Korb. Die Anzeichen, dass ihre Mutter sich völlig verändert hatte, waren nicht zu übersehen. Früher hatte die Wohnung vor Sauberkeit nur so geblitzt.

„Im Schlafzimmer ist sie auch nicht." Robbie hielt ihre Bibel in der Hand. „Hast du bemerkt, dass sie die in letzter Zeit dauernd mit sich herumträgt?"

„Allmählich glaube ich, dass sie verrückt wird", entgegnete Ruby. „Woher weiß sie überhaupt von dem Gewinn?"

„Ich schwöre, ich habe nichts verraten. Wahrscheinlich hat sie die Post geöffnet und die Benachrichtigung der Lottogesellschaft entdeckt."

„Ich habe mich schon gefragt, wo der Brief bleibt. Ihre Jacke fehlt", sagte Ruby. „Ich wette, sie ist wieder in der Parish Church. Lass uns hinfahren."

„Warum warten wir nicht, bis sie heimkommt?"

„Weil ich einen bösen Verdacht habe. Komm jetzt."

Die protestantische Kirche lag in einem kleinen Waldstück inmitten eines alten Friedhofs. Sie stellten den Pick-up in der Victoria Street ab, durchquerten den gotischen Torbogen und liefen an den Reihen der Grabsteine entlang. Schließlich fanden sie ihre Mutter im Kirchenschiff in einer der Bänke. Sie war tief in ein Gebet versunken und bemerkte sie erst, als Ruby sie an der Schulter berührte.

Sie erschrak. Mum sah sie an, als wären sie Fremde. Etwas in ihrem Blick schuf einen tiefen Graben zwischen ihnen.

„Was wollt ihr hier?", fragte sie.

„Du hast uns nicht gesagt, dass du weggehst. Wir haben uns Sorgen gemacht." Ruby setzte sich neben sie in die Bank. „Mum … wir müssen reden."

Ihre Mutter bekreuzigte sich. „Sprich mit Gott."

„Wir wissen, dass du zweihunderttausend Pfund abgehoben hast."

Sie antwortete nicht.

Robbie tänzelte ungeduldig von einem Fuß auf den anderen. Aus einem Grund, den er Ruby nicht verriet, fühlte er sich in Kirchen unwohl.

„Warum hast du uns nichts davon gesagt?", fragte sie.

„Ihr würdet es nicht verstehen."

„Was hast du mit dem Geld gemacht?"

„Ich beschütze euch."

„Was meinst du damit?"

„An diesem Reichtum klebt Blut. Er wird euch kein Glück bringen."

Ruby legte ihren Arm um die Schulter ihrer Mutter. Sie zuckte unmerklich zusammen und rückte von ihr ab.

„Mum", flüsterte sie, „sag mir, was du gesehen hast."

Sie wurde aschfahl und murmelte: „Und ich sah: Ein Tier stieg aus dem Meer, mit zehn Hörner und sieben Köpfen."

Robbie stöhnte. „Ich hab dir gesagt, sie tickt nicht mehr ganz richtig."

„Wo ist das Geld?", fragte Ruby noch einmal.

„Es ist Blutgeld. Ich sühne eure Schuld. Betest du mit mir, Ruby?"

Sie sah ihren Bruder hilflos an. Er schüttelte den Kopf und zuckte mit den Schultern.

„Lass uns nach Hause gehen, Mum." Sie zog sie sanft aus der Kirchenbank. „Ich besorge uns Scones, die magst du doch so gerne, und dann mache ich uns Tee dazu."

Ihre Mutter ließ sich widerstandslos aus der Kirche zum Wagen führen. Ruby hielt vor dem *Terrace Garden Café*, kaufte Scones und fuhr zu ihrem Haus am Hafen zurück. Sie setzte Tee auf, plauderte belanglos und wartete darauf, dass ihre Mutter aus dem tiefen Loch hervorkam, in dem sie sich verkrochen hatte. Robbie murmelte etwas davon, dass er den Mini endlich fertig machen musste, und verzog sich in die Werkstatt. Eine Stunde später folgte Ruby ihm.

„Hast du was aus ihr herausbekommen?", fragte er.

„Nein."

Er pfefferte einen Schraubenschlüssel in den Werkzeugwagen. „Wir stecken in der Scheiße. Sie weiß, dass wir Harris umgebracht haben."

„Wir? Du warst es, der ihm eins übergezogen hat."

„Ich wollte ihn nicht töten."

Er trat so dicht an sie heran, dass sie die Panik in seinen Augen sehen konnte.

„Was hätte ich denn tun sollen? Das Schwein hat uns erpresst. Baxter wäre unser ganzer Besitz wie ein reifer Apfel in den Schoß gefallen – die Werkstatt, das Haus, einfach alles."

Ruby wandte sich ab. „Er hat ihn nicht geschickt, um uns Feuer zu machen."

„Wie meinst du das?"

„Er war total überrascht, als ich mich darüber beschwerte, dass Harris Druck auf uns ausgeübt hat. Ich glaube, er hat einen Teil des Geldes, das die Leute Baxter schulden, in die eigene Tasche gesteckt."

„Weiß Baxter davon?"

„Ich werde das Gefühl nicht los, dass ich ihn mit der Nase darauf gestoßen habe. Nun wird er nach ihm suchen, weil er seine Kohle wiederhaben will."

„Scheiße. Was machen wir jetzt?"

„Gar nichts. Wir bleiben bei unserer Version. Keiner kann uns etwas nachweisen. Alles, was wir tun müssen, ist, dafür zu sorgen, dass Mum den Mund hält."

„Du bist dir doch sicher, dass sie uns nicht verpfeifen wird", sagte Robbie.

„Da wusste ich noch nicht, dass sie zweihunderttausend Pfund abgehoben hat. Ihr Zustand wird schlimmer, merkst du das nicht? Ich kann spüren, dass sie mit jemandem reden will. Ihr Wissen und die Einsicht, dass sie schweigen muss, kosten sie den Verstand."

„Weil sie weiß, dass sie uns damit ins Gefängnis bringt", sagte Robbie.

„Und wenn sie sich dem Pfarrer anvertraut?", überlegte Ruby.

„Der ist an das Beichtgeheimnis gebunden."

Sie kaute auf der Unterlippe. „Ich habe ihr ein Beruhigungsmittel gegeben, sie schläft jetzt. Aber sie darf das Haus nicht mehr verlassen.“

„Willst du sie etwa einsperren?“

„Hast du eine bessere Idee? Wir können ihr nicht verbieten, zur Bank zu gehen. Sie hat eine Vollmacht für das Geschäftskonto.“

„Dann müssen wir eben schneller sein als sie.“

„Wo du recht hast, hast du recht.“

Zum ersten Mal hatte Robbie eine gute Idee.

7

Wir sind schon ein seltsames Paar, dachte Steve. Dabei wusste er nicht genau, ob er die Insel, das Schicksal oder den Hund meinte.

Wie jeden Morgen stand er am Küchenfenster des alten Pfarrhauses, das die Gemeinde von Saint Anne ihm vermietet hatte, trank Kaffee und blickte auf das Meer hinaus. Er liebte die Weite, den Geruch von Salz und Seegras und die klagenden Schreie der Möwen, die pfeilschnell über die Klippen segelten. Sosehr er Abby vermisste, gestand er sich allmählich ein, dass er begann, Alderney zu lieben.

„Ich hätte nicht geglaubt, dass sich dieser Felsen im Ärmelkanal in ein Zuhause verwandeln würde", sagte er laut.

Der Hund spitzte die Ohren, hielt aber wie stets gebührenden Sicherheitsabstand, falls Steve auf den nicht akzeptablen Gedanken kommen sollte, ihn anzufassen.

„Du hast ganz schön was hinter dir, was, Junge?"

Der Hund senkte den Kopf und beschnüffelte den Fußboden.

„Das habe ich auch", fuhr er fort. „Bei Gelegenheit solltest du mir mal deine Lebensgeschichte erzählen."

Der Hund gähnte.

„Tu nicht so, als würde dich das langweilen. Raus damit, was hat Harris mit dir angestellt? Lass mich raten, du warst so 'ne Art Fußabtreter für ihn, hab ich recht?"

Ein entrüstetes Schnauben war die Antwort.

Steve nickte. „Ja, ich kenne das Gefühl."

Zunächst hatte er Penny beauftragen wollen, den Hund nach Guernsey in ein Tierheim zu bringen, doch die Ankündigung hatte im Team einen Sturm der Entrüstung ausgelöst. Der Köter hatte innerhalb eines Tages das gesamte Revier für sich eingenommen und alle davon überzeugt, dass er ab sofort dazugehörte. Selbst der spröde Gordon war von ihm angetan. Steve musste zugeben, dass der Hund auf geheimnisvolle Weise seine kleine Mannschaft enger zusammenschweißte.

Nun döste er tagsüber neben Steves Schreibtisch und war ein ständiger Begleiter im Streifenwagen. Wie selbstverständlich trat er morgens seinen Dienst an, machte pünktlich Feierabend und kehrte mit ihm in das alte Pfarrhaus über den Steilklippen zurück, als wäre das die normalste Sache der Welt.

Er weckte in allen einen Beschützerinstinkt. Seit Tagen beschäftigte sich die vereinte Polizei von Alderney damit, einen passenden Namen für den Revierhund zu finden. Vorschläge gab es genug, doch bislang hatten sie sich nicht einigen können.

„Wie stellst du das an?", fragte Steve. „Sogar mich klopfst du weich. Dabei tust du gar nichts, lässt kaum jemanden an dich heran. Du bist einfach nur da."

Der Hund stellte seine übergroßen Ohren auf und sah ihn gespannt an, verlor jedoch nach der typisch kurzen Hundeaufmerksamkeitsspanne das Interesse und rollte sich umständlich auf seiner Matte zusammen.

Seit einer Woche führte Steve nun diese einseitigen Gespräche mit ihm. Er erzählte ihm von Abby und Ivy, von der Nacht im *Red Door* und der Granate, die seine Hüfte zerfetzt hatte, von Cataldo, Sorokin und der anstrengenden Zeit in der Rehaklinik in Brighton, wo er mühsam wieder laufen gelernt hatte. Er berichtete von Matt Frazer und seinem Plan, den verdeckten Ermittler Thomas McCallum sterben zu lassen, und von der Geburt von Detective Inspector Steve Aiden Cole, Chief der Alderney Police Force. Ob der Hund sich für die Monologe interessierte oder schlichtweg nur döste, ließ sich nicht ergründen. Auf jeden Fall bewirkte er, dass Steve zum ersten Mal Dinge von sich preisgab, die er noch keiner Menschenseele anvertraut hatte.

Es hatte drei Tage gedauert, bis der Hund ihm erlaubt hatte, ihn zu streicheln. Dabei hatte er gezittert und den Kopf hängen lassen, als befürchtete er, eingeschläfert zu werden. Die meiste Zeit lag er auf einer alten Wolldecke und beobachtete ihn. Ging Steve aus dem Haus oder zum Dienst, folgte er ihm wie ein Schatten, behielt aber stets jenen gewissen Abstand bei. Es reizte Steve, die Kluft zwischen ihnen zu schließen, doch ihm war klar, dass der Hund den ersten Schritt gehen musste. Bisher hatte er das allerdings nicht getan.

Steve trank seinen Kaffee aus und spülte die Tasse. „Kann ja noch werden", sagte er.

Er nahm seine Jacke vom Garderobenhaken und hörte, wie der Hund aufstand und ihm folgte – natürlich in angemessenem Abstand.

Steve stellte den Streifenwagen in einer der Parklücken neben dem Revier ab. Von seinem neuen Teammitglied begleitet, betrat er die Wache. Vor dem Tresen stand ein breitschultriger Mann, redete auf Dave Bailey ein und gestikulierte abgehackt, als wolle er den jungen Constable mit den Fäusten überzeugen. Er trug eine dunkelgrüne Jacke, eine Anglerhose und Gummistiefel.

„Morgen, Chief. Mr Trenton will mit dir reden“, sagte Dave, offenbar erleichtert, den Besucher loszuwerden.

„Hat er wieder eine Leiche entdeckt?“

„Das, was von ihr übrig ist.“

„Hab gehört, dass Sie Louie Harris suchen. Sieht aus, als hätte ich ihn gefunden“, sagte der Fischer.

Steve warf einen Blick in die große Plastiktüte, die ihm Trenton entgegenhielt. Darin befand sich eine klitschnasse Uniformjacke der Alderney Police.

„Ich hab sie heute Morgen am Saye Beach gefunden“, sagte Trenton.

„Es wäre besser gewesen, Sie hätten sie am Strand liegen lassen und uns angerufen“, brummte Dave.

„Zuerst habe ich gedacht, es wär ein Stück Treibholz, aber als ich sie aufgehoben hatte, sah ich, dass es eine Polizeijacke ist. Harris lief doch immer in so einer Jacke herum, obwohl er gar kein Polizist mehr war. Und da ich sie sowieso schon angefasst hatte, dachte ich ...“

„Nun ist es nicht mehr zu ändern“, sagte Steve. „Das Meerwasser wird ohnehin alle Spuren vernichtet haben. Ich gehe mal davon aus, dass keiner von euch eine Jacke vermisst.“

Dave nickte bekräftigend. „Die gehört todsicher Harris.“

„Sie kennen doch bestimmt die Gewässer in der Gegend, nicht wahr, Mr Trenton?“, fragte Steve.

„Wie meine Hosentasche, Chief.“

„Dann kommen Sie bitte mal mit.“

Sie gingen in Steves Büro. Er blieb vor der großen Landkarte von der Insel an der Wand hinter dem Schreibtisch stehen.

„Wo genau haben Sie die Jacke gefunden?“

Trenton fuhr mit dem Zeigefinger an der Küstenlinie entlang und tippte auf einen Punkt an der Nordostküste. „Hier am Saye Beach.“

„Welche Strömungen sind denn dort vorherrschend?“

Der alte Fischer schien sofort zu begreifen. Er rieb sich den Bart und studierte die Karte.

„Ich weiß, worauf Sie hinauswollen, Chief. Wenn Harris so dumm war, bei Sturm rauszufahren, hat es ihn vermutlich auf die Riffe im Norden getrieben. Der Wind kam in der Nacht, in der es ihn erwischt hat, aus Südwest. Ich schätze, er ging über Bord und zog die Jacke aus, weil sie sich mit Wasser vollsog und ihn nach unten zog. Die Tide hat sie dann an den Strand gespült. So könnte es gewesen sein.“

„Wenn wir davon ausgehen, dass er ertrunken ist, warum hat dieselbe Strömung nicht auch die Leiche angetrieben?“, fragte Steve.

„Weil ein toter Körper erst einmal untergeht“, erwiderte Trenton. „Nach einigen Tagen blähen ihn Faulgase auf und er steigt wieder an die Oberfläche. Doch meistens fressen ihn vorher die Fische.“

„Und das Boot?“

„Wenn ich Sie wäre, würde ich die *Roy Barker* auf die Suche danach schicken.

„Das haben wir gleich am Morgen nach Harris’ Verschwinden gemacht“, sagte Steve. „Leider erfolglos.“

„In welchem Umkreis haben Sie denn gesucht?“

„In einem Gebiet etwa eine Seemeile vor der Hafenausfahrt, würde ich sagen. Ich habe mich auf die Erfahrung des Coastguard verlassen.“

„Klar, da ist das Wasser schon ziemlich tief“, meinte Trenton, „eine Meile vor der Küste sind’s fünfzig Meter. Da draußen liegen eine Menge Wracks auf dem Grund. Aber wenn die Strömung die *Candice* auf die Riffe getrieben hat, gibt es eine Chance, sie zu orten, denn dort ist die See flach wie’n Omelett – vor allem bei Ebbe natürlich.“

Steve nickte. „Ich informiere den Coastguard. Sie sollen noch mal rausfahren und sich in dem Gebiet umschauen.“

„Ich halte die Augen offen“, sagte Trenton. „Oft werden Wrackteile erst nach Tagen angeschwemmt.“

„Es wäre also möglich, dass die Leiche doch noch an Land getrieben wird?“

„Durchaus.“

„Melden Sie sich, wenn Sie etwas entdecken, aber fassen Sie bitte nichts an.“

„Geht klar, Chief.“

Trenton betrachtete den Hund, der sich auf einer Wolldecke neben Steves Schreibtisch zusammengerollt hatte.

„Sind Sie auf den Hund gekommen?“

„Er gehörte Harris. Wir wissen nicht so recht, was wir mit ihm anstellen sollen.“

„Armer Kerl. Werden Sie ihn nach Guernsey ins Tierheim bringen?“

„Eher nicht, denn dann wird mein Team den Aufstand proben. Sie haben ihn ins Herz geschlossen.“

„Und Sie?“, fragte Trenton mit einem spöttischen Lächeln.

Der Hund hob den Kopf und sah Steve an. Der starrte zurück. „Ich bin mir noch nicht sicher.“ Er zuckte mit den Schultern. „Immerhin scheint er sich hier wohlzufühlen.“

„Ich rufe Sie an, wenn ich was entdecke.“

Trenton verabschiedete sich und verließ das Büro. Eine Minute später klopfte es und Dave kam herein.

„Es ist der perfekte Mord, oder?“

„Du hast diesen Sherlock-Holmes-Blick drauf“, sagte Steve. „Sag schon, was brütest du aus?“

„Ich habe mir ein paar Gedanken gemacht.“

Steve setzte sich in den knarrenden Sessel hinter seinem Schreibtisch und erinnerte sich zum hundertsten Mal daran, einen neuen zu bestellen.

„Dann trägt dein Online-Fortbildungskurs ja Früchte“, sagte er. „Lass mal hören.“

„Die Nolans haben ein starkes Motiv, Louie Harris umzubringen.“

„Genauso wie alle anderen auf Alderney, wie es scheint.“

„Immerhin hat er ihren Vater erschossen. Ich frage mich, wieso sie den Auftrag angenommen haben, ausgerechnet das Boot von Louie Harris zu reparieren.“

„Sie sagten, sie brauchen das Geld.“

„Wenn sie’s darauf abgesehen hatten, warum haben sie dann die hundertachtzigtausend Pfund aus seinem Apartment nicht an sich genommen?“

„Sie wussten wohl nichts davon.“

„Was sie nicht entlastet.“

„Nicht unbedingt.“

„Sie könnten ihn in die Werkstatt gelockt haben, um ihn umzubringen und die Leiche mitsamt der *Candice* verschwinden zu lassen", überlegte Dave.

„Dafür gibt's keinen Beweis. Außerdem hat der Hafenmeister gesehen, dass Harris rausgefahren ist. Er hat also noch gelebt, nachdem er bei den Nolans war."

„Er hat diese Jacke gesehen", warf Dave ein.

„Wir können aber nicht nachweisen, dass es *nicht* Harris war, der sie getragen hat."

„Du meinst, er hat wirklich nur sein Boot abgeholt?"

„Gut möglich. Vielleicht stimmt Rubys Darstellung der Ereignisse", entgegnete Steve. „Es könnte aber auch sein, dass du recht hast, es zum Streit kam und sie die Gelegenheit genutzt haben, um abzurechnen. Wir können weder das eine noch das andere beweisen."

„Dann müssen wir die Werkstatt durchsuchen und alles auf den Kopf stellen. Ein Mord hinterlässt Spuren. Wir finden immer etwas."

„Es liegt kein ausreichender Grund für einen Durchsuchungsbeschluss vor. Wir wissen ja nicht mal, ob wir es überhaupt mit einem Verbrechen zu tun haben. Vielleicht war's wirklich ein Unfall, ausgelöst durch Leichtsinn und Selbstüberschätzung."

„Na ja ... Robbie baut oft Mist, aber er ist kein Mörder", sagte Dave, „und seine Schwester erst recht nicht."

„Ruby scheint die Vernünftigere der beiden zu sein", stimmte Steve ihm zu.

„Seit dem Tod des alten Angus schmeißt sie den Laden. Sie hat ganz schön was am Hals, ich möchte nicht mit ihr tauschen."

Steve kippte seinen Stuhl zurück, der protestierend knarrte.

„Woher hat Harris hundertachtzigtausend Pfund?“, überlegte er. „Und warum stopft er das Geld in eine Tasche und trifft Vorbereitungen, um in aller Eile zu verschwinden?“

„Du glaubst also, es spielt noch eine dritte Partei mit, von der wir nichts wissen?“

„Wir kennen zumindest jemanden aus Harris’ Umfeld, der mit Krediten nur so um sich wirft. Hab ich zumindest gehört.“

„Du meinst Baxter?“

Steve nickte. „Harris arbeitete für ihn.“

„Was gehörte denn, außer Schulden einzutreiben, noch zu seinen Aufgaben?“

„Das würde ich auch gerne wissen. Ich denke, ich werde mal mit Baxter reden.“ Er grinste. „Schließlich sind wir inzwischen ja so was wie Kumpel.“

Dave blickte nachdenklich auf den Hund, der auf seiner Decke döste.

„Wenn Watson reden könnte, wüssten wir mehr.“

„Watson?“

„Wir haben beschlossen, ihn so zu nennen. Schließlich bist du unser Sherlock Holmes vom Festland.“

Steve verzog säuerlich den Mund. „Raus hier, sonst lass ich dich Strafzettel schreiben, bis du Blasen an den Fingern hast.“

Dave grinste und trollte sich. Steve blickte den Hund an.

„Watson“, murmelte er kopfschüttelnd.

Der Hund legte den Kopf schief, als überlegte er, ob ihm der Name zusagte. Dann wuffte er zustimmend.

Das Prepaidhandy, das Steve bei sich trug, klingelte. Es gab nur zwei Menschen, denen er die ständig wechselnden Nummern anvertraut hatte: Abby und Matt Frazer, seinen Freund und Kontaktmann bei der Metropolitan Police. Er wischte über das Display und meldete sich.

„Hallo, Tom.“

„Matt! Wie geht’s dir?“

„Gut. Bis jetzt jedenfalls.“

„Hatten wir nicht Funkstille vereinbart?“

„Ausnahmen bestätigen die Regel. Es tut gut, deine Stimme zu hören, Tom.“

„Hinter deinen Ausnahmen stecken fast immer schlechte Nachrichten“, sagte Steve.

„Wie man’s nimmt. Ich wollte nicht, dass du’s aus den Medien erfährst und einen Alleingang startest.“

Steve setzte sich kerzengerade auf. „Dass ich was erfahre?“

„Sorokins Leute haben einen neuen Anschlag auf Abby Bonham verübt.“

„Ist sie verletzt? Was ist mit der kleinen Ivy?“

„Beide sind wohlauf. Aber es hat zwei Kollegen des Zeugenschutzes erwischt.“

Matt berichtete, was vorgefallen war. Eine Autobombe hatte den Wagen der Beamten zerfetzt. Eine zufällige Planänderung hatte verhindert, dass Abby und ihre Tochter ebenfalls ums Leben gekommen waren.

„Ich muss mit ihr sprechen.“

„Das ist unmöglich.“

„Bisher hast du immer einen Weg gefunden, Kontakt herzustellen.“

„Die Sicherheitsvorkehrungen wurden noch einmal verschärft. Ich wollt’s nicht glauben, aber du hattest recht. Wir haben einen Maulwurf in den eigenen

Reihen, anders ist der Anschlag nicht zu erklären. Nur eine Handvoll Leute wusste, wo Abby sich aufhielt. Sie waren gerade dabei, den Standort zu wechseln, als die Bombe hochging. Dass Sorokin dahintersteckt, ist klar, beweisen können wir es nicht."

„Wo sind die beiden?"

„Ich weiß es nicht. Und ich krieg's auch nicht raus. Mit jedem Versuch, etwas in Erfahrung zu bringen, mache ich mich selbst verdächtig. Sie sind in Sicherheit, das muss dir genügen."

Steve rieb sich die brennenden Augen. Seit Tagen trieb ihn eine innere Unruhe um, die ihm den Schlaf raubte; eine böse Ahnung, die er nun bestätigt sah.

„Es gibt noch einen weiteren Grund, warum ich anrufe", fuhr Matt fort. „Der Prozess gegen Viktor Sorokin wird sehr wahrscheinlich platzen."

„Hat er den Staatsanwalt etwa auch gekauft?"

Matt ging nicht auf seinen Spott ein. „Es könnte schwierig werden, ihm nachzuweisen, dass er Allister geschmiert hat. Der Tory bestreitet, jemals Geld erhalten zu haben, damit er Sorokin bei der Ausschreibung der Immobiliendeals in der City of London bevorzugt."

„Will er wirklich leugnen, im *Red Door* eine hübsch verpackte Geschenkschachtel mit dem Private Key für ein anonymes Kryptokonto entgegengenommen zu haben?"

„Die Ermittlungen haben kein belastendes Material gegen Allister zutage gefördert. Der Key führte ins Leere. Wir wissen, dass dieses Konto existiert, aber es wurde leer geräumt, bevor wir zuschlagen konnten. Wer dahintersteckt, können wir nur vermuten. Entweder hat Sorokin Ted Allister übers Ohr gehauen ... oder wir haben es mit einem weiteren Player zu tun, den wir nicht kennen. Solange Allister kein Geld angenommen hat, läuft der Vorwurf der Bestechlichkeit ins Leere."

Es gibt sogar noch mehr Teilnehmer in diesem tödlichen Spiel, dachte Steve. Zwei von ihnen heißen Thomas McCallum und Abby Bonham.

„Der unbekannte Dritte ist Juan Cataldo", sagte er.

„Vergiss es. Du weißt, dass er Sorokins Ziehsohn ist. Der Russe hat ihn aus dem Dreck der Slums von Mexico City gezogen. Cataldo verdankt ihm alles und ist ihm treu ergeben wie ein Hund. Er würde ihn niemals hintergehen."

„Gibt es inzwischen eine Spur von ihm?"

„Nein. Wir glauben, dass er untergetaucht ist und wartet, bis sein Boss und Mentor freikommt."

„Was wir unbedingt verhindern müssen."

„Der Wind in London hat sich gedreht, Tom. Er bläst uns jetzt direkt ins Gesicht. Ted Allister hat wieder Oberwasser und spinnt eifrig Intrigen. Ich frage mich die ganze Zeit, warum Sorokin seinen Geschäftspartner betrügen sollte, bevor der Deal abgeschlossen war. Das ergibt einfach keinen Sinn."

„Mein Favorit heißt nach wie vor Cataldo", sagte Steve.

„Nur drei Leute wussten, was in der Präsentschachtel war", fuhr Matt fort. „Sorokin, Abby Bonham, von der wir den Tipp hatten … und du."

„Du vergisst Richards. Vielleicht hat er die Razzia im *Red Door* ja absichtlich platzen lassen und dafür abkassiert."

„Richards hat es vermasselt, aber er ist nicht korrupt."

„Willst du damit andeuten, ich hätte etwas mit der Sache zu tun?“

„Sag mir die Wahrheit. Hattest du vor, mit Abby und einer Million Pfund durchzubrennen?“

Steve lachte. „Dass ich aussteigen wollte, ist kein Geheimnis, Matt, sonst wäre ich nicht auf einem Kaninchenfelsen im Atlantik gelandet. Und falls es unser Plan war, Sorokin übers Ohr zu hauen, ist er gründlich schiefgegangen.“

„Mag sein.“

„Willst du mir damit erklären, dass es Ermittlungen gegen Abby geben wird? Das würde das Ende des Zeugenschutzprogramms bedeuten.

„Es wäre denkbar. Gerüchte machen schnell die Runde.“

„Gerüchte, die Richards in die Welt setzt, nehme ich an“, sagte Steve, „und die Abbys Sicherheit gefährden.“

Er ballte die Faust und öffnete sie wieder. Wäre er in London, würde er dem arroganten Kerl das Maul stopfen.

„Was hat Richards davon, wenn er posthum meinen Ruf zerstört?“, überlegte er.

„Er will dir das Debakel im *Red Door* in die Schuhe schieben. Einen Toten anzugreifen, ist leicht, denn er kann sich nicht wehren.“

„Ruf mich sofort an, falls Sorokin freikommt und Abby jeden Schutz verliert. Organisiere ein Treffen. Ich werde sie und Ivy abholen und nach Alderney bringen.“

„Du bist offiziell tot, Tom, und das muss so bleiben. Wenn du deine Tarnung aufdeckst, bringst du euch alle in Gefahr“, sagte Matt.

„Versprich mir, dass du mich auf dem Laufenden hältst.“

„Hätte ich dich sonst angerufen?“

Steve seufzte.

„Was hast du jetzt vor?“, fragte Matt. „Ich kann hören, wie's in deinem Kopf arbeitet.“

„Was soll ich schon tun? Ich sitze hier fest. Mir bleibt nichts anderes übrig, als abzuwarten.“

„Halt um Gottes willen die Füße still. Ich lasse mir etwas einfallen.“

„Ich nehme dich beim Wort, Matt.“

„Ich melde mich. Mach's gut, Tom.“

Er legte auf. Steve lehnte sich zurück und betrachtete die Porträts seiner Vorgänger an der Wand. Sorokin würde auf seine Vendetta nicht verzichten. Wenn er freikam, vervielfachten sich seine Möglichkeiten. Je länger Steve darüber nachdachte, desto klarer wurde ihm, was er zu tun hatte. In seinem Kopf formte sich ein eiskalter Plan. Schon einmal hatte er Grenzen überschritten, um mit Abby ein neues Leben beginnen zu können. Die ständige Sorge, ihr und der Kleinen könnte etwas zustoßen, machte ihn verrückt, doch das war nicht das Einzige, was ihm schlaflose Nächte bereitete. Man konnte es drehen und wenden, wie man wollte, er selbst hatte sie in diese gefährliche Lage gebracht. Zwar war es Abbys Idee gewesen, gemeinsam mit Natasha Gradenko Sorokin übers Ohr zu hauen und seine Rache heraufzubeschwören, aber er hatte dem Plan zugestimmt. Er war der erfahrene Undercoveragent, der gewusst hatte, worauf er sich einließ. Das Ding war gründlich schiefgelaufen. Statt mit einer Million Pfund in der Tasche auf den Bahamas in der

Sonne zu liegen, waren sie seit Monaten getrennt und führten ein Dasein im Schatten. Wenn sie sich ans Licht wagten, riskierten sie ihr Leben. Viktor Sorokin hatte ihnen den Krieg erklärt, und es gab nur eine Möglichkeit, diese Fehde zu beenden: indem sie zuerst zuschlugen.

Es klopfte an der Glastür, Penny trat ins Büro. Steve warf einen Blick auf seine Armbanduhr. Zwei Stunden waren verflogen, ohne dass es ihm bewusst gewesen war.

„Du ziehst eine Miene, als wolltest du jemanden ermorden", sagte sie.

Steve lachte. Es klang nicht ganz echt. Penny ahnte nicht, wie nahe sie mit ihrer Bemerkung der Wahrheit kam.

„Was gibt's?", fragte er.

„Die *Roy Barker* ist bei den Riffen auf ein Bootswrack gestoßen."

„Können sie es heben?"

„Sie arbeiten daran. Und sie fragen nach jemandem, der das Boot identifizieren kann."

Steve nahm seine Jacke vom Haken neben der Tür. „Dann werde ich mal bei unserem rothaarigen Geschwisterpaar vorbeischauen."

„Gordon lässt das Polizeiboot klarmachen", sagte Penny.

„Gut. Wir treffen uns auf der *Baleigh Anne*."

Steve spürte eine Berührung an der Wade. Der Hund schlich um ihn herum.

„Ich schätze, er will mit", sagte Penny. „Als Revierhund ist es schließlich seine Pflicht zu ermitteln."

„Watson hat heute Innendienst", entgegnete Steve.

8

„Ich weiß nicht, wo ich noch suchen soll“, sagte Robbie.

Ruby schüttelte den Kopf. „Ich auch nicht.“

„Rede noch mal mit Mum. Auf dich hört sie.“

„Diesmal nicht. Du weißt, was sie gesagt hat: Das Geld gefährdet unser Seelenheil. Wir sollen Buße tun“, entgegnete Ruby.

„Hoffentlich hat sie die Kohle nicht verbrannt. Wer weiß, was sie als Nächstes anstellt. Sie verliert den Verstand.“

„Wenigstens ist der Rest in Sicherheit.“

Ruby hatte ein Konto auf ihren Namen und den ihres Bruders eröffnet, auf das ihre Mutter keinen Zugriff hatte, und die restliche Gewinnsumme dorthin transferiert.

„Zweihunderttausend Pfund können sich doch nicht einfach in Luft auflösen“, schimpfte er. „Wo hat sie das Geld nur versteckt?“

„Vielleicht gar nicht im Haus oder der Werkstatt.“

„Wo dann? Mum geht nur in die Kirche und ...“, er stutzte.

„... auf den Friedhof“, beendete Ruby seinen Gedanken.

„Du meinst, sie hat es in Dads Grab verbuddelt?“

Sie zuckte mit den Schultern. „Ich traue es ihr zu.“

„Heute Nacht gehe ich nachsehen.“

„Du willst das Grab öffnen?“, fragte Ruby.

„Besonders tief kann sie das Geld nicht vergraben haben."

„Einen Versuch ist es wert. Pass eine Stunde auf die Tankstelle auf."

„Wohin willst du?"

„Ich muss Baxter ausbezahlen."

Robbie sah durch die Glasscheibe des Kassenraums nach draußen.

„Er wird warten müssen."

Ruby folgte seinem Blick. An einer der beiden Zapfsäulen hielt ein Streifenwagen.

„Das ist der neue Chief. Was will der denn schon wieder?", maulte Robbie.

„Geh nach hinten. Ich rede mit ihm."

Er verschwand blitzartig im Durchgang zur Werkstatt. Manches änderte sich wohl nie. Robbie fabrizierte einen Haufen Mist und überließ es ihr, den Stall auszufegen. Ruby blieb keine Zeit, darüber nachzugrübeln, warum ihr Bruder stets damit durchkam. Cole betrat den Kassenraum.

„Hi Chief. Soll ich Ihren Streifenwagen volltanken?", begrüßte sie ihn.

„Heute nicht. Sie können mir auf andere Weise helfen."

„Ein Ölwechsel? Neue Reifen?"

„Der Coastguard hat bei den vorgelagerten Riffen der Braye Bay ein Bootswrack ausgemacht. Sie heben es gerade. Wir gehen davon aus, dass es sich um das Kajütboot von Louie Harris handelt. Ich möchte Sie bitten, uns bei der Identifizierung zu helfen."

Ruby tat geschäftig, riss die Zellophanhülle von einer Stange Zigaretten und räumte die Packungen in das

Regal hinter dem Tresen. Der Chief durfte ihr Gesicht nicht sehen, bevor sie sich wieder im Griff hatte. Ohne in den Spiegel zu schauen, wusste sie, dass sie leichenblass geworden war. Ihre Hände zitterten, alles drehte sich um sie.

„Der Name steht doch auf dem Rumpf. Wozu brauchen Sie mich?"

„Wir wissen nicht, in welchem Zustand sich das Boot befindet. Sie kennen die *Candice*, es wäre hilfreich, wenn Sie mich begleiten würden."

„Und Harris?", fragte sie. „Ist er ertrunken? Hat man seine Leiche gefunden?"

„Ich weiß im Augenblick nicht mehr als Sie."

Sie drehte sich um, knüllte die Folie zusammen und warf sie in den Abfalleimer. Aus dieser Nummer kam sie nicht heraus, ohne verdächtig zu erscheinen. Cole wollte sie aus einem einzigen Grund mitnehmen: Er war neugierig auf ihre Reaktion. Es war vorbei. Sie würden Harris finden und den Coroner aus Guernsey anfordern. Der Arzt würde mit Leichtigkeit die Todesursache feststellen, einen eingeschlagenen Schädel konnte er kaum übersehen. Damit würde allen klar sein, dass Harris nicht ertrunken, sondern ermordet worden war. Ruby hatte befürchtet, dass die Gezeitenströmung die Leiche an den Saye Beach spülen könnte, und dafür gesorgt, dass sie mit der *Candice* unterging. Dass sie das Boot so schnell finden würden, damit hatte sie nicht gerechnet. Einen Augenblick lang dachte sie daran, alles zu gestehen und die Schuld auf sich zu nehmen. Sie könnte behaupten, dass sie es gewesen war, die Harris mit einem Schraubenschlüssel niedergeschlagen hatte, weil sie sich für den Tod ihres Dads hatte rächen wollen. Aber wenn sie für Robbie büßte, wer kümmerte sich dann um Mum? Und was würde aus ihm werden, wenn sie nicht da war, um auf ihn aufzupassen?

Es war sinnlos. Cole würde sie getrennt voneinander befragen und verhören, bis einer von ihnen sich verplapperte oder mit der Wahrheit herausrückte. Robbie hielt keine halbe Stunde durch.

„Warten Sie eine Minute. Ich sage meinem Bruder Bescheid, damit er ein Auge auf die Kasse hat. Wie lange werden wir fort sein?"

Etwa zwanzig Jahre, dachte sie, bevor Cole antwortete.

„Kann ich noch nicht sagen."

Ruby ging in die Halle. Robbie saß auf der Werkbank und kaute an den Fingernägeln. Er sah auf, als sie eintrat.

„Was will er?", fragte er.

„Sie haben das Boot gefunden."

„Scheiße, scheiße, scheiße. Was machen wir jetzt?"

„Lass mich das regeln. Noch haben sie die Leiche nicht entdeckt. Du bleibst unter allen Umständen bei dem, was wir abgesprochen haben, ist das klar?"

Er nickte krampfhaft.

„Okay. Ich muss los. Der Chief will, dass ich das Boot identifiziere."

„Ruby?"

„Was ist?"

„Vielleicht wär's besser, ich gestehe alles. Es war doch keine Absicht. Ich wollte ihn nicht umbringen."

„Halt die Klappe, und kümmere dich endlich um den Mini."

Ruby streifte sich ihre Jacke über und verließ die Werkstatt. Die Fahrt zu den Riffen würde etwa eine Viertelstunde dauern. Zeit genug, um sich etwas einfallen zu lassen.

Chief Cole brachte sie zum Hafen, wo Dave Bailey sie erwartete. Auf der *Baleigh Anne* – dem Patrouillenboot der Alderney Police Force - fuhren sie in einem Bogen nordostwärts aus der Braye Bay heraus. Ruby dachte fieberhaft darüber nach, was schiefgelaufen war. Die *Candice* hatte viel weiter westlich im tiefen Wasser sinken sollen. Wahrscheinlich hatten sie die Stärke des Sturms und damit die Abdrift unterschätzt.

Sie bemerkte kaum, dass sie ihr Ziel erreicht hatten. Ein kleiner Seenotrettungskreuzer ankerte in sicherem Abstand von den Riffen. Die gefährlichen Felsen lauerten dicht unter der Wasseroberfläche und konnten einen Bootsrumpf aufschlitzen wie eine Konservendose.

Dave drosselte den Motor und ging längsseits. Die Besatzung des Kreuzers warf Leinen herüber und half ihnen an Deck.

Ruby umfasste die Steuerbordreling und blickte auf das Meer hinab. *Die Candice* lag in einer Tiefe von knapp sechs Metern, ihre Umrisse hoben sich hell vom dunklen, felsigen Grund ab. Taucher waren damit beschäftigt, Hebekissen anzubringen. Ein Kompressor pumpte Pressluft in die am Rumpf befestigten Säcke, langsam begann das Boot emporzusteigen.

Sie spürte Coles Blick auf sich ruhen. Er schien ihre Reaktion zu beobachten.

Das Dach des Kajütboots durchbrach die Wasseroberfläche, dann das Deck und schließlich der Rumpf. Die

Taucher sicherten die *Candice* mit Seilen und brachten sie nahe an die Bordwand des Kreuzers.

„Erkennen Sie es wieder?", fragte Cole.

Ruby zuckte zusammen, als sie seine Stimme an ihrem Ohr vernahm. Leugnen war sinnlos, der Name leuchtete in blauen Lettern am Bug.

„Ja, das ist Harris' Boot."

Sollte sie die Wahrheit sagen, bevor sie damit konfrontiert werden würde? Doch ehe sie ein Geständnis ablegen konnte, sagte Cole: „Warten Sie hier. Dave, wir schauen uns mal an Bord um."

Er kletterte über die Reling. Ruby sah deutlich, dass er vor Schmerz zusammenzuckte, als sein Fuß auf der Strickleiter Halt fand. Dave beobachtete ihn mit besorgter Miene und stützte ihn.

Die beiden Polizisten betraten das Deck der *Candice*. Rubys Anspannung wurde unerträglich, in wenigen Sekunden mussten sie die Leiche entdecken. Dave deutete auf den Niedergang, der in die Kajüte hineinführte. Cole nickte, dann stiegen sie hinab.

Ruby wanderte unruhig auf und ab. Die Nacht, in der Robbie Harris erschlagen hatte, lief als Endlosschleife vor ihren Augen ab. Hatten sie auf dem Boot Spuren hinterlassen, die man zu ihnen zurückverfolgen konnte? Reichte die Zeit, um die Todesursache zu verschleiern? Konnte die Polizei noch fremde DNA sicherstellen? Sehr wahrscheinlich war das nicht mehr möglich. Der Tote hatte zwölf Tage im Wasser gelegen, war vermutlich von Fischen angefressen worden – wenn er überhaupt noch an Bord war. Wenn sie Glück hatten, war die Leiche beim Untergang der *Candice* über Bord gespült worden.

Doch dann wurde sich Ruby schlagartig des furchtbaren Fehlers bewusst, den sie begangen hatte: Die Plane!

Es wäre nicht weiter tragisch gewesen, wenn Harris über Bord gegangen wäre, als das Boot sank. Vielleicht wäre ein Unfalltod sogar glaubhafter gewesen, wenn die Flut ihn an den Strand gespült hätte. Aber wenn Cole auf eine in eine Plastikfolie verschnürte Leiche stieß, konnte es keinen Zweifel mehr geben, dass Harris ermordet worden war. Getötet von den beiden Menschen, die ihn zuletzt lebend gesehen hatten und die ein Motiv und die Gelegenheit gehabt hatten, das Verbrechen zu verüben.

Die Minuten verstrichen quälend langsam, bis Daves Babygesicht in der Luke auftauchte, gefolgt von Cole. Sie kamen an Bord des Rettungskreuzers zurück. Ihre Mienen verrieten keine Gemütsregung und waren so verschlossen wie Austern. Ruby hielt die Ungewissheit nicht länger aus.

„Haben Sie ihn gefunden?", fragte sie.

Cole blickte sie durchdringend an, als versuchte er, ihre Gedanken zu lesen. Äußerlich gab sie sich locker, aber ihre Nerven summten wie eine Hochspannungsleitung. Jeder halbwegs gute Beobachter musste ihre innere Erregung sofort spüren. Cole war kein Dorfpolizist, sondern ein Ermittler, der Dutzende, vielleicht sogar hundert Mörder verhört und entlarvt hatte. Sie zwang sich, ruhig zu atmen. Seine Miene entspannte sich plötzlich. Hatte er sie nur getestet?

„Nein", antwortete er. „Vermutlich ist er während des Sturms über Bord gegangen."

Ruby unterdrückte den Impuls, den angehaltenen Atem auszustoßen und ihn vor Erleichterung zu umarmen.

„Hatte Harris ein Alkoholproblem?", fragte er.

„Das weiß ich nicht. Ich bin die Letzte, die sich für sein Privatleben interessiert hat."

„Kann ich mir vorstellen."

„Warum fragen Sie danach?"

„In der Kajüte sieht es chaotisch aus, leere und zerbrochene Schnapsflaschen liegen herum. Das könnte beim Kentern passiert sein, deutet vielleicht aber auch darauf hin, dass er betrunken war."

„Harris war ein Quartalssäufer", sagte Dave. „Er rührte einen Monat lang keinen Schnaps an, um sich dann richtig volllaufen zu lassen. In den meisten Pubs hatte er Lokalverbot."

„Dann können Sie den Fall ja abschließen", meinte Ruby.

Cole blickte auf das Boot hinab.

„Wie kommen Sie darauf?", fragte er.

Sie biss sich auf die Unterlippe. Man konnte ihre Frage durchaus so auslegen, als wäre sie darüber erleichtert. Sie bemühte sich, ihrer Stimme einen möglichst gleichgültigen Tonfall zu geben.

„Es sieht doch alles nach einem Unfall aus, oder nicht?"

„Im Moment – ja. Wenn keine neuen Erkenntnisse auftauchen, wird sich nicht mehr klären lassen, ob es ein Unglück war oder ein Suizid."

Sie stiegen auf die *Baleigh Anne* um und fuhren nach Saint Anne zurück. Dave brachte sie im Streifenwagen zur Werkstatt und stoppte vor der Tankstelle.

Cole stieg aus, öffnete die hintere Tür und stützte den Ellenbogen auf den Holm.

„Da gibt's noch eine Sache, die mir Kopfzerbrechen bereitet", sagte er. „Auf dem Boden der Kajüte lag eine dunkelgrüne Plastikplane, an der Reste eines Gewebeklebebands hafteten. Haben Sie eine Idee, was Harris damit vorhatte?"

„Nein. Tut mir leid. Wie ich schon sagte, er war hier, hat einen Grund gesucht, die Rechnung zu kürzen, und ist dann zum Hafen gefahren, um trotz meiner Warnung eine Probefahrt zu unternehmen."

Cole nickte nachdenklich. „Ja, das haben Sie gesagt."

„Wer bezahlt uns jetzt für die Reparatur der *Candice?*", fragte sie.

„Da müssen Sie sich an Harris' Erben wenden – wenn er welche hat. Vielen Dank für Ihre Unterstützung, Miss Nolan. Falls noch Fragen auftauchen sollten, melde ich mich bei Ihnen."

Ruby stieg aus und ging auf den Kassenraum zu. Ihre Muskeln waren so angespannt, dass sie das Gefühl hatte, sich eckig wie ein Roboter zu bewegen. Jeden Augenblick rechnete sie damit, dass Cole sie stoppte und verhaftete, aber nichts geschah. Sie hörte, wie eine Autotür zuschlug. Aus dem Augenwinkel sah sie, dass der Streifenwagen in die Route de Braye einbog.

Erleichtert drückte sie die Tür zum Kassenraum auf. Robbie saß hinter dem Tresen und schaukelte scheinbar lässig auf einem Stuhl. Doch sie kannte ihn gut genug und spürte deutlich seine Anspannung. Als sich ihre Blicke begegneten, sprang er auf, als hätte er auf einem Nadelkissen gesessen.

„Ist es Harris' Boot? Haben Sie die Leiche gefunden? Aber sie haben dich laufen lassen, dann ist alles okay, oder?"

„Halt die Luft an, Robbie."

Er zappelte herum, als stünde er unter Strom.

„Sag schon!"

„Es ist die *Candice*", erwiderte Ruby. „Von Harris fehlt jede Spur. Es sieht so aus, als würden sie die Nachforschungen einstellen. Sie glauben, er war betrunken und ist über Bord gegangen."

Robbie plumpste auf den Stuhl zurück, drehte sich einmal um die eigene Achse und stieß ein Triumphgeheul aus.

„Wir haben es geschafft!", rief er.

Ruby teilte seinen Optimismus nicht. Chief Cole war nicht Henderson. Sie wurde das Gefühl nicht los, dass er die Sache noch lange nicht zu den Akten legen würde.

„Erinnerst du dich an die Plane, in die wir Harris gewickelt haben?"

„Was ist damit?"

„Haben wir noch mehr davon?", fragte Ruby.

„Weiß nicht. Kann sein."

„Such alles ab. Wenn du eine findest, dann verbrenne sie, wirf sie ins Meer, oder vergrabe sie von mir aus. Hauptsache, sie verschwindet."

9

12. Juni

„Lust auf ein Croissant?“

Dave Bailey stand in der Tür zu Steves Büro und schüttelte demonstrativ eine Papiertüte.

„Wenn's Kaffee dazu gibt, sage ich nicht Nein.“

„Läuft schon.“

Dave hielt ihm das offene Ende der Tüte entgegen. Beim Duft der frischen Backwaren begann Steves Magen zu knurren, es war fast Mittag. Er nahm sich ein Croissant und biss hinein.

„Ich habe mir zusammen mit Lewis die *Candice* noch mal genau angesehen“, sagte Dave und kaute.

„Habe ich dich mit meinem chronischen Misstrauen etwa angesteckt?“

„Kann schon sein. Ein guter Spürhund braucht aber auch eine empfindliche Nase.“

„Und was hat dir deine Spürnase verraten?“, fragte Steve.

„Das war kein Unfall.“

„Sondern?“

Daves Augen blitzten auf, als hätte er Spaß daran, sich in ein Abenteuer zu stürzen und in einem Einbaum den Amazonas hinunterzupaddeln.

„Suizid oder Mord", sagte er.

„Oha. Und wie kommst du zu dieser Erkenntnis?", fragte Steve.

„Die Flutventile waren geöffnet."

„Erklärst du mir, was das ist?"

„In jedem Boot sammelt sich Wasser in der Bilge durch überkommende Seen, Regen und Spritzwasser. Alte Holzboote wie die *Candice* sind nie hundertprozentig dicht. Die Flutventile dienen dazu, das Wasser von Zeit zu Zeit abzulassen; zum Beispiel, wenn das Boot in der Werft überholt wird."

Steve schob sich den Rest des Croissants hinter die Zähne. „Upsch", sagte er.

„Denkst du, was ich denke?"

Er nickte. „Möglich. Schieß mal los."

Dave zählte an den Fingern ab: „Motiv, Mittel und Gelegenheit. Ruby und Robbie Nolan hatten alles."

„Ein sauberer Mord ohne Zeugen und Leiche, Alibi inklusive. Aber hätte es praktisch funktionieren können?"

„Wieso nicht?"

„Ruby Nolan hat ausgesagt, dass sie das Boot gegen Viertel vor sechs zum Hafen gebracht und ins Wasser gelassen hat. Nehmen wir an, die Ventile waren zu diesem Zeitpunkt bereits geöffnet. Harris kam um 18:15 Uhr an und ging an Bord. Das wissen wir, weil Lewis ihn gesehen hat – zumindest glaubt er das. Müsste die *Candice* nicht innerhalb der dreißig Minuten längst gesunken sein?"

„Die Flutventile waren nur halb aufgedreht. Ich schätze, dass es mindestens eine Stunde gedauert hat, bis das Boot vollgelaufen war."

„Das müsste Harris doch bemerkt haben. Warum hat er sie nicht geschlossen?"

Dave zog ein enttäuschtes Gesicht. „Du meinst, es war Selbstmord? Warum ist Harris dann nicht einfach über Bord gesprungen? Wozu die *Candice* versenken?"

Steve betrachtete Bill Hendersons Porträt an der Wand.

„Ich weiß es nicht. Penny sagt, er hätte sehr unter seinem Rauswurf gelitten. Seine Ehe ging in die Brüche, jeder auf Alderney machte einen Bogen um ihn – da kann man durchaus depressiv werden. Vielleicht wollte er nicht, dass die Leute einen harten Hund wie ihn für einen Selbstmörder halten. Hatte Harris psychische Probleme?"

„Und ob. Der war nicht ganz dicht."

„Ich meine, ob er jemandem gegenüber Andeutungen gemacht hat, dass er freiwillig aus dem Leben scheiden wollte. Hör dich mal um."

„Mach ich."

Penny kam herein und stellte eine Tasse mit Kaffee auf Steves Schreibtisch.

„Was habe ich nur für aufmerksame Mitarbeiter", sagte er.

„Ich hoffe, du weißt es zu schätzen."

Steve grinste. „Ihr kämpft also schon um Pluspunkte?"

„Soll ich den Kaffee wieder mitnehmen?"

Er griff schnell nach der Tasse. „Untersteh dich."

„Ich glaube, ich weiß, wieso Harris die Ventile nicht geschlossen hat", sagte sie.

„Ich höre."

„Er konnte es nicht."

„Weil er schon tot war", sagte Steve. „Guter Gedanke."

„Warum haben wir dann seine Leiche nicht gefunden?", fragte Dave.

„Als die *Candice* unterging, hat das eindringende Wasser sie ins Meer gezogen", vermutete Penny.

„Unwahrscheinlich", antwortete Steve.

„Warum?"

„Weil sie in eine grüne Plastikplane verpackt war, die jemand mit Gewebeklebeband umwickelt hatte."

Daves Miene hellte sich auf. „Mann, wenn das stimmt, haben wir es mit Mord zu tun. Ob du recht hast?"

Steve trank einen Schluck Kaffee und biss in das Croissant.

„Ich bin der Chief. Der Chief hat immer recht. Bleibt jedoch die Frage zu klären, warum wir nur die Plane gefunden haben, aber keine Leiche. Wenn Harris tot war, kann er sich ja schlecht selbst befreit haben und dann ins Meer gesprungen sein, um sich umzubringen."

„Ziemlich knifflig", bestätigte Penny.

„Du hast doch Fotos an Bord der *Candice* gemacht, Dave."

„Klar, einen Moment."

Er reichte ihm sein Mobiltelefon. Steve betrachtete die Bilder eingehend.

„Hast du was entdeckt?", fragte Dave gespannt.

„Ich war mir nicht mehr sicher, deshalb wollte ich noch mal nachschauen. Es sieht so aus, als hätte jemand die Plane dazu benutzt, um etwas darin einzuwickeln und mit dem Klebeband zu fixieren."

„Eine Leiche!“, riefen Dave und Penny aus einem Mund.

Steve nickte. „Die Plane wurde zum Transport benutzt. Man sieht deutlich, dass das Gewebeband durchschnitten wurde. Jemand hat die Plane noch einmal geöffnet.“

„Aber wozu?“, fragte Penny stirnrunzelnd. „Warum hat der Mörder sie nicht gleich mit beseitigt?“

„Gute Frage. Vielleicht hat er bemerkt, dass er Spuren hinterlassen hat, die er dann noch rechtzeitig verwischen konnte. Aus einem Grund, den wir nicht kennen, kam er nicht mehr dazu, die Leiche neu zu verschnüren.“

„Dann ist Harris auf keinen Fall ertrunken. Wenn wir die Leiche finden, kennen wir wahrscheinlich auch den Täter“, sagte Dave.

„Ruf Dr. Mortenson in St. Peter Port an“, sagte Steve. „Er soll die Plane auf Blutspuren untersuchen.“

„Ob man nach zehn Tagen im Salzwasser noch brauchbare Spuren finden kann?“

„Wir müssen es zumindest versuchen.“

Dave ging zu seinem Schreibtisch. Steve hörte, wie er Gordon nach der Nummer des Coroners fragte.

„Laney wird begeistert sein, wenn wir ihm schon wieder einen Mordfall präsentieren“, sagte Penny.

Steve zuckte mit den Schultern. „Wir sind die Polizei. Wir dürfen das. Und wir wollen doch Eindruck schinden bei unserem Vorgesetzten auf Guernsey, nicht wahr?“

„Was machst du in der Zwischenzeit?“

„Ich geh was essen. Und dann besuche ich meinen besten Kumpel auf Alderney.“

Penny legte den Kopf schief. „Ich dachte, das wäre ich."

„Stimmt. Ich meine den besten männlichen Kumpel."

„John Baxter."

„Genau der."

Er streifte eine Jacke mit dem Emblem der Guernsey Police über.

„Du trägst ja Uniform", sagte Penny.

„Zieh nur keine voreiligen Schlüsse. Mich hat nicht der große Sinneswandel gepackt. Sie hält lediglich den Wind besser ab als meine alte Lederjacke. Ruf mich auf dem Handy an, wenn etwas Dringendes anliegt."

„Falls ein Serienmörder sein Unwesen treibt, erfährst du es als Erster."

„Sehr schön. Meine Erziehung trägt Früchte."

Er verließ das Revier. Watson folgte ihm wie ein Schatten. Das Fahren im Streifenwagen schien ihm Spaß zu machen.

Im *Divers Inn* bestellte Steve Fish and Chips und ein alkoholfreies Bier. Er aß gerne hier, weil er die typisch englische Atmosphäre des Pubs mochte. Von der Terrasse hatte man außerdem einen guten Blick auf den Hafen und die Braye Bay. Heute stocherte er jedoch lustlos auf seinem Teller herum. Das Telefonat mit Matt hatte ihn die ganze Nacht beschäftigt. Vielleicht sollte er Sorokin einfach über den Haufen schießen, wenn er das Pentonville-Gefängnis verließ. Niemand würde dem Mafiaboss eine Träne nachweinen. Ernsthaft in Erwägung gezogen hatte er den Gedanken nie, denn er wollte nicht zum Mörder werden. Also suchte er nach einer Alternative, und die konnte nur heißen:

Verhandeln. Sein Problem war allerdings, dass er Sorokin nichts anzubieten hatte.

„Stimmt etwas nicht mit dem Fisch, Chief?"

Er sah abwesend auf. Der Wirt des *Divers Inn* beäugte ihn besorgt.

„Alles bestens. Ich war nur in Gedanken."

„Die Sache mit Harris, stimmt's?"

„Kann schon sein."

Es überraschte ihn stets aufs Neue, wie schnell auf Alderney Gerüchte die Runde machten. Während der Wirt zum nächsten Tisch eilte, lehnte er sich zurück, trank das Bier aus und fütterte Watson mit dem restlichen Fisch, den der Hund geziert aus seiner Hand nahm.

Das Fressen kommt eben vor der Moral, dachte Steve. Immerhin machten sie Fortschritte, was ihre komplizierte Beziehung anging – was er von sich und Abby nicht behaupten konnte.

Er zahlte und wanderte am inneren Hafenbecken entlang. Das Wetter hatte sich gebessert, ein frischer Wind vertrieb die letzten Regenwolken. Vom Himmel strahlte die warme Junisonne. Steve öffnete die Kontaktliste seines Smartphones und wählte Baxters Nummer. Das war einer der Vorteile, wenn man Chief der Alderney Police Force war – man bekam automatisch die Mobilfunknummern aller wichtigen Leute.

„Hallo, Chief Cole." Baxters sonore Stimme dröhnte aus dem Lautsprecher. „Was verschafft mir das Vergnügen?"

„Ob es ein Vergnügen wird, kann ich noch nicht sagen."

„Die nächste Präsidentenwahl findet erst in drei Jahren statt. Bis es so weit ist, werden wir prächtig miteinander auskommen“, erwiderte Baxter.

Er spielte damit auf seine zwielichtige Rolle bei der Aufklärung der Flutmorde im vergangenen Herbst an. Sein Sohn war in die Verbrechen verwickelt gewesen. Baxter hatte alles unternommen, um ihn zu schützen, und die Ermittlungen behindert, wo er nur konnte. Seinen missratenen Spross vom Vorwurf der versuchten Vergewaltigung reinzuwaschen, war ihm trotzdem nicht gelungen. Kyle Baxter war zwar mit einer Bewährungsstrafe davongekommen, aber der Skandal hatte seinen Vater die Wahl gekostet.

„Wo wir doch so gute Freunde geworden sind“, sagte Steve. „Ich muss Sie sprechen.“

„Das tun Sie bereits.“

„Persönlich wäre es mir lieber.“

„Worum geht es?“, fragte Baxter.

„Nur ein paar Routinefragen. Es dauert nicht lange.“

„Okay. Ich bin in meinem Büro in Saint Anne. Kommen Sie einfach vorbei.“

„Bin gleich da.“

Er legte auf, fuhr in die Victoria Street und hielt vor dem *Alderney Real Estates*. Durch das große Schaufenster mit den Immobilienangeboten sah er Baxter. Er lief in seinem Büro auf und ab und telefonierte lautstark, die eine Hand in der Hosentasche, mit der anderen wild gestikulierend. Steve betrat das Büro, wartete und beobachtete ihn. Alles, was dieser Mann tat, diente dazu, ihn wichtig erscheinen zu lassen – seine Mimik, die ausgreifenden Schritte und die Worte, die er wählte. Er fragte sich, ob Baxter seine energischen

Posen heimlich vor dem Spiegel übte oder ob sie einfach seinem Wesen entsprachen.

Der Inselkönig beendete das Gespräch. „Chief Cole. Nehmen Sie doch Platz.“

„Danke, ich stehe lieber. Dann kann ich besser denken.“

Baxter deutete auf Watson. „Sind Sie auf den Hund gekommen?“

„Ein neuer Mitarbeiter. Er macht sich gut im Team und fördert den Zusammenhalt der Truppe.“

Baxter grunzte und ließ seine hundertfünfzehn Kilo in den Ledersessel hinter seinem Schreibtisch plumpsen.

„Ich könnte schwören, ich kenne den Köter.“

„Gut möglich. Das ist der Hund von Louie Harris.“

„Ach ja … Harris. Ich hörte davon. Tragische Geschichte. Wissen Sie inzwischen, was passiert ist?“

„Wir haben sein Boot draußen bei den Riffen gefunden. Sieht so aus, als wäre er ertrunken. Lewis, der Hafenmeister, hat ausgesagt, dass Harris trotz Sturmwarnung in See gestochen ist.“

„Regeln Sie die Angelegenheit, ohne Ian Laney von der Guernsey Police zu behelligen. Das wirbelt nur unnötig Staub auf.“ Baxter sah misstrauisch auf. „Oder wittern Sie wieder ein Verbrechen?“

„Könnte gut sein. Harris war nicht gerade beliebt.“

Baxter lachte kollernd und schüttelte den Kopf. „Nein, das kann man wirklich nicht behaupten.“

„Er arbeitete für Sie. Kannten Sie ihn gut? Ging Ihre Beziehung über das Geschäftliche hinaus?“

„Mmh. Louie war ein schwieriger Charakter. Ich glaube nicht, dass Sie jemanden finden werden, der weiß, wie's tatsächlich in ihm aussah."

„Sie sprechen in der Vergangenheitsform."

„Sie sagten doch, er wäre ertrunken."

„Wir haben seine Leiche noch nicht gefunden. Warum haben Sie ihn denn eingestellt, wenn er überall aneckte?"

„Mag sein, dass die Leute ihn nicht leiden konnten, aber er war ein fähiger Polizist. Er besaß einen guten Ordnungssinn und sorgte dafür, dass die Leute sich an die Regeln hielten. Das hat vielen nicht gepasst."

„Den Nolans zum Beispiel?"

„Das war eine dumme Sache mit dem alten Angus. Sie wissen darüber Bescheid?"

„Ich habe den Polizeibericht gelesen. Es wurde nie bewiesen, dass Angus Nolan für die Einbrüche verantwortlich war."

„Louie war überzeugt davon", sagte Baxter. „Wenn er sich einmal in etwas verbissen hatte, konnte er nicht mehr loslassen. Er war wie ein Terrier, der seine Beute zu Tode hetzt. Dass er die tödlichen Schüsse abgegeben hat, war allerdings völlig überzogen. Wenn Sie mich fragen, wurde er zu Recht suspendiert. Doch gleichzeitig tat er mir auch leid."

„Aus welchem Grund?"

„Er war Polizist mit Leib und Seele. Hätte der träge Henderson ihn öfter an die kurze Leine genommen, wäre es nicht so weit gekommen. Als die Katastrophe eingetreten war, blieb ihm nichts anderes übrig, als ihn zu suspendieren. Daran ist Louie zerbrochen. Er war seiner Lebensaufgabe beraubt, zog sich noch mehr in sich selbst zurück und entwickelte einen Hass auf die ganze Welt. Seine Frau ließ sich scheiden. Er verlor alles, obwohl er überzeugt war, das Richtige getan zu haben. Das kann einen Mann bitter machen. Ich habe ihm ein bisschen unter die Arme gegriffen. Er hat dann und wann etwas für mich erledigt. Seine Pension war ja nicht besonders hoch."

„Hatten Sie den Eindruck, dass Harris sich in letzter Zeit verändert hatte? Wirkte er depressiv, oder hat er mal Andeutungen gemacht, dass er sich das Leben nehmen will?"

„Nein. Das wäre nicht seine Art gewesen. Aufgeben kam für ihn nicht infrage."

„Er hat sich also allein durchgebissen."

„Freunde hat er sich mit seiner Art nie gemacht. Aber das war ihm egal."

„Und Sie gaben ihm einen Job?", fragte Steve.

„Ja, als Chauffeur und Mädchen für alles ... für dies und das eben."

„Geht das etwas präziser?"

Baxter lehnte sich zurück. „Sie kriegen es ja sowieso raus, also sag ich's Ihnen lieber gleich. Ich habe Louie Harris als Inkassobeauftragten beschäftigt."

„Dafür war es sicher bestens geeignet", sagte Steve.

„Sehen Sie, ich liebe Alderney und die Menschen, die hier leben. Auch wenn Sie das nicht glauben mögen."

„Hab ich nicht behauptet."

„Aber Sie denken es. Ich kümmere mich um Mitmenschen, die in Schwierigkeiten geraten."

„Eine gute Vorbereitung für das Amt, das Sie anstreben. Wenn Sie erst mal Präsident von Alderney sind, wird sich das bestimmt auszahlen."

„Ihr Sarkasmus ist fehl am Platz, Chief. Sie verstehen das nicht, weil Sie hier nicht aufgewachsen sind. Sehen Sie, Sie kommen aus London, einem Moloch, in dem keine Intimität mehr besteht. Keine Nachbarschaft, kein vertrautes Miteinander. Auf Alderney ist das anders."

„Von welcher Art Schwierigkeiten reden wir denn?", fragte Steve.

„Ich habe Geld und leihe es Leuten, die es dringender brauchen als ich", antwortete Baxter. „Die meisten sind sehr dankbar dafür und zahlen es brav in Raten zurück, die sie verkraften können. Manchmal gibt's allerdings säumige Zahler, die ich darauf aufmerksam machen muss, dass auch ich nichts zu verschenken habe."

„Und dann kam Harris ins Spiel."

Baxter nickte.

„Er hat Druck ausgeübt."

„So würde ich das nicht bezeichnen."

„Haben Sie den Nolans auch einen Kredit gegeben?"

„Ja. Sie hatten es nach dem Tod ihres Vaters nicht leicht. Es war eine kleine Starthilfe, wenn Sie so wollen."

„Harris war am 1. Juni also nicht in der Werkstatt der Nolans, um sein Boot abzuholen", sagte Steve. „Er kam, um Schulden einzutreiben."

„Davon weiß ich nichts. Sie zahlen ihre Raten pünktlich. Ich habe ihn am Abend des 1. Juni jedenfalls nicht zu den Nolans geschickt."

Steve studierte interessiert die große Karte von Alderney an der Wand.

„Arbeitsplätze im Überfluss gibt es ja nicht gerade auf der Insel." Er drehte sich zu Baxter um. „Hauptsächlich

Tourismus und Gastronomie, ein paar Einzelhandelsgeschäfte. Stecken viele Bewohner in finanziellen Schwierigkeiten, aus denen Sie ihnen heraushelfen?“

„Ich bin keine Bank, wenn Sie das meinen. Ruby Nolan tut mir leid. Das Mädchen rackert sich ab, aber die Werkstatt läuft schlecht. Die skurrilen Kunstwerke aus Schrott, die sie an Touristen verkauft, bringen auch nicht viel ein. Es ist nicht ihre Schuld, dass sie nicht vom Fleck kommt. Mit einundzwanzig stand sie plötzlich ohne Vater da, die Mutter depressiv, und ihr kleiner Bruder ...“

„Robbie. Was ist mit ihm?“

„Er taugt nicht viel. Fragen Sie doch mal Ihre Leute, er ist im Revier bestens bekannt. Robbie hat immer wieder Ärger mit der Polizei – nichts wirklich Ernstes, aber er steckt dauernd in Schwierigkeiten.“

„Danke für den Tipp. So was Ähnliches habe ich schon gehört. Wie viel schulden Ihnen die Nolans denn?“

„Kurz nach Angus’ Tod habe ich Ruby fünfzigtausend Pfund geliehen. Bis auf ein paar Tausend hat sie alles zurückgezahlt.“

„Dann wollte Harris wohl wirklich nur sein Boot abholen“, sagte Steve.

„Ich seh’s hinter Ihrer Stirn arbeiten, Chief. Sie glauben, er hätte Robbie ein bisschen zu hart angefasst, und der verlor dann die Nerven.“

„So etwas in der Art ging mir tatsächlich durch den Kopf.“

„Wir sind hier nicht in der City of London“, sagte Baxter. „Hier gibt’s keine Knochenbrecher, die Geld für Mafiabosse kassieren. Natürlich verlange ich Zinsen, ich will ja schließlich auch leben. Aber ich treibe niemanden auf Alderney in den Ruin.“

„Na, ein Glück.“

Baxter stemmte sich aus seinem Sessel hoch.

„Haben Sie noch etwas auf dem Herzen, Chief? Ich muss zu einem Kundentermin.“

„Louie Harris hat also die Raten für das John-Baxter-Hilfsprogramm in bar bei den Schuldnern kassiert“, sagte Steve.

„Was stört Sie daran?“

„Ich frage mich, warum die Leute das Geld nicht überweisen.“

„Sie werden es vielleicht nicht glauben, aber den meisten ist es peinlich, sich etwas leihen zu müssen. Alderney ist klein, jeder kennt jeden. Es gibt schnell Gerede, und das kann schlecht fürs Geschäft sein. Wir regeln die Dinge hier gerne von Mann zu Mann, wenn Sie verstehen, was ich meine.“

„Ich denke schon. Sie vermissen nicht zufällig eine größere Summe?“

„Nein. Zwei, drei Leute sind mit den Zahlungen im Rückstand“, sagte Baxter. „Aber solange es nicht zu einem Totalausfall kommt, lasse ich sie an der langen Leine laufen.“

Steve behielt die Information, dass sie bei Harris hundertachtzigtausend Pfund gefunden hatten, für sich. Er ließ sich ungern in die Karten schauen. Man wusste nie, wann man einen Trumpf brauchte, um ihn auszuspielen.

„Das war’s auch schon. Ich will Sie nicht länger von Ihren Geschäften abhalten. Und von Ihrer karitativen Arbeit auch nicht.“

Baxter schüttelte den Kopf. „Sie wollen nicht wahrhaben, dass ich Geschäftsmann bin und trotzdem Leuten helfen will. Das eine schließt das andere nicht unbedingt aus."

„Stimmt, dafür reicht meine Fantasie nicht. Aber ich bin ja auch nur ein kleiner Inselpolizist." Steve lächelte. „Schönen Tag noch, Mr Baxter."

Er verließ das Büro, Watson folgte ihm in sicherem Abstand nach draußen. Das Diensthandy klingelte. Es war Penny.

„Wo bist du, Chief?"

„In der Victoria Street bei meinem Kumpel."

„Kannst du zum Revier kommen? Es gibt etwas, das ich dir zeigen muss."

„Kann das nicht Gordon übernehmen? Oder Dave?"

„Das geht nur uns beide etwas an."

„Okay, ich bin gleich da."

10

Dave Bailey biss gerade in einen Donut, als Steve die Wache betrat. Penny saß hinter ihrem Schreibtisch und telefonierte. Sie deutete auf die Milchglastür mit der Aufschrift „Chief" und hielt zwei Finger hoch: zwei Minuten. Steve nahm sich einen Kaffee aus der Maschine und ging in sein Büro. Watson rollte sich umständlich auf seiner Decke vor dem Fenster zusammen. Kurz darauf kam Penny herein und schloss die Tür hinter sich. Steve hinkte zu seinem Schreibtisch.

„Was macht die Hüfte?", fragte sie.

„Sie verhält sich wie ein Kochen, den eine Handgranate pulverisiert hat und der in mühevoller Kleinarbeit wieder zusammengesetzt wurde."

Der abgewetzte Ledersessel knarrte unter seinem Gewicht wie eine rostige Türangel.

„Du hast hiermit die dringliche dienstliche Anweisung, mich daran zu erinnern, einen neuen Sessel für den Chief zu bestellen – falls unser bescheidenes Budget es zulässt."

„Ich mache mir einen Knoten ins Taschentuch", sagte Penny.

„Wo steckt denn Gordon?"

„Er hört sich nach dem Verbleib von Harris' Witwe um. Sie ist nach der Scheidung aufs Festland gezogen, aber niemand kennt die Adresse."

„Tja, da kein Melderegister existiert, könnte das schwierig werden. Wenn wir wenigstens wüssten, in welchem Wahlkreis sie sich niedergelassen hat, würde uns ein Blick in die Electoral Roll helfen."

„Gordon meinte, ein entfernter Cousin von Harris wohnt in Saint Anne. Er will sich bei der Stadtverwaltung erkundigen. Vielleicht weiß dort jemand etwas."

Steve trank einen Schluck Kaffee. „Gute Idee. Und nun zu unserem kleinen Geheimnis. Was gibt es denn so Vertrauliches, dass die anderen nichts davon erfahren sollen?"

„Etwas, von dem nur wir beide wissen. Mir ist wohler, wenn Gordon nicht hier herumschleicht, während wir reden."

„Du machst mich wirklich neugierig."

Sie setzte sich auf den Stuhl gegenüber dem Schreibtisch.

„Erinnerst du dich an die Anfrage, die ich bei der französischen Polizei stellen sollte?"

„Wegen Cataldo?"

„Ja. Eben kam die Antwort von den französischen Kollegen in Cherbourg. Sie haben ein Video geschickt und bitten dich um deine Einschätzung. Die Mail ging auf unserem offiziellen Account ein. Ich habe sie gelöscht und das Video an deinen Rechner weitergeleitet. Gordon hat nicht vergessen, dass du ihm den Posten des Chiefs vor der Nase weggeschnappt hast."

„Ich hab's nicht absichtlich getan."

„Trotzdem wartet er nur auf eine Gelegenheit, um dir ans Bein zu pinkeln. Wenn er herausfindet, dass dein richtiger Name Thomas McCallum ist, könnte das gefährlich für dich werden.“

„Außer Frazer weiß niemand, dass ich noch lebe.“

„Ich dachte, es wäre besser, kein Risiko einzugehen. Wenn Gordon über das Video stolpert, könnte er eine Verbindung zu Sorokin und der Razzia im *Red Door* herstellen. Und dann ...“

Steve seufzte. „Was würde ich nur anfangen, wenn ich dich nicht hätte, Penny?“

Sie lehnte sich zurück und lächelte. „Du wärst ganz schön aufgeschmissen.“

„Wie wahr.“

Er öffnete die Mail und klickte das Video an.

„Es stammt von einer Überwachungskamera im Bahnhof von Cherbourg“, erklärte sie.

Er betrachtete die körnige Schwarz-Weiß-Aufnahme. Ein Mann und eine Frau betraten den Bahnsteig. Beide blickten einen Augenblick lang in die Kamera, bevor sie sich abwandten.

„Ich kenne Cataldo nur von den Fahndungsfotos von Interpol“, sagte Penny. „Die Kollegen aus Frankreich haben eine Gesichtserkennungssoftware benutzt, um nach ihm zu suchen. Meinst du, er ist es?“

Er spulte das Video zurück und sah es erneut an.

„Ziemlich sicher sogar. Kannst du das Standbild vergrößern?“

Penny kam um den Schreibtisch herum und zog die Tastatur zu sich heran. Die Gesichter auf dem Monitor wurden größer, aber auch unschärfer. Steve starrte auf das Bild, bis seine Augen zu tränen begannen. Was er sah, war unmöglich.

„Du bist ja ganz bleich geworden", sagte Penny. „Man könnte glauben, du hättest ein Gespenst gesehen."

„Ja ... ah", sagte er gedehnt. „Genau das habe ich."

Der Mann war eindeutig Juan Cataldo, Adoptivsohn und rechte Hand des Mafiapaten Viktor Sorokin, Auftragskiller und halb verrückter Psychopath. Vor Steves Augen tauchten die dramatischen Szenen im Keller des *Red Door* in London auf: Cataldo, der seinen Arm um Abbys Kehle schlang und mit der anderen Hand eine Handgranate hielt, den Finger am Sicherungsbügel. Alle hatten die alte Granate für eine harmlose Antiquität gehalten, für ein längst entschärftes Relikt, mit dem Sorokin seine Verhandlungspartner einschüchterte. Und alle hatten sich getäuscht.

„Wer ist die Frau an seiner Seite?", fragte Penny.

„Jemand, der wie ich von den Toten auferstanden ist", antwortete Steve, „Natasha Gradenko, Viktor Sorokins Geliebte, die vor zehn Monaten bei der Explosion getötet wurde, die meine Hüfte zerfetzte."

„Bist du sicher?"

„Hundertprozentig."

„Wie ist das möglich?"

„Das ist die Eine-Million-Pfund-Frage, auf die wir eine Antwort finden müssen."

Noch wusste er nicht, wie die verstreuten Puzzleteile zusammengehörten, aber er begriff sofort, dass das Schicksal ihm gerade einen Joker in die Hand gedrückt hatte, mit dem er dem Spiel um Abbys Leben eine entscheidende Wendung geben konnte.

„Du musst in den nächsten Tagen hier die Stellung halten", sagte er. „Ich werde nach London fahren."

„Und wenn dich jemand erkennt? Thomas McCallum ist tot."

„Das muss ich riskieren. Kannst du das Video kopieren?"

„Kein Problem."

Penny ging zur Tür und zögerte. „Ist es zu viel verlangt, wenn du mir verrätst, was du vorhast?"

„Ja."

„Dann versprich mir wenigstens, dass du auf dich aufpasst."

„Höre ich da eine gewisse Sorge um mich heraus, die von einer tieferen Zuneigung ausgeht, als mir klar war?"

„Bilde dir bloß nichts darauf ein. Ich will nur verhindern, dass Gordon der neue Chief wird."

Er verzog enttäuscht den Mund. „Und ich dachte, es stecken echte Gefühle dahinter."

„Blödmann!"

Penny verließ das Büro. Steve zog die Schreibtischschublade auf und nahm eine neue Prepaidkarte heraus, die er in das Handy steckte, mit dem er im Notfall Kontakt zu Matt Frazer aufnahm – dem einzigen Menschen außerhalb von Alderney, der wusste, dass Thomas McCallum lebte. Er zerschnitt die alte Karte und warf sie in den Papierkorb. Dann wählte er Matts Nummer.

„Ich hoffe, du hast einen guten Grund, die Funkstille zu brechen", meldete sich sein Freund.

„Habe ich. Kannst du reden?"

„Warte einen Moment."

Steve hörte Stimmen im Hintergrund, die leiser wurden. Eine Tür quietschte und fiel ins Schloss.

„Wo bist du gerade?", fragte er.

„Auf der Toilette", antwortete Matt. „Leg schon los. Und ich sage dir gleich, ich weiß nicht, wohin man Abby Bonham gebracht hat."

„Du musst es herausfinden."

Steve berichtete ihm, was er in Erfahrung gebracht hatte.

„Das ist unmöglich. Wir haben die Einzelteile von Natasha Gradenko im Keller des *Red Door* eingesammelt, das weißt du so gut wie ich."

„Eben nicht. Sie ist es, Matt."

„Weißt du, was das bedeutet?"

„Es ist der Beweis, dass Cataldo die ganze Zeit ein falsches Spiel gespielt, seinen Herrn und Meister nach Strich und Faden betrogen und wahrscheinlich eine Million Pfund eingesteckt hat, die als Schmiergeld für Ted Allister bestimmt waren. Es bedeutet, dass Sorokin keinen Grund mehr hat, sich an Abby und mir zu rächen."

„Was hast du vor?", fragte Matt.

„Ich will ihm einen Deal anbieten."

„Und der wäre?"

„Alles zu seiner Zeit. Wie stehen die Chancen inzwischen, dass der Prozess gegen Sorokin platzt?"

„Die sind noch mal um eine Zehnerpotenz gestiegen. Er kommt mit ziemlicher Sicherheit frei."

„Besorge mir eine Besuchserlaubnis für das Pentonville-Gefängnis. Offiziell werde ich ihn wegen eines Falls befragen, an dem ich arbeite – als Detective Chief Inspector Steve Cole von der Alderney Police Force."

„Du bist verrückt."

„Ich war noch nie so klar. Es ist die Lösung all meiner Probleme", sagte Steve.

„Du willst ihm Cataldo auf dem Silbertablett präsentieren, wenn er auf seine Vendetta verzichtet. Darauf wird er niemals eingehen."

„Wenn ich ihm den Beweis liefere, dass Natasha Gradenko lebt, kann er gar nicht anders."

„Ich nehme an, ich kann dich nicht von deinem Plan abbringen?"

„Nein."

„Also gut. Ich sehe, was ich tun kann, und melde mich. Und du hältst solange die Füße still, ist das klar?"

„Okay."

Steve legte auf. Mit ein bisschen Glück konnte er Abby und die kleine Ivy bald in die Arme schließen.

11

14. Juni

Der Türöffner summte. Ruby drückte die Pforte in dem mit Kupferblech beschlagenen Tor auf und folgte der gewundenen Auffahrt hinauf zu Baxters Villa. Seinen Hauptwohnsitz hatte er auf Guernsey, wo er zwei Häuser und ein Hotel besaß. Vor etwa einem Jahr hatte er begonnen, auch auf Alderney so viele Grundstücke aufzukaufen, wie er bekommen konnte. Oft bot er mehr Geld, als der Landbesitz wert war. Weigerten sich die Besitzer trotzdem zu veräußern, begann er, sie auf jede nur erdenkliche Weise unter Druck zu setzen. Ruby hatte Baxters Geschäftspraktiken am eigenen Leib erfahren, ebenso wie ihre Nachbarn. Nicht zuletzt wegen der finanziellen Fallen, die er auslegte, steckten sie nun in der Klemme.

Wie er zu seinem Vermögen gekommen war, wusste niemand genau. Man munkelte, er pflege Kontakte zu zwielichtigen Gestalten der Londoner Unterwelt. Unbestritten war sein erheblicher Einfluss in Regierungskreisen, man sagte ihm außerdem gute Beziehungen zum Königshaus nach. Wahrscheinlich hatte er sich in der Hauptstadt auf die gleiche Weise Abhängigkeiten geschaffen, wie er es auf Alderney tat. Doch all der

Reichtum, den er zusammengerafft hatte, schien ihn nicht zu befriedigen, denn er strebte auch noch eine politische Karriere an. Nach dem Eklat im Herbst tat er alles, um sich bei den Inselbewohnern beliebt zu machen und verlorenes Vertrauen zurückzugewinnen. Dass der neue Chief sich nicht von ihm einschüchtern ließ, nötigte Ruby Respekt ab. Gleichzeitig zeigte es ihr, wie gefährlich Cole für sie werden könnte.

Sie schulterte ihre Werkzeugtasche und die beiden Koffer, in denen sie die elektronischen Bauteile zum Einbau der Alarmanlage mitführte. Vor drei Tagen hatte sie sich die Villa angesehen und Baxter ein Angebot gemacht. Er war sofort einverstanden gewesen. Sie hätte den Auftrag gerne abgelehnt, doch sie konnten es sich nicht leisten, ihn als Kunden zu verprellen. Zwar waren sie jetzt ihre Schulden los, aber sie mussten trotzdem ein regelmäßiges Einkommen erwirtschaften, sonst rutschten sie bald wieder in die Pleite. Tankstelle und Werkstatt warfen kaum noch genug zum Leben ab.

Ruby plante, den Betrieb zu modernisieren und vielleicht einen kleinen Shop zu eröffnen, in dem sie Kaffee und Backwaren anbieten würden. Ein weiteres Standbein sollte das Geschäft sein, das nach dem Tod ihres Vaters zum Erliegen gekommen war: der Vertrieb und Einbau von Alarmanlagen und Sicherungstechnik. Ruby hatte ihren Dad regelmäßig begleitet, ihm bei der Montage geholfen und alles gelernt, was nötig war, um die Arbeit nun allein fortzuführen. Auf Guernsey und Jersey gab es genug potente Kunden, die für sie jedoch zurzeit unerreichbar waren. Baxter konnte möglicherweise Türen öffnen, die ihnen bisher verschlossen geblieben waren.

„Ich hatte Sie bereits gestern erwartet, Miss Nolan“, begrüßte er sie.

„Ich kam nicht früher an das Geld. Wollen Sie es oder nicht?“

„Warum so aufbrausend? Kommen Sie doch herein.“

Ruby betrat den Eingangsbereich. Alles in diesem Haus war weiß wie die Unschuld – der mit Marmor ausgelegte Boden, die Wände, Decken, Vorhänge und Möbel. Sie sah die Werkstatt vor sich: die blinden Fenster, den verdreckten Betonboden mit Harris’ Blutfleck und die Schrotthaufen im Hof. Der Geruch von Diesel und Altöl hatte sich so sehr in ihrer Nase festgesetzt, dass sie ihn nicht mehr loswurde. In Baxters Haus war die Luft rein und blütenfrisch. Doch sosehr er sich auch bemühte, die Flecken auf seiner Weste zu übertünchen, unter dem blendenden Weiß stank es nach Korruption, Gier und Arroganz. Alderney und seine Bewohner waren für ihn bloß Mittel zum Zweck, für ihn zählte nur sein eigener Vorteil.

Er führte sie in sein Arbeitszimmer. Ihr Blick glitt wider Willen fasziniert über die Südküste der Insel und das endlose, blaugrüne Meer. Vor diesem Fenster hätte sie Stunden verbringen können, ohne sich zu langweilen. Sie liebte die See, ihren Geruch und den Wind, der nach Salz schmeckte und sanft die Haut streichelte.

Ruby stellte Koffer und Werkzeugtasche ab, griff in die Innentasche ihrer Jeansjacke und legte einen Umschlag auf den Tisch. Baxter öffnete ihn, zählte das Geld und nickte.

„Bis auf den letzten Cent.“

„Ich bezahle meine Schulden.“

„Wohl eher die Ihres Vaters und Ihres Bruders“, brummte Baxter.

„Damit sind wir quitt.“

„Die Geschäfte laufen offenbar recht gut“, erwiderte er.

„Vielleicht habe ich einen besseren Geschäftssinn als mein Dad. Er war ein guter Mechaniker, aber mit Geld konnte er nicht umgehen.“

„Eine schlechte Angewohnheit, die Ihr Bruder wohl geerbt hat. Nun, im Augenblick scheint es ihm jedenfalls an nichts zu fehlen.“

„Wie meinen Sie das?“

„Ich sah ihn heute Morgen auf einem brandneuen Motorrad die Victoria Street entlangfegen.“ Baxter runzelte nachdenklich die Stirn. „Eine leuchtend grüne Kawasaki, wenn ich mich nicht irre – ein kostspieliges Modell noch dazu. Sowohl in der Anschaffung als auch im Unterhalt.“

Ruby presste die Kiefer aufeinander. Robbie war ein Idiot. Sie hatte ihm eingehämmert, alles zu unterlassen, was darauf hindeutete, dass die Nolans plötzlich zu Geld gekommen waren.

Baxter drehte den Umschlag in den Händen. „Alle Verbindlichkeiten auf einen Schlag getilgt, ein neues Motorrad ... ich frage mich, wie sich das Blatt für zwei arme Schlucker innerhalb weniger Tage so drastisch wenden kann. Habt ihr eine Erbschaft gemacht oder eine Bank ausgeraubt?“

Ruby sah die im Abendlicht schimmernde Jacht vor sich, den älteren, braun gebrannten Mann am Steuer und die Frau mit dem blauen Top im Bug.

„Wir konnten ein paar Aufträge vom Festland ergattern, von Freizeitseglern, deren Boote am Wochenende im Hafen liegen. Sie wissen schon, die Typen aus Bournemouth und Southampton, die ihr Geld auf Alderney verprassen.“

Baxter schloss den Umschlag in seinem Schreibtisch ein.

„Tatsächlich? Meinen Glückwunsch. Der neue Chief war übrigens bei mir.“

Ruby zuckte unmerklich zusammen.

„Was geht mich das an?“

„Die Nolan-Geschwister nehmen einen Reparaturauftrag von Louie Harris an – dem Mann, der ihren Vater erschossen hat. Unmittelbar nachdem er ihre Werkstatt betritt, verschwindet er spurlos. Da könnte man auf dumme Gedanken kommen.“

„Was haben Sie Cole erzählt? Dass Sie Harris geschickt haben, um uns unter Druck zu setzen?“

„Ich versicherte Ihnen bereits, dass ich das nicht tat“, antwortete er. „Ich hatte überhaupt keinen Grund dazu, schließlich haben Sie Ihre Raten immer pünktlich bezahlt. Umso interessanter ist die Frage: Warum war Harris an jenem Abend bei Ihnen?“

„Er wollte die *Candice* abholen und die Rechnung begleichen. Wir konnten ihn nicht davon abhalten, trotz des schlechten Wetters hinauszufahren. Er weigerte sich, zu bezahlen, ohne eine Probefahrt unternommen zu haben. Das habe ich Cole bereits erklärt.“

Baxter lächelte. „Louie Harris, wie er leibt und lebt. Lebte muss man wohl sagen. Was habt ihr mit ihm gemacht?“

„Gar nichts. Wir sind auch nicht die Letzten, die ihn lebend gesehen haben. Der Hafenmeister hat bestätigt, dass er trotz seiner Warnung mit der *Candice* ausgelaufen ist."

„Er hat einen Mann gesehen, der Harris' Uniformjacke trug", sagte Baxter. „Chief Cole ist nicht Henderson. Ihr könnt ihm nicht lange etwas vormachen."

„Wir haben nichts zu verbergen."

„Nun ... Wenn ihr Hilfe braucht, wisst ihr ja, wo ihr sie bekommt."

„Ich werde den Fehler meines Vaters nicht wiederholen und mich bei Ihnen verschulden. Lieber verkaufe ich den ganzen Laden. Robbie wird sich bei Ihnen keinen Cent mehr leihen, dafür werde ich sorgen."

„Ich spreche nicht von einem Kredit. Man kann auf vielerlei Arten helfen", sagte Baxter. „Falls Sie wirklich verkaufen wollen, kommen Sie zuerst zu mir. Ich mache Ihnen ein faires Angebot."

„Ich tausche meine Freiheit nicht gegen die Abhängigkeit von einem Mann wie Ihnen ein", entgegnete Ruby. „Egal, was Sie auch versuchen werden, das Grundstück am Hafen bekommen Sie nicht."

„Wir werden sehen. Stolz muss man sich leisten können."

„Da machen Sie sich mal keine Sorgen." Ruby sah sich um. „Ich fange am besten hier im Arbeitszimmer an."

„Fühlen Sie sich ganz wie zu Hause. Sie finden mich draußen, falls Sie meinen Rat brauchen oder Fragen haben."

Baxter schob die Glastür auf und trat auf die Terrasse hinaus, die einen herrlichen Blick auf einen parkähnlichen Garten bot. Ruby sah, wie er sein Handy aus der Tasche zog und telefonierte.

Sie klappte den Werkzeugkoffer auf, zog den Plan zurate, den sie entworfen hatte, und begann, an neuralgischen Punkten Sensoren und Kameras zu installieren. In Gedanken kehrte sie in die Zeit zurück, in der sie ihren Dad begleitet hatte, wenn er die Häuser der Reichen auf Alderney einbruchssicher gemacht hatte. Sie hatte ihn über alles geliebt – die Ruhe und Sicherheit, die er ausstrahlte, und die Geborgenheit, die sie in seiner Nähe empfand. Während ihre Freundinnen die Sommerferien nutzten, um Partys zu feiern und den Jungs nachzulaufen, hatte Ruby gelernt, wie man Netzwerkverbindungen einrichtete, Wärmebildkameras und Bewegungsmelder ausrichtete und elektronische Verbindungen herstellte, die bei einem unerlaubten Betreten automatisch die Polizeistation von Alderney alarmierten. Und irgendwann hatte sie verstanden, wie man all diese Vorrichtungen unbemerkt ausschaltete, um zu stehlen, was nicht niet- und nagelfest war.

Zufällig war sie auf Dads *Warenlager* gestoßen. An diesem Tag war ihr klar geworden, dass ihr Vater ein Dieb war. Tagelang hatte sie dieses verstörende Wissen für sich behalten, ihn aber schließlich zur Rede gestellt. Umso erstaunter war sie gewesen, dass Dad sich für das, was er tat, schämte, zugleich aber keine andere Möglichkeit sah, seine Familie zu ernähren. Was als einzelner Ausrutscher begonnen hatte, war bald zur Routine geworden. Schuld an seinem Abstieg war ein Mann, der ihn auf raffinierte Weise in finanzielle Abhängigkeit getrieben hatte. Es war derselbe, für den Ruby nun arbeitete: John Baxter. Damals hatte sie zum ersten Mal verstanden, dass Gewalt nicht nur darin bestand, einen anderen Menschen zu verletzen oder gar zu töten. Es gab viele verschiedene Arten, jemanden zu zerstören. Eine davon waren Schulden.

Als sie das moralische Dilemma ihres Vaters begriffen hatte, bestand sie darauf, ihn auf seinen Diebeszügen zu begleiten. Zuerst hatte er ihr Ansinnen heftig von sich gewiesen, bald aber eingesehen, dass er ihr gemeinsames Geheimnis am besten bewahrte, indem er sie daran teilhaben ließ. Fortan lernte sie nicht nur, wie man Alarmanlagen installierte, sondern auch, wie man sie austrickste.

Dad betonte immer wieder, dass er nur so lange weitermachen wollte, bis er seine Schulden beglichen hatte, doch Baxter verstand es geschickt, durch Umschuldungen und ein kompliziertes Geflecht aus Zins und Zinseszins die Rückzahlung hinauszuzögern. Ruby wurde klar, dass er kein echtes Interesse daran hatte, ihren Dad aus der Schuldenfalle zu entlassen, denn sie war sein eigentliches Geschäftsmodell. Er verlieh Geld, das er nicht besaß, und erhielt mehr zurück, als er gegeben hatte. Während Dad sich abrackerte, um seine Familie durchzubringen, verdiente Baxter Unsummen, ohne einen Finger krumm zu machen. Auf den Schock folgte das Begreifen, und aus der Erkenntnis, warum manche Menschen reich wurden, während andere auf der Stelle traten, erwuchs ohnmächtiger Zorn.

Dad war extrem vorsichtig und ließ sich nie erwischen. Ihre nächtlichen Ausflüge in die Häuser der Reichen blieben unentdeckt, bis Louie Harris Verdacht schöpfte und ihre Spur aufnahm wie ein Bluthund. Es war ausgerechnet Ruby, die ihren Vater überredete, einen letzten, gewagten Einbruch zu begehen. In jener Nacht war es zur Katastrophe gekommen. Harris hatte sie überrascht und Dad erschossen, während sie unerkannt fliehen konnte. Das Trauma und die Schuldgefühle hatten sie nie wieder losgelassen. Weder Robbie noch ihre Mutter kannten die Wahrheit. Ruby gab sich die Schuld am Tod ihres Vaters, und diese Schuld bürdete ihr die Verantwortung für ihre Familie auf.

Verbissen arbeitete sie weiter. Auch mit dem unverhofften Lottogewinn blieb sie, was sie war: eine Gefangene ihrer Vergangenheit, die auf einem Felsen im Atlantik festsaß.

Der Kontostand war erheblich zusammengeschmolzen. Dreißigtausend hatte sie an Baxter zurückgezahlt, dazu kam der Verlust von zweihunderttausend Pfund, die ihre Mutter abgehoben hatte und über deren Verbleib sie keine Auskunft gab, sosehr Ruby sie auch drängte. Robbie hatte sogar Dads Grab abgesucht, gefunden hatte er nichts. Und Mum schwieg beharrlich.

Ruby verließ das Arbeitszimmer und suchte im Außenbereich nach den besten Stellen, um Überwachungskameras aufzuhängen. Sie umrundete das Haus und näherte sich der Rückseite, als sie die Stimmen zweier Männer hörte. Eine davon gehörte Baxter. Als ihr Name fiel, spitzte sie die Ohren und schlich an der Hauswand entlang. Sie verbarg sich hinter einem Oleanderbusch und beobachtete aus ihrem Versteck heraus die Terrasse.

Baxter redete wild gestikulierend auf einen Besucher ein. Der Mann war ungefähr in Rubys Alter. Er hatte einen südländischen Teint, dunkles, dichtes Haar und pockennarbige Wangen. Er trug Cowboyboots, verblichene Jeans und eine schwarze Lederjacke. Ruby war nicht leicht einzuschüchtern, doch etwas an der Art, wie er sich bewegte, jagte ihr eine Höllenangst ein. Er erinnerte sie an einen Panther, der mit angespannten Muskeln im Unterholz lauert, um blitzschnell zuzuschlagen.

„Harris hat ein tiefes Loch in unsere Kasse gerissen", sagte er gerade.

„Ich wusste nicht, dass er auf eigene Rechnung arbeitete", sprudelte Baxter hastig hervor. „Er war immer zuverlässig. Wie hätte ich ahnen können, dass ..."

Der Fremde stoppte den Redeschwall mit einem einzigen Wort.

„*Cállate!*"

Baxter verstummte und tupfte sich mit einem Taschentuch den Schweiß von der Stirn. Überrascht wurde Ruby klar, dass er Angst hatte. Baxter hatte die Hosen gestrichen voll, was einigermaßen erstaunlich war, wenn man bedachte, über welche Macht er verfügte. Wer war der unheimliche Gast, der mit einem Zucken seines Mundwinkels erreichte, dass der Inselkönig von Alderney vor ihm kuschte wie ein folgsamer Hund?

„Viktor ist wie ein Vater für mich", fuhr der Fremde fort. „Ich verdanke ihm sehr viel, Mr Baxter, und fühle mich ihm zutiefst verpflichtet. Er war ein guter und geduldiger Lehrer, und ich habe mich als gelehriger Schüler erwiesen. Wer Viktor hintergeht, betrügt auch mich." Er zog eine schmerzliche Grimasse. „Aber auch die liebevollsten Eltern tragen zuweilen einen Makel in sich. Bedauerlicherweise verliert Viktor leicht die

Geduld. Und ich fürchte, ich habe diese Eigenschaft von ihm übernommen.“

„Ich werde die Verluste ausgleichen“, beeilte sich Baxter zu versichern, „und meine Anstrengungen verdoppeln. Die Geschäfte werden weiterlaufen wie geplant.“

Der Mann nickte. „Dessen bin ich mir sicher. Aber Sie müssen das verstehen: Es geht nicht nur um Geld, sondern um verlorenes Vertrauen, um Zweifel an Ihrer Zuverlässigkeit. Es war sehr leichtsinnig, einem Idioten wie Harris wichtige Aufgaben anzuvertrauen. Nun haben wir ein Loch im System, das gefährlich werden könnte.“

Baxter schüttelte energisch den Kopf. „Niemand weiß von unseren Aktivitäten.“

„Wirklich nicht? Entweder hat Harris seinen Tod vorgetäuscht und ist abgetaucht, weil er wusste, dass ich seine kleinen Privateinnahmen aufgedeckt habe, oder jemand hat die Geduld mit ihm verloren. Wie man es auch dreht, es gefährdet unsere Geschäfte. Bill Henderson brauchten wir nie auf die Finger zu schauen, der neue Chief dagegen stellt eine echte Bedrohung für uns dar. Viktor ist sehr ungehalten darüber.“

„Der Wechsel auf dem Chefsessel der Alderney Police Force passt mir auch nicht, aber Laney lässt in diesem Punkt nicht mit sich reden. Er behauptet, die Versetzung von Steve Cole sei von ganz oben angeordnet worden. Umso ungewöhnlicher, da wir bisher davon ausgingen, dass Gordon Lyme den Posten des Chiefs übernehmen sollte.“

„Weder Lyme noch Sie wissen, mit wem Sie es zu tun haben. Sie kennen ja nicht einmal Coles richtigen Namen.“

„Was soll das heißen?"

„Es gibt keinen Detective Chief Inspector Steve Cole. Er ist eine Erfindung. Sein richtiger Name lautet Thomas McCallum. Er ist ein ehemaliger verdeckter Ermittler einer Sondereinheit der Metropolitan Police. Man hat seinen Tod inszeniert und ihn als Steve Aiden Cole wiederauferstehen lassen, weil er Viktors Vendetta fürchtet."

Der Mann trat dicht an Baxter heran. „Merken Sie sich gut, was passiert, wenn man Viktors Unwillen erregt. McCallum blieb nichts anderes übrig, als sich in einen dunklen Winkel zu verkriechen wie eine Kanalratte. Sein Plan, sich auf Alderney zu verstecken, war klug erdacht, aber wir haben ihn trotzdem aufgespürt. Viktors Zorn kann genauso herrlich sein wie seine Großzügigkeit. Denken Sie also gut darüber nach, wie viel Sie riskieren wollen."

Baxter war bleich geworden. „Er hat keinen Grund, an meiner Loyalität zu zweifeln."

„Das hoffe ich für Sie. Enttäuschen Sie uns nicht."

„Die Polizei geht von einem Bootsunfall aus. Cole glaubt, dass Harris so unvorsichtig war, entgegen aller Warnungen bei Sturm hinauszufahren, und ertrunken ist."

„Das will Cole Sie glauben lassen. Er hat längst eine Fährte aufgenommen. Dieser Mann ist kein Henderson, der nach Ihrer Pfeife tanzt."

Baxter wischte den Einwand beiseite. Offenbar begriff er sofort, dass der andere die herrische Geste als Angriff deuten könnte, und wich unwillkürlich zurück.

„Ich kenne jeden seiner Schritte im Voraus“, sagte er. „Gordon Lyme hält mich über die Ermittlungen auf dem Laufenden.“

„Das freut mich zu hören. Genug davon. Kommen wir zum Geschäftlichen. Wo sind die fehlenden hundertachtzigtausend Pfund?“

„Wenn es kein Bootsunfall war und jemand Harris die Lichter ausgeblasen hat, dann ist er jetzt um genau diesen Betrag reicher“, sagte Baxter.

„Das sollte auf einer so kleinen Insel doch sofort auffallen.“

„Die Letzten, die ihn lebend gesehen haben, waren die Nolan-Geschwister. Sie haben allen Grund, Harris zu hassen, denn er hat ihren Vater erschossen. Der Junge fährt seit heute Morgen auf einer nagelneuen Kawasaki durch Saint Anne. Die Schwester hat vor einer Stunde ihre Schulden bezahlt. Alles auf einen Schlag.“

„Interessant. Unternehmen Sie nichts. Ich kümmere mich um die beiden.“

Der Mann ließ seine Blicke über den Garten und das Haus schweifen. Einen Moment lang war Ruby sicher, dass er sie entdeckt hatte. Ihr lief ein eiskalter Schauer die Wirbelsäule hinab. Seine Augen waren so kalt und schwarz wie die eines Hais. Eine Vision blitzte in ihrem Kopf auf: Sie sah den kleinen Robbie, der sich für so ausgeschlafen hielt, dass er versuchte, die Mafia übers Ohr zu hauen. Ihre Fantasie reichte nicht aus, um sich vorzustellen, was der Mann, dessen Namen sie nicht kannte, mit ihm anstellen würde. Sie musste sich etwas einfallen lassen, und zwar schnell. Wenn der Hai glaubte, dass sie Harris umgebracht und das Geld, das er unterschlagen hatte, einkassiert hatten, steckten sie tiefer in der Klemme als je zuvor. Sie hatte sich unbedingt so schnell wie möglich von den Schulden befreien wollen, doch nun erkannte sie, dass es ein Fehler gewesen war, Baxter die ganze Summe auf einmal auszuhändigen. Es wäre klüger gewesen, brav die Raten abzustottern.

Sie kehrte ins Haus zurück und fuhr unkonzentriert mit ihrer Arbeit fort. Es gelang ihr nicht, den Blick des Fremden aus ihren Gedanken zu verdrängen.

Eine Stunde später empfing Baxter erneut Besuch, diesmal von seinem Anwalt Timothy Haggan, dem Ruby ein, zweimal begegnet war, als er an ihrer Tankstelle gehalten hatte. Er war hager wie ein trockener Ast und besaß das ausdruckslose Gesicht einer Echse.

Baxter schickte sie aus dem Arbeitszimmer, führte den Anwalt hinein und warf die Tür hinter sich ins Schloss. Ruby schlich auf Zehenspitzen durch die Eingangshalle und presste das Ohr an das dicke Holz der Tür.

„Bist du wegen Vikar Barnes hier?", fragte Baxter.

„Was geht mich euer Pfarrer an?", erwiderte Haggan.

„Er hetzt die Leute auf, weil ich auf Alderney Grundstücke für den geplanten Hotelbau kaufe. Er gehört zu den Ewiggestrigen, die wollen, dass alles so bleibt, wie es ist, und stellt sich stur gegen unsere Pläne."

„Könnte er damit Erfolg haben?"

„Er ist nicht ohne Einfluss. Ich lasse mir etwas einfallen."

„Das solltest du. Was macht die Nolan hier?"

„Das Mädchen installiert eine Alarmanlage. Die Summen, die Sorokin hier durchschleust, werden immer größer. Ich fange an, mir deswegen Sorgen zu machen."

„Hältst du es für klug, wenn sie im Haus herumschnüffelt?", fragte Haggan.

„Auf ihren Vater war Verlass. Sie hat von ihm alles gelernt, was sie wissen muss, und sein Geschäft übernommen. Billig und zuverlässig ist sie obendrein."

„Das hast du von Harris auch behauptet. Sei vorsichtig, John. Wenn Sorokin zu der Überzeugung gelangen sollte, dass sein Geld bei dir nicht mehr sicher ist, kann das für uns verflucht unangenehm werden."

„Es läuft alles nach Plan. Cataldo kümmert sich um das *Problem*."

Haggan schnaubte durch die Nase wie ein Pferd. „Juan Cataldo *ist* seit gestern das Problem", stieß er hervor.

„Was meinst du damit?"

Ruby hielt den Atem an und lauschte. Nun kannte sie den Namen des unheimlichen Besuchers. Die Stimmen von Haggan und Baxter entfernten sich. Offenbar hatten sie entschieden, dass sie auf der Terrasse ungestörter waren. Vorsichtig öffnete sie die Tür zum Arbeitszimmer einen Spalt, um dem Gespräch wieder folgen zu können.

Der Anwalt sprach von einer Frau namens Natasha Gradenko. Ruby verstand nicht alles von dem, was er berichtete, jedoch genug, um zu begreifen, dass Cataldo ein toter Mann war. Kurz darauf begriff sie auch, warum Baxter so bereitwillig Kredite an die *Lapins* von Alderney verteilte.

Leise schloss sie die Tür und fuhr mit ihrer Arbeit fort. Vielleicht ließen sich diese Informationen irgendwie nutzen. Sie wusste nur noch nicht, wie.

Am späten Nachmittag klappte sie ihren Werkzeugkoffer zu und erklärte Baxter die Anlage. Sie musste ihre Erläuterungen mehrmals wiederholen, während er mit finsterer Miene auf das Steuerungsdisplay starrte. Er war mit seinen Gedanken weit fort, vermutlich bei dem Mann mit den schwarzen Augen eines Hais. Schließlich hinterließ sie ihm schriftliche Anweisungen und ihre Handynummer, falls er mit der Bedienung nicht zurechtkommen sollte. Sie verstaute ihr Werkzeug auf der Ladefläche des Pick-ups und fuhr nach Hause. Die Probleme wurden größer, Harris Verschwinden zog Schwierigkeiten nach sich, die sie nicht hatte vorhersehen können. Und nun stand auch noch dieser mysteriöse Cataldo unter Druck. Er musste untertauchen und brauchte dafür Geld. Geld, das er sich bei ihr und Robbie holen würde.

Ruby stellte den Pick-up auf dem Hinterhof ab. An der Tür zum Kassenhäuschen der Tankstelle hing ein Zettel mit der Aufschrift: „Bin gleich wieder da."

In der Werkstatt stand ein nagelneues, giftgrünes Kawasaki-Motorrad, das mindestens zwölftausend Pfund gekostet haben musste. Robbie hatte sich den ganzen Tag nicht blicken lassen. Vermutlich war er mit der Fähre nach Guernsey gefahren und hatte sich die Maschine dort besorgt.

Rubys Zorn auf ihren Bruder wuchs. Er war nicht nur dämlich, sondern auch faul.

Sie warf einen Blick auf ihre Armbanduhr, es war 18:20 Uhr. Die meisten Pubs hatten seit einer knappen Stunde geöffnet. Wahrscheinlich trieb er sich im *Moorings* oder dem *Divers Inn* herum und begoss seine Erwerbung. Ruby beschloss, ihn zu suchen. Wenn er mit dem Trinken anfing, konnte er nicht mehr aufhören. Es fehlte noch, dass er betrunken durch Saint Anne raste und in eine Polizeikontrolle geriet. Schlimmer noch war, dass er den Mund nicht hielt, wenn er ein paar Bier zu viel hatte.

Sie fand ihn im *Braye Chippy*, einem Imbiss am Hafen. Er saß vor dem Lokal auf einer der Holzbänke, die von pinkfarbenen Sonnenschirmen beschattet wurden, und war nicht allein. Ihm gegenüber saß ausgerechnet der geschwätzige Dave Bailey. Die beiden waren zusammen zur Schule gegangen. Während Robbie seine Zeit mit Darts und dem Frisieren von Mopeds verbrachte, hatte Dave ein paar Jahre auf dem Festland gelebt und die Polizeischule absolviert, um als frischgebackener Constable Harris' Posten zu übernehmen.

Ruby stieg aus dem Wagen und ging näher. Robbie hatte glasige Augen, auf dem Tisch standen mehrere leere Biergläser. Dave kaute mit vollen Backen und leerte einen Teller mit Fish and Chips, der die Größe eines Autoreifens hatte.

„Ich sa… sage dir, die Nin… Ninja ist besssser als ihr Vorgänger", lallte Robbie. „Sie haben die Beschleun…scheuni…neuigung verbessert und …"

„Hier steckst du also!"

Er fuhr herum und verschüttete Bier auf dem Tisch.

„Oh, hi, Ruby. Setz dich. Du kennst doch Da… Dave noch, oder?" Er winkte einer Bedienung.

„Du hast genug. Komm jetzt."

„Ssss wird doch gerade gemütlich. Ich ha… hab Dave erzählt, dass …"

„Robbie!"

Sie zog ihn unsanft von der Holzbank.

„He! Wasssn los?“

Dave warf ihnen einen irritierten Blick zu, Mayonnaise tropfte ihm auf Kinn und Uniformjacke.

„Die Arbeit ruft“, sagte sie. „Wir haben einen neuen Auftrag reinbekommen. Ich muss meinen Bruder leider entführen.“

„Klar, kein Problem.“ Dave bemühte sich, mit einer Serviette das Missgeschick auf seiner Jacke zu beseitigen, und schob sich mit der anderen Hand ein paar Pommes in den Mund. „Danke für die Einladung, ich werde mich bei Gelegenheit revanchieren.“

Ruby zerrte ihren Bruder zum Pick-up.

„Los, steig ein.“

„Ich will a… aber nicht. Ich …“

„Du tust, was ich dir sage. Wir haben ein Problem.“

„Iss ja gut.“

Er kletterte unsicher ins Fahrerhaus. Ruby fuhr zur Werkstatt und schob ihn wütend in die Halle.

„Was’n mit dir los, Schwesterchen? Entspann dich mal.“

„Wenn du nicht willst, dass die Russenmafia dich mit einem Betonklotz an den Füßen in der Braye Bay versenkt, hörst du mir jetzt genau zu.“

Robbie wurde schlagartig nüchtern.

„Mafia? Wieso Mafia?“

„Was hast du Dave erzählt?“, fragte Ruby.

„Ich hab ihn am Hafen getroffen und ihm Fish and Chips spendiert. Du weißt doch, wie verfressen er ist. Ich wollte ihn ein bisschen aushorchen.“

„Hast du was aus ihm rausgekriegt?“

„Sie haben bei Harris eine Menge Geld gefunden – hundertachtzigtausend Pfund. Dave hat außerdem bemerkt, dass wir die Flutventile geöffnet haben. Er war so stolz darauf, dass er's mir unbedingt auf die Nase binden musste."

„Damn. Wenn Cole eins und eins zusammenzählt, sind wir die Hauptverdächtigen."

Robbie zuckte mit den Schultern. „Sie können uns nichts beweisen."

„Wenn du nicht aufhörst, mit Geld um dich zu schmeißen, wird sich das schnell ändern. Morgen bringst du das Motorrad zurück und erzählst überall herum, dass es nur geliehen war."

„Ich denk nicht dran. Ein bisschen Spaß werde ich ja wohl noch haben dürfen."

Ruby packte ihn bei den Schultern und schüttelte ihn. „Mensch, Robbie, schalt mal dein Hirn ein! Wir haben nicht nur die Polizei am Hals."

„Wie meinst du das?"

Sie erzählte ihm von Baxters Besucher. „Der Typ war echt unheimlich, Robbie. Ich kriege jetzt noch eine Gänsehaut, wenn ich an seine Augen denke."

„Was will'n der von uns?"

„Harris hat von den Raten, die er abkassiert hat, einen Teil in die eigene Tasche gesteckt. Ich schätze, er wollte untertauchen, weil ihm der Typ auf die Schliche gekommen ist, und hat versucht, ein letztes Mal so viel wie möglich zusammenzuraffen. Das erklärt auch, warum Baxter nicht wusste, dass Harris bei uns war. Dieser Cataldo soll für seinen Boss das Geld wieder herbeischaffen, das Harris unterschlagen hat."

„Na und? Wir haben die Kohle ja nicht."

„Aber das wird Cataldo glauben, wenn du plötzlich mit einer nagelneuen Kawasaki die Victoria Street entlangbretterst. Baxter hat dich gesehen und es ihm brühwarm erzählt."

„Wir können doch beweisen, dass wir im Lotto gewonnen haben. Niemand weiß, dass der Schein Harris gehörte."

„Und du glaubst, damit gibt sich die Mafia zufrieden? Wenn die ihr Geld nicht mehr bei Harris holen, dann eben bei uns. Dann sind wir den kümmerlichen Rest auch noch los."

Robbie schwieg betroffen.

„Scheiße", murmelte er dann.

„Das kannst du laut sagen", erwiderte Ruby. „Wir müssen ihn irgendwie davon überzeugen, dass wir das Geld nicht haben."

„Aber wie? Hast du einen Plan?"

Diesmal hatte Ruby keinen.

12

19. Juni

Es dauerte fünf Tage, bis Matt sich meldete. Tage und Nächte, in denen die Zeit quälend langsam verstrich. Steve vernachlässigte seine Arbeit und ließ die Zügel schleifen. Es gab keine neuen Erkenntnisse im Fall des verschwundenen Ex-Polizisten, der Coastguard hatte die Leiche trotz intensiver Suche nicht gefunden. Die Untersuchung der Plastikplane, die sie im Rumpf der *Candice* sichergestellt hatten, war ebenfalls ergebnislos verlaufen. Das Salzwasser hatte jede mögliche Spur vernichtet. Sie konnten nicht einmal beweisen, dass die Plane aus der Werkstatt der Nolans stammte.

Steve wurde zunehmend gereizter, die Stimmung im Team litt. Selbst Watson, der einige wenige zaghafte Annäherungsversuche gewagt hatte, spürte die Spannung und zog sich wieder in sein Schneckenhaus zurück. Gordon verhielt sich abwartend, und Dave aß, so viel er konnte. Penny verkniff sich jeden Kommentar. Am Montagmorgen klingelte endlich das Prepaidhandy. Steve meldete sich.

„Hi Matt.“

„Hallo, Tom.“

„Wie ist das Wetter in London?“

„Gut genug für einen Flug."

Steve stieß hörbar den Atem aus. „Du hast sie gefunden."

„Mit dieser Aktion ist mein Kredit im Innenministerium aufgebraucht."

„Wie hast du's angestellt?"

„Ich habe behauptet, dass ich sie noch einmal befragen muss, wenn wir Sorokin und Allister an die Wand nageln wollen."

„Wie geht es ihr? Wo ist sie?", fragte Steve.

„In einem Nest namens Achnahaird."

„Wo in aller Welt ist das?"

„In Schottland."

„Ich werde einen Flug buchen."

Matt seufzte. „Du bist ein starrsinniger alter Kater."

„Die muss es ja auch geben."

„Du weißt, was passiert, wenn du dich Sorokin zu erkennen gibst: Deine Tarnung fliegt auf. Falls er auf deinen Vorschlag nicht eingeht, war alles umsonst."

„Ich kenne ihn gut genug, um ihn einschätzen zu können. Schließlich habe ich undercover vier Monate für ihn gearbeitet."

„Dein Wort in Gottes Ohr. Ich kann dich ja doch nicht umstimmen."

„Da hast du wohl recht."

„Schick mir eine SMS mit deiner Flugnummer und der Ankunftszeit. Ich werde dich in Heathrow abholen."

Matt legte auf. Steve starrte ins Leere. Wenn er sich irrte, brachte er Abby zum zweiten Mal in Lebensgefahr. Alderney war dann nicht mehr sicher, dabei hatte er die Insel und ihre wortkargen Bewohner inzwischen ernsthaft lieb gewonnen. Er wusste nun, dass er mit Abby nicht bis ans Ende der Welt fliehen musste, um den Platz zu finden, an dem er mit ihr glücklich werden konnte. Er hatte ihn bereits gefunden.

Watson rieb seine Schnauze an seinem Hosenbein und sah ihn aus unergründlichen Hundeaugen an. Das hatte er noch nie getan. War es ein gutes Zeichen ... oder spürte er, dass er bald wieder einen vertrauten Menschen verlieren würde?

Einen Tag später, am 20. Juni, stieg Steve gegen 13:00 Uhr in ein weiß-gelbes Shuttleflugzeug der Aurigny Airline, das ihn zum Flughafen auf Guernsey brachte. Da es keinen Direktflug von Alderney nach London gab, musste er den Umweg in Kauf nehmen. Er war zu ungeduldig, um noch mehr Zeit auf einer der Fähren zu vertrödeln. Bereits am Abend zuvor hatte er Matt angerufen und ihm mitgeteilt, dass er am nächsten Tag gegen 15:00 Uhr in Heathrow ankommen würde.

Detective Chief Superintendent Matt Frazer trug denselben zerknitterten Regenmantel wie bei ihrem letzten Treffen. Sein Haar war eine Spur grauer geworden, die Falten in seinem gutmütigen Bulldoggengesicht tiefer. Er begrüßte ihn mit sorgenvoller Miene. Sie schüttelten einander die Hände, schließlich umarmte Steve den Freund. Ihm war nicht bewusst gewesen, wie sehr er Matt vermisst hatte.

„Du hast dich kaum verändert“, sagte er.

„Und du trägst zum ersten Mal, seit ich dich kenne, eine Uniform.“

„Es ist die beste Verkleidung, die mir einfiel. Du wirkst gestresst, Matt.“

„Der Grund dafür steht vor mir. Ist dir klar, dass ich mich im Innenministerium rechtfertigen muss, wenn die Sache schiefgeht? Schließlich habe ich Suella Braverman im vergangenen Herbst so lange bekniet, bis sie grünes Licht für dein Ableben gegeben hat. Wenn sie erfährt, dass du dich Sorokin zu erkennen gibst, bekomme ich einen Riesenärger. Das kann mich meinen Job kosten.“

„Umso dankbarer bin ich für deine Unterstützung. Sei unbesorgt, es wird wie am Schnürchen laufen.“

Sie traten ins Freie. Aus den tief hängenden grauen Wolken fiel leichter Nieselregen. Sie verließen den Airport über die A312 Richtung Norden und erreichten eine Stunde später das berüchtigte Pentonville-Gefängnis.

Matt Frazer hatte ihren Besuch bereits angekündigt. Sie passierten problemlos die Kontrollen, ein Vollzugsbeamter führte sie in denselben Raum, in dem Sorokin über Steve seine Vendetta verhängt hatte, weil er ihn für den Tod von Natasha Gradenko verantwortlich machte. Seine Worte hatte er nie vergessen: „Sie haben mich zu einem sehr einsamen Mann gemacht, McCallum, darum werden auch Sie lernen, was es heißt, einsam zu sein. Meine Leute werden Ihnen kein Haar krümmen, aber stets wissen, wo Sie sich aufhalten. Jede Frau, in die Sie sich jemals verlieben, wird sterben, während Sie weiterleben. Das schwöre ich beim Andenken an meine geliebte Natasha. Abby Bonham wird die Erste sein, die für Ihren Leichtsinn bezahlt.“

„Ich warte wohl besser draußen“, sagte Matt.

Steve setzte sich an einen Tisch, dem ein einzelner Stuhl gegenüberstand. Das Warten begann. Zehn Minuten später betrat Viktor Sorokin in Begleitung eines Vollzugsbeamten den Raum. Er hatte abgenommen, seit Steve ihn zum letzten Mal gesehen hatte, ein grauer Schleier aus Verbitterung lag über seinen Zügen. Mit unbewegter Miene ging er zum Tisch, zog den Stuhl hervor und setzte sich.

„Was verschafft mir die Ehre Ihres Besuchs, Detective Chief Inspector Steve Cole, Chief der Alderney Police Force?"

„Eine unerwartete Wendung unserer gestörten Beziehung."

Sorokins Mundwinkel zuckte. „Wie interessant. Ich kann mir nicht vorstellen, was das sein soll."

„Dann ist es mir doch noch gelungen, Sie zu überraschen", entgegnete Steve. „Seit wann wissen Sie, dass ich lebe?"

„Nun, mir war sofort klar, dass Ihr ergreifendes Begräbnis eine Finte war." Er lächelte schmal. „Sie haben in der Tat mehr Leben als eine Katze, McCallum. Es dauerte eine ganze Weile, bis ich Ihre Spur aufnehmen konnte. Ein glückliches Zusammentreffen der Umstände kam mir dabei zu Hilfe – ein gemeinsamer Bekannter sozusagen."

„John Baxter."

„Juan hat Sie sofort erkannt, als er nach Alderney kam."

„Verraten Sie mir, warum ich noch lebe?"

„Aber ich versicherte Ihnen doch, dass nicht Sie das Ziel meiner Vergeltung sein würden, sondern jede

Frau, mit der Sie eine Beziehung eingehen. Wie schmeckt die Einsamkeit?“

„So bitter wie Ihre Aussicht, hier drinnen zu verrotten.“

„Ich muss Sie enttäuschen, ich werde in Kürze frei sein. Sie sollten übrigens auf Constable Penny Saunders aufpassen. Ich glaube, sie mag Sie. Diese Zuneigung kann lebensgefährlich sein.“

Steve unterdrückte den Impuls, aufzuspringen und den aufgeblasenen Mafiaboss ins Gesicht zu schlagen. Stattdessen zog er sein Handy aus der Jackentasche und legte es auf den Tisch.

„Sie werden Ihre Finger von Penny lassen, ebenso von Abby und jedem anderen Menschen in meinem Leben.“

„Die Rache ist mein, spricht der Herr.“

„Verschonen Sie mich mit Ihren Predigten, Sorokin. Beantworten Sie mir stattdessen zwei Fragen.“

Der Russe deutete ein Nicken an.

„Sie machen mich für den Tod von Natasha Gradenko verantwortlich und wollen mich dafür leiden lassen, richtig?“

„Das ist korrekt.“

„Wenn ich Ihnen den Beweis liefere, dass mich keine Schuld trifft, werden Sie dann von Ihrer Vendetta ablassen?“

„Vielleicht. Ich kann mir nicht vorstellen, wie Sie sich reinwaschen wollen.“

„Dass ich Sie in den Knast gebracht habe, war mein Job. Den erledige ich, so gut ich kann, genau wie Sie den Ihren.“

„Das ist nicht Gegenstand unserer Unterhaltung. Sie waren stets ein würdiger Gegner, und das weiß ich zu schätzen. Einen schwachen Mann zu besiegen, bringt einem keine Ehre ein."

„Ich wollte diesen Punkt nur klären", sagte Steve.

Er öffnete die Bilddatenbank und startete das Überwachungsvideo der französischen Polizei. Sorokin wurde aschfahl.

„Wann wurde das aufgenommen?"

„Vor einer Woche. Falls Sie an der Echtheit der Aufnahme zweifeln, achten Sie auf die Bahnhofsuhr mit der Datumsanzeige im Hintergrund. Sie zeigt den 14. Juni an. Ich überlasse Ihnen gerne eine Kopie des Videos. Sie können es von Ihren IT-Spezialisten überprüfen lassen. Ich war genauso überrascht, wie Sie es jetzt sind."

Sorokins Mundwinkel zuckte in einem schnellen Rhythmus, eine Marotte, die er sich offenbar während seiner Zeit im Gefängnis angewöhnt hatte.

„Von dort, wo sich Natasha und Cataldo aufhalten, dürfte übrigens die Million, die Sie vermissen, nicht weit weg sein", sagte Steve. „Ihr cleverer Adoptivsohn hat sich verzockt und musste dringend eine neue Geldquelle erschließen. Sie wissen ja, dass Gläubiger in Ihren Kreisen nicht besonders geduldig sind."

„Was wollen Sie für diese Information?", fragte Sorokin.

„Ich will mein Leben zurück. Ich will Abby."

„Sonst nichts?"

„Sonst nichts."

„Nun, ich denke, das lässt sich einrichten, falls Sie mir verraten, wo ich Juan finden kann."

„Wenn ich's wüsste, würde ich ihn umgehend verhaften", erwiderte Steve. „Einem Mann mit Ihren Möglich-

keiten sollte es nicht schwerfallen, ihn aufzuspüren.
Sie ersparen Interpol eine Menge Arbeit. Haben wir einen Deal?"

Sorokin nickte bedächtig. „Ich glaube, ich muss mich
bei Ihnen entschuldigen, Mr McCallum. Unser berufli-
ches Verhältnis bleibt davon natürlich unberührt."

„Natürlich. Sie sind die Maus, und ich bin der Kater,
der sie jagt."

13

21. Juni

Sie spielten jeden Abend das gleiche Spiel. Steve füllte den Wasserkocher, brühte Tee auf und ging mit der Tasse hinüber ins Wohnzimmer. Dort setzte er sich in den abgewetzten Ohrensessel, wie es vermutlich Generationen von Vikaren in dem alten Pfarrhaus über den Klippen getan hatten, und genoss die Stille.

Watson beobachtete aus unergründlichen Hundeaugen jede seiner Bewegungen und folgte ihm auf Schritt und Tritt, stets auf einen sicheren Abstand bedacht. Er beschnüffelte seine Decke vor dem Kamin, der jetzt im Juni kalt blieb, drehte sich umständlich zweimal um die eigene Achse und rollte sich dann zusammen, seine Blicke scheu auf Steve gerichtet.

Und wie jeden Abend begann er eine einseitige Unterhaltung mit Watson. Er erzählte ihm von Abby, von seinen Gefühlen, Hoffnungen und Träumen und dem Leben, das er geführt hatte, als er noch Thomas McCallum gewesen war. Der Hund stellte seine überdimensionierten Ohren auf und hörte aufmerksam zu. Steve war überzeugt, dass er jedes Wort verstand und stillschweigend billigte. Watson gähnte, schloss die Augen und begann zu dösen.

„Tut mir leid, wenn ich dich gelangweilt habe." Er trank einen Schluck Tee. „Ich dachte, es interessiert dich, mit wem du dich einlässt."

Der Hund blinzelte und seufzte. Steve streckte die Hand nach ihm aus. Von seinem Platz aus konnte er ihn fast erreichen. Sofort war Watson hellwach und angespannt.

„Schon gut. Wenn du's nicht magst, angefasst zu werden, respektiere ich das. Ein bisschen netter könntest du allerdings sein. Ich gebe dir schließlich zu fressen und ein Dach über dem Kopf."

Der Hund sah ihn schuldbewusst an. Vielleicht ging ihm auch etwas ganz anderes durch den Kopf oder gar nichts.

Es wird Zeit, dass ich menschliche Gesellschaft bekomme, dachte Steve. Sonst verwandele ich mich noch in einen wunderlichen alten Eremiten.

Am Morgen hatte sich Matt Frazer gemeldet. Der korrupte Tory-Abgeordnete Tel Allister hatte es geschafft, den Skandal um Schmiergelder für den Verkauf von Grundstücken in der City of London unbeschadet zu überstehen. Er saß wieder fest im Sattel und hatte den Erfolg genutzt, um seinen Freund und Geschäftspartner Viktor Sorokin zu entlasten. Der Prozess war endgültig geplatzt. Abby konnte das Zeugenschutzprogramm verlassen. In einer Woche würde sie mit ihrer Tochter Ivy auf Alderney ankommen. Noch wusste außer Steve niemand davon.

Nicht zum ersten Mal fragte er sich, ob sie ihre Beziehung nach der langen Trennung ohne Weiteres fortführen konnten. Er hatte ihr damals verheimlichen müssen, dass Matt und er den Plan gefasst hatten, seinen Tod vorzutäuschen, um sie beide vor Sorokins Vendetta zu schützen. Abby hatte an seinem Grab gestanden, ohne zu ahnen, dass er noch lebte und sie in diesem Moment beobachtete. Ob die Wunde, die diese Lüge in ihr Vertrauen gerissen hatte, jemals wieder ganz heilen würde, wusste keiner von ihnen.

Der Klingelton seines Diensthandys riss ihn aus seinen trüben Gedanken. Watson war von einer Sekunde zur anderen hellwach und hob den Kopf. Steve hatte schon öfter beobachtet, dass der Hund ein feines Gespür für kommendes Unheil besaß. Wahrscheinlich musste man als Hund einen sechsten Sinn für Ärger entwickeln, wenn man Louie Harris gehörte.

Auf dem Display leuchtete die Nummer des Reviers auf. Dave hatte die Spätschicht übernommen. Steve witterte einen ernsten Zwischenfall. Der junge Constable war viel zu ehrgeizig, um ihn während seiner Schicht um Rat zu fragen; es sei denn, es handelte sich um einen echten Notfall.

Er wischte über das Display und meldete sich.

„Was gibt's denn, Dave?"

„'ne Menge Stress, so wie's aussieht. Susan Hoffner hat gerade angerufen."

„Ist das nicht Pennys Nachbarin?"

„Die Hoffners wohnen in dem Bungalow nebenan. Susan hat Lärm und Schreie aus dem Haus der Saunders gehört."

Steve seufzte. „Frank hat mal wieder einen über den Durst getrunken."

„Mehr als das, glaube ich. Sonst würde ich dich nicht damit behelligen. Sie sagte, sie habe einen heftigen Streit im Haus der Saunders beobachtet. Ihr Mann ist hinübergegangen, weil sie diesmal wirklich Angst um Penny haben. Noch während ich mit ihr telefonierte, fiel ein Schuss. Hoffner kam nicht zurück."

„Bewahrt Penny ihre Dienstwaffe nicht im Safe des Reviers auf?"

„Normalerweise schon. Aber ich habe nachgesehen, sie ist nicht da. Vielleicht hat Penny sie mitgenommen, weil sie im alten Steinbruch Schießübungen machen wollte. Steve, da stimmt etwas nicht."

„Das fürchte ich auch. Penny hat angedeutet, dass sie Frank endgültig verlassen will. Sie sagte, dass er ihre Ankündigung nicht ernst genommen hat. Möglicherweise ist ihm klar geworden, dass er sich geirrt hat. Versuch, Gordon zu erreichen. Er soll in die Rue Genet fahren, aber nichts unternehmen, bis ich dort bin."

„Steve, ich kann hier nicht ruhig warten, wenn Penny in Gefahr ist."

„Sollst du auch nicht. Setz dich in den Streifenwagen, und bring drei schusssichere Westen mit. Außerdem Elektrotaser und das G27."

„Das Sturmgewehr für den Anti-Terror-Einsatz? Hast du vor, gegen Frank Saunders in den Krieg zu ziehen?"

„Ich will auf alles vorbereitet sein. Wenn er Pennys Dienstwaffe an sich gebracht hat, könnte es nötig sein, ihn mit einem Distanzschuss außer Gefecht zu setzen. Vergiss die Zieloptik nicht."

„O... okay."

Er legte auf und sprang aus seinem Sessel auf. Die schnelle Bewegung schickte ein schmerzhaftes Stechen durch seine Hüfte und erinnerte ihn an die Razzia im *Red Door*. Damals war er beinahe draufgegangen. Die Ärzte in Brighton hatten ihn zwar wieder zusammengeflickt, aber seitdem war er nicht mehr derselbe Mann. Er hatte Dutzende gefährliche Einsätze als verdeckter Ermittler durchgeführt. Angst zu haben war normal und überlebensnotwendig. Wer sich fürchtete, blieb vorsichtig und wachsam. Wurde die Angst jedoch übermächtig, konnte sie tödlich sein, denn sie behinderte klares Denken. Steve spürte, dass er in Panik geriet. Einen Augenblick war er machtlos gegen die Bilder, die an ihm vorbeizogen: Cataldo, der seinen Arm um Abbys Kehle schlang, in der anderen Hand eine scharfe Granate. Die Explosion, der grelle Blitz und der rasende Schmerz, als sich ein Dutzend messerscharfe Splitter in seine Seite bohrten.

Er fürchtete nicht nur um seine eigene Sicherheit, seine Angst galt vor allem Penny. Zwischen ihnen hatte sich eine Freundschaft entwickelt, die nur weniger Worte bedurfte. Sie funkten auf der derselben Wellenlänge, ohne sich auf komplizierte Weise aufeinander abstimmen zu müssen. Erst jetzt wurde ihm klar, wie sehr ihre Verbundenheit ihm geholfen hatte, sich auf Alderney einzuleben.

Watson winselte leise. Er näherte sich Steve mit gesenktem Kopf und drückte seine Schnauze an seine Hand. Es war die erste zaghafte Berührung, die er aus eigenem Antrieb wagte.

„Okay, du kannst mitkommen, aber du bleibst im Wagen. Ich will dich nicht auch noch verlieren, Fellnase.“

Die Zuneigung des Hundes gab ihm seine Entschlossenheit zurück.

„Du musst unbedingt Abby kennenlernen“, sagte er, „du wirst sie lieben. Und Ivy wird *dich* lieben.“

Der im Cape-Cod-Stil erbaute Bungalow der Saunders stand in der Rue Genet im Südosten von Alderney. Daves Streifenwagen parkte vor dem Nachbarhaus, Gordon kam zur selben Zeit an wie Steve. Er stoppte hinter Daves Wagen und stieg aus. Gordon trug Zivil und hatte über sein dunkles Hemd ein Schulterhalfter geschnallt, in dem seine Dienstwaffe steckte.

Steve ließ seinen Polizeiwagen vor dem weißen Staketenzaun des Vorgartens vorbeirollen und stellte ihn in einer Einfahrt gegenüber dem Bungalow ab. Alles wirkte friedlich und ruhig, nichts störte den Sommerabend in der Wohnsiedlung. Er kurbelte das Seitenfenster herunter und ließ den Ort und die Atmosphäre auf sich wirken. Es war halb elf. Ein letzter Streifen Tageslicht schimmerte im Westen am Horizont. In den Nachbarhäusern brannte Licht, mehrere Neugierige hatten die Fenster geöffnet oder standen in den Auffahrten und diskutierten das Geschehen. Steve brauchte diesen Moment der Ruhe vor dem Sturm, um die Lage einschätzen zu können und die richtigen Entscheidungen zu treffen. Watson bewegte sich unruhig auf dem Rücksitz.

„Du spürst es auch, nicht wahr?"
Der Hund winselte. Der Tod schlich durch die Nacht.
Steve stieg aus und überquerte die Straße. Gordon blickte sich wachsam um, schnüffelte wie ein Terrier, der Witterung aufnahm, und streifte eine Kevlarweste über. Dave reichte Steve eine zweite Weste. Der Suchscheinwerfer auf dem Dach des Streifenwagens war auf den Bungalow ausgerichtet, aber noch nicht eingeschaltet.

„Sorge dafür, dass die Leute in ihre Häuser gehen und dort bleiben, Dave. Sag ihnen, dass ich jeden einlochen werde, der bei drei noch auf der Straße ist. Und zieh sofort deine Weste an. Wo ist Susan Hoffner?"

„Sie wartet im Haus."

„Ich rede mit ihr. Keiner unternimmt etwas, bevor ich weiß, was hier gespielt wird."

Glas zerbrach klirrend, ein Schuss zerriss die Stille.

„Deckung!", rief Gordon.

Steve hockte sich hinter den Streifenwagen. Dave zog die Fahrertür einen Spalt auf, beugte sich ins Innere und aktivierte den Scheinwerfer. Das gleißende Licht fiel auf Frank Saunders gerötetes Gesicht. Er hatte ein Loch in die Fensterscheibe des Wohnzimmers geschlagen. Mit weit aufgerissenen Augen starrte er hinaus, den linken Arm um Pennys Kehle geschlungen, in der rechten Hand hielt er eine Pistole. Penny blutete aus einer Platzwunde über der Augenbraue.

Dave zog das Sturmgewehr aus der Halterung zwischen den Sitzen hervor.

„Lass mich das Schwein erledigen", knurrte er.

„Du rührst dich nicht von der Stelle", erwiderte Steve. „Wenn du dir eine Kugel einfängst, versohle ich dir den Hintern."

„Haut ab!", schrie Saunders. „Macht, dass ihr fortkommt, sonst blase ich ihr ein Loch in den Kopf. Ich gebe euch zwei Minuten!"

Steve zuckte zusammen, als er Gordons Stimme dicht an seinem Ohr hörte.

„Ich kapiere das nicht. Er hat Angst, Penny zu verlieren, und droht damit, sie umzubringen?"

„Sie ist alles, was er noch hat. Wenn sie ihn verlässt, ist sein Leben endgültig am Arsch. Er weiß, dass er es nicht verhindern kann, also schlägt er blindwütig um sich. Er kann sie nur noch kontrollieren, indem er sie tötet. Anschließend wird er sich selbst eine Kugel in den Kopf jagen."

„Was sollen wir tun?"

„Ich lasse mir etwas einfallen. Haltet ihn hin, beschäftigt ihn, redet mit ihm."

Steve tauchte in die Nacht ein, schlich zum Nachbarhaus und klingelte. Susan Hoffner öffnete ihm. Sie weinte.

„Was ist mit Miles? Geht es ihm gut? Bitte, bringen Sie mir meinen Mann zurück."

„Beruhigen Sie sich, Mrs Hoffner. Wir tun, was wir können. Erzählen Sie mir, was passiert ist."

Sie wiederholte, was sie Dave am Telefon berichtet hatte.

„Miles ging durch den Garten zur Hintertür, um nach dem Rechten zu sehen."

„Warum benutzte er nicht den Haupteingang?"

„Wir sind doch Nachbarn, Chief. Hier auf Alderney verschließt niemand seine Tür. Wir kennen und vertrauen einander."

„Auch einem Mann wie Frank Saunders?", fragte Steve.

„Frankie hat Probleme. Seit er arbeitslos wurde, ist er völlig verändert. Wir haben versucht, ihn zu unterstützen, aber er kann das Trinken nicht lassen. Der Alkohol zerstört ihn."

„Sind Sie sicher, dass die Tür zum Garten unverschlossen ist?"

„Ich glaube schon."

„Gibt es noch weitere Ein- oder Ausgänge?"

„Man kann die Garage durch eine Nebentür betreten. Von dort aus gelangt man in den Eingangsbereich."

Steve ließ sich den Grundriss beschreiben und versuchte, sich an den Tag zu erinnern, als er im Haus gewesen war und Frank Saunders klargemacht hatte, was ihn erwartete, wenn er nicht aufhörte, Penny zu verprügeln.

„Unter dem Porzellanhund neben der Haustür liegt ein Zweitschlüssel", sagte Susan Hoffner. „Wir benutzen ihn, um uns um die Blumen zu kümmern, wenn die Saunders in Urlaub sind. Aber das ist schon lange nicht mehr vorgekommen. Das Geld ist jetzt knapp, und ..."

„Sie haben uns sehr geholfen", unterbrach Steve sie. „Bleiben Sie bitte unter allen Umständen im Haus."

Er kehrte zum Streifenwagen zurück. Bei den Saunders war es jetzt ruhig.

„Er hat den Rollladen im Wohnzimmer heruntergelassen", sagte Gordon. „Wir können nicht sehen, was drinnen geschieht."

Dave justierte die Zieloptik des G27.

„Kannst du etwas erkennen?", fragte Gordon.

„Nein."

„Wir müssen rein, bevor Frank die Nerven verliert", sagte Gordon.

Dave legte das Sturmgewehr in den Wagen und zog seine Waffe aus dem Holster.

„Einer von uns muss hierbleiben", sagte Steve. „Falls wir nicht mehr rauskommen, alarmierst du Guernsey."

Dave verzog enttäuscht den Mund. Steve achtete nicht auf ihn und erklärte, was er von ihnen erwartete.

Dave stieg in den Streifenwagen und ließ ihn langsam vor dem Bungalow vorbeirollen. Steve und Gordon nutzten ihn als Deckung, bis er vor der Garage stand. Dann huschten sie durch die Nacht und drückten sich an die Hauswand. Gordon atmete schwer, seine Augen leuchteten weiß in der Dunkelheit.

„Tut mir leid, dass es dich trifft", sagte Steve. „Aber Dave ist zu jung und unerfahren. Und was noch viel schlimmer ist: Er hat keine Angst."

„Das geht in Ordnung, Chief." Gordon grinste. Die Anspannung verwandelte sein Gesicht in eine wilde Grimasse. „Wir wollen alle nicht, dass Penny etwas passiert."

Steve bewegte sich langsam an der Fassade entlang auf die Haustür zu und erreichte den Porzellanhund. Er hob ihn an, fand den Schlüssel und nahm ihm an sich. Dann kroch er zurück zur Garage. Im Haus fiel ein schwerer Gegenstand um, gefolgt von einem Klirren. Daves durch ein Megafon verzerrte Stimme schallte herüber. Er versuchte, Saunders zum Aufgeben zu bewegen. Der schrie im Gegenzug, dass er jedem Bullen, der sich dem Bungalow auch nur noch einen weiteren Zentimeter näherte, ein Loch in den Schädel blasen würde, und drohte erneut damit, Penny zu erschießen.

„Wir müssen uns beeilen", keuchte Gordon.

„Du gehst von hinten rein", sagte Steve, „ich nehme den Zugang durch die Garage. Sei um Gottes willen vorsichtig, und schieß nur, wenn du absolut sicher bist, Penny und dich selbst nicht zu gefährden."

Gordon nickte und presste entschlossen die Lippen zusammen. Zwei Sekunden später verschluckte ihn die samtene Finsternis. Steve schickte ein Stoßgebet zum

Himmel und hoffte, dass alle diese Nacht heil überstanden. Er hatte in London Dutzende solcher Einsätze erlebt und wusste, wie er sich zu verhalten hatte. Wenn man überleben wollte, musste man sich blind auf seine Partner verlassen können, musste wissen, wie sie tickten und unter Stress und Lebensgefahr handelten. Die Kollegen, mit denen er zusammengearbeitet hatte, waren Profis gewesen wie er. Dave und Gordon besaßen keinerlei Erfahrung auf diesem Gebiet. Steve konnte nicht einschätzen, wie sie reagieren würden, wenn es richtig gefährlich wurde. Zum ersten Mal war er nicht Teil eines Teams aus Spezialisten, sondern trug die Verantwortung für sie alle. Eigentlich hätte er Verstärkung aus Guernsey anfordern müssen, aber dafür fehlte die Zeit. Frank Saunders konnte jeden Augenblick durchdrehen.

Steve drückte die Klinke der Nebeneingangstür, sie war verschlossen. Er benutzte den Schlüssel, entriegelte langsam das Schloss und schob die Tür auf. Pennys Mini Cooper und ein blauer Kombi standen nebeneinander in der Dunkelheit. Er schlich um die Wagen herum und zog seine Waffe aus dem Holster. Wieder sah er Cataldo vor sich, der Abby in seiner Gewalt hatte. Die Explosion hallte als Echo in seinem Kopf nach. Seine Hüfte pochte, als schlüge ein zweites Herz in ihr.

Behutsam öffnete er die Tür zum Eingangsbereich einen Spalt und wartete auf eine Reaktion. Nichts geschah. Er schlüpfte durch die Öffnung und presste sich in der dunklen Diele an die Wand. Ein dreieckiger Lichtkeil kroch über den Holzboden, irgendwo links von ihm quietschte leise eine Türangel. Wenn ihn seine Erinnerung nicht täuschte, befand sich das große

Wohnzimmer gegenüber von ihm auf der anderen Seite der Diele.

Im Schutz der Dunkelheit durchquerte er den Eingangsbereich und drückte sich an die Wand neben der offenen Wohnzimmertür. Saunders schimpfte und drohte, Penny zu erschießen. Die Stimme schien aus der Küche im hinteren Teil des Hauses oder dem Esszimmer zu kommen.

Steve zog sein Handy aus der Hosentasche und kauerte sich auf den Boden. Dann schaltete er die Kamera ein und bewegte das Telefon vorsichtig um den Türrahmen herum. Frankie hatte im Vollrausch ganze Arbeit geleistet. Das Display zeigte einen völlig verwüsteten Wohnraum. Von ihm und Penny fehlte jede Spur.

Er wandte sich nach links. Ein kurzer Korridor führte zur hinteren Tür. In der Dunkelheit hinter der Glasscheibe glaubte er eine Bewegung zu erkennen. Nun hörte er auch ein leises Klicken. Die Tür schwang langsam auf, Gordon floss als flüchtiger Schatten ins Haus.

Steve deutete auf die Küchentür zwischen ihnen. Gordon verstand. Er näherte sich der Tür, doch bevor er sie öffnen konnte, wurde sie aufgerissen und Penny stürzte heraus. Frank war ihr dicht auf den Fersen, erwischte einen Zipfel ihres T-Shirts und schleuderte sie herum. Sie strauchelte, und er konnte sie wieder unter Kontrolle bringen. Er schlang seinen Arm um ihre Kehle, presste sich an sie und hielt ihr die Waffe an die Schläfe. Dann bemerkte er Steve.

„Lass die Pistole fallen, du Arschloch! Ich schwöre, ich leg sie um", schrie er.

Steve zögerte einen Moment und zwang sich, nicht zu Gordon hinüberzublicken und dessen Anwesenheit zu verraten.

„Okay, Frank. Ganz wie du willst."

Langsam legte er die Waffe auf den Fußboden und wich zwei Schritte zurück.

„Lass uns reden", sagte er. „Noch hast du niemanden getötet. Ich bin sicher, wir finden eine Lösung. Dann gehen wir alle zusammen hinaus ... Penny, du und ich."

„Halt das Maul, Cole. Du bist an allem schuld. Wir kamen klar, bis du meine Frau gegen mich aufgehetzt hast."

„Das habe ich nicht, Frank."

Er verstärkte den Druck um Pennys Kehle. „Lüg mich nicht an, du Scheißkerl."

„Okay, Frank. Was kann ich tun, damit du sie gehen lässt?"

„Fahr zur Hölle!"

Saunders riss die Waffe herum und drückte ab. Er feuerte überhastet und ohne zu zielen, die Kugel bohrte sich in die Zimmerdecke, ohne Schaden anzurichten.

Penny nutzte den Augenblick, um ihm ihren Ellenbogen in den Unterleib zu rammen. Er keuchte auf, ließ beinahe die Pistole fallen und lockerte unwillkürlich seinen Würgegriff, was Penny ermöglichte, unter ihm wegzutauchen.

„Waffe runter!", rief Gordon.

Frank fuhr überrascht herum. Steve sprang vor und drehte Saunders den rechten Arm auf den Rücken. Gordon eilte ihm zu Hilfe. Frankie entwickelte Bärenkräfte, sie schafften es zu zweit kaum, ihn zu bändigen.

Ein Schuss löste sich, er schrie auf und sackte zusammen.

Sie drehten ihn auf den Bauch, Gordon legte ihm Handschellen an. Auf dem Teppich bildete sich ein Blutfleck.

„Ist er ... ist er tot?", stammelte Penny.

Steve schüttelte den Kopf. „Es hat seine Schulter erwischt. Ich schätze, er wird's überleben. Bist du okay?"

Sie nickte krampfhaft. „Ich dachte, diesmal bringt er mich um. Er hat mich im Schlafzimmer überrascht. Ich war gerade mit Packen beschäftigt, als er auftauchte."

Gordon alarmierte den Notarzt.

„Miles Hoffner ist verletzt. Er liegt vor der Hintertür", sagte er.

Frank zerrte heftig an den Handschellen und versuchte, auf die Füße zu kommen. Er blutete aus einer Schusswunde in der Schulter, schien aber keinen Schmerz zu spüren. Offensichtlich stand er unter Schock. Gordon musste ihn gewaltsam auf den Boden drücken.

„Ich zahl's dir heim, Cole! Das schwör ich dir", brüllte Frank, „das wirst du bereuen, du verfluchtes Arschloch!"

Steve telefonierte mit Dave und verließ das Haus durch den Haupteingang. Wenige Minuten später fetzten die Warnlichter von zwei Notarztwagen durch die Dunkelheit. Sie brachten Hoffner, Penny und ihren Mann zum Mignot Memorial Hospital.

Steve beorderte Dave zurück zum Revier, jemand musste die Wache besetzen. Gordon schickte er nach Hause. Er selbst fuhr zum Krankenhaus und wartete vor der Notaufnahme. Eine halbe Stunde später kam

Penny heraus. Auf ihrer Stirn prangte ein großes Pflaster, sie war blass und erschöpft, ansonsten aber unverletzt. Steve bot ihr an, sie nach Hause zu fahren.

„Zuhause? Wo ist das?", fragte sie spöttisch.

„Du kannst bei mir im alten Pfarrhaus übernachten, wenn du dich dort wohler fühlst", schlug er vor. „Watson wird sich freuen."

„Ich muss erst wissen, wie es Frankie geht. Sie operieren ihn gerade. Ich werde warten, bis er aufwacht."

„Ist das dein Ernst?"

„Er ist immer noch mein Mann."

„Der Idiot hat dich nicht verdient", sagte Steve kopfschüttelnd. „Dann bleibe ich auch."

Kurz vor Mitternacht schoben zwei Pfleger Frank Saunders' Bett in ein Einzelzimmer.

„Eigentlich müssten wir eine Wache auf dem Gang postieren", sagte Steve.

„In seinem Zustand besteht wohl kaum Fluchtgefahr", erwiderte Penny. „Selbst wenn er es aus dem Krankenhaus schafft ... wohin sollte er gehen?"

„Ich habe ohnehin zu wenig Leute, und ich kann schließlich nicht die komplette Alderney Police Force zur Überwachung eines randalierenden Trunkenbolds abkommandieren. Sobald er transportfähig ist, lasse ich ihn nach Guernsey oder gleich aufs Festland überstellen."

Penny warf einen Blick durch die offene Zimmertür. Frank war wach, aber benommen von Schmerz- und Narkosemitteln. Er stierte stumpf vor sich hin.

„Eine Anklage wegen Freiheitsberaubung, Nötigung und Körperverletzung bleibt ihm wohl nicht erspart, oder?", fragte sie.

„Er hat dich verprügelt und Miles Hoffner angeschossen. Außerdem hat er gedroht, dich zu töten, und auf Dave und mich gefeuert. Es handelt sich um Offizialdelikte. Du weißt, dass ich ihn nicht einfach laufen lassen kann."

Penny seufzte. „Ich hätte nicht gedacht, dass er so weit gehen würde. Er hat meine Dienstwaffe aus dem Safe in der Diele genommen und gesagt, er würde erst mich und dann sich selbst umbringen, wenn ich gehe."

„War der Safe nicht verschlossen?"

„War er. Frank muss mir über die Schulter geschaut und sich den Code gemerkt haben."

„Was wirst du jetzt tun?"

„Keine Ahnung. Ich bin zu erschöpft, um einen klaren Gedanken zu fassen."

„Gönn dir eine Nacht Ruhe. Morgen sieht die Welt wieder anders aus."

„Na, wenigstens haben wir etwas, das uns verbindet", sagte sie.

„Was denn?"

„Unser Leben ist ein Chaos. In der Guernsey Press stand, dass der Prozess gegen Viktor Sorokin geplatzt ist. Wie geht's dir damit?"

Steve erzählte ihr von seinem Besuch in London.

„Abby kommt am nächsten Mittwoch nach Alderney."

Penny lächelte. „Hey, das ist großartig."

Er seufzte tief.

„Freust du dich denn gar nicht?", fragte Penny.

„Wir haben uns seit einem halben Jahr nicht gesehen. Was ist, wenn wir's nicht auf die Reihe bekommen?"

„An Beziehungen muss man arbeiten."

Er lächelte gequält. „Du musst es ja wissen."

„Okay, ich bin nicht gerade ein leuchtendes Vorbild."

„Kann ja noch werden." Er warf einen Blick auf das Krankenbett. „Ich schätze, morgen müssen wir jemanden abstellen, der auf Frank aufpasst, damit er hier nicht rausspaziert und Dummheiten macht."

„An wen denkst du da?"

„Es ist eine verantwortungsvolle Aufgabe. Dave wird begeistert sein."

„Glaub ich kaum."

Steve grinste. „Ich auch nicht."

14

23. Juni

„Du bist so unterbelichtet, dass du im Dunkeln deinen eigenen Hintern nicht findest!"

Wutentbrannt warf Ruby einen Schraubenschlüssel nach ihrem Bruder, der nur mit Mühe rechtzeitig ausweichen konnte. Der Schlüssel prallte von einer Hallenstütze ab und fegte fünf Spraydosen wie Kegel von einem Regal.

„Ich kann nicht glauben, dass du dir einen solchen Schrott hast andrehen lassen."

Robbie näherte sich vorsichtig der Hebebühne und blieb in sicherem Abstand stehen.

„Das sind die besten Autos, die man für Geld kaufen kann – BMW, Jaguar, Lexus –, kaum gefahren, mit Prüfplaketten und Qualitätssiegeln. Was soll daran nicht in Ordnung sein? Die Kawasaki gab's als Zugabe. Wie konnte ich da Nein sagen?"

Ruby sah aus dem staubigen Fenster auf den Hof hinaus. Am Morgen hatte ein Transporter sechs Luxuskarossen abgeladen. Ruby hatte ihren Bruder aus dem Bett geworfen und zur Rede gestellt. Er murmelte etwas von einem erstklassigen Deal und einer einmaligen Gelegenheit. Von einer bösen Ahnung erfüllt, hatte Ruby ein Mercedes Cabriolet auf die Hebebühne gefahren und begutachtet. Sie hatte immer geglaubt, dass Robbie von Gebrauchtwagen mehr verstand als sie, aber selbst daran zweifelte sie inzwischen. Sie begann, im Internet zu recherchieren. Zehn Minuten später wusste sie, dass man ihn übers Ohr gehauen hatte.

„Woher hast du die Wagen?"

„Trip hat mir einen heißen Tipp verkauft und den Kontakt zu einem Händler in Poole hergestellt, der die Karren spottbillig aus Litauen importiert."

Ruby stöhnte. „Du hast ihn auch noch dafür bezahlt?"

„Du bist doch nur neidisch, weil die Idee nicht von dir stammt." Er tippte sich an die Brust. „Ich habe unser Geld gewinnbringend angelegt, Schwesterherz."

„Wie viel hast du ausgegeben?"

„Na ... alles."

Ruby sank auf einen alten Drehstuhl, aus dem die Polsterung hervorquoll.

„A... alles", stotterte sie.

Robbie strich über den glänzenden Metalliclack des Cabrios. „Was zum Teufel hast du daran auszusetzen? Ich habe mir die Wagen genau angesehen. Jeder einzelne von ihnen ist sein Geld wert. Wir können sie mit einem satten Gewinn verkaufen."

„Warst du selbst in Poole?"

„Nein ... ich hab sie im Internet bestellt."

Ruby barg die Stirn in den Händen. „Du musst sie zurückgeben", sagte sie.

„Was? Wieso? Das kann ich nicht. Ich hab sie bar bezahlt ... über Trip als Mittelsmann. Er hat 'ne fette Provision bekommen."

Sie stand auf und drückte ihm eine Batterieleuchte in die Hand.

„Schau's dir selber an." Sie zog ihn unter die Hebebühne. „Das ist ein Unfallwagen, der in aller Eile zusammengeflickt wurde. Der Rahmen ist völlig verzogen, der Motorblock hat einen Riss. Aus Litauen, sagst du?"

„Was ist daran wieder falsch?"

Sie wischte sich die ölverschmierten Hände an einem Lappen ab und warf ihn Robbie ins Gesicht.

„Das kann ich dir sagen, Brüderchen. Der Wagen ist ein Salvage Title – ein Wrack aus einer US-Auktion von stillgelegten Schrottwagen, die als Ersatzteilspender verramscht werden. Betrügerische Dealer kaufen sie billig auf, exportieren sie nach Litauen und setzen sie oberflächlich wieder instand. Dann überführt man sie zurück nach Europa, wo sie ein TÜV-Siegel erhalten. Von außen sehen die Wagen aus wie neu, aber es ist lebensgefährlich, damit zu fahren. Der Mercedes auf der Bühne hat nur noch Schrottwert. Man hat dich reingelegt."

Robbie ließ die Schultern hängen. „Trip schwört, dass ..."

„Trip ist ein Windbeutel."

„Dann verkaufen wir sie eben ein bisschen billiger und machen immer noch Gewinn", sagte er kleinlaut.

„Bist du verrückt? Reicht es nicht, dass du Harris umgebracht hast? Ich will nicht dafür verantwortlich sein, wenn jemand mit einem Wagen, den wir ihm angedreht haben, in den Tod rast. Die Autos müssen zurück nach Poole. Wir werden unser Geld zurückverlangen, weil der Typ uns betrogen hat."

„Wie denn? Ich kenne nicht mal seinen Namen. Das hat alles Trip erledigt.“

„Mensch, Robbie“, stöhnte sie. „Wie konntest nur so blöd sein?“

„Okay, okay. Ich bringe das in Ordnung. Ja, das mache ich. Und ich weiß auch schon, wie.“

Er stapfte wütend aus der Werkstatt.

„Wo willst du hin?“, rief Ruby ihm hinterher.

„Trip hat mir die Suppe eingebrockt, also wird er sie auch für mich auslöffeln.“

„Und wie willst du ihn davon überzeugen?“

Er ballte die Fäuste. „Das wirst du schon sehen.“

Trip Bowman betrieb einen Handel mit Booten, Landmaschinen und Segelzubehör am Hafen, ganz in der Nähe der Nolanschen Tankstelle. Robbie stürmte in sein Büro, Ruby folgte ihm resigniert. Die Sache würde nicht gut ausgehen. Trip war einen Kopf größer als ihr Bruder und bestand nur aus Muskeln und Hinterlist. Die Cowboyboots auf dem Schreibtisch abgelegt, schaukelte er in seinem abgewetzten Chefsessel. Er lächelte ölig.

„Hi Rob. Wie läuft das Geschäft?“

Robbie packte Trips Füße und hob sie an. Der Händler ruderte mit den Armen und kippte mitsamt seinem Stuhl nach hinten.

„Du hast mich über den Tisch gezogen. Hol deine Schrottkarren ab, und gib mir mein Geld zurück“, schrie Robbie.

Trip zog sich an der Schreibtischkante hoch und warf Ruby einen warnenden Blick zu.

„Sag deinem Bruder, er soll sein Temperament zügeln, sonst falte ich ihn so zusammen, dass er aussieht, als hätte er Bekanntschaft mit der Schrottpresse gemacht."

„Halt die Luft an, Robbie", sagte Ruby, „und lass mich das regeln."

Trip nickte ihr zu. „Was stimmt denn nicht mit der Lieferung?"

Sie erklärte es ihm. Trip hob abwehrend die Hände.

„Da müsst ihr euch an den Typen in Poole wenden, ich habe den Deal nur vermittelt und die Maklerprovision kassiert." Er deutete auf Robbie. „Und dir habe ich geraten, aufs Festland zu fahren und dir die Wagen genau anzusehen."

„Gib mir den Namen und die Adresse des Autohändlers", sagte Ruby.

Trip kramte in einer Schreibtischschublade und warf eine zerknitterte Visitenkarte auf den Tisch.

„Der Kerl heißt Pat Mahoney. Seid bloß vorsichtig. Mit dem würde ich mich an eurer Stelle nicht anlegen."

„Lass das meine Sorge sein."

„Na, dann viel Glück. Ich hoffe, ihr erwischt ihn noch."

Robbie ging auf ihn los und wollte ihn am Kragen packen. Trip hielt ihn mit einer Hand auf Armeslänge von sich. Robbies Fäuste fuchtelten wirkungslos in der Luft herum.

„Was soll das heißen?", fragte Ruby.

„Die Leute sagen, dass er seinen Laden dichtmachen will, um was Neues aufzuziehen."

„Du wusstest es!", schrie Robbie. „Du Scheißkerl wusstest es!"

„Gar nichts wusste ich. Die Sache sah nach einem guten Deal für uns alle aus. Ich konnte doch nicht ahnen, dass er uns einen Haufen Unfallwagen andreht."

Ruby zog Robbie am Ärmel. „Lass ihn, und komm endlich."

Er folgte ihr nach draußen und trat wütend nach einem Mülleimer.

„Wenn du mich nicht zurückgehalten hättest ..."

„... hätte Trip dir die Schnauze poliert."

„Was machen wir nun?"

„Wir nehmen die nächste Fähre nach Guernsey. Von St. Peter Port aus fahren wir nach Poole."

„Was, jetzt gleich?"

„Wie lange willst du denn warten? Bis der Typ mit der Kohle untergetaucht ist? Heute ist Freitag. Ich werde nicht das ganze Wochenende verbummeln und ihm so einen Vorsprung verschaffen."

„Dann lass uns fliegen. Die Fähre braucht eine Ewigkeit."

Sie fuhr aufgebracht herum. „Hast du vergessen, dass wir wegen deiner Blödheit wieder pleite sind? Wir haben kein Geld für einen Flug. Unsere Barschaft reicht gerade für zwei Fährtickets."

Er deutete auf die Visitenkarte. „Warum rufen wir ihn nicht einfach an?"

„Robbie, der Kerl wird sich nicht auf Plauderstündchen am Telefon einlassen."

Sie kehrten zur Werkstatt zurück, schlossen die Halle ab und hängten ein Pappschild mit der Aufschrift *Geschlossen* in den Kassenraum der Tankstelle.

Am Fährterminal kauften sie zwei Tickets nach Guernsey und setzten nach St. Peter Port über. Von dort nahmen sie eine Autofähre zur Südküste Englands und kamen am späten Nachmittag am Poole Ferry Terminal an. Der Pick-up rollte von der Rampe. In der Nähe des Hafens stoppte Ruby vor einem Pub. Es regnete in Strömen. Eine defekte Leuchtreklame verkündete in unregelmäßigen Abständen den Namen des Lokals: *The fat badger* – der fette Dachs.

„Ich will allein mit dem Händler reden. Gönn dir ein Guinness, aber betrink dich nicht."

„He, ich bin schuld an der Geschichte, ich biege sie auch wieder gerade."

„Indem du dich so aufführst wie in Trips Laden?" Ruby schüttelte den Kopf. „Lass mich das machen. Was soll ich Mum erklären, wenn sie dich krankenhausreif schlagen?"

Robbie maulte kurz herum, dann trollte er sich. Sie fuhr durch das Schachbrettmuster des Industriegebiets westlich des Hafens. Fünfzehn Minuten später entdeckte sie ein Schild mit der Aufschrift *Mahoneys Car Center.* Sie stoppte, stieg aus dem Wagen und ging auf die einfache Verkaufsbude zu. Auf dem Gelände davor standen nur wenige Fahrzeuge, ausnahmslos Schrottlauben, die weniger als vierhundert Pfund kosteten. Kleine, grün-weiße Wimpel flatterten an Bändern im Wind, von Kunden oder einem Verkäufer war nichts zu sehen. Ruby stieg die Gitterroststufen zu dem billigen Container hinauf, der als Verkaufsraum und Büro diente. Er war verschlossen.

Sie blickte sich um. Ein leerer Autotransporter bog in die Zufahrt ein und hielt vor dem Container. Der Fahrer stieg aus und begann, die obere Transportplattform des Anhängers herabzulassen.

„Können Sie mir sagen, wo ich Pat Mahoney finde?", fragte sie.

Der Mann drehte sich zu ihr um. „Na da, wo er schon lange hingehört: im Gefängnis."

„Was hat er denn angestellt?"

„Hehlerei. Er hat mit gestohlenen Luxuswagen gedealt und ist aufgeflogen."

„Gilt das für alle Wagen, die er verkauft hat?"

„Keine Ahnung. Was hier steht, ist der Rest. Den soll ich im Auftrag der Polizei abholen." Er musterte sie misstrauisch. „Was wollen Sie denn von ihm? Hat er Sie auch übers Ohr gehauen?"

„Mich nicht, aber meinen Bruder. Und der ist verdammt sauer."

Ruby kehrte zu ihrem Pick-up zurück. Sie stieg ein und schlug wütend auf das Lenkrad ein. Wann würde ihre verdammte Pechsträhne endlich enden?

Sie fuhr zum Hafen und betrat den Pub. Robbie hielt sich am Tresen fest. Vor ihm standen mehrere leere Gläser. Offenbar hatte er mehr als ein Ale getrunken. Er prahlte gerade mit seinem Lottogewinn und hatte vier aufmerksame Zuhörer gefunden.

„'ne halbe Million!" Er schlug mit der flachen Hand auf den Tisch. „'ne volle halbe Million, sag ich euch. He, Wirt, ich geb 'ne Runde aus!"

Die Männer lachten und prosteten ihm zu. Ruby kochte vor Zorn. Sie packte ihn am Kragen seiner Jacke und riss ihn vom Barhocker.

„Dich kann man keine Minute aus den Augen lassen, Robbie Nolan."

Er grinste breit. „Hi Ruby. Sssag Hallo suuu meinen Freunden."

Sie zahlte die Zeche und zerrte ihn unter dem Gelächter der anderen Gäste aus dem Pub.

„Ich hab dir doch gesagt, du sollst niemandem von dem Gewinn erzählen“, schimpfte sie.

„Hier kennt uns do... doch keiner. Ich hab unseren Dusel noch gar ... gar ni... nicht richtig gefeiert.“

„Es gibt keinen Gewinn, kein Geld und keinen Dusel.“ Ruby war den Tränen nahe. „Und weiß du auch, warum? Weil Mum und du keine zwei Wochen gebraucht habt, um alles auf den Kopf zu hauen.“

Robbie wischte sich über den Mund.

„Was hat der Typ gesagt? Hast du die Kohle?“

„Nein, und die bekommen wir auch nicht wieder. Deine geflickten Luxusschlitten kannst du auch vergessen. Sie sind als gestohlen gemeldet. Die Polizei wird nicht lange brauchen, um herauszufinden, wohin Mahoney sie verkauft hat.“

„Scheiße.“ Robbie war schlagartig nüchtern. „Scheiße, scheiße, scheiße. Ruby, warum klebt uns das Pech an den Hacken?“

Sie ersparte es sich, ihm zu erklären, dass es seine Dummheit gewesen war, die sie hierhergeführt hatte. Sie schlug ihm auf die Schulter.

„Komm jetzt. Wir fahren nach Alderney zurück und retten, was zu retten ist. Wir verkaufen die Wagen an einen Schrotthändler, der keine Fragen stellt. Vielleicht können wir Mum doch noch irgendwie überreden, uns zu verraten, wo sie die zweihunderttausend Pfund versteckt hat. Noch ist nicht alles verloren.“

Robbie trottete mit hängendem Kopf zum Pick-up. Plötzlich blieb er stehen und glotzte mit offenem Mund auf den Eingang des Pubs. Ein Mann kam heraus, schlug den Kragen seines Mantels hoch und beeilte sich, dem Regen zu entgehen.

„Was hast du?", fragte Ruby.

Er rieb sich die Augen und drehte sich um. „Ich fange an, Gespenster zu sehen. Einen Moment lang hab ich geglaubt, da geht Louie Harris."

Ruby blickte dem Mann nach, der mit den Nebelschwaden verschmolz.

„Bei den Mengen, die du in dich hineinschüttest, wundert es mich, dass du keine weißen Mäuse siehst."

Eine Stunde später stand sie an der Reling der Autofähre nach Guernsey und blickte gedankenverloren in das graublaue Wasser des Ärmelkanals. Immer öfter dachte sie daran, Alderney den Rücken zu kehren, aber sie wusste, dass sie das, was sie zurückließ, im Geiste mitnehmen würde. Nein, sie konnte Mum und Robbie nicht verlassen. Ohne sie waren sie aufgeschmissen. Außerdem hatte sie Dad versprochen, auf sie aufzupassen, und Versprechen musste man halten.

Erst gegen Abend rollte der Pick-up auf den Hof hinter der Werkstatt. Ruby zog den Zündschlüssel ab. Der Regen prasselte wie Maschinengewehrfeuer auf das Dach.

„Es tut mir leid", sagte Robbie. „Ich hab's versaut. Ich versau's immer."

„Tust du nicht."

„Du brauchst mir nichts vorzumachen, Ruby. Ich weiß, dass ich 'ne Menge Dinge anfange, aber irgendwie nie was richtig zu Ende bringe. Dann fassen sich alle an den Kopf und denken: Robbie wird sich niemals ändern. Der ist und bleibt so dämlich wie ein Lapin."

„Nimm es nicht so schwer. Schlimmer kann es nicht mehr kommen. Aber bevor du wieder mal eine deiner grandiosen Ideen in die Tat umsetzt, redest du besser vorher mit mir. Dann ziehen wir es zusammen durch – oder lassen die Finger davon. Okay?“

„Gar nichts ist okay.“

Robbie stieß die Beifahrertür auf und lief in den strömenden Regen hinaus.

„He, warte doch!“

Ruby ging ihm nach und erschrak, als sie eine bucklige Gestalt sah, die zwischen den Schrottstapeln hervortrat.

Robbie keuchte überrascht auf. „Mensch, Jake! Was machst du denn hier? Da erschreckt man sich ja zu Tode.“

Ruby wischte sich den Regen aus den Augen. Jake Mariott gehörte das Nachbargrundstück. Die meisten Leute in Saint Anne machten einen Bogen um ihn. Er war als Unglücksrabe und Bote nahenden Unheils verschrien, was nicht nur daran lag, dass er sein Geld als Totengräber verdiente. Vor einigen Jahren war er während seines Jobs als Gemeindearbeiter mit der Kettensäge abgerutscht. Seitdem entstellte eine grässliche Narbe sein Gesicht. In seinem schwarzen Mantel sah er zum Fürchten aus, das spärliche graue Haar klebte ihm nass am kantigen Schädel.

„Da war einer, der nach euch gefragt hat“, sagte er.

„Ein Kunde?“, fragte Robbie. „Was wollte er?“

„Hat er nicht gesagt.“ Mariott spuckte auf den sandigen Boden. „Er hat mir aufgetragen, euch zu sagen, dass er wiederkommt.“

„Wie sah er denn aus?“, fragte Ruby.

„Wie'n Teufel. Ich hab 'ne Menge tote Leute gesehen, aber noch keinen Lebendigen, der so kalte Augen hat wie'n Hai.“

Der Totengräber schlurfte vom Hof und verschmolz mit dem Regen. „Wie'n Teufel“, murmelte er.

„Wen meint er wohl?“, fragte Robbie.

„Den Typ, den ich in Baxters Haus gesehen habe“, antwortete Ruby.

Hatte sie nicht vor ein paar Minuten behauptet, es könnte nicht mehr schlimmer werden? Nun, da hatte sie sich geirrt.

15

24. Juni

„Du rutschst herum wie Watson auf einer heißen Herdplatte, Dave", sagte Penny.

„Er vermisst seinen Schreibtisch", meinte Gordon. „Ohne seine Uniform hätte ich ihn fast nicht erkannt."

Der Witz rief allgemeines Gelächter hervor. Dave Bailey nahm einen kräftigen Schluck von seinem Guinness. „Macht euch nur lustig über mich. Wenn etwas passiert, während keiner im Revier ist, und Laney davon erfährt, lacht ihr nicht mehr."

Steve prostete ihm zu. „Entspann dich, Dave. Ich habe die Zentrale auf mein Handy umgestellt. Falls ein Serienkiller die Insel unsicher machen sollte, wirst du es als Erster erfahren."

Er lehnte sich zurück und ließ seine Blicke über den Hafen schweifen. An diesem Samstagabend fühlte er sich auf Alderney wirklich zu Hause. Es war nicht zu leugnen, dass sie als Team allmählich zusammenwuchsen. Der Einsatz der vergangenen Nacht in Pennys Haus hatte ein gutes Stück dazu beigetragen. Sogar Gordon war ihm gegenüber nicht mehr so reserviert wie zu Beginn. Ob er ihm noch immer übel nahm, dass er ihm den Posten des Chiefs vor der Nase weggeschnappt hatte? Immerhin war er der Neffe von Ian Laney, dem Chef der Guernsey Police in St. Peter Port, und hatte sich Hoffnungen auf eine Beförderung gemacht. Matt Frazers verrückte Idee hatte verhindert, dass er die Karriereleiter hinauffiel. Steve hatte ihn in der vergangenen Nacht bewusst ausgewählt, um mit ihm gemeinsam Frank Saunders zu überwältigen. Er wollte ihm zeigen, dass er ihm vertraute und ihn respektierte. Offensichtlich hatte der Plan funktioniert.

Nun saßen sie zu viert auf der Terrasse des *Divers Inn* im Hafen. Um ihre Dankbarkeit zum Ausdruck zu bringen, hatte Penny das ganze Team einladen wollen, aber Steve hatte abgelehnt. Obwohl sie es nicht zeigte, ahnte er, dass sie kurz vor einem Zusammenbruch stand. Was sie erlebt hatte, steckte niemand mit einem Achselzucken weg. Doch Penny hatte sich nicht beirren lassen. Vielleicht war es ihre Art, mit dem Schock umzugehen. Die Einladung hatte er allerdings offiziell selbst ausgesprochen. Es war das einzige Zugeständnis, das er Penny hatte abringen können. Seine Mannschaft war in der vergangenen Nacht bis an die Grenzen des Erträglichen belastet worden. Es war an der Zeit, die Zügel ein bisschen schleifen zu lassen. Er hoffte, dass die kleine private Feier den Zusammenhalt stärkte.

Es war ein lauer Juniabend, im Hintergrund spielte eine Band, bunte Lichterketten erleuchteten sanft die aufziehende Dämmerung. Von dem großen Schwenkgrill zogen verlockende Düfte herüber. Steve tastete nach Watson, griff aber ins Leere. Der Hund hatte sich so geschickt auf den Boden gelegt, dass man ihn nicht so leicht erreichen konnte. Während sein Kopf auf den Pfoten ruhte, wanderten seine Blicke aufmerksam zwischen den Anwesenden hin und her. Steve fragte sich nicht zum ersten Mal, was Harris getan hatte, um in dem Tier ein solches Misstrauen gegenüber Menschen hervorzurufen. Watsons Verhalten beschrieb besser als alle Worte Harris' Charakter. Vielleicht würde es Ivy gelingen, die unsichtbare Mauer niederzureißen, die der Hund um sich errichtet hatte. In vier Tagen würden Abby und ihre kleine Tochter auf Alderney ankommen. Hoffentlich fühlten sie sich auf der Insel genauso wohl, wie er es inzwischen tat.

Ein paar Sekunden lang übertönte ein aufheulender Motor die Gespräche und die Musik. Steve hob den Kopf, suchte nach dem Störenfried und entdeckte Robbie Nolan. Er spielte mit dem Gasgriff seines Motorrads, raste Richtung Saint Anne und bog in die Rue de Beaumont ein. Auf der schnurgeraden Straße am Meer entlang beschleunigte er und entfernte sich schnell.

„Der Idiot hat nicht mal einen Helm auf", sagte Gordon.

„Was sagst du dazu, Dave? Da war ein Strafzettel fällig, und du hast es verpasst", neckte ihn Penny.

„Ich habe ihn gestern nach Feierabend hier im *Divers Inn* getroffen. Robbie hatte die Spendierhosen an und lud mich zum Essen ein. Er war mächtig stolz auf seine brandneue Maschine."

„Ihr kennt euch?", fragte Steve.

„Wir sind zusammen zur Schule gegangen. Als ich die Polizeischule besuchte, riss der Kontakt allerdings ab. Wir sollten ihn im Auge behalten. Ich bin immer noch überzeugt, dass die Nolans hinter dem Verschwinden von Harris stecken."

Penny zog missmutig die Brauen zusammen. „Müsst ihr ständig über die Arbeit reden?"

„Hab ich doch gar nicht", entgegnete Steve.

„Ich seh dir an, dass es dich beschäftigt."

„Merkwürdig ist es schon", meinte Gordon. „Jeder weiß, dass die Nolans so gut wie pleite sind. Da frage ich mich, woher der Junge das Geld für ein neues Motorrad hat."

Steve nickte. „Seine Schwester hat auf einen Schlag ihre Schulden bei Baxter bezahlt, dreißigtausend Pfund bar auf die Hand."

Gordon pfiff durch die Zähne. „Haben die Geschwister etwa in der National Lottery gewonnen?"

„Interessante Frage", antwortete Steve. „Dave, geh doch am Montag mal zu *Richards Newsagent,* und frag in der Lottoannahmestelle, ob in letzter Zeit jemand eine größere Summe gewonnen hat."

„Das ist ja nicht strafbar."

„Nein, aber dann wissen wir, woher der plötzliche Reichtum der Nolans rührt – oder auch nicht. Was ebenfalls sehr aufschlussreich sein dürfte."

Steve trank einen kleinen Schluck von seinem Ale. Er war fest entschlossen, sich den Abend über an einem Bier festzuhalten. Schließlich war er der Chief der Alderney Police Force, und als solcher sollte er sich nicht in der Öffentlichkeit betrinken. Außerdem war Daves Sorge nicht ganz unbegründet. Wenn jemand die Hilfe der Polizei brauchte, musste zumindest einer von ihnen nüchtern und einsatzbereit sein, und er wollte heute keinen der anderen damit belasten. Dies war sein Job.

Lautes Gelächter aus einem Dutzend Männerkehlen drang von einem der Nachbartische herüber.

„Noch eine Runde, Jake!", rief jemand.

Steve beobachtete einen hageren Mann um die sechzig. Er stand auf, hielt sein Glas in die Luft und begann, ein zotiges Lied zu grölen. Eine knotige, leuchtend rote Narbe zog sich quer über sein Gesicht.

„Ob Jake auch im Lotto gewonnen hat?", überlegte Gordon.

„Wer ist das?", fragte Steve.

„Jake Mariott", erklärte Penny, „Gemeindearbeiter und Totengräber in einer Person und der größte Säufer von Alderney. Ständig blank und nie darum verlegen, jemanden anzupumpen."

„Es hat noch niemand geschafft, ihn unter den Tisch zu trinken", bestätigte Dave. „Er hat wohl wieder eine seiner Anekdoten zum Besten gegeben. Am liebsten erzählt er Gruselgeschichten von Leichen und Wiedergängern. Diesmal muss es etwas Lustiges gewesen sein."

„Heute Abend scheint er aber kein Problem damit zu haben, die Zeche zu bezahlen."

Steve sah, wie eine Kellnerin ein Tablett mit Bier- und Schnapsgläsern zu Mariotts Tisch trug. Ein lautes „Hallo!" war die Antwort.

Dave winkte ihr mit einem leeren Glas zu.

„Lass mal. Ich hole uns eine Runde", sagte Steve.

„Der Chief bedient heute Abend persönlich", witzelte Penny.

Sie war ungewöhnlich blass. Steve runzelte besorgt die Stirn. Es war nicht zu übersehen, dass sie ihre zerrütteten Nerven mit zur Schau gestellter Heiterkeit zu

überspielen versuchte. Sie klammerte sich an den Rest
des Teams, weil sie sich in Gesellschaft der anderen sicher und geborgen fühlte.

„Er verbindet das Angenehme mit dem Nützlichen",
sagte Dave. „Nebenbei quetscht er die Kellnerin über
Mariott aus. Hab ich recht?"

Steve grinste. „Dein Online-Kurs macht sich ja richtig
bezahlt. Damit wirst du's weit bringen."

Er stand auf und folgte der Bedienung an die Theke.

„Heute Abend ist ja ziemlich viel los", sagte er.

Die Kellnerin warf ihm einen gehetzten Blick zu.
„Möchten Sie eine Bestellung aufgeben?"

„Vier Bier für Tisch eins." Er deutete auf den Nachbartisch. „Gibt es dort etwas zu feiern?"

„Da müssen Sie Mariott schon selbst fragen, ob er
Ihnen einen ausgibt."

Steve zeigte ihr seinen Dienstausweis.

„Kontrolliert die Polizei den Alkoholkonsum unserer
Gäste? Wenn Sie's noch nicht bemerkt haben, Sie sind
hier in einem Pub."

„Solange sie keinen Ärger machen, können sie saufen,
bis sie umfallen. Mich interessiert, ob Sie etwas von den
Gesprächen am Tisch aufgeschnappt haben. Wie ich
höre, ist Mr Mariott heute Abend sehr spendabel. Hat
er zufällig den Grund dafür verraten?"

„Er sagt, ein Engelchen wäre an seinem Briefkasten
vorbeigeflogen und hätte einen dicken Umschlag hin-
eingeworfen."

„Und was war in dem Umschlag?"

Sie zuckte mit den Schultern. „Was wohl? Ein Haufen
Geld. Wie viel, hat er nicht gesagt, aber er feiert, dass er
seine Schulden los ist."

„Bei wem stand er denn in der Kreide?", fragte Steve.

„Bei Baxter vermutlich - wie alle auf Alderney, die klamm sind."

„Hat das Engelchen auch einen Namen?"

„Das weiß ich nicht. Ich muss jetzt weiterarbeiten."

Sie stellte vier Biergläser auf ein Tablett.

„Danke, das übernehme ich."

„Die Polizei, dein Freund und Helfer?", fragte sie spöttisch.

„Aber immer."

Er kehrte zum Tisch zurück und verteilte die Gläser.

„Hast du etwas herausgefunden?", fragte Dave.

„Das Geld ist vom Himmel gefallen und in Mariotts Briefkasten gelandet. Morgen früh werde ich mal mit meinem besten Kumpel reden."

„Mit Baxter?", fragte Penny.

„Genau mit dem. Erst begleicht Ruby Nolan auf einen Schlag ihre Fälligkeiten und nun Mariott. Ich frage mich, ob noch mehr Leute plötzlich zu Geld gekommen sind."

Die nächsten beiden Stunden verflogen, ohne dass Steve Gelegenheit hatte, länger über den merkwürdigen Reichtum des Totengräbers nachzudenken. Ein paarmal blickte er zum Nachbartisch hinüber. Mariott hatte begonnen, mit zwei seiner Saufkumpane zu würfeln. Je öfter er den Würfelbecher auf den Tisch knallte, desto betrunkener wurde er. Er schüttete Unmengen Ale und Gin in sich hinein und erhöhte ständig seine Einsätze. Steve schätzte, dass er nach einer Stunde bereits mindestens fünfhundert Pfund verspielt hatte, und der Abend war noch lange nicht zu Ende.

Dave erwies sich indessen als talentierter Stimmenimitator und brachte selbst den staubtrockenen Gordon zum Lachen. Steve ertappte sich dabei, dass er einen Polizistenwitz erzählte, und konnte sich nicht erinnern, wann er zuletzt in einer lockeren Runde mit Freunden zusammengesessen und gelacht hatte. Er nahm es als gutes Omen.

Um zehn nach elf klingelte sein Diensthandy.

„Gehen Sie schon ran, Detective Inspector Cole. Immer im Dienst. Schließlich sind wir Polizisten des Vereinigten Königreichs, wie?" Dave ahmte so perfekt die spröde Stimme von Ian Laney nach, dass alle lachen mussten.

Steve meldete sich, hörte eine Minute zu und steckte dann das Telefon ein.

„Tut mir leid, euch den Abend versauen zu müssen", sagte er, „aber wir haben ein Problem. Frank Saunders hat sich aus dem Mignot Memorial abgesetzt. Er hat eine Schere aus dem Stationszimmer entwendet, einen Pfleger damit bedroht und ihn als Geisel genommen und gezwungen, ihn hinauszulassen."

„In seinem Zustand kommt er nicht weit", meinte Gordon. „Und vor morgen früh kann er die Insel sowieso nicht verlassen."

„Ich glaube, das will er auch gar nicht", sagte Penny.

„Wir müssen ihn suchen", sagte Dave. „Er hat bewiesen, dass er eine Gefahr darstellt."

„Weniger für andere als für sich selbst", entgegnete sie. „Ich habe Angst, dass er sich etwas antut."

Steve nickte. „Das befürchte ich auch."

Er stand auf, schob seinen Stuhl unter den Tisch und winkte der Kellnerin.

„Wir haben nur zwei Streifenwagen“, sagte Dave.

„Du hast ohnehin zu viel getrunken. Deshalb übernimmst du die Gegend um den Hafen. Das kannst du zu Fuß erledigen. Gordon, wie sieht's bei dir aus?“

„Ich hatte nur zwei Ale.“

„Okay. Fahr trotzdem vorsichtig.“

„Wir müssen uns aufteilen, sonst vergeuden wir unsere Kräfte“, sagte Penny. „Ich nehme meinen Privatwagen.“

„Du bleibst in der Wache am Telefon“, widersprach Steve ihr.

„Aber ...“

„Ich brauche jemanden, der mögliche Hinweise aus der Bevölkerung auswertet und an die Teams weitergibt. Denk nach: Wohin könnte Frank gehen? Wem vertraut er? Wen würde er um Hilfe bitten?“

„In den letzten Monaten hat er die meisten unserer Freunde vergrault. Nach dem, was er sich gestern Nacht geleistet hat, wird ihn niemand vor der Polizei verstecken.“

„Die Sache hat schnell die Runde gemacht“, bestätigte Gordon, „Alderney ist eine überschaubare Gemeinschaft.“

„Umso wichtiger ist es, dass das Revier besetzt ist.“

„Sollen wir die Feuerwehr als Unterstützung hinzuziehen?“, fragte Gordon.

„Auf jeden Fall“, stimmte Steve ihm zu. „Das kann Penny erledigen. Du nimmst dir den Westteil der Insel vor, ich fahre nach Osten.“

Mit einem scheuen Blick auf Penny sagte Dave: „Wenn Frank keinen Ausweg sieht, könnte das seine

Bereitschaft verstärken, sich an allen zu rächen, die er für seine Misere verantwortlich macht."

„Mag sein, dass er unberechenbar ist, aber er wird nicht weit kommen", entgegnete Steve. „Er ist schwer verletzt."

„Und bewaffnet", sagte Gordon mit sorgenvoller Miene.

„Ein Schere dürfte kaum das Gefahrenpotenzial einer Schusswaffe besitzen", antwortete Steve. Zu Penny sagte er: „Verriegele die Türen. Vergiss den Hintereingang nicht."

„Frank ist nicht in der Lage, das Revier zu stürmen. Außerdem muss er davon ausgehen, dass die Wache besetzt ist. Er kann nicht wissen, wer ihn dort erwartet."

„Wir wollen trotzdem vorsichtig sein."

„Diesmal bin *ich* bewaffnet. Und vorbereitet", beharrte Penny.

Ich wette, das bist du nicht, dachte Steve. Er wird dich so lange anbetteln, bis du ihn reinlässt. Weil du ein viel zu großes Herz hast.

„Du darfst ihm auf keinen Fall die Tür öffnen. Ist das klar?"

Sie nickte widerstrebend.

Vor dem Revier trennten sie sich. Steve fuhr die Rue de Beaumont entlang zur Abzweigung, die nach Norden zum Saye Beach führte. In London hatte er es geliebt, durch die nächtlichen Straßen zu fahren. Wenn die Stadt schlief, konnte er seinen Gedanken freien Lauf lassen. Auch auf Alderney hatte er diese Gewohnheit beibehalten, sie aber in die frühen Morgenstunden verschoben. Er hatte einen leichten Schlaf, der oft von

Träumen unterbrochen wurde, in denen die erzwungene Trennung von Abby die Hauptrolle spielte. Meistens stand er im Morgengrauen auf, wanderte mit Watson auf den Klippen entlang und schaute zu, wie der Tag erwachte.

Er stoppte oberhalb des Strands und leuchtete ihn mit einer starken Stabtaschenlampe ab. Eigentlich war die Suche in der Dunkelheit sinnlos, Frank konnte sich überall verstecken – in einer der alten Bunkeranlagen, in den vielen zerklüfteten Küstenabschnitten oder unmittelbar vor ihrer Nase in Saint Anne. Er hatte Dave und Gordon nur losgeschickt, weil er Penny das Gefühl vermitteln wollte, dass sie nichts unversucht ließen, um ihren Mann zu finden.

Nachdem er die Osthälfte der Insel erfolglos abgesucht hatte, kehrte er zum Revier zurück. Watson döste auf dem Rücksitz. Steves Gedanken drehten sich um Abby. Das Leben spielte nach seinen eigenen, unergründlichen Regeln. Während Penny ihren Mann so oder so verloren hatte, traf er seine große Liebe in wenigen Tagen wieder.

Er parkte den Streifenwagen vor der Polizeistation und ging mit Watson in die Wache. Penny saß an ihrem Schreibtisch und stützte die Stirn in die Hände. Sie sah erschöpft aus.

„Habt ihr ihn gefunden?“, fragte sie.

„Nein, keine Spur von ihm.“

„Ihm muss doch klar sein, dass seine Flucht aussichtslos ist. Er hat kein Geld und keine Papiere.“

„Hat er Verwandte oder Freunde auf dem Festland?“, fragte Steve.

„Seine Eltern leben nicht mehr, es gibt nur einen Onkel irgendwo im Norden ... in Birmingham, glaube ich."

„Scheußliche Gegend."

„Du warst mal dort?"

„Ich bin da oben aufgewachsen", sagte Steve. „Leg dich ein paar Stunden hin. Ich sage den anderen, dass wir die Suche abbrechen und bei Tageslicht fortsetzen."

„Vielleicht hast du recht. Ich fahre nach Hause."

„Kommt nicht infrage. In der Rue Genet wird er als Erstes nach dir suchen. Leg dich auf eine der Pritschen in den Arrestzellen."

Sie verzog das Gesicht. „Vielen Dank, aber ..."

„Ich mein's ernst, Penny. Zwing mich nicht, dich zu deinem eigenen Schutz einzusperren."

Sie lächelte schief. „Das würdest du tun, nicht wahr?"

„Worauf du dich verlassen kannst. Er kann nicht weit gekommen sein. Ich sage dir sofort Bescheid, wenn wir ihn gefunden haben. Watson wird auf dich aufpassen."

Sie lächelte gequält.

„Unterschätz ihn nicht", sagte Steve. „Er hat immerhin Harris zur Strecke gebracht. Ohne sein mutiges Eingreifen wäre die Sache damals schlecht ausgegangen. Ich werde morgen früh den Hafenmeister und die Flughafenleitung informieren. Falls Frank versucht, die Insel zu verlassen, wird seine Flucht schnell zu Ende sein. Du kannst dir am Montag freinehmen."

„Das Wochenende wird schlimm genug. Die Arbeit wird mich wenigstens ablenken."

„Wie du willst."

„Danke für das Angebot."

Von bösen Ahnungen verfolgt, verließ Steve das Revier. Frank Saunders' Drohung kam ihm in den Sinn.

Er hatte sich einen Feind geschaffen, und er wusste nicht, wann und wo dieser zuschlagen würde.

16

27. Juni

Sie setzten die Suchaktion am Sonntag und Montag fort, überwachten das Fährterminal und den Flughafen und forschten in den alten Bunkeranlagen, die sich als Versteck anboten, doch Frank Saunders war wie vom Erdboden verschluckt. Penny schlief eine Nacht im alten Pfarrhaus.

Bevor Steve am Dienstagmorgen nach Saint Anne fuhr, drehte er seine übliche Runde auf dem Klippenweg. Die Explosion im *Red Door*, die seine Hüfte zerfetzt hatte, lag inzwischen fast ein Jahr zurück. Sein Tritt war sicherer und schmerzfreier geworden. Zum ersten Mal seit vielen Wochen wagte er den Versuch, am Meer entlangzujoggen, um seine alte Form zurückzugewinnen. Diesmal lief er nicht allein, Watson begleitete ihn.

Nach zwei Kilometern wusste er, dass er sich überschätzt hatte. Er war noch nicht so weit, würde es vielleicht nie wieder sein. Er biss die Zähne zusammen, doch der stärker werdende Schmerz in seiner Seite zwang ihn, in einen unregelmäßigen Trab zu fallen, aus dem ein hilfloses Hinken wurde. Der Rückweg wurde zur körperlichen und seelischen Tortur. Zu Hause angekommen, schluckte er zwei Schmerztabletten, duschte und fuhr mit Penny zum Revier.

Dave hielt die Wache besetzt und biss gerade in ein Croissant, als sie eintraten. Watson setzte sich neben seinen Stuhl und wartete geduldig, dass etwas für ihn abfiel.

„Du hast Besuch", sagte Dave.

Er brach ein Stück des Gebäcks ab und hielt es dem Hund hin, der es geziert annahm.

„So früh am Morgen?"

„John Baxter beehrt dich mit seiner Anwesenheit."

„Der kommt ja wie gerufen. Hat er gesagt, warum er mich sprechen will?"

Der Rest des Croissants verschwand in Daves Mund.

„Schefschache, meint Baxschter. Niksch für kleine Conschtables."

„Gibt es etwas Neues von Frank?"

Dave schüttelte den Kopf und schluckte. „Gordon fährt Streife. Er meldet sich, sobald er auf eine Spur stößt."

Steve nahm sich einen Kaffee aus der Maschine, füllte eine zweite Tasse und ging damit zu Pennys Schreibtisch hinüber. Sie lächelte bitter und reichte ihm die Guernsey Press.

„Ich bin der Star des Tages."

Von der Titelseite blickte ihn Penny in Uniform an.

„Hübsches Foto", sagte er.

„Der Artikel ist weniger hübsch. Woher wissen die von der Sache?"

„Ich musste einen Bericht an Ian Laney schicken. Wahrscheinlich hat ein Reporter Wind von der

Geschichte bekommen, und Laney war gezwungen, eine Stellungnahme herauszugeben.“

„Es hat mir gerade noch gefehlt, dass die Presse hier auftaucht.“

„Nicht auszuschließen. Du musst mit niemandem reden, das übernehme ich.“

„Mir wäre wohler, wir würden Frank endlich finden.“

„Ich arbeite daran.“

Er ging in sein Büro. Ohne sich umdrehen zu müssen, wusste er, dass Watson ihm folgte.

„Guten Morgen, Mr Baxter.“

„Erscheinen Sie immer als Letzter zum Dienst?“

Steve grinste und setzte sich in seinen knarrenden Schreibtischsessel.

„Ich bin der Chief, ich darf das“, sagte er. „Wie kann ich Ihnen helfen? Sammeln Sie Stimmen für die nächste Wahl?“

Baxter lief rot an, verkniff sich jedoch eine Bemerkung.

„Was war das für eine hässliche Geschichte am Freitagabend?“, fragte er.

„Eine hässliche Geschichte eben.“

„Lassen Sie sich doch nicht jede Information aus der Nase ziehen. Eine Beamtin der Alderney Police Force wird von ihrem betrunkenen Ehemann als Geisel genommen, und das gesamte Team muss ausrücken, um sie zu befreien.“

„Was stört Sie denn daran?“

„Mich stört, dass ich aus der Zeitung davon erfahren muss.“

„Wie hätten Sie’s denn lieber gehabt?“

Baxter lehnte sich vor und stützte den Unterarm auf der Schreibtischkante ab.

„Wir hatten einen Deal."

„Tatsächlich? Da muss mir etwas entgangen sein." Nun beugte sich auch Steve vor, bis sich ihre Nasenspitzen beinahe berührten. „Sie sind mit Constable Saunders weder verheiratet noch verwandt, Mr Baxter. Sie sind in diese Angelegenheit nicht involviert gewesen, und Sie sind kein Mitglied des Parlaments von Alderney. Sie sind Privatmann. Ich bin nicht verpflichtet, Sie über laufende Ermittlungen zu informieren."

Baxter lehnte sich zurück. „Haben Sie sich eigentlich entschieden? Wollen Sie den Job als Chief behalten?"

„Ich denke schon."

„Sie sollten in Betracht ziehen, dass ich der nächste Präsident der States of Alderney sein werde."

„Lassen Sie es mich wissen, wenn es so weit ist. Dann schicke ich Ihnen eine Kopie des Polizeiberichts."

„Ich kann Ihnen eine Menge Ärger bereiten", beharrte Baxter.

„Glaub ich nicht."

„Mensch, Cole. Sie sind ein verdammt sturer Hund."

Watson hob den Kopf.

„Das ist sein Part", sagte Steve. „Er fühlt sich angesprochen."

Baxter verschränkte die Arme vor der Brust und schaukelte ungeduldig auf seinem Stuhl. Steve betrachtete ihn belustigt. Ihm war diese Geste inzwischen vertraut. Der Inselkönig stand kurz vor dem Platzen.

„Gibt es etwas Neues im Vermisstenfall Louie Harris?"

„Zu laufenden Ermittlungen kann ich nichts sagen", wiederholte Steve.

„Gegen wen ermitteln Sie denn? Ich dachte, Sie gehen von einem Unfalltod aus?"

„Mich beschäftigen einige Ungereimtheiten, die ich gerne klären möchte. Sie zeigen großes Interesse an seinem Verschwinden, wie mir scheint."

„Wundert Sie das? Louie gehört zu Alderney wie die Lapins. Er war Polizist und hat für mich gearbeitet. Und außerdem – ich ..."

„Sie kümmern sich um die Leute hier, ich weiß", beendete Steve den Satz. „Könnte es sein, dass Ihr Besuch noch einen anderen Grund hat?"

„Wie meinen Sie das?"

„Dann will ich deutlicher werden. Sie vermissen nicht zufällig etwas, das mit Harris' Verschwinden in Zusammenhang steht? Und Sie wollen nicht zufällig herausfinden, ob sich dieses Etwas im Gewahrsam der Polizei befindet?"

Baxters Mundwinkel zuckte. Er rutschte auf seinem Stuhl herum wie auf einer heißen Herdplatte.

„Keine Ahnung, wovon Sie reden, Chief."

„Ich rede von Geld, Mr Baxter. Und von Leuten, die in letzter Zeit bei Ihnen auftauchen und überraschend ihre Schulden bezahlen."

„Sie meinen Ruby Nolan?"

„Und Jake Mariott zum Beispiel. Ich frage mich, ob es noch mehr sind."

„Kann schon sein. Was gehen Sie meine Privatgeschäfte an?"

„Wenn es sich um Mord handelt, darf ich meine Nase in so ziemlich alles stecken."

„Sie glauben also doch, dass Louie Harris ermordet wurde."

„Das hab ich nicht gesagt. Ich will eine Liste all Ihrer Schuldner, die plötzlich zu Geld gekommen sind. Diese Information wird vertraulich behandelt. Sie haben mein Wort darauf."

Baxter zuckte mit den Schultern.

„Von mir aus. Ich mache kein Geheimnis daraus, wem ich über finanzielle Engpässe hinweghelfe."

„Da tauchen also unerwartet Leute auf, die Ihnen Geld schulden, und zahlen es auf einen Schlag zurück. Wie viele waren es?", fragte Steve.

„Die Nolans, Jake Mariott und vier weitere Kreditnehmer."

„Kam Ihnen das nicht seltsam vor? Haben Sie sie gefragt, wie sie plötzlich zu Geld gekommen sind?"

„Mariott hat mir nach ein paar Drinks verraten, dass in seinem Briefkasten ein Umschlag steckte. Bei den anderen war's wohl genauso, aber nur zwei haben es zugegeben."

„Wir haben es also mit einem noch größeren Wohltäter zu tun, als Sie es sind", sagte Steve. „Hegen Sie einen Verdacht?"

„Nicht die Spur."

„Von wie viel Geld reden wir denn?"

„Insgesamt sind es hundertfünfzigtausend Pfund."

Steve pfiff durch die Zähne. „Ich frage Sie mal von Kumpel zu Kumpel", sagte er. „Halten Sie es für möglich, dass Harris zu Geld gekommen ist und sein Gewissen entdeckt hat?"

Baxter lachte dröhnend. „Louie würde sich lieber abmurksen lassen, als freiwillig einen Cent zu verschenken."

Sein Lachen gefror. Ihm war wohl bewusst geworden, wie Steve den Satz auffassen könnte.

„Möchten Sie mir etwas mitteilen, Mr Baxter? Zum Beispiel, dass Harris auf eigene Rechnung arbeitete und einen Teil der Schulden, die er für Sie eintrieb, eingesteckt hat?"

„Wenn es so war – wovon ich keine Kenntnis habe –, warum sollte sein Mörder dann das Geld, für das er getötet hat, verschenken?"

„Ja, warum sollte er?", überlegte Steve.

„Halten Sie mich auf dem Laufenden, Chief."

Baxter stand auf. Er hatte es plötzlich eilig und verließ das Büro. Steve lehnte sich zurück und sah aus dem Fenster. Ein stürmischer Wind fegte über Saint Anne hinweg. Der Regen schien alle Farben aufzulösen und ins Meer zu schwemmen. Zurück blieb ein verwaschenes Grau, genauso undurchsichtig wie Harris' Verschwinden.

Es klopfte an der Glastür, Dave trat ein.

„Was wollte er denn?", fragte er.

„Mich aushorchen, was sonst?"

„Aber es ist ihm nicht gelungen, was?"

Steve verschränkte die Arme hinter dem Kopf. „Ich glaube, unsere Vermutung, dass Harris Geld unterschlagen hat und sich absetzen wollte, ist zutreffend. Allerdings hat irgendwer seine Flucht verhindert. Die Frage ist: Wer und warum?"

„Ich war in *Richards Newsagent*", sagte Dave. „In letzter Zeit gab es nur einen höheren Lottogewinn, dafür aber einen richtig fetten: fünfhunderttausend Pfund."

„Das ist 'ne Menge Geld. Wer ist denn der glückliche Gewinner?"

„Halt dich fest: Ruby und Robbie Nolan.“

„Deshalb konnten sie also ihre Schulden bezahlen.“

„Ob sie den anderen Schuldnern unter die Arme gegriffen haben?“, überlegte Dave.

„Warum sollten sie das tun?“

„Um Baxters Einfluss zu verringern, zum Beispiel.“

„Was geht das die Nolans an?“

„Keine Ahnung. Jake Mariott behauptet jedenfalls, dass ein Engelchen einen dicken Umschlag in seinen Briefkasten gesteckt hat. Es gibt noch vier weitere Leute, die Baxter ausbezahlt haben. Er wollte die Namen nicht verraten, aber die kriegen wir schon raus.“

„Das ist ’ne verdammt merkwürdige Geschichte.“

„Ich bin eigentlich aus einem anderen Grund hier“, sagte Dave. „Ich hab’s Penny noch nicht gesagt. Man hat Franks Leiche gefunden. Irgendwie hatte ich damit gerechnet.“

„Ich auch. Ist etwa Malcom Trenton über sie gestolpert?“

„Kann man so sagen. Vielleicht sollten wir ihm eine Anstellung als Private Constabulary anbieten.“

„Das gibt unser Budget leider nicht her.“

„Sagst du’s Penny?“

„Ich bin der Chief. Ich muss es wohl machen.“

Steve stellte den Streifenwagen am Ende der ungeteerten Straße ab, die am Saye Beach vorbei zum Bibette Head führte, einer alten Bunkeranlage aus dem Zweiten Weltkrieg. Watson kletterte aus dem Fond, hielt die Schnauze in den feuchten Wind und entschied sich, im trockenen Wagen zu bleiben. Es regnete Bindfäden. Dave stieg aus und schlug den Kragen seiner Uniformjacke hoch.

„Du musst dir das nicht antun", sagte er zu Penny.

„Keine Sorge, ich werde nicht zusammenklappen. Der Anblick der Flutmordeopfer im vergangenen Herbst war vermutlich schlimmer."

„Er war dein Mann."

Penny zog an der Verriegelung, der Wind riss ihr die Tür aus der Hand und peitschte ihr kalten Regen ins Gesicht, als wollte er sie davon abhalten, die Leiche zu identifizieren.

„Ich hab's die ganze Zeit geahnt, jetzt muss ich auch Gewissheit haben."

Steve stieg aus dem Wagen und zog eine Wollmütze über die Ohren. Der Kälteeinbruch Mitte Juni war für die Kanalinseln nicht ungewöhnlich.

Auf den zerklüfteten Klippen wartete ein Mann in einem gelben Regenmantel. Er hielt seinen unförmigen Hut fest und winkte ihnen zu. Sein zottiger Hund schüttelte das Regenwasser aus dem Fell.

„Sie entwickeln ein morbides Talent, uns mit Arbeit zu versorgen, Mr Trenton", begrüßte Steve ihn.

Er blickte Penny besorgt an. „Ich glaube, es ist Ihr Mann, Mrs Saunders. Wollen Sie wirklich da runter?"

Sie antwortete nicht und suchte einen Weg zwischen den Felsen hindurch zum Meer hinunter. Die Klippen waren nicht besonders hoch, aber schlüpfrig von Tang und Vogelkot. Ein unvorsichtiger Tritt konnte durchaus einen unglücklichen Sturz nach sich ziehen, der tödlich endete.

„Ich hab ihn vor einer halben Stunde gefunden", erklärte Trenton. „Ob es Absicht war?"

„Wir werden es bald erfahren. Bleiben Sie bitte bei Constable Bailey. Er wird Ihre Aussage aufnehmen."

Steve folgte Penny zum Fundort. Die Ebbe hatte die Felsen freigegeben und in den Senken kleine Seen aus Brackwasser hinterlassen. In einem dieser Becken trieb ein lebloser Körper mit dem Gesicht nach unten. Sie wateten in das flache Wasser, zogen die Leiche ins Trockene und drehten sie auf den Rücken. Penny kniete sich in den Schlick. Sie weinte. Steve ließ ihr Zeit und hielt respektvoll Abstand.

Sie sah auf und wischte die Tränen fort.

„Ich habe versucht, ihm zu helfen, aber er verschloss sich vor mir. Er war so verletzt und verbittert, dass ich nicht an ihn herankam. Wir hätten es zusammen schaffen können, doch er ließ es nicht zu. Warum?"

Steve schüttelte den Kopf. „Vielleicht wollte er seine Krise allein bewältigen und dir auf diese Weise zeigen, wie stark er ist. Aber er war's nicht. Der Alkohol ist ein mächtiger Gegner. Er hat meinen Dad getötet, und den habe ich auch für stark gehalten. Als Kind konnte ich mir keinen besseren Vater vorstellen."

Penny blickte auf ihren toten Mann hinab.

„Wieso hast du das getan, Frank? Du wählst den leichten Weg, machst dich aus dem Staub und lässt mich mit all der Scheiße zurück!"

Steve streifte ein Paar Latexhandschuhe über, beugte sich über den Toten und untersuchte ihn. Gesicht und Hände waren von Schrammen und Schnitten übersät. Die Brandung hatte die Leiche gegen scharfkantige Felsen und Muscheln gedrückt. Vorsichtig bewegte er Franks Kopf hin und her.

„Wenn mich nicht alles täuscht, hat er sich das Genick gebrochen."

Er sah auf. Dave wartete oben am Rand des Abhangs.

„Wenn du dir einen Ort auf Alderney aussuchen wolltest, um dich von den Klippen ins Meer zu stürzen“,
fragte Steve, „wohin würdest du gehen?“

Penny stutzte. „Auf jeden Fall nicht zum Bibette Head.
Es gibt geeignetere Stellen an der Südküste, wo die Felsen sehr viel höher sind.“

„Eben.“

Er schob die Ärmel des Sweatshirts hoch, das der Tote
trug. Er entdeckte blau-rote Verfärbungen an den Unterarmen.

„Sieht aus, als hätte es ein Gerangel gegeben. Frank ist
nicht freiwillig aus dem Leben geschieden. Er hat sich
gewehrt.“

„Du meinst, jemand hat ihn gestoßen?“

„Ich bin sogar sicher. Die Abwehrverletzungen sind
typisch. Wir lassen ihn in die Gerichtsmedizin nach
Guernsey bringen.“

„Wer sollte einen Grund gehabt haben, ihn umzubringen?“

„Ich weiß es nicht. Aber ich werde es herausfinden,
verlass dich drauf.“

Das bin ich dir, verdammt noch mal, schuldig, dachte
er.

17

28. Juni

Ruby riss sich den Ringfinger an einer störrischen Paketklammer auf und fluchte. Robbie saß auf der Werkbank, sein Daumen flog über das Display seines Smartphones.

„Wäre es zu viel verlangt, wenn der Herr mir mit der Lieferung helfen würde?", schnauzte sie ihn an.

Er reagierte nicht. Sie schnalzte ärgerlich mit der Zunge, durchquerte die Werkstatthalle und nahm ihm das Telefon ab.

„He! Gib das her!", maulte er.

Ruby untersuchte das Smartphone.

„Das ist Harris' Handy. Ich hab dir doch gesagt, du sollst es ins Meer werfen."

„Ich kann's auf eBay verkaufen. Dafür kriege ich glatt 'nen Hunderter."

„Oder zwanzig Jahre Knast, wenn Cole es bei dir findet. Wie hast du das Ding überhaupt geknackt?"

„Ich hab Harris' Taschen durchsucht, als ich mit der *Candice* rausgefahren bin. In seiner Brieftasche bewahrte er einen Zettel mit der PIN auf. Ich wollte gerade alle Daten löschen, dann kann es niemand mit ihm in Verbindung bringen."

„Vollidiot. Die Bullen haben Spezialisten für so was. Das kriegen die im Handumdrehen hin.“

„Oh.“

„Hast du noch mehr Sachen mitgehen lassen?“

„Nein.“

„Sag's mir lieber gleich, Robbie.“

Er rutschte nervös auf der Werkbank hin und her.

„Ehrlich nicht.“

Sie steckte das Telefon in die Gesäßtasche ihrer Jeans.

„Hilf mir jetzt“, sagte sie.

Gemeinsam trugen sie mehrere Kartons vom Hof in die Werkstatt.

„Die sind ganz schön schwer. Was ist denn da drin?“, fragte Robbie.

„Teile von Alarmanlagen – Kameras, Bedienterminals und alles, was dazugehört.“

„Willst du wieder richtig in Dads Geschäft einsteigen?“

„Meine Familie entwickelt ein ungeheures Talent, uns von einer Pleite in die nächste zu stürzen. Irgendwie muss schließlich Geld in die Kasse kommen.“

„Das wäre auch in meinem Interesse.“

Ruby fuhr herum. Baxters unheimlicher Besucher stand in der Halle. Sein Anblick versetzte sie in höchste Alarmbereitschaft. Unwillkürlich bereiteten sich ihre Beine darauf vor, die Flucht zu ergreifen. Das Gefühl glich der Urangst vor dem nächtlichen Urwald und den tödlichen Jägern, die lautlos darin umherstreiften.

Geräuschlos wie ein Panther hatte er die Werkstatt betreten. Cataldo war so groß wie Robbie und somit einen halben Kopf kleiner als Ruby, aber damit endete die Ähnlichkeit auch schon. Er hatte einen olivfarbenen Teint, dunkles Haar und pechschwarze Augen – tief und unergründlich wie Brunnenschächte. Er trug löchrige, verblichene Jeans, Cowboyboots und ein weißes T-Shirt, darüber ein anthrazitfarbenes Sakko. Seine Finger steckten in schwarzen Lederhandschuhen. Ruby suchte nach den verräterischen Konturen einer Pistole, die er eventuell in einem Schulterhalfter trug, aber sie entdeckte nichts dergleichen. Wahrscheinlich brauchte er keine Waffe, um zu bekommen, was er wollte. Selbst zu zweit würden sie nichts gegen ihn ausrichten können. Das Schlimmste war, dass sie in seinen Augen lesen konnte wie in einem offenen Buch. Es bereitete ihm Vergnügen, Menschen zu quälen. Ja, er schien geradezu darauf zu hoffen, dass sie dumm genug waren, den Kampf gegen ihn aufnehmen zu wollen, denn er liebte es zu töten.

„Was wollen Sie?", fragte sie.

„Das weißt du doch längst, Kleine. Du glaubst wohl, ich hätte dich in Baxters Garten nicht bemerkt, aber das war dein erster Fehler. Der zweite ist, dass ihr etwas habt, das mir gehört. Wenn ihr es ohne Umstände herausrückt, lasse ich euch vielleicht am Leben."

Robbie sprang von der Werkbank.

„Du hast ja mal 'ne ganz große Fresse. Mach meine Schwester nicht an, du Penner."

Cataldo sah Ruby an und breitete in einer scheinbar hilflosen Geste die Arme aus.

„Halt die Klappe, Robbie", sagte sie, ohne sich umzudrehen. „Ich weiß nicht, was Sie hier suchen. Wir besitzen nichts, was Ihnen gehört."

„Dann fangen wir mal mit einer einfachen Frage an: Was habt ihr mit Harris gemacht?"

„Er kam, um sein Boot abzuholen. Wir haben es zum Hafen gebracht, er ist rausgefahren, weil er allem und jedem misstraute, und ging bei Sturm über Bord."

Der Mann nickte. „Das hört sich in der Tat nach Louie Harris an." Er umrundete langsam Robbies neues Motorrad. „Pech für euch, dass ich dir die Geschichte nicht abnehme. Zwei Versager, die ständig pleite sind und sich bei einem Kredithai einen Haufen Kohle leihen, um über die Runden zu kommen, schwimmen plötzlich im Geld und zahlen auf einen Schlag ihre Schulden zurück – ein paar Tage nachdem der gute Louie spurlos verschwindet."

„Was geht Sie das an? Wir sind quitt mit Baxter", sagte Ruby.

„Der scheißt sich gerade genauso in die Hosen – genau wie du. Ihr habt jemandem in die Suppe gespuckt, dem euer lächerlicher Inselkönig aus der Hand frisst."

„Ich habe keine Ahnung, wovon Sie reden."

Sein Arm schnellte vor wie eine gereizte Kobra – so blitzartig, dass Ruby nur einen verwischten Schatten sah. Er zog sie in einer fließenden Bewegung zu sich heran und wirbelte sie herum, bevor sie auch nur daran denken konnte zu reagieren. Dann schlang er den linken Arm um ihre Kehle und presste sich von hinten an sie. Cataldo hatte unglaublich schnelle Reflexe.

„Dann will ich mal deutlicher werden", zischte er ihr ins Ohr. „Harris schuldet meinem Boss hundertachtzigtausend Pfund. Plötzlich verschwindet er von der Bildfläche, und ihr schmeißt mit Geld nur so um euch. Ich frage dich zum letzten Mal: Was habt ihr mit ihm gemacht?"

„Ni... nichts."

„Lass sie los, du Arschloch!“

Ruby sah aus dem Augenwinkel, dass Robbie eine Waffe in der Hand hielt.

„Leg das Ding weg, bevor du dir in den Fuß schießt, du Blindgänger“, sagte Cataldo.

Robbie fasste die Pistole mit beiden Händen, machte einen drohenden Schritt auf ihn zu und zielte auf Cataldos Kopf.

„Ich sag’s nicht noch mal. Lass meine Schwester los.“

Cataldo blieb unbeeindruckt und verstärkte den Druck seines Unterarms sogar noch.

„Weg mit der Knarre, sonst breche ich deinem Schwesterchen das Genick.“

Adrenalin raste wie ein Blitzschlag Rubys Adern entlang. Robbie hatte noch nie eine Waffe in der Hand gehalten, schon gar nicht auf einen Menschen geschossen. Cataldo dagegen wusste genau, was er tat. Sie hegte keinen Zweifel daran, dass er sie mit dem bloßen Zucken seiner Muskeln töten konnte. Sie bekam keine Luft mehr, Panik überflutete sie, ihr Herz hämmerte wie ein Maschinengewehr und bettelte um Sauerstoff.

„Überleg nicht zu lange, Kleiner. Ich höre ihr Genick schon knacken.“

„Ma… mach schon, Robbie. Bitte“, würgte Ruby hervor.

Er fuchtelte unentschlossen mit der Pistole herum. Schließlich legte er sie vor sich auf den Boden.

„Okay, okay.“

„Schieb sie rüber“, befahl Cataldo.

Robbie stieß die Pistole mit der Schuhspitze an. Sie schlitterte über den Betonboden. Cataldo stoppte sie mit dem Fuß.

„Wir haben Ihr Geld nicht“, sagte Robbie.

„Ach nein? Willst du mir etwa erzählen, ihr hättet im Lotto gewonnen?“

„Ja.“

„Was ja?“

„Wir haben gewonnen.“

„Das stimmt“, krächzte Ruby.

Der Griff um ihre Kehle lockerte sich. Cataldo stieß sie von sich. Robbie fing sie auf.

„Ihr seid wirklich die beiden größten Vollpfosten, denen ich jemals begegnet bin“, sagte Cataldo kopfschüttelnd.

Er bückte sich, hob die Pistole auf und steckte sie ein.

„Der Lotterieschein gehörte Harris“, sagte Ruby. „Wir haben ihn erst gefunden, nachdem wir die Leiche beseitigt hatten.“

Der Mann war so verblüfft, dass er lauthals auflachte.

„Es war ein Unfall“, sagte Ruby. „Wir wollten ihn nicht umbringen.“

„Wir können Ihnen den Schein zeigen“, sagte Robbie. „Wer ihn besitzt, dem gehört auch die Kohle.“

„Wie viel?“

„Eine halbe Million. Aber das meiste ist weg.“

„Ihr seid ja richtige Glückspilze“, sagte Cataldo, „und ihr habt schon wieder einen Riesendusel. Ich gebe euch drei Tage Zeit. Freitag um Mitternacht komme ich wieder.“

„Das Geld gehört uns“, schrie Robbie.

Wieder war Ruby von Cataldos unglaublich schneller Reaktion völlig überrumpelt. In einer einzigen fließenden Bewegung drehte er Robbie den rechten Arm auf den Rücken und zwang ihn mit dem Oberkörper auf die Werkbank. In seiner Faust blitzte ein Stilett auf, mit dem er Robbies linke Hand auf die Holzplatte nagelte. Dann zog er einen Hammer aus dem offenen Werkzeugwagen und zertrümmerte sein Handgelenk. Robbie schrie wie am Spieß. Cataldo zog das Sprungmesser aus der Wunde, wischte die Klinge an Robbies Ärmel sauber und klappte es zu. Die Attacke hatte nur Sekunden gedauert.

Robbie sank kalkweiß an der Werkbank herab auf den Boden und stöhnte. Cataldo drehte sich gelassen zu Ruby um.

„Freitag ist Zahltag, vergiss das nicht. Da ich so ein netter Mensch bin und ihr mich zum Lachen gebracht habt, will ich nur hundertachtzigtausend Pfund. Für jeden Tag, den ich länger warten muss, sind weitere zwanzigtausend fällig. Seid froh, dass ich euch nicht alles abnehme."

Er verließ die Werkstatt und schlug die Tür zum Hof hinter sich zu. Ruby hörte ihn eine Melodie pfeifen, als er über den Hof ging. Robbie presste die blutende Hand an die Brust, er war kaum bei Bewusstsein.

„Der Scheißkerl hat mir die Hand gebrochen", wimmerte er.

Ruby klappte den Deckel des Erste-Hilfe-Kastens auf und suchte nach Verbandsmull. Ihre Finger zitterten so heftig, dass sie die Zellophanhülle mit den Zähnen aufreißen musste.

„Zeig her."

Robbie stöhnte und verdrehte die Augen, als sie die Wunde verband.

„Ich bringe dich ins Krankenhaus", sagte sie.

„Und wenn sie Fragen stellen wegen der Messerwunde?"

„Wir sagen, du hattest einen Unfall in der Werkstatt. Komm jetzt."

Sie half ihm, aufzustehen. Er schwankte und war einer Ohnmacht nahe. Ruby schleppte ihn nach draußen und setzte ihn in den Pick-up.

„Halte durch. Wir sind gleich da."

Sie schlug die Tür zu, stieg in den Wagen und fuhr zum Mignot Memorial. In der Notaufnahme klappte Robbie zusammen. Ruby sank auf einen der Plastikstühle im Wartebereich und stützte die Stirn in die Hände. Wie sollte sie in drei Tagen hundertachtzigtausend Pfund zusammenbekommen?

Die Operation dauerte zwei Stunden. Gegen 20:00 Uhr öffnete sich endlich die Glasschiebetür zur Unfallchirurgie. Ein Arzt kam auf Ruby zu.

„Sind Sie die Freundin vom Mr Nolan?", fragte er.

„Ich bin die Schwester. Wie geht es ihm?"

„Er hat eine tiefe Schnittwunde und einen komplizierten Trümmerbruch, den wir operativ versorgt haben. Es geht ihm den Umständen entsprechend gut. Er wird ein paar Tage bei uns bleiben müssen."

„Wird er die Hand wieder benutzen können?"

„Davon gehen wir aus."

„Gut zu hören", sagte Ruby erleichtert.

„Die Heilung wird allerdings mindestens ein halbes Jahr dauern. Wie ist das eigentlich passiert?", fragte der Arzt.

„Er hat eine Werkzeugkiste aus einem Regal gezogen. Sie ist ihm auf die Hand gefallen."

„Eine ungewöhnliche Verletzung."

Es war nicht schwer zu erraten, dass der Chirurg ihr die Erklärung nicht abnahm.

„Er ist manchmal ... etwas ungeschickt. Kann ich zu ihm?"

„Die Schwester wird Sie hinbringen."

Robbie war bleich und erschöpft. Der Verband ließ sein Handgelenk doppelt so dick erscheinen. Aus einem durchsichtigen Plastikbeutel tropfte eine Infusionslösung in einen Schlauch, der in einen Zugang auf seinem Handrücken mündete.

„Für jemanden, der den Helden gespielt hat, siehst du ziemlich beschissen aus", begrüßte ihn Ruby.

„Ich schätze, du wirst 'ne Weile ohne mich in der Werkstatt klarkommen müssen."

„Zerbrich dir darüber nicht den Kopf." Sie senkte ihre Stimme. „Woher hattest du die verdammte Pistole?"

„Harris trug sie bei sich. Ich hab sie eingesteckt, als ich ihn mit seinem Boot zum Saye Beach gefahren habe." Er blickte sie traurig an. „Wie sollen wir nur wieder aus der Sache rauskommen, Ruby?"

Sie strich ihm über das verschwitzte Haar.

„Mir fällt schon etwas ein."

„Das sagst du immer. Ich werde zur Polizei gehen und gestehen."

„Das wirst du nicht tun."

„Der Typ wird uns nicht in Ruhe lassen, bis er sein Geld hat. Wir können uns doch nicht mit der Mafia anlegen."

„Wenn sie dich ins Gefängnis stecken, ändert es nichts."

„Chief Cole wird uns helfen und den Verrückten festnehmen."

Ruby schüttelte stumm den Kopf. Sie hatte das sichere Gefühl, dass auch die Polizei ihnen nicht gegen Cataldo beistehen konnte. Was sollte Coles kleine Mannschaft schon gegen einen Mafiakiller ausrichten?

„Ich muss herausfinden, was Mum mit den zweihunderttausend Pfund gemacht hat", sagte sie. „Das ist unsere letzte Chance."

„Wie willst du das anstellen? Wir haben alles versucht, aber sie macht den Mund nicht auf."

„Ich weiß es noch nicht."

„Wir sind nicht die Einzigen, die ihre Schulden an Baxter zurückgezahlt haben", sagte Robbie.

„Woher weißt du das?"

„Aus einem Artikel in der Guernsey Press. Darin war von einem unbekannten Wohltäter die Rede – dem *Engel von Alderney*. Er soll auch in den Opferstöcken der Kirchen größere Summen deponiert haben. Ob Mum das Geld an Leute verschenkt, die Harris unter Druck gesetzt hat?", überlegte Robbie.

Ruby dachte an den Tag, an dem sie ihrer Mutter in die Saint Anne Church gefolgt waren.

„Es ist Blutgeld. Ich sühne eure Schuld", hatte sie geantwortet, als Ruby sie gefragt hatte, was sie mit den zweihunderttausend Pfund gemacht hatte.

„Ab und zu hast du wirkliche Geistesblitze, Robbie. Ich komme morgen früh vorbei und bringe dir ein paar Sachen."

Ruby verabschiedete sich und fuhr zur Werkstatt zurück. Sie ging in den Kassenraum der Tankstelle, nahm die aktuelle Ausgabe der Guernsey Press aus dem Zeitungsständer und blätterte sie durch. Auf Seite drei stieß sie auf den Bericht, den ihr Bruder erwähnt hatte.

Der Durchgang zur Halle stand offen. Dort führte eine Treppe zur Wohnung hinauf, die Ruby sich mit Robbie und ihrer Mutter teilte. Sie hörte schlurfende Schritte, kurz darauf fiel die Haustür ins Schloss.

Ruby durchquerte die Werkstatt, umrundete das Gebäude und sah, wie Mum die Außentreppe hinunterging. Sie schien nicht bloß einen Spaziergang unternehmen zu wollen, denn über ihrer Schulter hing die Handtasche aus weißem Leder, die Dad ihr zum fünfzigsten Geburtstag geschenkt hatte. Die benutzte sie nur zu besonderen Anlässen.

Sie wandte sich nach Osten und blieb nach hundert Metern an der Bushaltestelle stehen. Ruby lief zurück, stieg in den Pick-up und wartete an der Tankstelle. Zehn Minuten später stieg ihre Mutter in einen Connex-Bus nach Saint Anne. Ruby fuhr ihm nach. An der Haltestelle in der Nähe der Parish Church verließ Mum den Bus und betrat den alten Friedhof. Ruby stellte den Pick-up in der Victoria Street ab und folgte ihr durch den steinernen Torbogen. Hatte Robbie doch die richtige Spur verfolgt? Versteckte sie das Geld tranchenweise in Dads Grab?

Ruby lief zwischen den alten Grabsteinen hindurch und näherte sich dem Familiengrab von der Rückseite. Dadurch verlor sie ihre Mutter einen Moment aus den Augen. Plötzlich fehlte jede Spur von ihr. Die Ruhestätte ihres Vaters war nicht das Ziel gewesen. Vielleicht war sie in die Kirche gegangen, um zu beten.

Ruby betrat das Gebäude durch einen Seiteneingang und wartete, bis sich ihre Augen an das Halbdunkel gewöhnt hatten. Ein leises Klappern hallte durch das Kirchenschiff. Mum stand in der Nähe des Weihwasserbeckens und machte sich an einem hölzernen Kasten zu schaffen, der Ähnlichkeit mit einem Briefkasten hatte. Sie stopfte einen Umschlag hinein und klappte den Deckel zu.

„Mum, was tust du da?"

Sie fuhr erschrocken herum. „Ruby. Du hast mich erschreckt."

„Was hast du dort eingeworfen?"

Mums Unterlippe zitterte, ihre Augen flackerten wie die einer Fieberkranken.

„Ein Opfer, das die Seelen meiner Kinder retten wird." Sie streichelte zärtlich Rubys Wange. „Bete mit mir, dass Gott es annimmt und er euch verzeiht."

Ruby schlug ärgerlich ihre Hand zur Seite. „Bitte sag mir, dass du nicht alles verschenkt hast, Mum. Wie konntest du das tun? Wir brauchen das Geld, sonst sind wir pleite. Wovon sollen wir leben?"

„Ich nahm doch nur die Hälfte. Es ist noch immer genug für uns da."

„Das ist nicht wahr!" Rubys Stimme schallte durch die leere Kirche. „Wenn du unbedingt beten willst, dann frage Gott, warum er meine Familie mit so viel Dummheit gesegnet hat. Ich schufte von morgens bis abends und bringe die Katastrophen wieder in Ordnung, die mein dämlicher kleiner Bruder verursacht, damit er nicht im Gefängnis landet." Sie weinte jetzt vor Zorn und wischte wütend die Tränen fort. „Ich habe überhaupt kein eigenes Leben, Mum! Denkst du auch nur ein einziges Mal an mich?"

Sie klappte den Deckel des Opferstocks auf und versuchte vergeblich, den Umschlag herauszufischen.

Ihre Mutter bekreuzigte sich. „Versündige dich nicht.“

Ruby fuhr herum, packte sie am Arm und zog sie aus der Kirche.

„Woher weißt du von dem Lottogewinn?“

„Ich habe den Brief der National Lottery in der Post gefunden.“

„Sag mir jetzt die Wahrheit. Wie viel von den zweihunderttausend Pfund hast du weggegeben?“

Sie antwortete nicht.

Ruby setzte sie in den Pick-up und fuhr zur Werkstatt zurück. Sie brachte ihre Mutter in die Wohnung, schrie, tobte, redete mit Engelszungen auf sie ein und erklärte ihr, dass Robbie die Hälfte des Gewinns durchgebracht hatte und sie vor dem Nichts standen. Schließlich erzählte sie, dass ihr Bruder im Mignot Memorial lag.

„Er hat sich die Hand gebrochen und kann mir in der Werkstatt nicht mehr helfen. Ich brauche Geld, um die Arztrechnungen zu bezahlen.“

Endlich stand Mum von ihrem Stuhl auf, schob ihre Finger hinter einen Küchenschrank und zog einen Umschlag hervor, den sie mit Klebeband an der Rückseite befestigt hatte. Ruby riss ihn auf und zählte das Geld. Es waren fünfzigtausend Pfund.

„Mehr ist nicht übrig“, sagte Mum.

Ruby sank auf den Küchenstuhl. Ihr blieben noch drei Tage, um die restlichen hundertdreißigtausend aufzutreiben. Wie sollte sie das schaffen?

„Wie viel hast du in den Opferstock geworfen?“

„Ich weiß es nicht mehr.“

Ruby steckte den Umschlag ein und fasste einen Plan. „Du rührst dich nicht von der Stelle."

Sie ging nach unten in die Werkstatt, bewaffnete sich mit einem Brecheisen und fuhr zur Saint Anne Church. Im Schutz der Dunkelheit hätte sie sich sicherer gefühlt, aber sie konnte nicht länger warten. Die Gefahr, dass der Pfarrer den Opferstock leerte oder nach Einbruch der Dämmerung die Kirche abschloss, war zu groß. Ruby stellte den Wagen auf der Rückseite der Parish Church in der Rue de l'Élglise ab. Der alte Baumbestand schirmte die Straße zum Friedhof hin ab. Sie kletterte über die niedrige Bruchsteinmauer, nutzte denselben Seiteneingang wie zuvor und tauchte in das Dämmerlicht ein. Jetzt, am frühen Abend, war das Kirchenschiff leer. Vor einem kleinen Seitenaltar brannten zwei Dutzend Kerzen. Ruby lauschte einen Augenblick in die Stille hinein, bis sie sicher war, dass sie allein war. Der Holzkasten war nur ein paar Schritte von ihr entfernt. Immer wieder redete sie auf sich ein, dass ihre Mutter den Verstand verloren hatte und das Geld ihr gehörte. Trotzdem empfand sie Scham und Schuldgefühle, als sie das Brecheisen hervorholte. Als sie es ansetzte, rutschte der Deckel vom Opferstock und fiel zu Boden. Der Aufprall tönte wie ein Kanonenschuss durch die verlassene Kirche und kehrte als unheimliches Echo zu Ruby zurück. Der Holzkasten war leer. Jemand war ihr zuvorgekommen.

Sie blickte sich nach allen Seiten um. War der Dieb noch hier? Hatte Cataldo den Artikel in der Guernsey Press gelesen und herausgefunden, wer der Engel von Alderney war?

Sie umklammerte das Brecheisen mit beiden Händen und ging an der letzten Bankreihe entlang auf den Ausgang zu. Auf der Höhe des Weihwasserbeckens stockte ihr der Atem. Hinter der runden Steinsäule ragte eine blutverschmierte Hand hervor. Langsam umrundete Ruby den Pfeiler. Vor ihr auf den Steinfliesen lag Vikar Barnes. Unter seinem Kopf glänzte eine frische Blutlache. Mit noch im Tod vor Entsetzen weit aufgerissenen Augen starrte er Ruby klagend an. Seine linke Hand ruhte auf der Brust, im Todeskampf zu einer Klaue verkrümmt.

Ruby floh aus der Kirche und rannte quer über den alten Friedhof. Als sie im Fahrerhaus des Pick-ups saß, wurde ihr bewusst, dass sie noch immer das Stemmeisen festhielt. Wenn jemand sie beim Verlassen der Kirche beobachtet hatte, war sie unweigerlich die Hauptverdächtige in einem Mordfall. Und dieses Mal würde sie sich nicht herausreden können, weil es keine Leiche gab. Wann würde dieser verdammte Albtraum endlich enden?

18

„Ich habe Ian Laney in der Leitung", sagte Dave.

„Stell ihn durch."

Steve hörte ein Freizeichen. Die spröde Stimme des Chief Officers aus Guernsey drang aus dem Hörer.

„Wünsche einen angenehmen Tag", schnarrte er.

„Ebenso. Was kann ich für Sie tun, Chief Laney?"

„Mich zum Beispiel darüber aufklären, warum der Ehemann einer Beamtin der Alderney Police Force auf dem Tisch des Coroners liegt. Seit Sie Hendersons Posten übernommen haben, geht's ja drunter und drüber bei euch. Erst verschwindet Louie Harris spurlos, und nun haben wir einen Mordfall in den eigenen Reihen."

„Es war also kein Suizid?", fragte Steve.

„Der Obduktionsbericht sollte jeden Moment bei Ihnen eintreffen. Sie lagen richtig mit Ihrem Verdacht. Die Blutergüsse an den Unterarmen deuten auf eine Auseinandersetzung hin. Frank Saunders hat einen Angreifer abgewehrt. Die Art des Genickbruchs lässt darauf schließen, dass die Verletzung nicht von einem Sturz aus großer Höhe stammt. Klären Sie diese unangenehme Geschichte so schnell wie möglich auf, Cole. Die Presse sitzt mir im Nacken. Nach den Flutmorden im vergangenen Herbst muss endlich Ruhe einkehren. Ein neuer Mord verscheucht uns die Touristen."

„Wir haben es hier nicht mit einem Serientäter zu tun“, sagte Steve, „sondern mit einem Familiendrama.“

„Wollen Sie damit andeuten, dass Sie Constable Saunders verdächtigen, ihren Mann getötet zu haben?“

„Nein. Das halte ich für ausgeschlossen.“

Er klickte Laneys E-Mail an und öffnete den Anhang. Rasch überflog er den Bericht des Coroners.

„Dr. Mortenson legt den Todeszeitpunkt auf etwa 21:00 Uhr am Samstagabend fest“, sagte er. „Damit scheidet sie als Täterin ohnehin aus. Sie hat das bestmögliche Alibi. Um diese Uhrzeit saßen wir zu viert im *Divers Inn.*“

„Was zum Teufel macht die gesamte Mannschaft von Alderney in einem Pub?“

„Der Einsatz am Freitagabend war für alle sehr belastend. Ich entschied mich dafür, das Team einzuladen, um meinen Dank und meinen Respekt zum Ausdruck zu bringen. In Anbetracht der Tatsache, dass weder Sergeant Lyme noch Constable Bailey Erfahrung mit Geiselnahmen hatten, haben sie hervorragende Arbeit geleistet.“

„Hmpf“, machte Laney. „Wer könnte sonst ein Motiv gehabt haben, Frank Saunders zu ermorden?“

„Ich weiß es nicht. Geben Sie mir ein paar Tage Zeit.“

„Ich verlasse mich auf Sie.“

Der Chief Officer legte auf. Steve lehnte sich zurück und blickte nachdenklich auf die Porträts seiner Amtsvorgänger an der Wand. Franks gewaltsamer Tod kam zum ungünstigsten Zeitpunkt. In zwei Stunden legte die Fähre an, mit der Abby und Ivy kamen. Was er im Augenblick überhaupt nicht gebrauchen konnte, war ein ungelöster Mordfall, der seine ganze Aufmerksamkeit beanspruchte.

Watson schien seine Unruhe zu spüren. Er stand umständlich von seiner Decke vor dem Fenster auf und sah ihn erwartungsvoll an.

„Keine Sorge, du begleitest mich selbstverständlich zum großen Empfang", sagte Steve. „Aber vorher machen wir einen vorzeigbaren Hund aus dir."

Watson wuffte und schaute skeptisch drein.

„Mitkommen, Deputy Watson."

Steve streifte seine Jacke über und ging nach vorn in die Wache zu Dave.

„Ich bin eine Weile unterwegs. Ruf mich nur an, wenn es wirklich wichtig ist. Gordon vertritt mich inzwischen."

„Wird gemacht, Chief", rief Gordon von seinem Platz aus.

„Viel Glück", sagte Penny leise. „Und wenn du mich fragst – du solltest dich rasieren für den großen Augenblick."

Steve strich sich über die rauen Wangen. „Ich gebe mein Bestes."

Er verließ die Wache, ließ Watson auf den Rücksitz des Streifenwagens klettern und fuhr zum Pfarrhaus. Als er den Klippenweg hinabging, blieb er auf halber Höhe stehen und musterte das alte, sich an die Felsen schmiegende Haus kritisch. In den vergangenen Monaten hatte er sich große Mühe gegeben, es herzurichten und wohnlich zu gestalten. Er hatte tapeziert und gemalert, die Zimmer renoviert und das Bad rausgeputzt, so gut es ging, neue Möbel angeschafft und den Garten auf Vordermann gebracht. Die Arbeit hatte ihm geholfen, das Warten erträglich zu machen.

Das Ergebnis konnte sich sehen lassen. Die Fassade leuchtete in frischen Farben, der Vorgarten wirkte einladend und freundlich. Blieb ihm nur zu hoffen, dass es Abby gefallen würde. Er wusste, welche Blumen sie mochte und welche Vorstellungen sie von einem Zuhause hatte, in dem sie sich geborgen fühlte.

Watson folgte ihm ins Haus. Als Steve sich ihm mit der Hundebürste näherte, senkte er ergeben den Kopf und ließ die Prozedur zitternd über sich ergehen - was mehr war, als Steve erwartet hatte.

Anschließend duschte Steve, rasierte sich und zog die Uniform an, die er in Guernsey bestellt hatte. Dass er sie inzwischen mit einem gewissen Stolz trug, führte ihm die Veränderung vor Augen, die in ihm vorgegangen war, seit er Alderney unter seinem neuen Namen betreten hatte – eine positive Verwandlung, die Abby sofort bemerken sollte, wenn sie ihn wiedersah.

Als er mit seinem Äußeren zufrieden war, verließ er mit Watson das Pfarrhaus und erklomm den Stufenweg zum Hochplateau. Der Regen hatte aufgehört. Zum ersten Mal seit Tagen zeigte sich die Sonne und zauberte glitzernde Funken auf das flaschengrüne Meer. Die Insel präsentierte sich von ihrer besten Seite, als wäre auch ihr die Bedeutung dieses Augenblicks bewusst.

Steve setzte seine Sonnenbrille auf, fuhr zum Hafen und stellte den Streifenwagen in der Nähe des Fährterminals ab. In die Wiedersehensfreude mischten sich Unsicherheit und Nervosität. Abby hatte sofort zugestimmt, nach Alderney zu kommen, nachdem sie das

Zeugenschutzprogramm verlassen konnte, aber bedeutete dies auch, dass sie bleiben wollte?

Ihr Plan, mit Sorokins Schwarzgeldmillion irgendwo ein neues Leben zu beginnen, war gescheitert; und doch konnten sie nun einen Neuanfang wagen, ohne die ständige Angst, durch einen Zufall enttarnt zu werden und der Vendetta des Mafiabosses ausgeliefert zu sein.

Ein Lichtreflex weckte ihn aus seinen Zweifeln und Befürchtungen. Das blau-weiße Fährschiff der Condor Ferries lief in die Braye Bay ein und näherte sich der vom Breakwater-Damm geschützten Anlegestelle.

Steve war nervös wie ein Teenager vor seinem ersten Rendezvous. Die Frau, der er in ein paar Minuten wiederbegegnen würde, bedeutete ihm mehr, als ihm klar gewesen war. Abby hatte im *Red Door* – Viktor Sorokins Lokal und Firmenzentrale in der City of London – an der Bar gearbeitet und die Gäste mit ihren verblüffenden Taschenspielertricks beeindruckt. Matt Frazer hatte ihn gedrängt, den Kontakt zu ihr zu suchen, weil sie sich mit Sorokins Lebensgefährtin Natasha Gradenko angefreundet hatte. Abby hatte Zugang zu Sorokins Büro und seinen Privaträumen und sollte Steve die Informationen besorgen, die den Russen zu Fall bringen könnten. Zunächst war sie für ihn nur eine Schachfigur in dem gefährlichen Spiel gewesen. Er hatte nie damit gerechnet, sich in Abby zu verlieben und dass sie seine Gefühle erwidern würde.

Seine Liebe zu Abby veränderte alles. Natasha vertraute ihr an, dass sie einen Weg suchte, um von Viktor Sorokin loszukommen. Sie fürchtete Juan Cataldos Eifersucht, der in ihr eine Rivalin sah. Abby sollte ihr

helfen unterzutauchen und versprach dafür Beweise
für die illegalen Geschäfte zwischen Sorokin und dem
korrupten Politiker Ted Allister. Wie er nun wusste,
hatte Natasha von Anfang an ein falsches Spiel mit
ihnen getrieben und war mit Cataldo und einer Million
Pfund in Novakryptwährung untergetaucht.

Das alles war nun Vergangenheit. Er richtete seine
Aufmerksamkeit auf die Gegenwart und verfolgte, wie
die Fähre am Anleger festmachte. Sein Herz schlug
schneller, als er unter den ankommenden Passagieren
Abby und ihre Tochter ausmachte. Wie oft hatte er sich
diesen Augenblick in seinen Träumen ausgemalt, und
wie anders war nun die Realität. Kein Traum konnte so
intensiv sein wie die Wirklichkeit. Steve roch das Meer,
hörte die klagenden Schreie der Möwen, die ihre Kreise
über ihm zogen, und spürte den Wind auf seiner Haut.
Und darunter das elektrisierende Prickeln, das ihn in
Abbys Gegenwart stets überkam.

Ungeduldig verfolgte er das Anlegemanöver. Ivy
brach den Bann. Sie hatte ihn entdeckt, riss sich von
Abbys Hand los und lief auf ihn zu. Steve hatte keine
eigenen Kinder und fühlte sich normalerweise unbe-
holfen im Umgang mit ihnen. Nicht so bei Ivy. Auf magische Weise brachte sie ihn dazu, sein Innerstes nach
außen zu kehren und einfach er selbst zu sein.

„Tom!"

Er ging in die Hocke und breitete die Arme aus, das
Mädchen flog an seine Brust. Er war überrascht, wie
sehr sie in den vergangenen Monaten gewachsen war.
Ivy musste inzwischen fünf Jahre alt sein. Er hob sie
hoch und wirbelte sie herum, bis sie vergnügt
kreischte. Nachdem er sie auf dem Boden abgesetzt

hatte, richtete sie ihre Aufmerksamkeit sofort auf Watson.

„Ist das dein Hund?“, fragte sie.

„Wie man's nimmt. Ich habe eher das Gefühl, dass ich *ihm* gehöre. Meistens bestimmt er, wo es langgeht.“

„Wie heißt er?“

„Watson. Aber er mag's nicht, wenn man ihn ...“

Ivy beugte sich über den Hund und drückte ihn an sich, wie sie es mit Steve getan hatte. Zu seinem Erstaunen ließ Watson es geschehen. Ja, er brachte sogar ein zaghaftes Schwanzwedeln zustande.

„Da hol mich doch der Teufel“, murmelte er.

„Hallo, Tom. Oder soll ich dich lieber Steve nennen?“

Er drehte sich um. Sie stand vor ihm, so wie er es sich tausend Mal vorgestellt hatte.

„Hi Abby. Offiziell bin ich Detective Chief Inspector Steve Cole der Alderney Police Force.“ Er grinste schief. „Nenn mich doch Chief Steve. Das sagen eh alle.“

Sie zog spöttisch eine Augenbraue hoch.

„Lebendig und in Gala-Uniform für den großen Tag?“

Er zupfte ein Fädchen von der Uniformjacke. „Nun, es hat sich viel verändert. Zum Guten“, beeilte er sich hinzuzufügen.

„Das will ich doch hoffen“, sagte Abby.

Fünf rätselhafte Sekunden standen sie sich gegenüber, scheu, ratlos und doch begierig, die Grenze zu überschreiten. Dann fanden sie zueinander. Abby küsste ihn. Steve zog sie an sich und sog den Geruch ihres Haars ein, das dezente Parfum und ihre Wärme. In diesem Moment wusste er, dass sie dort weitermachen konnten, wo sie hatten aufhören müssen. Sie waren füreinander bestimmt. So war das eben.

Abby löste sich von ihm und blinzelte ihn belustigt an.

„Und wie geht es jetzt weiter, Chief Steve?“

„Wir tun das, was alle Familien tun. Wir fahren nach Hause.“

Es war ein einfacher, belangloser Satz, doch für ihn bedeutete er die Welt.

„Das ist die beste Idee, die du seit Langem hattest“, sagte sie.

In diesem kostbaren Augenblick klingelte Steves Diensthandy.

Abby lächelte. „Geh schon ran. Ich habe nicht vergessen, dass ich mich in einen Polizisten verliebt habe.“

Er meldete sich. „Ich hoffe für dich, dass es wichtig ist, Dave.“

„Wir haben einen Leichenfund.“

Steve stöhnte. „Wen hat’s diesmal erwischt?“

„Den Vikar der Parish Church. Soll Gordon das übernehmen?“

„Nein, das ist mein Job. Ich komme ins Revier. Der Überbringer der schlechten Nachricht darf mich begleiten.“

Er legte auf.

„Ärger?“, fragte Abby.

„Ja. Es tut mir leid, aber um diese Angelegenheit muss ich mich persönlich kümmern. Das fängt ja gut an.“

„Wir haben so lange gewartet, endlich frei zu sein, dass es auf zwei Stunden auch nicht ankommt.“

Steve drückte sie dankbar an sich. „Ich beeile mich. Ihr könnt auf dem Revier warten. Watson wird auf euch aufpassen.“

„Wie bist du denn auf den Hund gekommen?“

Steve zuckte mit den Schultern. „Er war einsam, ich war es auch. Also hat er beschlossen, mich zu adoptieren.“

Sie stiegen in den Streifenwagen und fuhren nach Saint Anne in die Queen Elizabeth II Street. Steve hielt vor dem gelben Gebäude mit den weißen Fenstereinfassungen. Die frisch gestrichene blaue Tür mit den roten Einrahmungen leuchtete im Sonnenschein, ein Flügel stand einladend offen. Auf den Spitzen des schwarzen, schmiedeeisernen Zauns blitzten Lichtreflexe. Verwundert bemerkte Steve einen Anflug von Stolz, Abby die kleine Welt zu präsentieren, in der er heimischer geworden war, als er es beabsichtigt hatte.

„Nun, dann stellen Sie mir doch mal Ihre Mannschaft vor, Chief Steve“, sagte sie schmunzelnd.

Sie stiegen aus. Watson trabte auf den Eingang zu, Ivy lief ihm nach und tauchte in das Halbdunkel der Wache ein.

„Nicht so schnell, Ivy. Warte auf uns!“, rief Abby.

Steve bildete den Abschluss. Als er die beiden vertrauten Stufen hinaufstieg, hörte er zwei schnell aufeinanderfolgende Schüsse. Abby stürzte wie ein gefällter Baum zu Boden.

Er wirbelte herum, zog seine Waffe und suchte den Schützen. Eine dritte Kugel fetzte Splitter aus dem blauen Holz der Eingangstür. Auf der anderen Straßenseite stand ein schwarzer SUV mit getönten Scheiben. Wäre Steve nicht so auf Abby fixiert gewesen, hätte er den für Alderney ungewöhnlichen Wagen sofort bemerkt. Das Fenster auf der Fahrerseite war herabgelassen, hinter dem Steuer saß Juan Cataldo. Er feuerte zum vierten Mal. Die Kugel schlug Funken aus dem

Metallzaun und sirrte als Querschläger durch die Luft. Steve ließ sich schützend über Abby fallen und erwiderte das Feuer. Er schoss das Magazin leer und stanzte sechs Löcher in das Autoblech. Die hintere Seitenscheibe des SUV zerplatzte in einem Scherbenregen.

Wie in Trance hörte er, dass hinter ihm jemand aus dem Revier kam. Er erhielt Unterstützung von Gordon und Dave, die auf den schwarzen Wagen feuerten, der mit quietschenden Reifen die Straße entlangfegte.

Steve warf Gordon die Autoschlüssel zu.

„In den Streifenwagen! Lasst ihn nicht entkommen.“

Aus dem Augenwinkel sah er, dass Penny sich über Abby beugte, die regungslos am Boden lag.

„Einen Notarzt“, schrie er, „schnell!“

Penny rannte ins Revier. Steve starrte in das Halbdunkel der Wache hinein. Ivy stand erstarrt im Eingangsbereich. Sie war kalkweiß, aber augenscheinlich unverletzt.

Er drehte Abby vorsichtig auf den Rücken. Auf ihrem T-Shirt breitete sich ein Blutfleck aus, der rasch größer wurde. Eine Kugel hatte die Brust dicht über dem Herzen getroffen. Abby sah ihn an, versuchte den Arm zu heben, um ihn zu erreichen, aber sie schaffte es nicht. Sie lächelte und schloss die Augen.

19

„Ivy schläft endlich. Die Schwester hat ihr ein leichtes Beruhigungsmittel gegeben. Sie haben ein zweites Bett in ihr Zimmer geschoben. Du kannst über Nacht bei ihr bleiben, wenn du willst."

Steve starrte ins Leere. Er bemerkte Penny erst, als sie sich neben ihn setzte und ihre Hand auf seinen Unterarm legte.

„Entschuldige. Was sagtest du?"

„Ivy schläft. Watson lässt sie nicht aus den Augen."

„Watson?", fragte er irritiert.

„Er weicht nicht von ihrer Seite. Er scheint zu spüren, dass das Mädchen ihn braucht. Du solltest dich auch ein paar Stunden ausruhen."

„Ich bin nicht müde."

„Dr. Hopkins sagt, dass die Operation noch länger dauern wird."

„Wie soll ich jetzt an Schlaf denken? Ich bin schuld daran, dass Abby mit dem Tod kämpft."

„Du hättest es nicht verhindern können."

Er sprang auf und begann, unruhig auf und ab zu laufen. Die Untätigkeit und die damit verbundene Hilflosigkeit waren das Schlimmste. Immer wieder hallten die Schüsse durch seinen Kopf, er hörte Abbys Schreie, das Quietschen der Reifen und sah in Cataldos eiskalte Augen.

„Sie tun alles, was in ihrer Macht steht“, sagte Penny.

„Ich hätte sie niemals in diese Sache hineinziehen dürfen. Schon gar nicht, nachdem ich eine persönliche Beziehung zu ihr aufgebaut hatte. Das hat mein Urteilsvermögen getrübt.“

Penny wandte den Blick ab. Steve spürte, dass sie seine Verzweiflung nicht ertrug und die Schuld, die auf ihm lastete.

„Es war selbstsüchtig, sie zu überreden, nach Alderney zu kommen“, fuhr er fort. „Erst recht, nachdem Sorokin geschworen hat, jede Frau zu töten, in die ich mich verliebe.“

„Aber Natasha Gradenko lebt. Du hast ihm den Beweis dafür geliefert. Er weiß, dass sein Ziehsohn Juan Cataldo ihn hintergangen hat. Ihr habt einen Deal.“

Steve schüttelte den Kopf. „Mit dem Teufel schließt man keinen Handel. Sorokin hat einen Ruf zu verlieren und musste für alle sichtbar deutlich machen, was mit Gegnern geschieht, die ihm zu nahe kommen.“

„Und wenn er von dem Attentat gar nichts weiß? Immerhin hat Cataldo deinetwegen seine Gunst eingebüßt. Wie könnte er sich besser dafür rächen, als Abby bei ihrer Ankunft zu erschießen?“

„Er konnte unmöglich wissen, dass sie heute ankommt, “ sagte Steve.
„Wem hast du davon erzählt?, fragte Penny

Steve rieb sich die brennenden Augen, er war kaum in der Lage, einen klaren Gedanken zu fassen.

„Nur dir“, antwortete er. „Wir standen hier im Mignot Memorial vor Franks Zimmer, erinnerst du dich?“

Penny nickte. „Er kam gerade aus dem Aufwachraum. Ich war unmittelbar vor unserem Gespräch bei ihm.“

„Bei seiner Festnahme drohte er mir, dass er sich rächen würde. Er machte mich für das Scheitern eurer Ehe verantwortlich“, sagte Steve nachdenklich. „Ich hab’s nicht weiter beachtet, hielt es für leere Drohungen, die er aus Wut von sich gab.“

„Aber er hatte keinerlei Verbindung zu Cataldo“, überlegte sie.

„Hast du nicht mal erwähnt, dass er Gelegenheitsjobs für Baxter übernommen hat?“

Sie nickte nachdenklich. „Cataldo ging bei ihm ein und aus, bis er von der Bildfläche verschwand. Frank könnte ihn dort kennengelernt haben. Vielleicht hatte er aufgeschnappt, dass Cataldo im Auftrag von Sorokin auf Alderney war.“

Bilder blitzten vor Steves Augen auf. Er sah sich selbst, wie er mit Frank Saunders auf dem Beifahrersitz des Streifenwagens zu den Klippen im Süden fuhr und ihm die Waffe an die Schläfe drückte.

Ich habe eine Freundin und ein Kind drüben auf dem Festland. Ich würde sie gerne nach Alderney holen, aber das kann ich nicht. Es gibt da jemanden, dem ich auf die Füße getreten habe. Wenn er Abby und ihre kleine Tochter findet, wird er die beiden umbringen. Verstehst du das, Frankie?

„Als ich ihm damals klargemacht habe, was ihm blüht, wenn er dich noch mal verprügelt, habe ich Abby erwähnt“, sagte Steve.

„Bist du sicher?“

„Ja. Er muss sich daran erinnert haben, als er unsere
Unterhaltung auf dem Korridor im Mignot Memorial
belauschte. Dann hat er die Information über Abbys
Ankunft an Cataldo verkauft. Der Preis war die Unterstützung, Alderney verlassen zu können. Aber eines
hatte er nicht bedacht: Mit der Mafia macht man keine
Geschäfte, denn sie enden in der Regel tödlich. Cataldo
kann sich keine Zeugen leisten, die Sorokin auf seine
Spur bringen. Darum musste Frank sterben."

„Und wenn Cataldo nur seinen ursprünglichen Auftrag ausgeführt hat? Er kann von eurem Deal nichts
wissen. Vielleicht will er sich bei seinem Ziehvater wieder beliebt machen."

„Sorokin wird ihm niemals verzeihen, dass er ihn mit
Natasha Gradenko betrogen hat, ganz gleich, was er unternimmt. Dafür kenne ich ihn zu gut."

Steve betrachtete sein geisterhaft durchscheinendes
Spiegelbild in der nachtdunklen Fensterscheibe. Er
hatte Abby nicht gerettet, sondern sie Cataldo ausgeliefert. In diesem verfluchten Spiel konnte es nur Verlie-
rer geben. Er wünschte sich, den letzten Job als verdeckter Ermittler niemals angenommen zu haben.
Zwar hätte er Abby dann nicht kennengelernt, ihr damit aber auch viel Leid erspart.

„Sorokin hat doch sicher ein gut funktionierendes
Netzwerk", überlegte Penny.

„Er spannt seine Fäden über ganz Europa und darüber hinaus. Warum fragst du danach?"

„Er besitzt also Mittel und Wege, jemanden zu finden.
Sogar Abby hat er dreimal aufgespürt, obwohl sie in einem Zeugenschutzprogramm untergebracht war. Ich
gehe jede Wette ein, dass er einen Boten zu Cataldo

geschickt hat, um ihm klarzumachen, was mit Leuten geschieht, die ihn hintergehen und ihm auch noch Hörner aufsetzen. Sorokin muss ungeheuer wütend auf ihn sein.“

„Cataldo und Natasha geraten in Panik“, führte Steve den Gedanken fort. „Sie müssen untertauchen, aber sie sind pleite, weil er das Schmiergeld für Allister, das er sich unter den Nagel gerissen hat, dafür genutzt hat, um seine Schuldner zu bezahlen. Sie brauchen Geld, und das holen sie sich bei ...“

„... John Baxter. Der wiederum versteht es, Menschen von sich abhängig zu machen. Einen Mann wie Cataldo kann er gut gebrauchen.“

„Wenn Sorokin dahinterkommt, dass Baxter ein doppeltes Spiel spielt, ist er erledigt“, sagte Steve.

„Vielleicht weiß Baxter nichts von dem Bruch zwischen den beiden. Cataldo könnte Harris’ Funktion als Geldeintreiber übernommen haben.“

„Oder er hat ihn aus dem Weg geräumt, weil Harris auf eigene Rechnung arbeitete“, überlegte Penny. „Das erklärt auch die hundertachtzigtausend Pfund, die wir bei ihm gefunden haben“, entgegnete Penny. „Harris wusste, dass Baxter ihm auf die Schliche gekommen ist. Darum tauchte er am Abend in der Werkstatt der Nolans auf. Er brauchte dringend Geld, um zu verschwinden. Ob er auch bei den anderen Schuldnern am 1. Juni abkassiert hat?“

„Das lässt sich leicht herausfinden.“

„Aber wenn Cataldo Harris auf dem Gewissen hat, warum hat er dann die hundertachtzigtausend Pfund liegen lassen?“

„Irgendetwas stimmt an der Geschichte noch nicht", sagte Steve.

„Aber wir sind nahe dran."

Sie warf Münzen in den Getränkeautomaten und reichte Steve einen Becher mit Kaffee.

Er trank einen Schluck und lehnte den Kopf an die Wand. „Ich kann einfach nicht klar denken. Das Warten macht mich verrückt."

„Sie wird es schaffen", sagte Penny.

„Und wenn nicht? Was wird aus Ivy? Ich kann mich nicht um ein Kind kümmern, aber ich bin für es verantwortlich. Ich habe das Mädchen durch meine Unvorsichtigkeit in diese Lage gebracht."

Die Milchglastür zum OP-Bereich wurde geöffnet, Dr. Hopkins kam auf sie zu. Steve versuchte verzweifelt, aus der Miene des Arztes herauszulesen, wie es um Abby stand.

„Wie geht es ihr?", fragte er.

„Sie hat schwere innere Verletzungen und sehr viel Blut verloren. Um sie zu stabilisieren, haben wir sie in ein künstliches Koma versetzt. Sobald sie transportfähig ist, werden wir sie in eine Spezialklinik auf dem Festland verlegen. Wir sind im Mignot Memorial nicht auf die Behandlung von Schussverletzungen eingestellt."

„Wird sie durchkommen?"

Die Angst um Abby schnürte ihm die Kehle zu.

„Wir müssen abwarten. Wenn sie die Nacht übersteht, steigen ihre Chancen. Im Augenblick will ich keine Prognose abgeben."

Die Welt schmolz zusammen auf einen winzigen leeren Raum, in dem Dr. Hopkins Worte nachhallten. Es durfte nicht so enden; nicht gerade jetzt, wo alles neu beginnen sollte. Das war einfach nicht fair.

In die Trauer mischte sich ein Sturm aus Zorn und Verlangen nach Vergeltung, vor dem Steve erschrocken zurückwich. Er drohte die Liebe, die er empfand, und die Hoffnung, die ihn in den vergangenen Monaten am Leben erhalten hatte, fortzureißen und nur den nachtdunklen Schatten des Mannes zurückzulassen, der er gewesen war. In diesem Augenblick wurde ihm klar, dass nach Thomas McCallum auch Steve Cole sterben würde, wenn Abby es nicht schaffte. Ein teerschwarzer Dämon, der sich von Rachefantasien nährte, griff nach seinem Herzen. Er wanderte durch eine Unterwelt voller Schmerz, durch die verzweifelte Schreie nach Licht und Leben hallten.

„Steve?"

Er nahm seine Umgebung wieder wahr. Dr. Hopkins war verschwunden. Penny blickte ihn mitfühlend an, hinter ihr trat Gordon Lyme unsicher von einem Bein aufs andere.

„Kann ich dich kurz sprechen?", fragte er. „Wenn es nicht wichtig wäre ..."

Sein bestätigendes Nicken kostete ihn enorme Anstrengung. Fast glaubte er, seine Nackenmuskeln müssten vor Anspannung zerreißen.

„Dave hat mich bereits angerufen. Er sagte, wir haben einen Leichenfund."

„Ich habe den Tatort absperren lassen und Guernsey informiert. Der Coroner ist in der Parish Church. Es gibt da ein paar merkwürdige Todesumstände, die wir uns nicht erklären können."

Steve starrte einen Moment ins Leere. Er musste sich zusammenreißen. Hier konnte er ohnehin nichts tun, außer abzuwarten, bis sein Leben in tausend Scherben zerfiel.

„Ich bleibe bei Ivy", bot Penny an.

„Nein, ich brauche jeden von euch. Die Stationsleitung kümmert sich um das Mädchen."

Die Saint Anne Church glich eher einem Bienenkorb als einem stillen Ort des Gebets. Vier starke Scheinwerfer tauchten den vorderen Bereich in der Nähe des Eingangs in gleißendes Licht. Der Coroner und zwei seiner Helfer knieten vor einer Steinsäule auf dem Boden. Mitarbeiter der Spurensicherung fotografierten, maßen und untersuchten jedes Staubkorn. In ihren weißen Schutzanzügen schwebten sie beinahe wie Engel, denen die Flügel fehlten, um den toten Vikar herum.

Mortenson begrüßte Steve.

„Das ist schon der zweite Tote, den Sie mir innerhalb einer Woche servieren, Chief Cole. Seit Sie den Laden auf Alderney leiten, herrscht hier Hochbetrieb für Mörder und ..."

„Gordon erwähnte, dass es Tatumstände gibt, die Sie nicht erklären können", unterbrach Steve ihn. „Was meint er damit?"

Der Coroner runzelte irritiert die Stirn. „Habe ich Sie beim Feierabendbier gestört?"

„Ich wäre Ihnen dankbar, wenn Sie einfach meine Frage beantworten würden."

Mortenson schob pikiert die Unterlippe vor.

„Okay. Wir haben es aller Wahrscheinlichkeit nach mit einem neuen Mord zu tun, und das sollte Chefsache sein."

„Was wissen wir zum jetzigen Zeitpunkt?"

Mortenson wies auf das Blut unter dem Kopf des Toten.

„Er hat eine Platzwunde am Hinterkopf, die zwar stark geblutet hat, aber nicht die Todesursache ist."

„Woran ist er dann gestorben?"

„Ich würd's nicht glauben, wenn ich es nicht selbst gesehen hätte. Beachten Sie die blau verfärbten Lippen und den weißen Schaum in den Mundwinkeln. Dieser Mann ist ertrunken. Die klare Flüssigkeit, die Sie da auf dem Boden sehen, ist Salzwasser, das er erbrochen hat."

Steve sah sich um. „Ertrunken? Wo denn? Etwa im Weihwasserbecken? Darin ist kaum mehr Wasser als in einer Kaffeetasse."

„Darum habe ich Sie kommen lassen. Ich kann mir keinen Reim auf die Sache machen. Der Fundort ist auf jeden Fall nicht der Tatort."

„Er ist also zuerst ertrunken, dann in die Kirche spaziert und hat sich den Kopf aufgeschlagen?", fragte Steve stirnrunzelnd.

„Erklären Sie es mir", sagte Mortenson.

„Kennt ihr die Legende vom Wiedergänger?", fragte Gordon. „Man sagt, dass die Ertrunken so lange zurückkommen, bis sich jemand an ihren Tod erinnert. Sie brechen in die Häuser der Lebenden ein und hinterlassen eine Spur aus Salzwasser."

„Hör mit deinen Gruselgeschichten auf", sagte Penny. „Da läuft es einem ja kalt den Rücken herunter."

„Wer hat den Toten gefunden?", fragte Steve.

„Mrs Janice Argiles", erklärte Gordon. „Sie ist Kirchenvorstand und kam gegen 20:00 Uhr zu einer Besprechung mit Vikar Barnes. Sie klingelte an seiner

Wohnungstür in der Victoria Street. Da er nicht öffnete, ging sie zur Kirche und fand ihn hier neben dem Weihwasserbecken. Sie steht unter Schock, wir haben sie ins Mignot Memorial bringen lassen."

„Können Sie etwas zum Todeszeitpunkt sagen, Doktor?", fragte Steve.

„Er ist höchstens zwei Stunden tot. Genaueres wie immer erst nach der Obduktion."

„Dann ist er zwischen 18:00 Uhr und 19:00 Uhr ermordet worden", sagte Gordon.

„Ob es Mord war, wissen wir noch nicht", entgegnete Mortenson. „Die Sache ist wirklich rätselhaft."

„Gibt es Hinweise darauf, dass die Leiche hierhergeschafft wurde?", fragte Steve.

„Nein, das ist ja das Seltsame. Sie wurde definitiv post mortem nicht bewegt."

„Seht euch das an", rief Penny. „Der Opferstock wurde aufgebrochen."

Gordon stöhnte. „Der Engel von Alderney! Über den Artikel in der Guernsey Press spricht die ganze Insel. Damit haben wir Tausende Verdächtige. Nicht nur hier, sondern auch auf Guernsey und Jersey."

„Dann war es Raubmord", meinte Penny. „Jemand hat den Opferstock aufgebrochen und wurde von Barnes erwischt."

„Nicht so hastig."

Steve betrachtete den toten Vikar. Er schätzte ihn auf Anfang vierzig. Er hatte blondes Haar, eine beginnende Stirnglatze und trug eine randlose Brille, die bei dem Sturz verrutscht war. Steves Gedanken schweiften ab und beschäftigten sich mit dem Tod. Er war kaum in der Lage, sich zu konzentrieren. Wie sollte er weiterleben, wenn Abby starb? Wie Ivy erklären, dass ihre Mutter von einem Psychopathen erschossen worden war, der mit seiner Tat Steve treffen wollte?

Ich werde euch finden, dachte er verbittert. Sorokin und Cataldo würden für den Mord bezahlen, auch wenn er dafür Gesetze brechen und seine eigenen Überzeugungen über Bord werfen musste. Er dachte an seinen Besuch im Pentonville-Gefängnis. Er hatte Sorokin für dessen kranke Rachefantasien verachtet und war sicher gewesen, moralisch weit über dem gewissenlosen Mafiaboss zu stehen. Doch er hatte sich getäuscht. Erst jetzt konnte er Sorokins Schmerz über den vermeintlichen Tod seiner Geliebten wirklich nachvollziehen. Die Trauer schlug in blindwütigen Hass um. Er wollte um sich schlagen, zerstören, die Täter bestrafen. Er wollte sie leiden lassen, so wie er litt. Entsetzt über die dunkle Macht, die seine Seele so mühelos in Besitz nahm, hörte er von weit her Mortensons Stimme.

„Ich bin hier fertig, Chief. Wir nehmen die Leiche mit nach Guernsey in die Gerichtsmedizin. Nach der Obduktion kann ich Ihnen hoffentlich verraten, was hier passiert ist."

Steve nahm ihn kaum wahr. Der Hass floss wie eine zähflüssige, schwarze Flut durch seine Adern und tropfte von seinen Fingerspitzen auf den Boden der Kirche, wo er Löcher in die Steinplatten fraß.

„Alles in Ordnung?", fragte Penny leise.

Er kehrte in die Wirklichkeit zurück. „Ich bin okay. Wart ihr schon in der Sakristei?"

„Dort herrscht ein einziges Durcheinander. Der Täter hat alles durchwühlt", sagte Gordon.

„Was die Theorie vom Raubmord erhärtet", warf Penny ein. „Auf dem Altar liegt ein Mobiltelefon. Vermutlich gehört es Vikar Barnes."

„Überprüf das. Befrage bitte die Anwohner. Vielleicht hat jemand etwas gesehen. Die Guernsey Press muss einen Aufruf starten. Jeder, der heute Nachmittag die Saint Anne Church oder den alten Friedhof besucht und etwas Ungewöhnliches beobachtet hat, soll sich bei uns melden. Alles kann wichtig sein. Die Kirche ist immerhin ein Touristenmagnet."

„Ich habe Barnes' Taschen durchsucht und einen Schlüsselbund gefunden", sagte Gordon.

„Okay. Schauen wir uns in seiner Wohnung um."

Sie gingen nach draußen und durchquerten den Torbogen zur Victoria Street.

Steve schloss die Haustür auf. Rasch durchsuchten sie die vorderen Räume – ein kleines Schlafzimmer, eine Abstellkammer, Bad und Küche. Überall bot sich das gleiche Bild: Jemand hatte Schubladen und Schränke durchwühlt und den Inhalt achtlos auf den Boden geworfen. Im Wohnzimmer herrschte ein ähnliches Chaos wie in der Sakristei, außerdem stießen sie auf Spuren eines Kampfes. Ein Sessel war umgestoßen worden, die Glasplatte des Couchtischs hatte einen Sprung, eine Ecke war abgebrochen. Steve bemerkte, dass das Telefonkabel mit roher Gewalt aus der Wand gerissen worden war. Vor dem großen Aquarium war der Fußboden nass.

„Da hast du die Erklärung für deinen Wiedergänger", sagte er.

Gordon bückte sich, strich über den Teppich und roch an seiner Handfläche.

„Salzwasser“, stellte er fest. „Das ist ein Meerwasseraquarium.“

„Ich wette, dass wir hier am Tatort stehen. Pfeif den Coroner zurück. Er soll sich mit dem Team der Spurensicherung hier umsehen.“

„Aber wie kommt die Leiche des Vikars in die Kirche, wenn sie nicht bewegt wurde?“

„Das gilt es herauszufinden“, sagte Steve.

„Mir geht die ganze Zeit etwas durch den Kopf, Chief“, sagte Gordon.

„Ich bin ganz Ohr.“

„Die Nolans gewinnen eine halbe Million in der Lotterie. Ein paar Tage später kommen alle zu Geld, die sich bei John Baxter verschuldet haben, und dann wird der Opferstock der Saint Anne Church aufgebrochen und der Pfarrer ermordet.“

„Und weiter?“

„Das deutet doch alles auf die Nolans hin.“

„Warum sollten sie den Gewinn erst verschenken, um es sich dann anders zu überlegen und sich das Geld gewaltsam zurückzuholen?“, fragte Steve.

Gordon rieb sich das Kinn. „Robbie Nolan hat eine dicke Akte bei uns. Er gerät immer wieder in krumme Sachen und lässt sich übers Ohr hauen. Es wäre doch möglich, dass seine Schwester einen Teil des Gewinns verschenkt hat und Robbie es unbedingt zurückhaben will.“

„Ich kann mir nicht vorstellen, dass Ruby so altruistisch eingestellt ist. Sie braucht jeden Cent selbst und bemüht sich nach Kräften, ihren Laden zusammenzuhalten.“

„Da ist was dran, Chief. Aber wenn du mich fragst, dann sieht alles nach einem Streit aus, der tödlich endete.“

„Da stimme ich dir zu“, sagte Steve. „Der Täter hat den Opferstock geknackt, weil er wusste, dass darin eine große Summe steckte. Aber der Kasten war leer. Er durchsuchte die Sakristei, und als er da nicht fündig wurde, ging er zu Barnes’ Wohnung in der Annahme, dass der Vikar kurz zuvor den Opferstock geleert hatte und das Geld im Haus aufbewahrte.“

„Die Wohnungstür wurde nicht gewaltsam geöffnet, Barnes muss den Täter also gekannt und ihn freiwillig eingelassen haben.“

„Wahrscheinlich, aber nicht unbedingt zwingend. Auf jeden Fall kam es hier zu einer heftigen Auseinandersetzung. Der Unbekannte fordert Barnes auf, ihm das Geld auszuhändigen, doch der weigert sich. Der Täter foltert ihn, indem er dessen Kopf in das Aquarium drückt. Barnes wehrt sich, Wasser schwappt über und verteilt sich auf dem Teppich.“

„Aber dann müsste seine Leiche doch hier liegen und nicht in der Kirche“, sagte Gordon.

„Warten wir das Ergebnis der Obduktion und den Bericht der Spurensicherung ab“, entgegnete Steve. „Ich rede mit dem Staatsanwalt in Guernsey. Er soll uns einen Durchsuchungsbeschluss für die Werkstatt der Nolans ausstellen. Außerdem werden wir ihre Konten und die Mobilfunkdaten der letzten Wochen durchleuchten. Harris’ Verschwinden, der Tod von Frank Saunders und nun der Mord an Barnes – irgendwie hängt das alles zusammen.“

„… und führt zu den Nolan-Geschwistern“, beharrte Gordon.

„Das ist nicht zu leugnen“, sagte Steve. „Darum werden wir uns ihren Laden mal ein bisschen genauer anschauen.“

„Wie sieht’s denn hier aus?“

Penny stand in der offenen Tür zum Wohnzimmer.

„Hast du einen Zeugen aufgetrieben?“, fragte Steve.

„Von vier bis halb sechs hat der Laienchor in der Kirche geprobt. Mrs Argiles hat mir eine Liste der Mitglieder gegeben. Ich habe sie angerufen und herbestellt. Es sind noch nicht alle da, aber drei von ihnen haben bereits unabhängig voneinander ausgesagt, dass Barnes während der Probe die Kirche kurz verlassen hat.“

„Aus welchem Grund?“

„Jake Mariott randalierte auf dem Friedhof. Sie sagen, er sei betrunken gewesen und habe einen fürchterlichen Streit mit Barnes angefangen. Sie konnten nur Bruchstücke verstehen, sind sich aber einig, dass der Totengräber ihn bedroht hat. Er soll ihm geschworen haben, es ihm heimzuzahlen.“

„Worum ging es bei der Auseinandersetzung?“

„Das wissen sie nicht. Barnes kehrte in die Kirche zurück und verlor kein Wort über die Sache. Mariott hat noch eine Weile krakeelt und ist dann abgezogen.“

„Okay, das reicht für eine vorläufige Festnahme. Sucht ihn und bringt ihn ins Revier. Seid vorsichtig. Der Alte sieht aus, als hätte er Bärenkräfte.“

„Das ist noch nicht alles. Ein Anwohner hat gesehen, wie Ruby Nolan gegen 19:00 Uhr die Kirche verlassen hat. Sie sagte, Ruby wäre gerannt, als seien alle Teufel

der Hölle hinter ihr her. Sie war mit einem Brecheisen
bewaffnet.

20

29. Juni

Ruby betrachtete ihr tropfnasses Gesicht im Badezimmerspiegel und fönte ihr Haar. In den letzten beiden Wochen hatte sie vier Kilo verloren, sie aß kaum und schlief noch weniger. Ihre Nerven befanden sich in einem permanenten Alarmzustand, den sie nicht mehr lange durchhalten konnte. Der Stress zehrte sie aus und forderte seinen Tribut.

Die anklagenden Blicke des toten Pfarrers verfolgten sie bis in ihre wirren Träume, in denen sie vor der Polizei floh. Sie rechnete jeden Augenblick damit, dass Chief Cole vor der Tür stand, um sie zu verhaften. Zwar war sie unschuldig an Barnes' Tod, aber sie war am Tatort gewesen. Es war nicht schwer, ein Motiv zu konstruieren. Falls jemand sie bei ihrer kopflosen Flucht mit dem Stemmeisen in der Hand beobachtet hatte, war sie erledigt.

Gegen 3:00 Uhr in der Frühe war ihr erschreckend klar geworden, dass sie ihre Fingerabdrücke am Opferstock hinterlassen haben musste, als sie versucht hatte, den Umschlag herauszuziehen. Sie dachte an den kümmerlichen Rest des Lottogewinns, den sie in einer ihrer

Schrottplastiken versteckt hatte, die im Hinterhof der Werkstatt auf einen Käufer warteten.

Vielleicht sollte sie jetzt gleich eine Tasche packen, das Geld einstecken und die nächste Fähre nach Guernsey nehmen. Von St. Peter Port aus gelangte man in wenigen Stunden zu den großen Seehäfen an der Südküste Englands. Mit fünfzigtausend Pfund als Startkapital könnte sie ein neues Leben beginnen. In einer der Werften würde sie Arbeit als Schweißerin finden – zumindest vorübergehend. Und dann … weiter nach London oder Cornwall, auch Frankreich war nur einen Katzensprung entfernt. Sie sprach leidlich Französisch und könnte sich nach Marseille oder Cannes durchschlagen. Noch weiter südlich in Spanien und Portugal waren die Lebenshaltungskosten niedriger, Straßenmusiker und Künstler hatten sich in Porto und Lissabon niedergelassen. Ihre eigenwilligen Kreationen aus Schrott ließen sich in den kulturellen Metropolen sicherlich eher verkaufen als auf Alderney. Überall war es besser als auf diesem öden Felsen im Atlantik.

Ruby schaltete den Haartrockner aus, schüttelte ihre Lockenpracht und schloss ihre Wünsche und Träume in einer verborgenen Kammer ihres Herzens ein. Sie konnte Mum und Robbie nicht allein zurücklassen. Die Schuldgefühle würden einen Schatten auf ihr neues Leben werfen und verhindern, dass sie jemals Unbeschwertheit und Glück empfand.

Sie streifte ein T-Shirt über und schlüpfte in ihre Jeans. Dann ging sie hinunter in die Küche, um das Frühstück zu bereiten. Erst wenn sie ihre Mutter versorgt wusste und Chief Cole das Verschwinden von Harris zu den Akten legte, würde sie Alderney hinter sich lassen. Bis es so weit war, musste sie durchhalten. Doch die Probleme türmten sich zu einer Lawine auf, die sie zu überrollen drohte. Harris' Tod hatte eine Kaskade von Ereignissen ausgelöst, die immer unbeherrschbarer wurden. Ihr blieben noch knapp achtundvierzig Stunden, um die restlichen hundertdreißigtausend Pfund aufzutreiben, die Cataldo von ihr forderte. Und sie hatte keinen blassen Schimmer, woher sie das Geld nehmen sollte.

Ruby füllte Wasser und Kaffeepulver in die Maschine und schaltete sie ein. Kurz darauf tropfte Kaffee in die Kanne. Zugleich verrann die ihr verbleibende Zeit wie Sand in einer Eieruhr.

Sie hörte Schritte auf dem Flur, Mum schlurfte in die Küche. Sie trug ihren geblümten Morgenmantel. Ihr Haar hing ungekämmt und strähnig herab, die Haut war grau und teigig. Sie setzte sich an den Küchentisch und starrte blicklos aus dem Fenster. Ruby stellte eine Tasse mit Kaffee vor sie hin und deckte den Tisch. Sie hatte es aufgegeben, mit ihr über den Abend sprechen zu wollen, an dem Robbie Harris erschlagen hatte. Mum blockte sofort ab und begann zu beten. Oft schwieg sie auch nur und presste die Lippen so fest zusammen, als wolle sie gewaltsam verhindern, dass ihr ein Wort über den Totschlag entschlüpfte.

Etwas musste geschehen … aber was? Sie hatte daran gedacht, die Schrottkarren zu verkaufen, die sich Robbie hatte andrehen lassen. Doch selbst wenn ihr das gelang, würde es mehrere Wochen dauern, bis sie Käufer gefunden hatte. Cataldo hatte ihr nur drei Tage Zeit gegeben.

„Du musst etwas essen, Mum", sagte sie.

Ihre Mutter reagierte nicht. Ruby zwang sich, zwei Scheiben Toast hinunterzuwürgen. Immerhin belebte sie der Kaffee.

„Ich fahre zu Robbie ins Mignot Memorial", sagte sie. „Möchtest du mitkommen?"

Mum schüttelte den Kopf. Ruby stand auf und stellte das Geschirr in die Spüle.

„Ich bin in zwei Stunden wieder da."

Ohne ein weiteres Wort ging sie in die stille Werkstatt hinunter. In dem winzigen Büro schaltete sie den Computer ein, loggte sich ins Online-Banking ein und überprüfte den Kontostand. Robbie und Mum hatten ganze Arbeit geleistet. Auch wenn alle ausstehenden Rechnungen innerhalb der nächsten achtundvierzig Stunden bezahlt wurden, fehlten ihr noch immer hundertzwanzigtausend Pfund. Ein Gedanke schoss ihr durch den Kopf, den sie zunächst weit von sich wies, dann aber als letzte Möglichkeit in Erwägung zog. Sie musste mit Robbie darüber sprechen, weil sie die Entscheidung nicht allein treffen konnte. Sie schaltete den Computer aus, stieg in den Pick-up und fuhr ins Memorial.

Robbie war bester Laune. Als Ruby das Zimmer betrat, flirtete er gerade mit einer Krankenschwester.

„Hi Ruby", begrüßte er sie. „Das ist Kathy. Sie sagt, ich werde morgen entlassen." Er zwinkerte ihr zu. „Aber vielleicht simuliere ich ein bisschen." Er stöhnte und verdrehte die Augen. „Oh, Schwester, mir geht's ganz schlecht. Ich glaube, ich sterbe. Halten Sie meine Hand?"

„Nein, aber ich kann den Doktor rufen. Der verpasst dir einen Einlauf, der dich wieder auf die Beine bringt."

Sie stellte das Tablett mit dem Frühstücksgeschirr in einen Gestellwagen und verließ das Zimmer.

„Zieh nicht so 'n Gesicht", maulte Robbie. Er schwang den eingegipsten Arm wie eine Keule. „In ein paar Wochen bin ich wieder ganz der Alte."

Ruby zog einen Stuhl unter dem kleinen Tisch hervor und stellte ihn neben das Bett.

„Wir müssen reden."

Sie erzählte ihm, dass sie ihre Mutter dabei erwischt hatte, wie sie Geld im Opferstock deponierte. Dass sie den toten Barnes gefunden hatte, verschwieg sie. Vorerst.

„Sie hat alles verschenkt?", fragte Robbie.

„Bis auf fünfzigtausend Pfund."

„Dann gib sie dem Verrückten als Anzahlung."

„Damit wird er sich nicht zufriedengeben."

„Wer ist der Kerl?"

„Ich habe ihn gesehen, als ich in Baxters Haus war. Er arbeitet für jemanden, der Sorokin heißt. Baxter hatte die Hosen gestrichen voll, weil er ihm Geld schuldet. Kohle, die Harris eingetrieben und unterschlagen hat."

„Was sollen wir bloß machen? Wo kriegen wir so viel Geld her?"

„Ich habe mir etwas überlegt", sagte Ruby.

„Lass hören."

„Wir verkaufen die Werkstatt und das Grundstück an Baxter."

„Aber das ist alles, was wir haben."

„Es bleibt genug übrig, um anderswo neu anzufangen. Wir gehen fort von Alderney. Wie wäre es mit Guernsey oder Cornwall?"

„Und Mum?"

„Wir nehmen sie mit. Ob sie will oder nicht.“

Robbie überlegte. Ruby konnte förmlich sehen, wie es hinter seiner Stirn angestrengt arbeitete.

„Du kannst die Werkstatt nicht verkaufen“, sagte er dann.

„Warum nicht?“

„Sie gehörte Dad, und der hat sie Mum vererbt. Du müsstest sie dazu bringen, dem Verkauf zuzustimmen. Wie willst du das anstellen?“

Ruby biss sich auf die Lippen. Daran hatte sie nicht gedacht.

„Es sei denn …“, überlegte Robbie.

„Was?“

„Mum ist nicht mehr ganz richtig im Kopf, das hast du selbst gesagt. Wir müssten sie entmündigen lassen.“

„Nein!“

Es musste eine andere Lösung geben. Beide schwiegen eine Weile und hingen ihren Gedanken nach.

„Du hast doch eine Alarmanlage in Baxters Villa eingebaut, nicht wahr?“, sagte Robbie dann.

„Na und?“

„Warum holen wir uns die Kohle nicht von ihm? Genau genommen ist es unser Geld.“

„Wie kommst du denn darauf?“

„Die Leute haben ihre Schulden bei ihm mit dem Geld bezahlt, das Mum verschenkt hat. Und das gehörte uns.“

Der Gedanke ist gar nicht so abwegig, dachte Ruby verblüfft.

„Dad hat dir doch ’ne Menge beigebracht“, fuhr er fort.

„Was meinst du damit?“

„Na ja, wie man in Häuser einsteigt und Tresore knackt."

Ruby fuhr auf. „Woher weißt du das?"

„Ich bin euch mal gefolgt."

„Warum hast du nie etwas davon gesagt?", fragte Ruby.

„Es war euer Geheimnis." Er senkte den Kopf. „Ich wollte Dad nicht beunruhigen. Er hätte sicher befürchtet, dass ich es überall rumerzähle. Er hielt nicht viel von mir."

„Das ist nicht wahr."

„Du brauchst mir nichts vorzumachen, Ruby. Ich weiß, dass ich dämlich bin. Das macht es ja so schlimm."

„Du bist nicht dämlich. Ein bisschen voreilig manchmal … aber nicht dumm."

„Glaubst du, du kannst die Anlage in Baxters Haus ausschalten? Schließlich hast du sie selbst installiert."

Ja, das könnte sie. Auch wenn Baxter die Codes geändert hatte, gab es eine digitale Hintertür, von der er nichts ahnte. Dad hatte sich stets einen Weg offengehalten, und das hatte Ruby ebenfalls getan. Zunächst, um sich einen Zugang zur Steuerung zu sichern, falls Probleme entstanden oder der Kunde seine Codes verloren hatte; später, um unbehelligt einbrechen zu können.

„Ja, das kann ich", sagte sie. „Aber ich werd's nicht machen."

„Warum nicht?"

„Robbie, wir stehen ohnehin beide mit einem Bein im Knast." Sie erzählte ihm, dass sie den toten Vikar gefunden hatte.

„Scheiße. Hat dich jemand gesehen?“, fragte er aufgeregt.

„Ich glaube nicht.“

„Und wenn?“

„Ich habe ihn nicht umgebracht.“

„Auf die Idee könnte Chief Cole aber kommen. Er wird denken, du wolltest das Geld zurückholen, das Mum in den Opferstock gesteckt hat. Barnes hat dich überrascht, und du hast ihm mit dem Stemmeisen den Schädel eingeschlagen.“

Der gleiche Gedanke geisterte seit gestern Abend durch ihren Kopf. Wenn schon Robbie so dachte, musste Cole längst darauf gekommen sein. Wieso hatte er sie noch nicht festgenommen? Wartete er auf den Haftbefehl aus Guernsey?

„Und wenn ich selbst zu ihm gehe und sage, dass ich den toten Vikar gefunden habe?“

„Warum hast du’s nicht sofort gemacht?“

„Weiß nicht. Ich war total kopflos.“

Wieder schwiegen sie.

„Wir stecken richtig tief in der Klemme, Robbie. Es wird immer schlimmer.“

„Außer Mum weiß niemand, dass du in der Kirche warst.“

„Und wenn doch?“

„Dann mache ich es“, sagte Robbie plötzlich.

„Was?“

„Zeig mir, wie ich die Alarmanlage ausschalten kann, dann besorge ich uns die Kohle.“

„Willst du wirklich die Mafia beklauen und mit deren Geld Cataldo bezahlen? Das ist verrückteste Idee, die du jemals hattest!“

„Wie kommst du darauf, dass die Kohle der Mafia gehört?"

„Ich glaube, ich weiß jetzt, warum Baxter so großzügig Kredite auf Alderney vergibt. Er wäscht Geld für diesen Sorokin. Warum, glaubst du, gibt es keine Kreditverträge, keine Überweisungen, Quittungen oder Belege? Nichts, was man irgendwie zurückverfolgen kann? Baxter drückt den Leuten bündelweise Scheine in die Hand. Sie geben das Geld aus und bringen es so in den Wirtschaftskreislauf ein. Ihre Schulden zahlen sie ebenfalls in bar zurück, und zwar an Harris, der saubere Scheine einsammelt. Et voilà: Das schmutzige Geld ist frisch gewaschen."

„Darum ist Baxter auch so versessen darauf, Grundstücke auf Alderney zu kaufen", sagte Robbie.

„So ist es, Brüderchen. Ich habe selbst gehört, wie Cataldo behauptet hat, Harris habe einen Teil des Geldes in die eigene Tasche gesteckt."

„Er hat den Leuten mehr abgeknöpft, als sie eigentlich zurückzahlen müssten", stimmte Robbie ihr zu.

„Aber Cataldo ist dahintergekommen. Darum hatte es Harris auch so eilig und wollte die ganze Kohle auf einen Schlag eintreiben. Er wusste, dass ihm ein Mafiakiller auf den Fersen war."

„Es ist unser Geld", beharrte Robbie.

„Wir haben es doch auch geklaut. Eigentlich gehört es Harris."

„Der hat nichts mehr davon. Ich hol's zurück, verlass dich drauf."

„Du weißt doch gar nicht, ob Baxter es im Haus aufbewahrt", sagte Ruby.

„An jedem dritten Donnerstag im Monat kommt ein Bote mit der Fähre von Guernsey und übergibt ihm einen Koffer."

„Woher weißt du das?"

„Pumpkin hat's mir verraten."

Ruby stöhnte. Warum ließ sich ihr Bruder immer mit den schlimmsten Hohlbirnen von Alderney ein?

„Ausgerechnet *Pumpkin*. Der trägt seinen Spitznamen nicht umsonst."

„Es stimmt, was er sagt. Ich hab's selbst gesehen."

„Und ihr zwei Gehirnakrobaten wollt euch mit Baxter und der Mafia anlegen?" Sie klopfte auf Robbies Gips. „Reicht dir eine gebrochene Hand nicht?"

„Au! Pumpkin hat irgendwie mitbekommen, dass du die Alarmanlage installiert hast, und sich an mich rangemacht, weil er die Zugangscodes haben wollte. Dafür hat er mir fünfzig Prozent versprochen. Ich hab's ihm ausgeredet."

Ruby zog eine Augenbraue hoch. „Könnte es sein, dass du tatsächlich mal etwas dazulernst?"

„Ich zieh's allein durch. Irgendwie muss ich den Mist, den ich gebaut habe, ja wiedergutmachen."

„Das wirst du nicht. Du reitest uns nur noch tiefer rein."

„Wenn du nicht mitmachst, mach ich's allein. Ich hab die Tiger 800 flottgemacht. Der Motor läuft wie 'ne Eins, die Gabel hab ich auch gerichtet."

„Du weißt doch gar nicht, was in dem Koffer war."

„Du hast selbst behauptet, dass Baxter Geld für die Mafia wäscht. Was soll denn sonst drin gewesen sein? Der Typ veranstaltet bestimmt keine Tupperpartys."

„Heute ist der dritte Donnerstag im Juni", sagte Ruby.

„Genau. Baxter fährt nach Guernsey und bleibt übers Wochenende dort.“

„Von wem weißt du das?“

„Von Dave Bailey.“

Ruby fuhr alarmiert auf. „Dave war hier? Was wollte er?“

„Reg dich ab. Es hat ’ne Schießerei gegeben, bei der eine Frau schwer verletzt wurde. Sie ist wohl ’ne Freundin von Cole oder so was Ähnliches. Sie liegt im Memorial, er ist gerade bei ihr. Dave hat in der Cafeteria gefrühstückt und wartet dort auf den Chief. Ich hab ihm einen Kaffee ausgegeben, da hat er’s mir erzählt.“

Darum war Cole also noch nicht aufgetaucht: Weil er ganz andere Probleme hatte.

„Wann genau reist Baxter ab?“, fragte Ruby.

„Im Lauf des Nachmittags. Die Villa steht heute Abend garantiert leer. Es ist ein Kinderspiel.“

„Wie kommst du darauf, dass er die Kohle nicht mit nach Guernsey nimmt?“

„Das Geld bringt er todsicher hier auf Alderney als Kredit unter die Leute. Warum lässt er sich wohl eine Alarmanlage einbauen?“

Was Robbie vorbrachte, hatte tatsächlich Hand und Fuß.

„Bist du dabei?“, fragte er.

Sie erinnerte sich an das Gespräch zwischen Baxter und Haggan, das sie belauscht hatte. Falls sie nicht alles täuschte, stand Cataldo selbst unter gewaltigem Druck. Wenn sie Glück hatten, konnten sie genug Kohle einsammeln, um ihn loszuwerden. Und wenn sie noch mehr Dusel hatten, verschwand er mit einem Koffer voller Geld auf Nimmerwiedersehen.

„Vielleicht ist die Idee ja gar nicht so verrückt, wie ich zuerst dachte", sagte sie.

Robbie grinste. „Dann muss ich mich wohl heute noch selbst entlassen."

„Ich kann dich nicht daran hindern, aber pfusch mir nicht ins Handwerk. Das ist *mein* Job. Mit nur einer Hand kannst du sowieso nicht viel ausrichten."

21

Das regelmäßige Piepsen der Lebenserhaltungssysteme durchbrach die Stille. Steve saß neben Abbys Bett und starrte mit brennenden Augen ins Leere. Niemals zuvor hatte er sich so erschöpft und ausgehöhlt gefühlt, nicht einmal nach den Operationen und der kräftezehrenden Rehabilitation in Brighton. Das Buch auf seinen Knien geriet ins Rutschen und fiel zu Boden. Das Geräusch brachte ihn in die Wirklichkeit zurück. Er hob das Buch auf, blätterte darin und begann laut zu lesen. Der Roman war ein Geschenk Abbys - *Sturmhöhe* von Emily Brontë, eine ihrer Lieblingsgeschichten, für die sie ihn hatte begeistern wollen. Mehr als einmal hatte er sich vorgenommen, es zu lesen, war jedoch nie über die ersten Seiten hinausgekommen.

Dr. Hopkins hoffte, Steves Stimme und dazu Passagen aus dem Roman, den Abby so liebte, könnten ihr helfen, aus der tiefen Bewusstlosigkeit zu erwachen. Sie hatten ihre Schussverletzungen operativ versorgt, aber aus der Narkose war sie nicht erwacht. Seitdem lag sie im Koma, niemand konnte sagen, ob sie jemals wieder zurückkehren würde oder für immer ein lebender Leichnam blieb.

„Das gewann ihm gleich mein Herz, wovon er freilich nichts ahnen mochte", las Steve.

Seine Stimme versagte, er klappte das Buch zu. Draußen auf dem Gang wartete ein fünfjähriges Mädchen, dem er erklären musste, dass seine Mutter nur noch von medizinischen Geräten am Leben erhalten wurde. Im Revier stapelte sich die Arbeit auf seinem Schreibtisch – der ungeklärte Vermisstenfall eines Ex-Polizisten und zwei ungelöste Mordfälle. Sein Team erwartete Führung und Anweisungen von ihm, er musste funktionieren, doch woher sollte er die Kraft nehmen? Er hatte darüber nachgedacht, Laney um seine Ablösung zu ersuchen und sich in das alte Pfarrhaus zurückzuziehen. Aber auch dort konnte er nur auf ein Wunder warten oder sich bis zur Besinnungslosigkeit betrinken. Beides besserte weder seine Lage noch half es Abby.

Er legte das Buch auf die Bettdecke und streichelte ihre Hand. Wenn er schon zum hilflosen Ausharren und Hoffen verdammt war, konnte er genauso gut etwas unternehmen und den Mann hinter Gitter bringen, der für all das Leid verantwortlich war: Juan Cataldo.

In Abbys Handtasche hatte er ein Notizbuch mit Adressen und Telefonnummern gefunden, darunter die ihrer Mutter. Er konnte den Anruf nicht länger aufschieben, jemand musste sich um Ivy kümmern. So schmerzhaft es war, das Kind brauchte ein stabiles Umfeld, das er ihm nicht bieten konnte, selbst wenn ein Richter ihm das Sorgerecht übertrug – ein Wunsch, der sich in der jetzigen Situation ohnehin niemals erfüllen würde.

Er wählte die Nummer von Kate Bonham in Southend-on-Sea und wartete. Als er schon auflegen wollte, meldete sich eine Stimme, die er im ersten Moment irrtümlich für die von Abby hielt. Eine irrwitzige Hoffnung glomm in ihm auf, aber die Frau, die er über alles liebte, lag nach wie vor halb tot in ihrem Krankenbett.

Nachdem er seinen Namen genannt und erklärt hatte, was geschehen war, bestürmte sie ihn mit tausend Fragen. Erst in diesem Gespräch wurde ihm klar, dass Abbys Mutter gar nicht wusste, dass sie eine Enkelin hatte. Das Verhältnis zu ihrer Tochter musste weit schlechter sein, als Abby angedeutet hatte. Trotzdem sagte Kate sofort zu, Ivy zu sich zu nehmen. Sie würde so schnell wie möglich nach Alderney kommen, um Ivy zu holen.

Er verabschiedete sich mit dem scheußlichen Gefühl, das kleine Mädchen von seiner Mutter zu trennen und im Stich zu lassen, doch er war sich darüber im Klaren, dass es die beste Lösung für alle war, solange Abby zwischen Leben und Tod schwebte.

„Ich werde dir den Hintern versohlen, wenn du's nicht schaffst", sagte Steve in die Stille hinein. „Jeden Tag werde ich dir von Alderney erzählen. So oft, bis deine Neugier dich aufweckt und du die Insel mit eigenen Augen sehen willst. Glaubst du, ich hätte die Bruchbude bei den Klippen in ein Schmuckstück verwandelt, damit du dich jetzt davonschleichst? Du musst leben, Abby. Für Ivy ... und für uns."

Er spürte, dass Tränen über seine Wangen liefen. Es war fast unmöglich für ihn, nicht unentwegt an Vergeltung zu denken. Den Zorn auf Sorokin und seinen Bastard niederzukämpfen, erschöpfte ihn. Dabei würde er all seine Kraft noch brauchen – für Abby, die kleine Ivy und die Menschen, die ihm auf Alderney ans Herz gewachsen waren ... mehr als ihm klar gewesen war.

Ein leises Räuspern ließ ihn aufblicken. Jemand hatte das Zimmer betreten, ohne dass er es wahrgenommen hatte. Dave trat verlegen von einem Fuß auf den anderen und zerknautschte seine Dienstmütze mit den Händen. Steve riss sich von Abbys Anblick los, stand auf und schob den Stuhl unter den kleinen Tisch vor dem Fenster. Er fühlte sich steif und ungelenk, seine Hüfte schmerzte heute mehr als sonst.

„Du hast Neuigkeiten?", fragte er.

„Ich wollte nicht stören", entgegnete Dave schnell. „Wie geht es ihr?"

„Die Ärzte haben versucht, sie aus dem künstlichen Koma zu holen, aber sie erwacht nicht. Sie sagen, es könnte jederzeit passieren ... oder nie. Sag schon, was hast du auf dem Herzen?"

„Ich ... äh, also im Namen des Teams will ich dir unser Mitgefühl aussprechen. Wenn du eine Auszeit brauchst, dann übernehmen wir die laufenden Ermittlungen. Laney wird davon nichts erfahren."

Steve lächelte bitter. „Das ist Gordons Chance. Schließlich ist er Laneys Neffe und war von Anfang an scharf auf meinen Posten. Wenn ich nicht mehr in der Lage bin, meinen Job zu erledigen, rückt er als Dienstältester automatisch nach."

Dave schüttelte energisch den Kopf. „Er unterstützt dich genauso wie Penny und ich. Wir wollen alle, dass du Chief bleibst. Darum helfen wir, wo wir nur können."

„Habt ihr Gordon etwa in die Mangel genommen?"

„Das war gar nicht nötig.“ Dave grinste. „Dein Einsatz für Penny hat ihn ziemlich beeindruckt. Ich schätze, er respektiert dich inzwischen, und er weiß, dass er bei uns einen verdammt schweren Stand hätte, wenn er deinen Stuhl absägt.“

„Ich wollte ohnehin einen neuen bestellen. Vielen Dank für eure Unterstützung. Das werde ich nicht vergessen.“

„Na, ein Glück.“

„Warum?“

„Wenn ich mal wieder Mist baue, habe ich wenigstens ein paar Bonuspunkte, die ich abtragen kann“, sagte Dave.

„Du hast noch nie Mist gebaut, seit ich auf Alderney bin. Was dir fehlt, ist Erfahrung, und die bekommst du gratis. Du musst nur ein bisschen Geduld haben.“ Steve straffte sich. „Okay, was liegt an?“

„Wir haben Jake Mariott verhaftet. Gordon lässt anfragen, ob er ihn verhören soll oder ob du das übernehmen willst.“

„Das ist mein Job. Ich komme.“

Er warf einen Blick auf Abby. Ihn befiel eine schreckliche Ahnung, dass es das letzte Mal sein könnte, sie lebend zu sehen. Zwar glaubte er mittlerweile an die Kraft der Liebe, aber nicht an Wunder.

Ivy wartete auf dem Korridor und drückte einen Stoffhasen an sich. Steve wusste, dass er Sammy hieß. Watson saß neben ihr und ließ sie nicht aus den Augen. Ivy wirkte so winzig und verloren auf dem Plastikstuhl, der viel zu groß für sie war, dass es Steve das Herz zerriss. Seit Abby in das Zeugenschutzprogramm aufgenommen worden war, hatte das Mädchen schlagartig

all seine Freunde verloren, die einzigen Bezugsperso-
nen waren ihre Mum und die wechselnden Beamten
des Programms gewesen. Nun war auch ihre Mutter
nicht mehr da.

Steve kniete auf dem Boden und strich ihr über das
Haar.

„Hey, Kleines.“

„Kann ich zu meiner Mum?“, fragte sie hoffnungsvoll.

„Ja. Aber sie schläft“, antwortete Steve.

„Wann wacht sie auf?“

Diese einfache Frage erschütterte seine Seele in ihren
Grundfesten.

„Die Operation hat sie sehr müde gemacht. Es wird
noch eine Weile dauern“, sagte er. „Deine Grandma ist
auf dem Weg hierher. Du kannst bei ihr Ferien machen.
Was hältst du davon?“

„Ich kenn sie doch gar nicht. Lieber will ich zu
Mummy.“

„Okay. Komm mit.“

Er nahm sie an der Hand und ging mit ihr in das Krankenzimmer. Dave stand unsicher herum. Offensichtlich wusste er nicht, wie er sich verhalten sollte. Ivy trat
an das Bett.

„Hi, Mum.“

Steve ertappte sich dabei, dass er um ein Wunder be-
tete.

„Sie kann mich nicht hören, oder?“, fragte Ivy.

„Ich weiß es nicht. Sprich einfach mit ihr.“

Dr. Hopkins betrat das Zimmer. Er versicherte Steve,
dass Ivy bis zum Eintreffen ihrer Großmutter im Mignot Memorial bleiben konnte. Das Jugendamt war bereits eingeschaltet, das Mädchen würde jede Unter-

stützung bekommen, die nötig war. Steve verabschiedete sich.

„Ich muss ein bisschen arbeiten“, sagte er. „Wir sehen uns nachher. Okay?“

Ivy drückte den Stoffhasen an sich und sah Steve ängstlich an. „Kannst du nicht hierbleiben?“

„Siehst du den großen Polizisten dort? Er braucht dringend meine Hilfe. Ich bin schließlich der Chief hier.“

Dave wurde rot wie ein Stoppschild.

„Okay“, sagte Ivy. Überzeugt klang es nicht.

Er drückte sie an sich und verließ mit Dave das Krankenhaus. Watson zögerte. Offenbar konnte er sich nicht entscheiden, wem seine Loyalität gehörte. Doch dann lief er den Korridor entlang und folgte Steve.

„Schade, dass wir sie nicht so aufnehmen können wie Watson“, sagte Dave, als sie in den Streifenwagen stiegen. „Ich meine ... okay, tut mir leid, der Vergleich hinkt ein bisschen. Was ich sagen will ... ich meinte ...“

„Schon in Ordnung, Dave. Ich weiß, was du meinst. Schließlich sind wir jetzt so was wie eine Familie.“

22

Steve steuerte gewohnheitsmäßig die Kaffeemaschine an und schenkte sich eine große Tasse ein. Die vertraute Umgebung entspannte ihn ein wenig und half ihm, sich zu konzentrieren.

„Hat der Coroner schon einen Bericht geschickt?“, fragte er.

„Ja“, sagte Penny. „Ich war so frei, mal reinzuschauen. Du hattest recht, Frankies Tod war kein Unfall.“

Steve beobachtete sie besorgt. Wenn sie trauerte, ließ sie es sich nicht anmerken. Sie erledigte ihren Dienst wie gewohnt und verlor kein Wort über ihren Verlust. Bei genauerer Betrachtung fielen ihm jedoch immer mehr Anzeichen von Übermüdung und Anspannung auf. Obwohl Frank Saunders vor seinem Tod nicht mehr der Mann gewesen war, den Penny geliebt und geheiratet hatte, blieb er ein wesentlicher Teil ihres Lebens. Steve trank einen Schluck Kaffee und fragte sich, warum Frank sich so verändert hatte. Wie viele unterschiedliche Wesenheiten steckten in einem Menschen? Waren es nur die Umstände, die bestimmten, welcher Teil eines Charakters die Oberhand gewann, oder war der Weg von Geburt an vorbestimmt? Er dachte an seine eigenen Gefühle angesichts der Katastrophe, für die er sich die Schuld gab. Sein Zorn und die

Bereitschaft, Cataldos Tat zu rächen, erschreckten ihn. Wenn er nicht höllisch aufpasste, würde er sich genauso wenig von seinen Dämonen befreien können wie Frank Saunders.

Manche Menschen suchten Hilfe, wenn sie verzweifelt waren, oder fanden die Kraft, allein aus der tiefen Grube zu klettern, in die sie gefallen waren. Und dann gab es jene, die die Schuld für ihr Scheitern bei anderen suchten und sie mit in den Abgrund reißen wollten, um den letzten, furchtbaren Weg nicht allein gehen zu müssen. Zu dieser Sorte hatte Frank gehört. Und Penny hatte ihn selbst dann noch geliebt, als er schon längst alle Grenzen überschritten hatte.

Was warst du nur für ein Idiot, Frankie, dachte Steve.

Penny besaß eine große innere Stärke. Sein Respekt vor ihr war gewaltig gestiegen.

Ich benehme mich wie ein wehleidiger kleiner Junge, der sich die Knie aufgeschlagen hat, und sie schiebt ihren Dienst, als wäre nichts gewesen, dachte er. Reiß dich gefälligst zusammen. Wenn deine Schicht zu Ende ist, kannst du heulen wie ein Schlosshund oder ein Voodoopüppchen für Cataldo basteln. Bis es so weit ist, bist du der Chief der Alderney Police Force. Die Leute wollen wissen, wer ihren Pfarrer ermordet hat.

„Kann Mortenson auch schon etwas über den Tod von Vikar Barnes sagen?", fragte er.

Sie blätterte in einem Stapel Papier, den sie ausgedruckt hatte.

„Er ist tatsächlich ertrunken."

„Und hat er auch eine Erklärung, wie Barnes das Kunststück fertiggebracht hat, es tot bis in die Kirche zu schaffen?"

„Sie ist nicht der Tatort“, antwortete Penny. „Was wir schon vermutet haben, hat die Spurensicherung bestätigt. In der Wohnung des Vikars fand eine Auseinandersetzung statt. Mortenson hat, Moment …“ Sie suchte nach einer Stelle, die sie mit einem Textmarker angestrichen hatte, „er hat in Barnes’ Lungen Reste von Algen gefunden, die auch in dem großen Meerwasseraquarium wachsen.“

„Dann hat der Täter ihn wirklich gefoltert, um aus ihm herauszupressen, wo das Geld ist“, sagte Gordon.

„Sieht ganz so aus“, erwiderte Steve. „Fragt sich, ob er es erfahren hat.“

„In der Wohnung gibt es DNA-Spuren von mindestens zwölf verschiedenen Personen“, sagte Penny. „Kein Wunder, Barnes hat oft Mitglieder der Kirchengemeinde zum Tee eingeladen.“

„Wie kam er denn nun in die Kirche?“

„Das ist eine merkwürdige Sache, die laut Mortenson selten ist, aber hin und wieder vorkommt. Unser Pfarrer ist *trocken* ertrunken.“

Steve nahm einen Schluck Kaffee. „Wie passiert denn so etwas?“

„Er vermutet, dass Barnes aufgrund der Wasserfolter bewusstlos wurde. Da der Täter nichts mehr aus ihm herausbringen konnte, hat er wahrscheinlich aufgegeben und das Weite gesucht. Vielleicht wurde er auch gestört. Barnes kam irgendwann wieder zu sich. Wir gehen davon aus, dass er sein Handy suchte, um Hilfe zu holen. Er muss sich daran erinnert haben, dass er es auf dem Altar vergessen hatte, ging zur Kirche hinüber und brach neben dem Weihwasserbecken zusammen. Es kam zu einem Stimmritzenkrampf, er konnte nicht mehr atmen und erstickte. Die großen Mengen Wasser, die er geschluckt hat, haben Schwellungen in der Lunge verursacht, die zu einem Sauerstoffmangel führten.“

Dave schüttelte ungläubig den Kopf. „Sachen gibt’s.“

„Ich habe das eben mal recherchiert. Trockenes Ertrinken kommt bei kleinen Kindern gar nicht so selten vor“, erklärte Penny. „Ein geringes Quantum Wasser in der Lunge reicht bereits aus. Der Tod kann sogar noch ein bis zwei Tage nach einem Badeunfall auftreten. Es ist allerdings ungewöhnlich, dass Barnes so schnell starb. Die Ursache liegt womöglich darin, dass er herzkrank war. Die Anstrengung und der Stress, in seinem angeschlagenen Zustand die Victoria Street überqueren zu müssen und sich bis zur Kirche zu schleppen, war zu viel.“

„Dann war’s kein Mord“, sagte Gordon.

„Streng genommen war es Körperverletzung mit Todesfolge“, sagte Dave.

„Weißt du das aus deinem Online-Kurs?“, fragte Steve.

„Nein. Das habe ich auf der Polizeischule gelernt“, antwortete er und grinste.

„Kann Mortenson den Todeszeitpunkt eingrenzen?“

„Ziemlich genau sogar“, sagte Penny. „Barnes starb zwischen 18:00 und 19:00 Uhr.“

„Also etwa eine halbe bis anderthalb Stunden nach dem Ende der Chorprobe“, meinte Gordon. „Die war um halb sechs zu Ende. Vielleicht hat der Täter vor dem Haus auf Barnes gewartet.“

„Kann gut sein“, sagte Steve. „Fragen wir Mariott, warum er sich mit ihm gestritten hat. Bringt ihn in mein Büro.“

Penny verzog den Mund. „Er riecht, als wäre er in ein Fass mit Gin gefallen. Den Gestank bekommst du da nie wieder raus.“

„Verhören wir ihn doch im Aufenthaltsraum.“

„Da vergeht einem ja der Appetit“, maulte Dave.

„Dir bestimmt nicht“, sagte Penny.

„Er hat ganz schön randaliert“, meinte Gordon. „Wir mussten ihm Handschellen anlegen und konnten ihn kaum bändigen.“

Steve seufzte. „Also gut, dann eben in mein Büro mit ihm.“

Watson trottete vor ihm her, der Weg gehörte inzwischen zu seiner Routine. Er rollte sich auf seiner Matte vor dem Fenster zusammen, legte den Kopf auf die Vorderpfoten und sah Steve schuldbewusst an.

„Du konntest dich nicht entscheiden, was?“

Watson gähnte.

„Du meinst, es wäre besser, sie gewöhnt sich gar nicht erst an dich? Ein bisschen hoffnungsvoller könntest du schon sein, findest du nicht?“

Der Hund schloss die Augen und döste. Wahrscheinlich geheimnisste Steve zu viel in den Hundeschädel hinein, und Watson sorgte sich nur um seine nächste Mahlzeit.

Gordon und Dave brachten Mariott herein. Der Totengräber stank tatsächlich erbärmlich nach Schnaps und Erbrochenem. Steve öffnete das Fenster. Watson erhob sich auf seine Pfoten und knurrte.

„Nehmen Sie doch Platz, Mr Mariott.“

„Was soll ich hier? Sie ham kein Recht, mich einfach ins Loch zu stecken.“

„Sie haben sich geweigert, einer Aufforderung der Polizei Folge zu leisten, und zwei meiner Leute angegriffen. So etwas nennt man Widerstand gegen die Staatsgewalt.“

„Ich hab niemanden angegriffen. Der da hat mir den Arm auf den Rücken gedreht.“ Er deutete auf Dave. „Ich werd mich beschweren, ja das werd ich.“

„Das ist Ihr gutes Recht. Ich möchte Ihnen nur ein paar Fragen stellen, Mr Mariott. Warum machen Sie es sich nicht bequem, und wir quatschen ein bisschen. Umso schneller haben wir alle die Sache hinter uns. Penny, bringst du ihm ein Glas Wasser?“

Der Totengräber nahm widerwillig auf dem Stuhl vor Steves Schreibtisch Platz.

„Mit denen da red ich nicht. Nur mit Ihnen, Chief.“

„Aber zuhören dürfen Sie?“

Mariott blickte sich misstrauisch um. „Weiß nicht.“

Steve blieb vor dem offenen Fenster stehen und lehnte sich gegen die Brüstung.

„Sie haben sich gestern mit Vikar Barnes gestritten“, sagte er.

„Na und? Ist ja nicht verboten.“

„Das nicht, aber Leute anschließend umzubringen, ist nicht erlaubt.“

„Hä?“ Mariott mühte sich auf und schwankte. „Ich hab keinem was getan. Und ich lass mir nichts anhängen. Das können Sie nicht machen.“

„Setzen Sie sich wieder hin.“

Dave drückte ihn auf den Stuhl zurück. Mariott schüttelte seine Hand ab.

„Ihr macht doch nicht so 'nen Aufstand, weil ich dem Geizkragen die Meinung gesagt hab. Was'n los?"

„Barnes ist tot", sagte Steve. „So wie es aussieht, wurde er ermordet."

Der Totengräber rutschte nervös hin und her. „Das war ich nicht."

„Das hat auch niemand behauptet. Wir möchten aber wissen, worum es in dem Streit ging."

„Er hat mich bei der Gemeinde angeschwärzt. Hat denen gesagt, sie sollen mich rausschmeißen. Ich brauch den Job, was soll ich denn sonst tun? Löcher in die Erde graben kann jeder, dabei kann man nichts falsch machen."

„Warum war Barnes denn unzufrieden mit Ihrer Arbeit?"

„Ich wette, du warst bei der letzten Beerdigung wieder voll wie ein Fährmann", sagte Dave. „Barnes wetterte in jeder Predigt gegen Alkoholmissbrauch. Und dich hatte er besonders auf dem Kieker."

„Ich hab …" Mariott schnaufte und wischte sich über den Mund. „Ich glaube, ich hab in ein offenes Grab gepinkelt. Kann mich nicht so genau erinnern."

„Und Barnes hat es zufällig gesehen", vermutete Gordon.

„Na ja, nicht nur er. Sie kamen gerade mit dem Sarg vom alten Smith an."

„Oh, Mann." Dave verdrehte die Augen.

„Sie sind bei der Gemeinde von Saint Anne angestellt?", fragte Steve.

Mariott nickte. „Ich hab schon einen Haufen *Lapins* unter die Erde gebracht. Einer muss es ja machen."

„Und nach dem *Missgeschick* hat sich Barnes über Sie beschwert?"

„Der Pfaffe hat mich überall schlechtgemacht, bloß weil ich mal pissen musste. Jetzt wollen sie mich rausschmeißen. Sollen sie doch, aber dann können sie sich ihre verdammten Gräber selber schaufeln."

„Wann haben Sie denn erfahren, dass die Gemeinde Sie entlassen will?", fragte Steve.

„Gestern Nachmittag. So gegen drei."

„Und was haben Sie anschließend gemacht?"

Mariott zögerte.

„Sie müssen hier die Wahrheit sagen, das ist Ihnen schon klar, oder?"

„Ich bin zur Kirche gegangen", sagte der Totengräber. „Der Laienchor hat geprobt, also hab ich gewartet, bis sie mit ihrem scheinheiligen Gegröle fertig waren."

„Und in der Zwischenzeit hast du dir Mut angetrunken, um es Barnes mal so richtig zu zeigen", sagte Dave.

Mariott stierte vor sich hin. „Ich hatte ein, zwei Drinks im *Moorings* am Hafen."

„Es waren wohl eher zehn oder zwölf", sagte Gordon. „Die Chormitglieder haben ausgesagt, dass du sternhagelvoll vor der Kirche randaliert hast, bis Barnes nach draußen ging, um dich zur Rede zu stellen."

„Es gibt Zeugen, die aussagen, Sie hätten Barnes gedroht, es ihm heimzuzahlen", sagte Steve.

„Kann sein, dass ich so was gesagt habe. Na und? Deshalb bringe ich doch niemanden um."

„Sie haben ihn für den Verlust Ihres Jobs verantwortlich gemacht. Wenn das kein Mordmotiv ist?", sagte Steve.

„Ich hab ihn nicht umgebracht!"

„Wie wär's, wenn du ein Geständnis ablegen würdest, Jake?", sagte Gordon. „Nimm dir einen guten Anwalt, der auf verminderte Schuldfähigkeit plädiert, dann bist du in ein paar Jahren wieder draußen. Das Geld, um ihn zu bezahlen, hast du ja inzwischen, wenn die Gerüchte stimmen."

„Ich gestehe keinen Mord, den ich nicht begangen habe. Ich war das nicht, Chief!"

„Dann verraten Sie uns, wo Sie zwischen 17:30 Uhr und 19:00 Uhr gewesen sind."

„Ich ... ich weiß es nicht mehr. Ich glaube, ich bin nach Hause gegangen ... und hab noch ein paar Bier getrunken."

„Waren Sie allein?"

Er zuckte mit den Schultern. „Kann mich nicht erinnern."

„Vielleicht fällt's Ihnen ja wieder ein. Sie haben jedenfalls genug Zeit zum Nachdenken."

„Bin ich verhaftet?" Mariott sprang auf. „Das dürfen Sie nicht. Ich hab nichts getan."

„Constable Bailey wird Sie erkennungsdienstlich behandeln und die sichergestellten Spuren am Tatort mit Ihren Fingerabdrücken und Ihrer DNA abgleichen. Das dauert eine Weile. So lange muss ich Sie bitten, unser Gast zu bleiben."

Mariott spuckte aus. „Ich scheiß auf den Pfarrer, den Job hätte ich sowieso hingeschmissen. Ich brauch den gar nicht, weil ich einen Haufen Kohle habe."

„Davon haben wir schon gehört." Steve lehnte sich zurück. „Sie machen mich neugierig, erzählen Sie doch mal."

Dave drückte Mariott auf den Stuhl zurück.

„Wir wissen, dass du deine Schulden bei Baxter bezahlt hast“, sagte er, „und wir fragen uns, wie du das geschafft hast, wo du doch jeden Penny, den du verdienst, in den Pub trägst.“

„War das vielleicht der Grund, warum Sie sich mit Vikar Barnes überworfen haben?“, fragte Steve. „Dank der Guernsey Press und einem gut funktionierenden Buschfunk weiß inzwischen so gut wie jeder auf Alderney, dass ein unbekannter Wohltäter größere Summen verteilt – vor allem an Leute, die bei Baxter Schulden haben.“

„Hast du Geld aus dem Opferstock geklaut, Jake?“

Dave setzte sich auf die Schreibtischkante und verschränkte die Arme vor der Brust. Steve musste sich ein Grinsen verkneifen. Diese Pose hatte er sich von ihm abgeschaut.

„Hab ich nicht!“, rief Mariott.

„Barnes hat dich erwischt und sich bei der Gemeindeverwaltung beschwert. War’s so? Es kostet uns nur einen Anruf, und wir finden es raus“, fuhr Dave fort. „Und weil du die Kohle, die in deinem Briefkasten steckte, schon wieder versoffen hattest, dachtest du: Ich kann ja mal nachschauen, ob der Engel von Alderney noch eine großzügige Spende in den Opferstock gesteckt hat. Aber Barnes hatte den Kasten schon geleert. Also bist du rüber zu seiner Wohnung. Da er nicht freiwillig verraten wollte, wo er das Geld deponiert hat, musstest du ein bisschen nachhelfen.“

Mariott fuhr herum. „Der Junge faselt sich da was zusammen, Chief.“

Steve zuckte mit den Schultern. „Kann schon sein, dass er recht hat. Erzählen Sie uns doch einfach, wer Sie so reich beschenkt hat."

„Ich hab nicht gesehen, wer den Umschlag in meinen Briefkasten geworfen hat, aber ich weiß, dass es die alte Nolan war. Sie geht oft auf den Friedhof und redet mit dem toten Angus", sagte Mariott. „Einmal hab ich zufällig beobachtet, wie sie was in den Opferstock gesteckt hat. Da bin ich ihr mal nachgegangen, als ich sie aus dem Haus kommen sah. Die Nolans wohnen ja nebenan. Ich geh ihr also nach und sehe, wie sie auch anderen Leuten Umschläge in die Briefkästen steckt."

„Haben Sie sie gefragt, warum sie das macht?", fragte Steve.

„Die ist nicht mehr ganz richtig im Kopf. Redet wirres Zeug von Schuld und Sühne und so 'n heiligen Kram. Sie glaubt, der liebe Gott habe ihr das Geld geschenkt und ihr den Auftrag gegeben, es an die Leute zu verteilen. Das waren lauter arme Schlucker wie ich, die auf Baxter reingefallen sind. Die Kinder sind total sauer deswegen. Die haben doch auch nichts, und die Alte verschenkt es einfach. Frag mich bloß, wo sie die Kohle herhat." Er sah Steve aus blutunterlaufenen Augen an. „Kann ich jetzt gehen?"

„Tut mir leid, Mr Mariott. Sie sind im Augenblick der Hauptverdächtige in einem Mordfall. Wenn die Spuren vom Tatort ausgewertet sind, wissen wir eventuell mehr. Sie können jederzeit einen Anwalt anrufen. Wenn Sie keinen kennen, werden wir Ihnen einen besorgen. Bringst du unseren Gast in sein Quartier, Gordon?"

Mariott fuhr wütend herum. „Fass mich nicht an, Lyme." An Steve gewandt, sagte er: „Ich hab keiner Fliege was zuleide getan. Fragen Sie doch mal den feinen Mr Baxter, wo er gestern Abend war."

„Was hat der denn mit Barnes zu tun?", fragte Dave. „Baxter glaubt nur an einen Gott, und der heißt Mammon."

„Er hockt in seinem Netz wie 'ne fette Spinne und lockt die Leute an, bis sie an seinen Fäden kleben bleiben", rief Mariott aufgebracht. „Er gibt ihnen Geld, obwohl er weiß, dass sie's nie zurückzahlen können. Dann schickt er Harris, der ihnen die Hölle heißmacht. Wenn er so weitermacht, gehört ihm bald die ganze Insel."

„Wie meinen Sie das?", fragte Steve.

„Na, der ist doch scharf auf die Grundstücke, weil er ein Hotel bauen will – so 'n ganz schicken Kasten für die Reichen und Schönen, die am Wochenende mit ihren glänzenden Jachten vom Festland rüberkommen."

„Wollte er auch Ihr Grundstück kaufen?"

„Meins, die Werkstatt der Nolans und die von denen, deren Schulden die Alte bezahlt hat. Vielleicht ist sie gar nicht so verrückt, wie alle glauben. Sie hat ihm einen Strich durch die Rechnung gemacht. Dem Pfarrer hat sie's erzählt, das hab ich selbst gehört. Barnes war stinksauer, weil Baxter sein geliebtes Alderney an die Wochenendtouristen verkauft und die Einheimischen am ausgestreckten Arm verhungern lässt. Nehmen Sie sich den aufgeblasenen Nabob mal vor, sag ich!"

„Das werde ich ganz sicher. Genießen Sie solange unsere Gastfreundschaft, Mr Mariott. Gordon zeigt Ihnen, wo es langgeht."

Unter Gezeter und Geschrei verließ der Totengräber das Büro.

„Glaubst du, er war's?", fragte Dave.

„Was denkst du denn?"

„Könnte doch sein. Mariott fängt dauernd Streit an, vor allem, wenn er betrunken ist. Er kann ganz schön hinlangen."

„Barnes wurde aber nicht erschlagen, sondern starb an den Folgen einer Wasserfolter. Das passt nicht zu einem einfach gestrickten Kerl wie Mariott."

„Du siehst aus, als würdest du jemanden kennen, der so vorgeht."

Steve nickte. „Kann gut sein."

„Verrätst du mir seinen Namen?"

„Ist noch zu früh. Ich will Baxter auf diesem Stuhl sehen."

„Er ist unterwegs nach Guernsey und wird das Wochenende dort verbringen."

„Woher weißt du das denn?"

„Der Hafenmeister hat's mir erzählt. Er hat gesehen, wie Baxters missratener Spross die *Abigail* startklar gemacht hat."

„Dann fahr zum Hafen, und schau mal, ob du seinen Vater noch rechtzeitig abfangen kannst."

„Und wenn er keine Lust hat, uns mit seiner Anwesenheit zu beehren?"

„Dann sag ihm, dass ich ihm die Eier grillen werde, wenn er sich weigert."

Dave grinste. „Mach ich doch glatt."

23

Robbie hatte nicht übertrieben, der Motor der Triumph Tiger 800 schnurrte wie eine zufriedene Katze. Er hatte das Motorrad mit dem Unfallschaden vor einem Vierteljahr günstig erstanden. Seitdem hatte die Maschine in einer Ecke der Werkstatt darauf gewartet, wiederhergerichtet zu werden.

Wärst du nicht so faul, könntest du als Mechaniker fast so gut sein wie Dad, dachte Ruby. Warum reißt du dich nicht ein bisschen zusammen?

Sie fuhr auf der Rue de Beaumont nach Osten und bog etwa anderthalb Kilometer außerhalb von Saint Anne in einen Feldweg ein. Nach fünfhundert Metern folgte sie einem scharfen Knick nach Westen und näherte sich der Rückseite von Baxters Villa. In einem kleinen Waldstück stellte sie die Maschine ab und kontrollierte noch einmal den Inhalt des Rucksacks, der ebenso schwarz war wie ihre Kleidung und die Tiger.

Nach einer Minute zog sie befriedigt den Reißverschluss zu, sie hatte an alles gedacht: eine handliche LED-Taschenlampe, die Mastercodes, um die Alarmanlage auszuschalten, einen Hammer und ein Stemmeisen, eine Pick-Pistole und einen kleinen Tubular-Pick. Sie ging davon aus, dass Baxter das Geld in einem Safe aufbewahrte. Falls die Werkzeuge, die sie mit sich führte, versagten, würde sie zurück zur Werkstatt fahren müssen. Bis Mitternacht, dem Termin der Geldübergabe, blieb ihr jedoch nur noch eine Stunde. Sie hatte es nicht gewagt, vor Einbruch der Dunkelheit loszufahren. Zwar lag das Haus abgelegen, unmittelbare Nachbarn gab es nicht, dennoch machte sie sich die Umsicht ihres Vaters zu eigen und wollte unter allen Umständen vermeiden, gesehen zu werden. Im Norden lag ein kleiner See, hundert Meter östlich der Villa befand sich der Fernsehsender Les Rochers, der hauptsächlich aus einem Sendemast bestand.

Ruby zog den Motorradhelm ab, streifte eine Sturmhaube über das Gesicht und atmete die milde Luft ein, die nach Sumpfschwertlilien und Zypergras duftete. Die Nacht war tiefschwarz und samtweich – ganz so, wie sie die Nächte auf Alderney liebte. Sie schulterte den Rucksack und näherte sich dem Haus. Das Moos unter ihren Laufschuhen schluckte jedes Geräusch. Bis auf das ferne Rauschen der Brandung an den Klippen der Südküste war es still.

Ihr Herz hämmerte aufgeregt gegen ihre Rippen. Sie schloss die Augen, zählte bis drei und öffnete sie wieder. Dad hatte ihr beigebracht, was sie wissen musste, doch dies war der erste Beutezug, den sie ohne ihn unternahm. Ja, sie hatte an alles gedacht, nicht jedoch daran, dass die Erinnerung an die Nacht seines Todes sie einholen würde.

Er hatte gewusst, dass Harris ihm wie Pech an den Hacken klebte. Vorschriften, klare Befehlsstrukturen und die restriktive Durchsetzung gesetzlicher Ordnung brauchte Harris wie Nahrung und Luft zum Atmen. Erst sehr viel später hatte Ruby verstanden, dass er ohne diese starren Regeln durchgedreht wäre. An ihnen hangelte er sich durch sein Leben wie ein verirrter Wanderer, der sich an ein dünnes Seil klammert, um eine Schlucht zu überqueren. Unerwartete Wendungen, Hindernisse, die sich ihm plötzlich in den Weg stellten, hatte Harris gefürchtet wie der Teufel das Weihwasser. Er war unfähig, darauf zu reagieren, und geriet schnell in Panik, die er damit kompensierte, umso härter auf der Einhaltung seiner eigenen Regeln zu beharren – koste es, was es wolle. Selbst Menschenleben bedeuteten ihm weniger als die Sicherheit, die ihm seine Machtposition als Polizist verschaffte. Würde man ihn zwingen, seine Uniform auszuziehen, beschwor man eine Katastrophe herauf, denn dann wurde unweigerlich der nackte Louie Harris sichtbar: ein von Ängsten geplagtes, unsicheres Männlein, das verzweifelt nach seinem Platz in der Welt suchte.

Rubys Vater war schlau genug gewesen, ihm immer einen Schritt voraus zu sein, und hatte ihn dadurch seelisch entkleidet und zur Lachnummer gemacht, zum Abziehbild eines starrsinnigen Korinthenkackers. Dad dagegen war ein Lebenskünstler gewesen. Bei all den Herausforderungen, vor die ihn jeder neue Tag stellte, hatte er nie den Mut verloren und es auf bewundernswerte Weise geschafft, das Leben dennoch zu lieben. Diese Liebe hatte er an seine Frau und die Kinder weitergegeben. Dass er dabei vor Harris' Nasenspitze dessen Regeln brach und ihm immer wieder durch die Finger schlüpfte, hatte ihn zur perfekten Zielscheibe für den Ex-Bullen gemacht. Deshalb hatte er sterben müssen. Es war eine Nacht wie diese gewesen, in der Harris Dad erschossen hatte, still und tiefschwarz.

Ruby hatte Baxters Haus und Grundstück am Nachmittag vom Waldrand aus mit einem Fernglas beobachtet und sich jedes Detail eingeprägt. Eine zwei Meter hohe Mauer umgab den parkähnlichen Garten auf drei Seiten, während die Vorderseite durch eine steil ansteigende, mit Grauwacke bedeckte Böschung geschützt war. In der Nähe der hinteren rechten Grundstücksecke war die alte Bruchsteinmauer teilweise eingestürzt, Steine hatten sich gelöst und eine Bresche in der Einfassung hinterlassen. Diese Lücke hatte Ruby für ihr Vorhaben ausgesucht. Sie kletterte über die lockeren Steinbrocken und setzte sich rittlings auf die Mauerkrone. Eine Weile beobachtete sie das Haus, um sicherzugehen, dass Robbie sich nicht geirrt hatte. Alles blieb ruhig und dunkel.

Wieder kehrten ihre Gedanken zu jener Nacht zurück. Ihr Plan lenkte sie nicht, wie erhofft, von den Erinnerungen ab, sondern brach im Gegenteil die imaginäre Tür auf, hinter der sie die Bilder in einem Winkel ihres Gedächtnisses eingesperrt hatte. Was sie ihrem Bruder über jene Nacht erzählt hatte, war nicht die ganze Wahrheit. Weder Robbie noch Mum kannten sie, und sie würden sie auch niemals erfahren. Dad und Harris waren tot, Ruby war die einzige Überlebende.

Niemand anders als sie selbst war es gewesen, die ihren Vater zu diesem letzten Diebeszug gedrängt hatte. Dad hatte aufhören wollen, weil ihm Harris zu dicht auf den Fersen war. Hätte sie ihn nicht überredet, wäre er noch am Leben. Die Schuldgefühle, die sie seit seinem gewaltsamen Tod empfand, hatten sie nie wieder verlassen. Sie waren der wahre Grund, warum sie nicht von Alderney fortging. Sie fühlte sich schuldig am Tod ihres Vaters und dessen Folgen. Darum wollte und konnte sie niemals die Verantwortung von sich weisen, sich um Mum zu kümmern und auf Robbie aufzupassen.

Die Erinnerungen liefen wie ein Film wieder und wieder vor ihrem inneren Auge ab, seit sie in Saint Anne losgefahren war. Sie sah sich selbst, wie sie Dad die passenden Werkzeuge anreichte, um den komplizierten Schließmechanismus des Tresors im Haus von Baxters größtem Konkurrenten Sean Allen zu knacken. Angus Nolan war empört darüber gewesen, wie die beiden Geschäftsleute darum kämpften, sich den jeweils größeren Teil der Insel einzuverleiben.

Dads faszinierende Einbrecherkünste hatten Ruby ihre eigene Aufgabe vergessen lassen: Auf jedes verdächtige Geräusch und jede ungewöhnliche Bewegung zu achten, damit sie sofort den Rückzug antreten konnten, falls es brenzlig wurde. Dad hatte schnell erkannt, dass es ihm einen großen Vorteil verschaffte, wenn sie zu zweit durch die Nacht streiften. Bald wollte er auf Rubys junge Augen und Ohren nicht mehr verzichten. Doch in dieser Julinacht war alles schiefgelaufen, was schieflaufen konnte. Sean Allen hatte den alten Safe überraschend gegen ein nagelneues Modell ausgetauscht, nachdem Gerüchte über eine Einbrecherbande die Runde machten. Dad brauchte länger als geplant, um ihn zu öffnen, und Ruby war ungeduldig, weil er sie stets nur Schmiere stehen ließ. Viel lieber hätte sie selbst versucht, das Kombinationsschloss zu überlisten.

Als sie Harris bemerkte, war es zu spät gewesen. Er war ihnen von der Werkstatt bis zu Allens Haus gefolgt, stand plötzlich wie aus dem Boden gewachsen hinter ihnen und bedrohte sie mit seiner Waffe. Ruby schrie überrascht auf. Dad fuhr herum, Harris schoss ohne Warnung. Zwei Kugeln trafen Angus Nolan in die Brust. Er starb in Rubys Armen.

Ob Harris die hastige Bewegung als Angriff gedeutet hatte oder ob er von vornherein die Absicht gehegt hatte, ihn zu erschießen, ließ sich später nicht mehr klären.

Er schwenkte die Pistole herum und zielte auf Ruby. Instinktiv hielt sie die Tasche mit den Werkzeugen schützend vor die Brust. Sie hörte den dritten Schuss und spürte die Wucht der Kugel, die vom Gehäuse eines Winkelschleifers aufgefangen wurde. Ruby entdeckte sie am nächsten Tag.

Wieder drückte Harris ab, offenbar wollte er keine Zeugin, die seinen übereilten Gebrauch der Waffe bestätigen konnte. Eine Ladehemmung rettete Ruby das Leben. Sie floh tiefer in das dunkle Haus hinein, fand einen zweiten Ausgang und entwischte in letzter Sekunde.

Zwar versuchte sie später, ihren Vater zu rehabilitieren, konnte jedoch Harris' Version nicht widerlegen, ohne sich selbst zu belasten. Zurück blieb eine Geschichte, die jeder auf Alderney ein bisschen anders erzählte, obwohl niemand außer Ruby wusste, was wirklich geschehen war. Eine Geschichte, die eine Kette von Ereignissen in Gang gesetzt hatte, die sie nicht hatte aufhalten können. Je mehr sie es versucht hatte, desto schlimmer war alles geworden. Als sie herausgefunden hatte, dass ihr Vater ein Dieb war, hatte sie sich für ihn geschämt und ihm bittere Vorwürfe gemacht. Er hatte sich bemüht, ihr zu erklären, dass ihm am Ende keine andere Wahl geblieben war. Erst jetzt begriff sie wirklich, wie er sich gefühlt hatte und warum er keinen anderen Ausweg gesehen hatte, als zu stehlen.

Ruby schwang ein Bein über die Mauerbrüstung und sprang auf den Boden hinab. Die mit Lappen umwickelten Werkzeuge im Rucksack klapperten leise. Sie schlich durch den parkähnlichen Garten und nutzte die sauber gestutzten Büsche als Deckung. Obwohl alles ruhig blieb, hielt sie sich an das, was sie gelernt hatte. Wer sich als Dieb durch die Nacht stahl, konnte nie vorsichtig genug sein. In der Vergangenheit hatten sie und Dad mehr als einmal unliebsame Bekanntschaft mit Dobermännern und Rottweilern gemacht. Eine Begegnung mit einem Hund, der sein Revier verteidigte, brauchte Ruby diesmal jedoch nicht zu fürchten. Baxter hasste Hunde.

Atemlos erreichte sie den Portikus der mondänen Villa und drückte sich in die tiefen Schatten der Sandsteinsäulen. Sie streifte den Rucksack von den Schultern und zog einen kleinen Laptop heraus. In weniger als drei Minuten hatte sie sich in das WLAN-Netz gehackt und benutzte den Mastercode, um die Alarmanlage auszuschalten.

Da diese auch die Verriegelung des Haupteingangs überwachte, ließ sich die Haustür nun problemlos öffnen. Ruby schlüpfte in die dunkle Halle. Die Marmorfliesen schimmerten wie bleiche Knochen in der Dunkelheit. Sie nahm die Atmosphäre des Hauses in sich auf und versuchte, sich in Baxter hineinzuversetzen. Wenn er wirklich regelmäßig Schwarzgeld erhielt, um es auf Alderney zu waschen, wo würde er es aufbewahren?

Sie wanderte in der dunklen Halle umher, schaltete die Taschenlampe ein und ließ das kalte Licht über die Gemälde und Bildhauerarbeiten huschen, derentwegen Baxter sein Haus hatte absichern wollen. Wahrscheinlich hatte er in einem Auktionshaus oder einer Galerie in London ein Vermögen für diese Scheußlichkeiten hingeblättert. In Rubys Augen bewiesen sie lediglich seinen schlechten Geschmack. Sie sah sofort, dass er die Kunstwerke nur nach der Höhe des Preises ausgesucht hatte. Sie passten nicht zueinander. Surrealistische Darstellungen hingen neben klassischen Werken, abstrakte Skulpturen konkurrierten mit antiken Büsten. Baxter mochte ein gewiefter Geschäftsmann sein, aber er war simpel gestrickt und hatte nicht die geringste Ahnung von Kunst.

Ruby stellte sich ihre Schrottfiguren in dem bunt gewürfelten Sammelsurium vor. Sie würden leuchten wie Paradiesvögel zwischen Sperlingen.

Wenn ich nur von diesem verdammten Felsen wegkäme, würde ich vielleicht so viel verdienen, dass ich Cataldo sein dreckiges Geld hinterwerfen könnte, ohne es überhaupt zu vermissen, dachte sie.

Angesichts dieser Erkenntnis brach die verzweifelte Wut über die moralischen Fesseln, die sie an Alderney ketteten, mit Macht aus ihr hervor. Schließlich erinnerte sie sich daran, warum sie hergekommen war, wandte sich nach rechts und begann ihre Suche in Baxters Arbeitszimmer.

Auf dem Schreibtisch lag ein Diplomatenkoffer aus Aluminium, der ihr sofort ins Auge fiel. Ging er wirklich so nachlässig mit dem ihm anvertrauten Geld um?

Ruby trat an den Tisch heran, drückte auf die Schlösser und hob den Deckel an. Der Koffer war leer. So leicht machte er es ihr also doch nicht. Sie drehte sich im Kreis und ließ den Lichtstrahl der Taschenlampe langsam umherwandern. Aus dem Dunkel tauchte das Gemälde einer Küstenlandschaft auf. Ein protziger Stuckrahmen umgab das künstlerisch wertlose Bild. Vermutlich hing es seit Generationen an dieser Stelle ... und verbarg etwas seit ebenso langer Zeit. Sie legte die Lampe ab und hob es von der Wand. Ein in die Jahre gekommener Safe mit einem Zahlenschloss kam zum Vorschein. Ruby lächelte. Das alte Ding zu knacken, würde kinderleicht sein.

Tresore wie dieser wurden nur durch einen Federbolzen gesichert, dessen Stellungen ein kleiner Linearmotor regelte. Sie entschied sich dagegen, mit einem gezielten Schlag von oben das Tastenfeld des Kombinationsschlosses zu zertrümmern. Damit ließ sich in den meisten Fällen der Federmechanismus auslösen, aber sie wollte keine Spuren hinterlassen. Je später Baxter den Diebstahl bemerkte, desto größer war Cataldos Vorsprung. Als Nächstes versuchte sie, den Mechanismus mit einem starken Magneten zu manipulieren, doch noch setzte sich der alte Tresor zur Wehr und weckte Rubys Ehrgeiz. Zwischen Tastenfeld und Verriegelungsknopf befand sich eine Plastikabdeckung, die sie mit einem Hammerschlag entfernte. Darunter befand sich ein Notschloss, das mit dem passenden Schlüssel geöffnet werden konnte, falls der Besitzer den Zahlencode verlegt hatte oder die Batterien des Eingabefelds leer waren.

Nun kam der Tubular-Pick zum Einsatz. Sie löste den Sicherungsring und schob die Stifte, die exakt in die Öffnungen des Notschlosses passten, auf gleiche Länge heraus. Dann setzte sie den Stick in das Schloss und bewegte ihn leicht hin und her, bis sie hörte, wie die Feder zurücksprang. Nun ließ sich die Tür problemlos öffnen. Ruby leuchtete mit der Taschenlampe ins Innere. Sauber gestapelte Pfundnoten ruhten in dem Safe. Rasch blätterte sie eins der Bündel durch und überschlug die gesamte Summe. Wenn sie Cataldo ausgezahlt hatten, blieben noch etwa siebzigtausend übrig. Es sah ganz so aus, als ob die Nolans wieder oben schwammen.

Sie steckte den Tubular-Stick in den Rucksack und drehte den Diplomatenkoffer zu sich herum. Dabei stieß sie eine Tiffanylampe vom Tisch. Sie prallte klirrend auf den gefliesten Boden und verursachte einen Höllenlärm. Ruby verharrte regungslos und lauschte mit angehaltenem Atem. Im Haus blieb alles still. Rasch räumte sie den Safe aus und stopfte die Banknoten in den Koffer. Dann verließ sie auf leisen Sohlen das Arbeitszimmer.

Als sie die Hälfte der Eingangshalle durchquert hatte, flammte das Licht auf. Baxter stand auf der untersten Stufe der Treppe. Sein graues Haar war zerwühlt. Er trug einen seidenen Morgenmantel und Hausschuhe.

„Schau an. Niemand hat Harris geglaubt, dass der alte Nolan einen Komplizen hatte. Sieht so aus, als hätten sich alle geirrt."

Die schwarze Sturmhaube verbarg Rubys Gesicht, trotzdem war sie im hellen Licht an ihrem Körperbau unschwer als Frau zu erkennen. Sie starrten sich einige Sekunden schweigend an, dann drehte sie sich um und rannte. Sie hatte die Tür fast erreicht, als ein glühender Schmerz durch ihren Nacken fuhr. Sie strauchelte, fing sich und fiel platt auf den Bauch. Der Diplomatenkoffer schlitterte über den glatten Marmorboden. Neben ihr lag eine puppengroße Statuette aus Bronze. Baxter sammelte Kunst nicht nur, um sie zu bewundern, er schien auch gerne damit auf Einbrecher zu werfen.

Die Halle drehte sich um sie. Ruby stemmte sich auf alle viere hoch und blickte sich nach dem Koffer um, doch Baxter war schneller.

„Das gehört mir, du verfluchte Diebin!"

Er riss ihr den Rucksack von den Schultern, trat nach ihr und streifte ihre Schläfe. Benommen blieb Ruby auf dem Rücken liegen und schüttelte den Kopf. Baxter ließ sich auf sie fallen, setzte sich rittlings auf sie und presste ihr die Luft aus den Lungen. Ruby prügelte auf ihn ein, doch er steckte die Schläge ein, als spüre er sie gar nicht.

„Geh runter von mir, du Fettsack!"

Er lachte triumphierend, drückte ihre Arme mit den Knien auf den Boden und zerrte an der Sturmhaube. Rubys rote Locken quollen hervor.

„Ich habe geahnt, dass du mich besuchen kommst. Es war nicht schwer zu erraten. Wenn einem ein Typ wie Cataldo im Nacken sitzt, ist man gezwungen, höhere Risiken einzugehen, als einem lieb ist. Ich will mein Geld, und zwar alles. Wie viel hat Harris eingesteckt?"

„Woher soll ich das wissen? Er hat's mir nicht verraten."

Er schlug ihr ins Gesicht.

„Lüg mich nicht an."

„Wir haben deine verdammte Kohle nicht. Wäre ich sonst hier, du Idiot?"

„Was habt ihr mit ihm gemacht?"

„Ihn an die Fische verfüttert."

Baxter beugte sich nach links, griff gierig nach dem Geldkoffer und verringerte damit den Druck, der auf Ruby lastete. Sie wand sich wie ein Aal und versuchte, sich zu befreien. Suchend tastete sie umher, bis sich ihre Finger um die Bronzestatuette schlossen. Sie hob die schwere Figur und ließ sie in einem Bogen auf Baxters Hinterkopf niedersausen. Er grunzte überrascht, verdrehte die Augen und sackte zusammen. Ruby schob sich unter ihm hervor, schnappte sich ihren Rucksack und den Aluminiumkoffer und lief ins Freie.

Die plötzliche Dunkelheit machte sie sekundenlang orientierungslos. Nacken und Schulter schmerzten, als hätte Baxter Nägel hindurchgetrieben. Ihr linker Arm fühlte sich taub an.

Hinter den Fenstern der Villa flammte Licht auf, offenbar hatte er sich von dem Schlag erholt. Er würde es nicht wagen, die Polizei zu alarmieren. Wie sollte er Cole erklären, dass er in seinem Safe zweihunderttausend Pfund aufbewahrt hatte, die offiziell gar nicht existierten? Und das war nicht sein einziges Problem. Wenn Sorokin erfuhr, dass Baxter sein Geld abhandengekommen war, würde er alles andere als erfreut sein. Auch auf Cataldo konnte er nicht zählen. Wenn der Diplomatenkoffer den Besitzer wechselte, würde der Killer auf Nimmerwiedersehen verschwinden.

Sie spielten ein gefährliches Spiel gegeneinander, bei dem die Einsätze ständig erhöht wurden. Wer als Erster die Nerven verlor, blieb auf der Strecke. Im Augenblick hielt Ruby die besseren Karten in der Hand.

Sie tauchte in die pechschwarze Finsternis des Gartens ein und orientierte sich an den erleuchteten Fenstern der Villa. Nach einer Minute stieß sie auf die Einfassungsmauer und lief an ihr entlang nach Norden zur Mauerlücke. Die herabgefallenen Bruchsteine bildeten einen treppenartigen Haufen, über den sie nach oben kletterte. Als sie den höchsten Punkt fast erreicht hatte, rutschte sie auf dem lockeren Geröll aus, schlitterte den holprigen Hang hinab und prallte mit der verletzten Schulter auf den Boden. Schmerzerfüllt schrie sie auf. Bunte Flecken tanzten vor ihren Augen, sie spürte, dass sie einer Ohnmacht nahe war. Im Haus wurde ein Fenster geöffnet, ein lang gezogener Keil aus Licht fiel auf den Rasen.

Ruby biss die Zähne zusammen, kam auf die Beine und merkte, dass sie den Rucksack verloren hatte. Suchend drehte sie sich im Kreis und entdeckte ihn auf halber Höhe des Steinhaufens. Der Diplomatenkoffer lag dicht daneben.

Wieder erklomm sie den steilen Hang, warf den Rucksack über die heile Schulter und schleuderte den Koffer über die Mauer. Ein Schuss peitschte durch die Nacht. Ruby hörte ein Sirren und spürte einen heißen Luftzug an ihrer Wange. Baxter hatte keine Hemmungen, ihr den Garaus zu machen. Sie hegte keinen Zweifel daran, dass sie Harris' Schicksal teilen würde, wenn er sie erwischte.

Geduckt hastete sie den Hang hinauf, suchte mit der rechten Hand Halt an der Mauerkrone und sprang in die Dunkelheit hinab. Wenn sie sich beim Aufprall den Knöchel brach, war sie erledigt.

Der weiche Waldboden dämpfte ihren Sturz. Von der Mauer geschützt, wagte sie nun, die Taschenlampe zu benutzen. Sie nahm den Koffer auf und lief in das Waldstück hinein. Ein zweiter Schuss fetzte über ihr durch die Bäume. Baxter musste vor Wut und Enttäuschung toben, denn er schoss, ohne ein Ziel vor Augen zu haben. Die Nacht hatte Ruby längst verschluckt.

Zwei Minuten später schwang sie sich auf den Sitz der Tiger 800 und stülpte den Helm über den Kopf. Die Maschine sprang gehorsam an. Sie verstaute den Aluminiumkoffer in einer der Satteltaschen. Ein dritter Schuss durchbrach die Stille, mit einem leisen *Plong* durchschlug eine Kugel den Tank. Baxter war ihr gefolgt! Wahrscheinlich hatte sie bei der Überwindung der Mauer zu viel Zeit verloren. Sie drehte den Gasgriff auf, die Tiger schoss nach vorn und verließ das schützende Versteck.

Ruby fuhr querfeldein nach Süden, bis sie die Straße nach Saint Anne erreichte, beschleunigte und hoffte, dass noch genug Benzin im Tank war, um die Werkstatt zu erreichen.

In der Newtown Road begegnete ihr ein Streifenwagen. Sie drosselte das Tempo und machte sich bereit, in eine der Nebenstraßen abzubiegen, aber der Fahrer schien sich nicht für sie zu interessieren. Er ließ den Wagen langsam durch Saint Anne rollen, das Seitenfenster war herabgelassen. Es war Cole. Warum fuhr der Chief um diese nachtschlafende Zeit Streife? Es war weit nach Mitternacht.

Sie rechnete damit, dass er wenden und ihr folgen würde. Er brauchte nur einen Blick in den Rückspiegel zu werfen, um zu bemerken, dass sie das Kennzeichen des Motorrads entfernt hatte. Sie spielte mit dem Gasgriff, aber Cole reagierte nicht.

Der Streifenwagen bog nach Süden in die Val Fontaine ab und wurde kurz darauf von der Dunkelheit verschluckt. Ruby beschleunigte und raste über die Route de Braye zum Hafen. Es stank durchdringend nach Benzin, der Motor stotterte und setzte ganz aus, als sie die Maschine auf den Hinterhof der Tankstelle lenkte.

In der Werkstatt brannte Licht. Sie hatte Robbie nicht davon abhalten können, gegen den Rat der Ärzte das Mignot Memorial zu verlassen. Immerhin hatte sie ihn überredet, sich um Mum zu kümmern und darauf zu achten, dass sie im Haus blieb.

Ruby stellte die Tiger ab, nahm den silbernen Koffer aus der Satteltasche und betrat die Halle durch die hintere Tür. Robbie saß steif wie eine Marionette auf der Werkbank. Sie spürte sofort seine Anspannung. Manchmal war sie fest davon überzeugt, dass sie mit ihrem Bruder auf eine gespenstische Art telepathisch verbunden war. Diesmal hatte seine Unruhe einen triftigen Grund. Etwa drei Meter von ihm entfernt stand Cataldo vor der Hebebühne. Sein gebräuntes Gesicht war ausdruckslos wie das eines Alligators.

„Du kommst spät“, sagte er. „Ich hatte mich gerade darauf gefreut, dein Brüderchen in Stücke zu schneiden.“

„Wenn du Robbie auch nur ein Haar krümmst, kannst du deine Kohle vergessen“, antwortete Ruby.

Cataldo lachte ohne eine Spur von Humor. „Das kleine rothaarige Mädchen mit der großen Klappe glaubt, die Spielregeln ändern zu können. Es wird Zeit, dass ich euch Vollidioten eine Lektion erteile."

Robbie rutschte auf der Werkbank herum. Aus dem Augenwinkel sah Ruby, dass er mit zwei Fingern der rechten Hand langsam an einem Lappen zog. Darunter ragte der Betonnagler hervor, den er vor drei Wochen gekauft hatte, als sie die Einfahrt zur Tankstelle ausgebessert hatten.

Mach keinen Quatsch, Robbie, dachte sie verzweifelt. Lass mich das regeln, ich habe alles im Griff.

„Hast du das Geld?", fragte Cataldo.

Ruby nickte. Sie verfluchte ihr Missgeschick mit der Tiffanylampe, das ihre überstürzte Flucht ausgelöst hatte, denn nur deshalb hatte sie keine Zeit gefunden, die Summe abzuzählen, die Cataldo von ihnen verlangte. Der Mistkerl würde alles einstecken, ohne einen Finger dafür gerührt zu haben.

Robbies Finger zerrten an dem öligen Lappen.

„Zeig her!", sagte Cataldo.

„Unter einer Bedingung."

„Bist du größenwahnsinnig, Mädchen?"

„Du lässt uns ab jetzt in Ruhe. Wir werden nie wieder etwas von dir oder deinem Boss hören oder sehen."

„Okay, ich denke, das kann ich garantieren."

Sie ließ die Schlösser des Koffers aufschnappen, stellte ihn auf den Boden und klappte den Deckel auf. Dann trat sie zwei Schritte zurück. Cataldo ging in die Hocke, deutlich sah Ruby das Schulterholster unter seinem Sakko. Seine misstrauischen Blicke flogen zwischen ihr und Robbie hin und her.

„Kommt bloß nicht auf die Idee, mich reinzulegen. Das würde keiner von euch überleben."

„Nimm das Geld und verschwinde!", sagte Ruby.

Cataldo beugte sich über den Koffer, nahm ein Bündel heraus und überprüfte es. Einen Moment lang war er dadurch abgelenkt und verschaffte Robbie Zeit, nach dem Betonnagler zu greifen. Ruby schüttelte den Kopf und warf ihm einen warnenden Blick zu, aber er beachtete sie nicht. Er riss den Nagler hoch, richtete ihn auf Cataldo und drückte auf den Auslöser. Er hatte zu tief gezielt. Drei acht Zentimeter lange Stahlnägel bohrten sich in den Deckel des Aluminiumkoffers. Cataldo sah auf und zog in einer katzenhaften Bewegung die Pistole aus dem Holster.

Ruby schrie auf. Sie drückten gleichzeitig ab. Robbie ließ den Nagler fallen und kippte von der Werkbank, Cataldo wurde von der Wucht der Geschosse nach hinten geschleudert. Aus seinem Bein ragten zwei Nägel. Er stieß einen Fluch aus und richtete die Waffe auf Ruby.

24

London war ein Moloch. In einer Nacht hatte Steve nur einen winzigen Bruchteil seiner Straßen abfahren können. Alderney mit seiner Fläche von knapp acht Quadratkilometern deckte nicht einmal den kleinsten Londoner Stadtteil ab.

Watson döste auf dem Rücksitz. Steve hatte das Seitenfenster herabgelassen. Eine warme, salzige Brise wehte von Süden her über die Insel. Bis kurz vor Mitternacht hatte er an Abbys Bett gesessen. Ihr Zustand war unverändert kritisch. Ivy war in seinen Armen eingeschlafen.

Nun tat er das, was er sich in London angewöhnt hatte, wenn er nicht mehr weiterwusste: Er fuhr durch die Nacht; Straße um Straße, Kehre um Kehre. Von der Braye Bay zum Fort Quesnard im Osten und zurück zu den Klippen im Westen. Es gab nichts, was er ungesehen machen konnte; nichts, was er tun konnte, außer auf ein Wunder zu warten, an das er nicht glaubte.

Wenn man von Watson absah, war er allein auf seinen Runden, nicht einmal ein Lapin kreuzte die Fahrbahn. In der Newtown Road begegnete ihm ein Motorradfahrer, den er nicht weiter beachtete. Er starrte ins Leere, sein Körper führte automatisch die Bewegungsabläufe aus, die zum Fahren nötig waren. Während dieser Trick in London meistens funktioniert und sich sein Blickwinkel allmählich veränderte hatte, versagte er auf Alderney völlig. Seine Gedanken kreisten unablässig um Abby und um seine Schuldgefühle.

Auf der Kreuzung unterhalb des Hafens bog er nach Norden ab, passierte Fort Grosnez und gelangte zum Breakwater. Dort stellte er den Wagen ab und stieg aus. Watson blinzelte schläfrig, gähnte und folgte ihm träge. Steve wanderte den Damm entlang, bis seine schmerzende Hüfte ihn zwang, stehen zu bleiben. Er lauschte dem Rauschen der Wellen und überließ sich dem ewigen Wind.

Ein Knall zerriss die Stille, Watson stellte seine großen Ohren auf und knurrte. Steve kannte das Geräusch, es war eindeutig ein Schuss gewesen, vermutlich aus einer großkalibrigen Pistole. Er spürte dem Echo nach und versuchte die Richtung zu bestimmen, aus der das Geräusch gekommen war. Im Hafen war es ruhig, die Pubs hatten längst geschlossen. Nur hinter einem einzigen Fenster brannte Licht: In der Werkstatt der Nolans.

„Ich schätze, es gibt Arbeit, Watson.“

Er eilte den Breakwater entlang zum Streifenwagen, schaltete das Blaulicht ein und fuhr zur Tankstelle.

„Du bleibst im Wagen, Partner“, sagte er.

Der Hund winselte.

„Keine Widerrede. Es reicht, wenn Abby im Koma liegt.“

Er stieg aus, zog seine Waffe und näherte sich der Werkstatt von der Tankstellenseite her. Das Blaulicht warf zitternde Schatten auf das erleuchtete Fenster. Aus der Halle drangen verzweifelte Schreie. Steve umrundete das Gebäude, lief an der rückwärtigen Hallenwand entlang und erreichte den Hinterhof. Er streckte die Hand nach der Klinke der verbeulten Blechtür aus und stieß sie auf.

„Alderney Police! Waffen fallen lassen! Hände hinter den Kopf!"

Er hörte, wie die vordere Tür ins Schloss fiel. Aus der Werkstatt drang ein leises Schluchzen. Steve riskierte einen Blick. Ruby Nolan kniete vor der Hebebühne und beugte sich über ihren Bruder, der reglos auf dem Betonboden lag. Ein Windstoß fuhr durch die offene Tür und wirbelte Hunderte Geldscheine umher, die wie Manna vom Himmel regneten.

Mit vorgehaltener Waffe betrat er wachsam die Halle, sich nach allen Seiten umschauend. Außer den Geschwistern war niemand sonst im Raum. Er sicherte die Pistole und steckte sie ein. Ruby bemerkte ihn und drehte sich um.

„Einen Notarzt, schnell!"

Steve zog sein Handy aus der Jackentasche und alarmierte das Mignot Memorial. Er sah auf den ersten Blick, dass Robbie sehr viel Blut verlor. Seine Augenlider flatterten, er kam zu sich und lächelte. „Ich musste doch ... musste ..."

„Nicht reden, Robbie. Der Notarzt ist unterwegs. Sie flicken dich wieder zusammen, du wirst schon sehen."

„Ich wollte nur ... den Bockmist zusammenkehren, den ich ... den ich angerichtet hab", murmelte er.

Ruby strich ihm das verschwitzte Haar aus der Stirn. „Es ist nicht wichtig, Robbie. Alles wird gut."

Er seufzte und schloss die Augen. Steve verpasste ihm eine leichte Ohrfeige.

„Hierbleiben. Nicht einschlafen. Robbie! Hörst du mich? Du musst wach bleiben."

Rubys Gesicht glich einer steinernen Maske. Sie starrte teilnahmslos auf ihren Bruder hinab, geschockt und unfähig zu begreifen, was geschah.

Das schrille Heulen eines Signalhorns näherte sich. Das Krankenhaus befand sich nur wenige Hundert Meter entfernt.

„Zeigen Sie den Sanitätern den Weg", sagte Steve.

Ruby nickte stumm, kaum fähig, den Kopf zu heben. Dann setzte sie sich langsam in Bewegung wie eine Maschine, die nach Jahrzehnten zum ersten Mal wieder in Betrieb genommen wird. Notarzt und Sanitäter betraten die Werkstatt und versorgten Robbie Nolan. Nachdem sie ihn stabilisiert hatten, brachten sie ihn ins Mignot Memorial. Seine Schwester ging ihnen nach.

„Miss Nolan?"

Sie blieb stehen.

„Ich muss Sie bitten, zu bleiben."

„Robbie ..."

„Er ist in guten Händen. Wenn Sie etwas für ihn tun wollen, dann erklären Sie mir, was vorgefallen ist."

Sie kehrte um und setzte sich auf einen Hocker, bleich und verstört.

„Da war plötzlich dieser Mann", sagte sie.

„Geht das etwas genauer?"

„Ich traf ihn zufällig in Baxters Haus, als ich dort eine Alarmanlage installierte."

„Was wollte er?"

Sie schwieg. Ihre Augen bewegten sich ruhelos. Vielleicht aufgrund des Stresses, wahrscheinlich aber verrieten sie, dass sie in fliegender Hast eine halbwegs glaubwürdige Geschichte zusammenbastelte. Steve kannte dieses Verhalten, er hatte es oft genug erlebt, um zu wissen, dass es der Anfang eines Geständnisses war.

„Er ... wollte Geld."

„Dieses Geld?"

Sie nickte. „Robbie klebt das Pech an den Hacken, solange ich denken kann. Ein einziges Mal hatte er Glück. Wir haben fünfhunderttausend Pfund in der National Lottery gewonnen."

„Ich habe davon gehört", sagte Steve.

„Endlich konnten wir unsere Schulden bei Baxter bezahlen. Er fragte, woher wir plötzlich so viel Geld haben, und ich erzählte ihm von dem Gewinn. Ich weiß nicht, ob er es ihm weitererzählt hat ... er kam in die Werkstatt und bedrohte uns mit einer Waffe. Robbie hat sich mit dem Betonnagler zur Wehr gesetzt, da hat der Typ sofort geschossen.

„Können Sie ihn beschreiben?"

„Ich kann Ihnen seinen Namen nennen. Er heißt Juan Cataldo."

„Okay, reden wir auf dem Revier weiter."

„Was? Wieso? Wir sind Opfer, keine Täter."

„Das erkläre ich Ihnen, wenn wir dort sind. Ich muss Sie bitten, mitzukommen."

Sie stand auf und folgte ihm zum Streifenwagen. Steve fuhr in die Queen Elizabeth II Street und zermarterte sich das Hirn, wie all die Ereignisse zusammenhingen. War Mariott unschuldig? Steckte Cataldo hinter dem Mord an Barnes? Hatte er die Nolans überfallen, weil er in der Kirche keinen Erfolg gehabt hatte? Zweifellos war er in Panik, weil ihm Sorokin im

Nacken saß. Er brauchte Geld, um mit Natasha unterzutauchen. Nur aus diesem Grund hielt er sich auf Alderney auf.

Steve stellte den Streifenwagen vor der Wache ab und führte Ruby in sein Büro. Noch zögerte er, Gordon oder Penny aus dem Bett zu werfen. Erst musste er wissen, was in der Werkstatt passiert war.

Watson rollte sich auf seiner Matte vor dem Fenster zusammen.

„Nehmen Sie bitte Platz, Miss Nolan.“

Sie setzte sich auf den Stuhl vor dem Schreibtisch und rutschte unruhig auf der Kante herum. Steve fand zwei Nachrichten vor. Penny hatte die Aussagen der Anwohner zusammengestellt, die sie zum Mord an Vikar Barnes befragt hatte. Dave hatte die Verbindungsdaten des Mobilfunkanbieters von Ruby und Robbie Nolan besorgt, die er hatte anfragen sollen. Steve studierte kurz Zeugenaussagen und Anrufliste, stutzte und legte dann die Ausdrucke ab.

„Fangen wir ganz vorn an“, sagte er. „Erzählen Sie mir noch mal, was in der Nacht vom 1. auf den 2. Juni geschah.“

„Ich habe Ihnen doch erklärt, dass Harris Streit wegen der Rechnung begann und dann trotz unserer Warnung mit der *Candice* auslief.“

„Woher kennen Sie Juan Cataldo?“

„Ich sah ihn im Haus von Baxter. Er scheint für einen Typ namens Sorokin zu arbeiten. Ich hatte das Gefühl, dass er unter Druck stand und dringend Geld brauchte. Er verlangte es von Baxter, aber der wollte es ihm nicht geben. Dann tauchte er in der Werkstatt auf und bedrohte uns mit einer Pistole. Also gab ich ihm, was er forderte. Robbie verlor die Nerven. Er schoss mit dem Betonnagler auf Cataldo, der daraufhin auf Robbie feuerte.“

„Hat Ihr Bruder ihn erwischt?“

„Er hat ihm zwei Nägel in den Oberschenkel gejagt. Dann waren Sie plötzlich da. Cataldo bemerkte das Blaulicht und machte sich aus dem Staub.“

„Was meinte Ihr Bruder damit, er wollte den Bockmist zusammenkehren, den er angerichtet hat?“

Ruby schüttelte müde den Kopf. „Er hat dauernd irgendwelchen Ärger. Diesmal hat er sich einen Haufen überteuerte Schrottautos andrehen lassen und die Hälfte des Lottogewinns in den Sand gesetzt. Als Cataldo sich den Rest nehmen wollte, drehte er durch und spielte den Helden.“

Steve lehnte sich zurück und wartete. Ruby sah aus, als würde sie jeden Augenblick vom Stuhl fallen. Sie war bleich und erschöpft.

„Kann ich jetzt zu meinem Bruder? Bitte, ich muss wissen, ob er durchkommt.“

Steve griff zum Telefon und rief die Notaufnahme des Mignot Memorial an, sprach mit einem Mitarbeiter und legte wieder auf.

„Sie operieren noch“, sagte er. „Wenn die Ärzte mehr wissen, wird man Sie sofort informieren.“

„Danke.“

„Fangen wir noch mal von vorn an.“

„Wozu? Ich kann Ihnen nicht mehr sagen.“

„Sie stecken verdammt tief in der Klemme, Ruby. Viel tiefer, als Sie glauben. Haben Sie überhaupt eine Ahnung, mit wem Sie sich da angelegt haben?“

Sie schüttelte den Kopf.

„Juan Cataldo ist die rechte Hand des Mafiabosses Viktor Sorokin – zumindest war er das, bevor er in Ungnade fiel. Der Kerl ist ein Auftragskiller, ein Psychopath, dem nichts mehr Freude bereitet, als Menschen zu quälen und zu töten. Er wird wiederkommen, und dann werde ich möglicherweise nicht rechtzeitig zur Stelle sein, um Sie zu schützen.“

Ruby schwieg.

„Es ist an der Zeit, mit der Wahrheit herauszurücken, Miss Nolan.“

„Ich habe alles gesagt, was ich weiß.“

„Okay, dann will ich Ihr Gedächtnis ein wenig auffrischen.“

Er nahm sich die Protokolle der Verbindungsdaten vor.

„Das ist eine Liste Ihrer Telefonate und der Ihres Bruders der vergangenen vier Wochen“, erklärte er, „dazu die Auswertung der Funkzellendaten. Sie bestätigen Ihre Schilderung des Abends. Harris hat Sie um 18:15 Uhr angerufen.“

„Es war, wie ich gesagt habe. Er kam und fuhr dann mit der *Candice* in die Braye Bay hinaus.“

„So scheint es.“ Steve blätterte in den Ausdrucken und schob ein Blatt über den Schreibtisch. „Dies ist die Anrufliste von seinem Mobiltelefon, das wir noch immer nicht gefunden haben. Constable Bailey hat einen Anruf markiert.“

Er schob den Ausdruck über den Tisch.

„Fällt Ihnen etwas auf?“

Sie zuckte mit den Schultern. „Nein.“

„Schauen Sie sich die Nummer an, sie gehört Baxter. Er hat Harris am 2. Juni um 11:23 Uhr angerufen, aber der nahm nicht ab."

„Das konnte er ja auch nicht, weil er da schon auf dem Meeresgrund lag."

„Richtig." Er zeigte ihr ein zweites Blatt. „Das ist die dazugehörige Funkzellenauswertung. Als Baxter Harris anrief, befand sich dessen Handy in der Nähe Ihrer Werkstatt."

„Er wird es verloren haben, als er zum Hafen fuhr", sagte Ruby.

„Constable Saunders und ich waren am 2. Juni zur fraglichen Zeit bei Ihnen. Ich erinnere mich an das Mobiltelefon auf dem Werkstattwagen", entgegnete Steve. „Es klingelte. Sie nahmen den Anruf nicht entgegen und meinten, es wäre nur ein ungeduldiger Kunde, der warten könne. Wie konnten Sie das wissen, wenn es doch Harris' Handy war und nicht Ihres?"

Ruby Nolan erbleichte.

„Werden wir das Mobiltelefon finden, wenn wir die Tankstelle auf den Kopf stellen, Miss Nolan?"

Sie kaute auf ihrer Unterlippe und starrte ins Leere.

„Wir werden weitere Spuren finden, nicht wahr? Hinweise, dass Harris nicht ertrunken ist, sondern in Ihrer Werkstatt ums Leben kam."

Steve wartete eine Minute, doch sie schwieg beharrlich. Er konnte förmlich sehen, wie sie nach einem glaubhaften Ausweg suchte. Aber es gab keinen.

„Ich kann morgen früh die Spurensicherung aus Guernsey anfordern", fuhr er fort. „Die Anklage wird vermutlich auf gemeinschaftlichen Mord hinauslaufen. Oder Sie kooperieren jetzt und legen ein Geständnis ab, was sich in jedem Fall günstig auf das Strafmaß auswirken wird."

Sie blickte auf. „Die Frau, die vorgestern vor dem Revier angeschossen wurde, ist Ihre Frau, nicht wahr?"

„Abby ist ... eine Freundin."

„Ich hab's in der Guernsey Press gelesen. Sorokin hat mehrere Anschläge auf eine Zeugin verüben lassen, die ihm gefährlich werden kann. In dem Artikel stand auch, dass der Prozess gegen ihn geplatzt ist. Die Zeugin, das ist Abby. Sie haben sie nach Alderney geholt, weil Sie glaubten, sie wäre hier sicher."

„Und wenn es so wäre?"

„Sie lieben sie", sagte Ruby.

„Ja."

„Sie haben Angst, dass sie stirbt."

„Ja."

„Ich habe Angst, dass mein Bruder diese Nacht nicht überlebt. Wir sitzen im selben Boot."

„Aber wir rudern in unterschiedliche Richtungen."

„Dann lassen Sie uns das ändern. Sie wollen Cataldo verhaften, aber Sie befürchten, dass er wegen eines lächerlichen Formfehlers der Verurteilung entgeht - so wie Sorokin."

„Beide werden für die Verbrechen büßen, die sie begangen haben."

„Und wenn nicht? Was werden Sie dann tun, um Gerechtigkeit zu erlangen?"

Steve schwieg. Das Mädchen schien seine Gedanken zu lesen. Er fand keine Antwort auf ihre Frage, denn er wusste jetzt, wozu er fähig war und wie weit er gehen würde.

„Worauf wollen Sie hinaus, Miss Nolan?"

„Ich will genau wie Sie, dass Cataldo aus dem Verkehr gezogen und bestraft wird. Darum werde ich Ihnen helfen, ihm eine Falle zu stellen. Sie setzen sich dafür ein, dass Robbie mit einer milden Strafe davonkommt. Er hat Harris nicht ermordet, es war ein Unfall.“

„Wollen Sie mich zur Selbstjustiz anstiften, Ruby?“

„Ich schlage Ihnen vor, zusammenzuarbeiten.“

Er ging nicht darauf ein. Vorerst. Der Gedanke an Rache spukte seit zwei Tagen durch seinen Kopf und ließ sich nicht vertreiben. Hatte der Teufel seine Hand im Spiel und bot ihm einen Handel an?

„Okay. Es war also kein geplanter Mord“, sagte er, „aber Harris starb von Robbies Hand.“

Ruby begann zu erzählen. Sie berichtete von dem Abend des 1. Juni, an dem Harris in der Werkstatt auftauchte, von dem unverhofften Lottogewinn, ihrer verwirrten Mutter und dem windigen Autohändler, auf den Robbie in Poole hereingefallen war.

„Wird er ins Gefängnis kommen?“

„Dazu muss er die Nacht erst einmal überleben. Einen Prozess kann ich ihm nicht ersparen. Wäre ich sein Anwalt, würde ich auf Totschlag im Affekt plädieren“, sagte Steve. „Wenn ihr sofort einen Arzt und die Polizei gerufen hättet, stünden seine Chancen gar nicht so schlecht. Was ihr stattdessen getan habt, nennt man Vertuschung einer Straftat. Damit habt ihr gewissermaßen gestanden, Harris vorsätzlich getötet zu haben.“

„Es war meine Idee. Ich habe ihn dazu angestiftet.“

„Das müssen Sie dem Richter erklären. Kommen wir zum nächsten Punkt.“

„Was Cataldo betrifft ...“

„Ich rede nicht von Cataldo, sondern von dem Mord an Vikar Barnes.“

„Damit habe ich nichts zu tun.“

Steve las noch einmal die Zeugenaussagen durch.

„Mitglieder des Kirchenchors haben gesehen, wie Sie am Mordabend kurz nach sechs die Kirche betreten haben“, sagte er. „Die Chorprobe endete um halb sechs. Laut Obduktionsbericht starb Barnes zwischen 18:00 Uhr und 19:00 Uhr.“

„Warum sollte ich ihn töten?“

„Weil Sie das Geld wiederhaben wollten, das Ihre Mutter verschenkt hat. Aber Barnes rückte es nicht heraus, also mussten Sie nachhelfen.“

„Das ist nicht wahr.“

„Dann sagen Sie mir, wie es gewesen ist. Was trieb Sie in die Parish Church?“

Ruby schien auf dem Stuhl zu schrumpfen. Sie wusste, dass sie aus der Nummer nicht mehr herauskam. Mit jeder neuen Lüge wurde es schwieriger, die zuvor erfundene Geschichte noch aufrechtzuerhalten.

„Ja, ich war da. Ich bin meiner Mutter gefolgt, weil ich wissen wollte, wohin sie geht. Sie hat die Hälfte des Lottogewinns verschenkt, Geld, das wir dringend brauchen.“

„Ich hab schon gehört, dass sie der Engel von Alderney ist.“

„Wer hat Ihnen das gesagt?“

„Jake Mariott. Schließlich hat Ihre Mutter ihn reich beschenkt. Wieso macht sie das?“

„Sie wurde zufällig Zeugin, wie Robbie auf Harris eingeschlagen hat. Mum glaubt, unsere Seelen retten zu können, wenn sie das Geld, das eigentlich Haris gehört, hergibt. Seit Dads Tod ist sie nicht mehr ganz richtig im Kopf."

„Das erklärt auch, warum die Empfänger ausnahmslos Schuldner von Baxter sind, die unter Harris' Repressalien gelitten haben. Die Geldgeschenke stellen eine Art Wiedergutmachung dar."

Ruby nickte. „Ich sah, dass sie einen Umschlag in den Opferstock steckte, aber ich konnte ihn nicht herausziehen. Also brachte ich Mum nach Hause und kehrte in die Kirche zurück. Ich wollte den verdammten Kasten aufbrechen, aber jemand war schneller. Im nächsten Moment stolperte ich über Barnes' Leiche. Ich war völlig durcheinander und bin kopflos ins Freie gelaufen. Mir war sofort klar, dass alles gegen mich sprach. Ich hatte ein Motiv und die Gelegenheit, den Vikar umzubringen. Sie hätten mir niemals geglaubt. Außerdem hatte ich Angst, dass die Sache mit Harris auffliegt."

Steve schaukelte auf Hendersons knarrendem, altem Stuhl vor und zurück. Nun hatte er drei dringend Tatverdächtige: Jake Mariott, Cataldo und Ruby Nolan.

„Sie glauben mir nicht", sagte sie.

„Na ja, Sie haben mich die ganze Zeit angelogen. Warum sollten Sie ausgerechnet jetzt die Wahrheit sagen?"

„Es gibt noch jemanden, der ein Interesse daran hat, dass Barnes ihm nicht in die Quere kommt", sagte Ruby.

„Da bin ich aber gespannt."

„Barnes wollte verhindern, dass Baxter die ganze Insel aufkauft. Hätte er damit Erfolg gehabt, hätte es unserem Inselkönig das Geschäft verhagelt."

„Nicht nur ihm", stimmte Steve ihr zu.

„Sie reden von Sorokin?“

„Ja.“

„Baxter erhält an jedem dritten Donnerstag im Monat einen Koffer, randvoll mit Pfundnoten“, sagte Ruby.

„Einen Koffer, wie er in Ihrer Werkstatt liegt.“

Sie lächelte schief. „Es war Robbies Idee, die Mafia zu beklauen und Cataldos Forderungen mit ebendiesem Geld zu begleichen.“

„Der Junge ist ein Schafskopf.“

„Mag sein, aber er liefert Ihnen die Gelegenheit, Cataldo den Garaus zu machen.“

„Ich höre.“

„Cataldo glaubt, wir hätten Harris umgebracht und ihm einen Haufen Geld abgenommen, das er bei Baxters Schuldnern eingetrieben und in die eigene Tasche gesteckt hat. Er will die Kohle wiederhaben. Was liegt da näher, als ihm eine Falle zu stellen?“

Steve schaukelte. Der Stuhl unter ihm knarrte. Seine Gedanken rasten und formten sich zu einem Plan. Ruby hatte recht, Cataldo stand unter massivem Druck. Er musste untertauchen und brauchte Geld.

„Ich könnte mich mit ihm treffen. Ihm sagen, er soll das Geld nehmen und uns in Ruhe lassen. Bei so einer Übergabe kann eine Menge schiefgehen. Es kann zu einem Schusswechsel kommen, bei dem ein Mafiakiller erschossen wird.“

„Sie sind ganz schön ausgekocht.“

Sie zuckte mit den Schultern. „Not macht erfinderisch. Bin ich jetzt verhaftet, oder machen Sie mich zum Hilfssheriff?“

Steve stoppte das Schaukeln.

„Sie werden die Insel nicht verlassen und eine Speichelprobe abgeben.“

„Ich habe nichts dagegen, weil ich Barnes nicht angefasst habe. Wie steht’s mit meinem Vorschlag?“

„Ich denke darüber nach.“

„Nehmen Sie sich Baxter vor?“, fragte Ruby.

„Worauf Sie sich verlassen können.“

25

Sein erster Weg am Freitagmorgen führte Steve ins Mignot Memorial. Abbys Zustand war unverändert. Die Ärzte hatten alles versucht, um sie aus dem künstlichen Koma zu holen, aber sie reagierte nicht. Er saß eine Stunde an ihrem Bett und las ihr vor, gegen neun machte er sich auf den Weg zum Revier. Im Foyer des Krankenhauses traf er auf ihre Mutter, die gekommen war, um Ivy abzuholen. Er hörte, wie der Name Bonham fiel, als sie sich am Empfangsschalter nach ihrer Tochter erkundigte. Steve wurde bewusst, dass sie eine Fremde für ihn war, und er war ein Unbekannter für sie. Er war nur der Mann, der die Schuld dafür trug, dass Abbys wundervolle Seele in einem Niemandsland zwischen Leben und Sterben umherirrte. Als er auf sie zuging, um sich vorzustellen, dachte er darüber nach, ob Abby ihr gegenüber jemals erwähnt hatte, dass sie mit ihm zusammen war.

Schnell wurde ihm klar, dass Kate Bonham tatsächlich so gut wie nichts über ihre Beziehung wissen konnte – was nicht weiter verwunderlich war, denn Abby hatte seit fast einem Jahr isoliert im Zeugenschutzprogramm gelebt. Auch davon hatte Kate keine Kenntnis. Er klärte sie in knappen Worten auf und spürte sofort ihre ablehnende Haltung. Ganz gleich,

was er unternahm, sie würden keine Freunde werden.
Solange Abby nicht bei ihnen war, gab es keinen
Grund, einander kennenzulernen. Entsprechend kurz
fiel ihre Unterredung aus. Kates Gedanken galten ohnehin in erster Linie Abby und Ivy. Er hatte sich von Ivy
verabschieden wollen, aber nun fehlte ihm der Mut
dazu. Kate konnte ihm jederzeit den Umgang mit ihr
verbieten, denn vermutlich würde ihr nun vorübergehend das Sorgerecht zufallen.

„Richten Sie Ivy meine besten Wünsche aus", sagte er.
„Wir werden uns wiedersehen, das verspreche ich."

„Versprechen Sie einem Kind niemals etwas, das Sie
nicht halten können, Mr Cole."

Damit eilte Kate Bonham auf den Eingang der Inten-
sivstation zu. Steve sah ihr nach und hatte das scheußliche Gefühl, dass ihm sein Leben unter den Fingern
zerrann und dass er ein Feigling war. Seit Jahren schlug
er sich mit Mistkerlen wie Sorokin und Cataldo herum
und legte sich furchtlos mit dem organisierten Verbrechen an. Und nun hatte er Angst davor, einem Kind in
die Augen zu sehen.

Er wandte sich dem Ausgang der Klinik zu. Es war der
zweite Morgen, an dem er zu spät zum Dienst antrat.
Noch schienen alle Verständnis für seinen Verlust zu
haben, selbst Gordon bemühte sich, Mitgefühl zu zeigen. Steve war sicher, dass Laney inzwischen Bescheid
wusste und jede Nachlässigkeit von ihm nutzen würde,
um an seinem Stuhl zu sägen. Er stellte den Streifenwagen auf dem Parkplatz neben dem Revier ab und ging
hinein. Zielsicher steuerte er die Kaffeemaschine an
und füllte seine Tasse.

„Morgen", murmelte er.

Gordon hackte mit zwei Fingern auf seine Tastatur ein, und Dave biss in ein belegtes Brötchen. Penny nahm sich ebenfalls einen Kaffee.

Aus dem Zellenblock im hinteren Teil des Reviers drang Lärm herüber. Mariott grölte und schlug gegen die Gitterstäbe.

„So geht das schon den ganzen Morgen", seufzte Penny. „Wie steht's um Abby?", fragte sie so leise, als teilten sie beide ein Geheimnis.

Dave kaute und schluckte, Gordon schien plötzlich ungeheuer beschäftigt.

„Die Ärzte sind mit ihrer Kunst am Ende. Wir können nur warten und hoffen, dass sie aufwacht."

„Tut mir leid, Steve, wir wissen, wie schwierig die Situation für dich ist, aber wir haben hier jede Menge Arbeit."

Er trank einen Schluck Kaffee und dachte an ihre tapfere Haltung angesichts ihres eigenen Verlustes.

„Kein Grund, den Dienst zu vernachlässigen", sagte er. „Schieß los."

„Was machen wir mit Jake Mariott? Wenn kein Haftbefehl vorliegt, müssen wir ihn heute Nachmittag laufen lassen."

„Hat Mortenson noch kein Ergebnis des DNA-Abgleichs mit dem Tatort geschickt?"

„Nein."

„Tja, einen handfesten Beweis, dass er unser Mann ist, haben wir nicht."

„Die Indizien sprechen gegen ihn", sagte Dave.

„Das reicht aber nicht für einen Haftbefehl. Außerdem gibt es seit ein paar Stunden eine weitere Verdächtige."

Steve berichtete von den Schüssen auf Robbie Nolan.

„Warum hast du uns nicht angerufen?", fragte Penny.

„Es war mitten in der Nacht, außerdem bestand dazu keine Veranlassung. Ihr müsst heute Morgen ausgeruht sein, ich habe einen wichtigen Auftrag für euch."

Dave sah ihn gespannt an.

„Ich möchte, dass ihr zu Baxters Villa fahrt und ihn ins Revier bringt."

„Er ist doch gestern Nachmittag mit der *Abigail* nach Guernsey gefahren", entgegnete Dave.

„Offenbar hat er es sich anders überlegt. Ruby Nolan ist um Mitternacht in sein Haus eingebrochen. Er hat sie überrascht und auf sie geschossen."

„Woher weißt du denn das schon wieder?", fragte Penny.

„Sie hatte eine Menge zu erzählen. Wie haben es uns bis 2:00 Uhr heute früh in meinem Büro gemütlich gemacht."

„Hat er sie erwischt?", fragte Gordon.

„Nein, nur den Tank ihres Motorrads durchlöchert."

„Dann hat Baxter den Einbruch gemeldet?", fragte Dave.

„Er hatte gute Gründe, es nicht zu tun. Die Einzelheiten verrate ich euch später. Gordon und Penny, ihr fahrt zu ihm, steckt ihn in den Streifenwagen und bringt ihn her."

„Davon wird er nicht begeistert sein und uns seinen dürren Anwalt auf den Hals hetzen", sagte Dave.

„Er kann Haggan von mir aus gleich mitbringen. Ich schätze, er wird seinen Beistand brauchen."

Die Außentür des Reviers fiel ins Schloss. Jemand betrat den Korridor und klopfte an die offene Tür zur

Wache. Dave riss die Augen auf, bis sie sein Gesicht zu verschlucken drohten. Steve wandte sich um. Im Türrahmen stand Viktor Sorokin.

Die Spannung im Raum war mit Händen greifbar. Alle starrten den Mafiapaten an, als würde der Teufel höchstpersönlich Alderney einen Besuch abstatten.

„Ich bin überrascht, Sie hier zu sehen", sagte Steve. „Gehen wir doch in mein Büro." Er wandte sich an Gordon. „Ihr wisst, was ihr zu tun habt."

Gordon tippte sich an die Schläfe. „Geht klar, Chief."

Steve verließ die Wache und öffnete die Milchglastür mit der Aufschrift *Chief*.

Watson beschnüffelte seine Matte vor dem Fenster und rollte sich umständlich zusammen. Steve stellte seine Tasse auf den Schreibtisch und setzte sich.

„Nehmen Sie doch Platz."

Sorokin zog sich einen Stuhl heran.

„Sie genießen also wieder Ihre Freiheit", sagte Steve.

„Das war zu erwarten, nicht wahr? Beantworten Sie mir eine Frage, Mr McCallum?"

„Ich habe mich an den Namen Cole gewöhnt. Fragen Sie, und wir werden sehen, ob ich Ihre Neugier befriedigen kann."

„Werden Sie nach London zur *Met* zurückkehren?"

„Nein."

„Das ist sehr bedauerlich."

Steve zog fragend eine Augenbraue hoch.

Sorokin lächelte schmal. „Nun, ich schätze es, gegen einen ebenbürtigen Gegner zu kämpfen. Ein schwacher Feind langweilt mich."

„Soll das ein Kompliment sein?"

„Gewissermaßen", antwortete Sorokin. „Erstaunt es Sie, wenn ich Ihnen meine Anerkennung zolle?"

„Ein wenig", sagte Steve.

Der Pate sah sich neugierig um. „Mich verblüfft es, dass Sie es vorziehen, auf diesem Felsen im Atlantik zu versauern. Ein Mann mit Ihren Fähigkeiten sollte nach Höherem streben."

„Zuerst war es als Übergangslösung gedacht. Inzwischen bin ich fast schon heimisch geworden und fühle mich wohl hier. Zumindest bis zu dem Augenblick, in dem ein Auftragskiller hier auftauchte."

Sorokin deutete ein Nicken an. „Ich verstehe. Kommen wir zur Sache. Als ich von Ihrem privaten Unglück hörte, entschloss ich mich, Ihnen persönlich mein Mitgefühl auszusprechen."

Steve griff nach der Kaffeetasse. Seine Hand zitterte. Hätte er es nicht getan, hätte er die Schublade aufgezogen, seine Dienstwaffe herausgenommen und Sorokin ein Loch in den Schädel geblasen. Langsam und kontrolliert trank er einen Schluck. Der Kaffee schmeckte wie Asche.

„Ich glaube zu wissen, was Sie jetzt am liebsten tun würden, McCallum. Doch dann verfielen Sie dem gleichen Irrtum wie ich, denn ich habe mit dem Anschlag auf Abby Bonham nichts zu tun. Ich bin hier, um Ihnen meine Unterstützung anzubieten."

Steve trank seinen Kaffee und beobachtete den Mann vor ihm. Er suchte nach Anzeichen, dass Sorokin log. Was hatte der Scheißkerl vor?

„Erzählen Sie mir nicht, dass Sie plötzlich ein Herz für Ihre Mitmenschen entdeckt haben", sagte er.

„In Ihrem Fall mache ich eine Ausnahme. Zum einen haben Sie mich mit der Nase darauf gestoßen, dass die beiden Menschen, die mir am nächsten standen, mich hintergangen haben. Zum anderen kann ich nachempfinden, was Sie gerade durchmachen. Letzteres dürfte Ihnen nicht schwerfallen zu verstehen.“

Sorokin legte die Fingerspitzen aneinander.

„Sie mögen mich für ein Monster halten, aber auch ich habe meine Grundsätze. Ich würde mich freuen, wenn Sie meine Hilfe annähmen. Betrachten Sie es als eine Art der Wiedergutmachung, wenn Sie wollen.“

„Wie soll diese Hilfe denn aussehen?“

„Stimmen Sie zu, und Abby wird sofort in eine Spezialklinik auf dem Festland verlegt. Mein Hubschrauber steht bereit. Die Behandlungskosten übernehme ich selbstverständlich.“

„Was verlangen Sie dafür?“

„Nur eine kleine Gefälligkeit.“

„Und die wäre?“

„Ich möchte, dass Sie mich sofort informieren, wenn Sie wissen, wo sich Juan aufhält. Das Gleiche gilt für Natasha.“

„Richtig, Natasha Gradenko“, sagte Steve nachdenklich. „Ich bin wirklich neugierig, wie sie die Explosion im Keller des *Red Door* überlebt hat.“

„Ganz einfach, sie war nicht anwesend.“

„Und wer war die Frau, die an ihrer Stelle von der alten Granate zerfetzt wurde?“

„Sicher bin ich nicht, aber ich habe einen Verdacht“, sagte Sorokin. „Eine Reinigungskraft, die für mich arbeitete, erschien am nächsten Tag nicht zur Arbeit. Niemand vermisste sie, denn sie war illegal im Land. Ein paar Wochen später tauchte ihr Bruder auf und suchte nach ihr. Ich versprach ihm, mich ein bisschen umzuhören. Tatsächlich fand sich keine Spur von dem Mädchen. Sie sah Natasha zum Verwechseln ähnlich, weshalb wir sie ab und zu als Double eingesetzt haben."

„Soweit ich weiß, wurde damals keine DNA-Probe von dem Opfer entnommen", sagte Steve. „Jeder ging davon aus, dass es sich bei der Toten um Natasha handelte. Ob das zu Cataldos Plan gehörte?"

„Ich nehme an, hier kam ihm der Zufall zu Hilfe. Niemand wusste, dass die alte Granate scharf war, auch ich nicht. Glauben Sie, ich hätte das Ding sonst auf meinem Schreibtisch geduldet?"

„Wenn ich ihn finde, werde ich ihn festnehmen und dem Haftrichter vorführen lassen. Über das Stadium der Selbstjustiz sind wir sogar auf Alderney hinaus."

Sorokin lehnte sich zurück. „Sie hegen keinerlei Rachegedanken? Keinen Wunsch nach Vergeltung?"

„Den habe ich. Aber im Gegensatz zu Ihnen gebe ich ihm nicht nach, sondern überlasse es der Justiz, Cataldo für seine Taten zu bestrafen. Das unterscheidet uns voneinander, Mr Sorokin."

„Ich bin sehr gespannt, ob Sie Ihren Vorsatz aufrechterhalten, falls Abby sterben sollte."

Steve antwortete nicht. Auf eine beklemmende Weise sprach Sorokin aus, was er fühlte. Offensichtlich waren sie sich ähnlicher, als ihm lieb war. Ahnte er, dass Abbys möglicher Tod bei ihm moralische Schranken niederreißen würde, die er sich zunutze machen konnte? Vielleicht lag er damit gar nicht so falsch.

„Nun, wie die Geschichte auch ausgehen mag", nahm Sorokin den Faden wieder auf, „ich bin sicher, dass wir uns ab jetzt gut verstehen werden. Besser als zuvor jedenfalls, darf ich hoffen?"

Steve lehnte sich in dem knarrenden alten Stuhl zurück und verschränkte die Hände hinter dem Kopf.

„Dass wir beide das gleiche Trauma durchleben, macht uns zu Leidensgenossen, aber nicht zu Freunden. Verschwinden Sie von meiner Insel."

„Von *Ihrer* Insel?"

„Ich weiß über Ihre kleinen Privatgeschäfte mit Baxter Bescheid. Es kostet mich nur einen Anruf, und es wimmelt hier von Kollegen meiner alten Sondereinheit. Sie werden Baxters Firmengeflecht auseinandernehmen und auf eine Spur stoßen, die unmittelbar zu Ihnen führt und Sie auf direktem Weg zurück nach Pentonville bringt. Der Waschsalon Alderney ist ab sofort geschlossen."

Sorokin stand auf und schob den Stuhl zurück. „Nun, wie Sie meinen, Chief Cole. Ich bin sicher, Sie werden Ihre Meinung ändern. Wir sehen uns wieder."

„Vor Gericht mit der größten Freude. Leben Sie wohl."

„Sie schlagen mein Angebot aus?"

Einen furchtbaren Augenblick lang war Steve versucht, einzuschlagen.

„Ja. Auf bald."

Sorokin öffnete die Bürotür. Vom Korridor drang wütendes Gebrüll herein. Von Gordon und Penny eskortiert, tauchte Baxter auf. Sein Gesicht war zornrot, in seiner Rage schüttelte er Gordon ab wie eine lästige Fliege.

„Chief Cole! Ich muss gegen diese Behandlung pro..."

Die Worte blieben ihm im Hals stecken, als er Sorokin sah.

„Constable Lyme, würden Sie unseren Gast bitte hinausbegleiten?“, sagte Steve.

„Mit dem größten Vergnügen, Chief.“

„Hallo, John“, sagte Sorokin. „Warum so aufgebracht? Chief Cole erledigt nur seinen Job. Und das macht er richtig gut, nicht wahr?“

Baxter zog eine Miene, als hätte er seine Zunge verschluckt. Steve hatte noch nie erlebt, dass es ihm die Sprache verschlug.

„Wir sehen uns später, John. Mein Fahrer wartet auf dich.“

Gemessenen Schrittes verließ Sorokin das Revier. Baxter fand seine Stimme wieder.

„Ich muss protestieren, Chief.“

„Tun Sie das in meinem Büro.“

In seiner Zelle am Ende des Korridors setzte Mariott zu einer neuen Schimpftirade an und wünschte die Alderney Police Force, insbesondere ihren Chief, in die tiefsten Abgründe der Hölle.

Steve schloss die Tür hinter ihm.

„Hat der alte Säufer wieder auf ein Grab gepisst?“, fragte Baxter.

„Nein. Er steht unter Mordverdacht.“

„Sie glauben, Mariott hat den Vikar umgebracht? Da liegen Sie aber völlig daneben, Cole.“

„Und was bringt Sie zu dieser Erkenntnis?“

„Barnes starb am Mittwoch zwischen 18:00 Uhr und 19:00 Uhr, richtig?“

„Darf ich fragen, wer interne Ermittlungsergebnisse an Sie weitergegeben hat?“

„Da Sie mich, trotz unserer Absprache, nicht auf dem Laufenden über die Polizeiarbeit halten, bin ich gezwungen, mich durch andere Quellen mit Informationen zu versorgen.“

Steve setzte sich. Damit konnte nur Gordon gemeint sein. Baxter zog sich den Stuhl vor dem Schreibtisch heran.

„Mariott kann es nicht gewesen sein“, fuhr er fort. „Er tauchte am Mittwochabend zur Tatzeit bei mir auf und verlangte, dass ich mich bei der Gemeindeverwaltung für ihn einsetze.“

„Und was haben Sie geantwortet?“

„Dass er sich zum Teufel scheren soll. Er war so betrunken, dass er kaum aufrecht stehen konnte. Lassen Sie ihn laufen.“

„Wenn Sie Ihre Aussage zu Protokoll geben und ihm ein Alibi verschaffen, werde ich’s wohl müssen. Immerhin habe ich damit einen Verdächtigen weniger. Ich frage mich allerdings, warum er nicht erwähnt hat, dass er Sie aufgesucht hat.“

„Es wundert mich nicht, dass er sich daran nicht erinnert. Ich sagte doch, er war stockbesoffen. Wie wäre es, wenn Sie mir zur Abwechslung verraten würden, weshalb Sie mich wie einen Schwerverbrecher abführen lassen. Ich werde mich bei Laney beschweren, darauf können Sie sich verlassen.“

„Wenn ich mit Ihnen fertig bin, wird sich Laney an Ihnen nicht mehr die Finger verbrennen wollen“, sagte Steve.

„Ist das ein Verhör?“

„Nennen wir es eine erste Befragung. Alles, was Sie von jetzt an sagen, kann vor Gericht gegen Sie verwendet werden. Also überlegen Sie sich gut, ob Sie mich weiter anlügen wollen.“

„Ich habe Anspruch auf einen Rechtsbeistand."

„Rufen Sie von mir aus Haggan an. Sie werden ihn brauchen", sagte Steve ungerührt.

„Was soll das heißen? Warum bin ich hier?"

„Wollen Sie ihn nun hinzuziehen oder nicht?"

Baxter zögerte.

„Sie bluffen doch nur. Ich habe mir nichts vorzuwerfen."

„Wie Sie meinen. Fangen wir mit Frank Saunders an. Hat er Sie auch um Unterstützung gebeten, nachdem er aus dem Mignot Memorial getürmt war?"

„Ja, er war am Samstagabend bei mir. Ich habe ihn fortgeschickt und ihm geraten, sich zu stellen."

„Haben Sie allein mit ihm geredet? War noch jemand im Haus?"

„Ich weiß nicht, was Sie ..."

„War Juan Cataldo anwesend? Hat Saunders ihn gesehen? Sind die beiden sich begegnet?"

„Ich kenne niemanden mit diesem Namen."

Steve seufzte. Er wippte in dem alten Stuhl mit den zerfledderten Lederarmstützen und studierte die Bilder seiner Vorgänger an der Wand.

Baxter stand auf. „War das alles? Haben Sie mich hierherschleifen lassen wie einen Schwerverbrecher, nur um mich ...?"

„Hinsetzen."

„Treiben Sie es nicht zu weit, Cole."

Steve schnellte aus dem Stuhl hoch und ignorierte den stechenden Schmerz in seiner Hüfte, während er um den Schreibtisch herumging. Er drückte den verblüfften Baxter auf den Stuhl zurück.

„Ich habe die Schnauze voll von Ihren Spielchen, und ich werde Ihnen die Krone des Inselkönigs abnehmen und darauf herumtrampeln. Ich werde auf meiner Insel aufräumen und jeden ins Meer schmeißen, dessen Nase mir nicht passt.“

Baxter stemmte sich hoch. Seine Nasenspitze war nur zwei Zentimeter von Steves Gesicht entfernt.

„Das ist *meine* Insel“, brüllte er.

„Gewesen. Jetzt ist es meine! Hinsetzen!“

„Ich denke nicht daran.“

Mit einer schnellen Bewegung drehte Steve ihm den Arm auf den Rücken.

„Au! Sind Sie übergeschnappt, Cole?“

Ein Schatten huschte über die Scheibe der Milchglastür. Dave streckte vorsichtig den Kopf durch den Türspalt.

„Alles okay, Chief?“

„Alle okay. Wir unterhalten uns nur. Wenn ich dich brauche, rufe ich dich.“

Dave zog sich zurück. Steve setzte sich wieder.

„Das kostet Sie Ihren Job, Cole!“, keuchte Baxter. „Laney wartet nur darauf, dass Sie einen Fehler machen oder Ihre Kompetenzen überschreiten. Wenn Gordon Lyme auf Hendersons Stuhl sitzt, kehrt auf Alderney endlich wieder Ruhe ein. Sie passen nicht hierher, *Mr* McCallum.“

Steve stieß ihn von sich. Baxter strauchelte und plumpste ungelenk auf den Stuhl. Er lachte.

„Erstaunt es Sie, dass ich weiß, wer Sie wirklich sind? Gehen Sie zurück nach London und stochern in der Kanalisation nach Ratten, Sonderermittler Thomas McCallum.“

„Auch auf Alderney gibt es für einen guten Kammerjäger jede Menge Arbeit.“

Baxter strich sein Sakko glatt und zupfte eine Fluse vom Stoff.

„Sie hätten mein Angebot annehmen sollen, aber Sie können es nicht lassen, gegen den Strom zu schwimmen. Es ist wie eine Sucht, nicht wahr? Ein pubertäres Auflehnen gegen natürliche Autorität und Regeln, die Sie nicht selbst aufgestellt haben. Was treibt Sie an, Cole? Ich werde es Ihnen sagen: Es sind Ihre Schuldgefühle. Abby Bonham ist nicht das erste Opfer Ihrer Selbstüberschätzung.“

„Halten Sie den Mund.“

„Sie geben vor, nach der Wahrheit zu suchen, und flüchten zugleich vor ihr. Während Ihrer Zeit bei der *Met* haben Sie durch Ihre Todessehnsucht drei Partner verschlissen. Sie übernahmen den Job als verdeckter Ermittler nicht freiwillig, er war Ihre letzte Chance. Matt Frazer hat Sie dadurch vor dem Rauswurf bewahrt.“ Baxters Augen blitzten triumphierend. „Das erste Opfer Ihres krankenhaften Drangs, das Schicksal herauszufordern, war Ihr Bruder Andy. Er musste sterben, weil Sie rebellieren wollten.“

„Woher wissen Sie davon?“

„Ich weiß alles über Sie, *Mr McCallum*. Viktor Sorokin ist ein pedantischer Planer. Bevor er gegen einen Gegner in den Kampf zieht, kennt er jedes noch so kleine Detail seines Charakters. Er liebt es, seine Feinde seelisch zu sezieren.“

Baxter stand auf und trat dicht vor Steve. Er grinste unverschämt.

„Sie sind erledigt, Cole ... oder McCallum oder wie auch immer Sie heißen. Alderney ist die Endstation. Wenn Ihr naives Team dort draußen erst einmal erfährt, dass Sie Ihren kleinen Bruder auf dem Gewissen haben, sind Sie am Arsch, Cole. Niemand wird Sie dann noch unterstützen. Es ist nur eine Frage der Zeit, bis Sie das Handtuch werfen."

Steves Reaktion kam schnell und hart. Er stieß sich von der Schreibtischkante ab, sein Knie schnellte vor und traf Baxter zwischen den Beinen. Der stieß keuchend den Atem aus und krümmte sich vor Schmerz zusammen. Steve drehte ihm den linken Arm auf den Rücken und nutzte Baxters hundertzehn Kilo als Schwungmasse. Er wirbelte ihn herum und schlug seinen Kopf mit der Stirn gegen die Wand. Hendersons Porträt fiel zu Boden, das Glas zerplatzte klirrend. Steve presste seinen Unterarm gegen Baxters Kehle. Sein Widersacher blutete aus einer Platzwunde über der Augenbraue und grinste ihn siegessicher an. Er hatte ihn provozieren wollen und wusste, dass er gewonnen hatte.

Die Bürotür flog auf, Penny und Dave stürmten herein. Gordon blieb auf dem Korridor stehen und begaffte die Szene. Steve hätte erwartet, dass sich Laneys Neffe ein triumphierendes Lächeln verkneifen würde, aber seine Miene zeigte eine andere Reaktion: Es war Unsicherheit und Bestürzung.

„Lass ihn los, Steve", sagte Dave.

Sein Herz raste wie verrückt, er verspürte die irrsinnige Lust, Baxter eine Kugel durch den Kopf zu jagen.

„Okay, wir beruhigen uns jetzt alle erst einmal", sagte Penny.

Er spürte ihre Hand auf seinem Arm. Die Berührung ließ seinen Zorn abebben. Steve lockerte seinen Griff und trat zurück.

„Das bricht Ihnen das Genick, Cole", sagte Baxter.

„Was meinst du, Dave? Für mich sah das nach einem tätlichen Angriff auf einen Polizeibeamten aus", sagte Penny.

Dave nickte. „Hab ich auch so wahrgenommen. Gut, dass wir die Situation rechtzeitig entschärfen können. Wie siehst du das, Gordon?"

Lyme zögerte. Was er dachte und fühlte, war unmöglich zu erahnen. Schließlich nickte er bedächtig, als hätte er eine Entscheidung getroffen.

„Das werden wir wohl nach Guernsey melden müssen. Ich schätze, diesmal haben Sie den Bogen überspannt, Mr Baxter", sagte er.

Der fuhr herum. Alle Farbe wich aus seinem Gesicht.

„Das ist … das ist …", stotterte er.

Steve sah von einem zum anderen, dann ruhte sein Blick auf Gordon.

„Danke für die Unterstützung", sagte er. „Ich denke, wir können das Verhör jetzt fortsetzen."

Penny verließ das Büro, kehrte mit der Erste-Hilfe-Box zurück und versorgte Baxters Platzwunde.

„Ich bleibe besser hier – fürs Protokoll, meine ich", sagte sie.

Dave schloss die Tür hinter sich. Penny zog sich einen Stuhl heran, setzte sich neben Watson und kraulte ihn hinter den Ohren. Der Hund war irritiert aufgesprungen. Er spürte die Spannung, wusste aber offenbar nicht, wie er reagieren sollte.

„Setzen Sie sich."

Steve hob den zerbrochenen Bilderrahmen auf und legte ihn auf einen Aktenschrank. Dann nahm er wieder hinter dem Schreibtisch Platz. Baxter sank kraftlos auf den Stuhl.

„Damit werde Sie nicht durchkommen, Cole. Ich sorge dafür, dass das ganze Team suspendiert wird."

„Tun Sie, was Sie nicht lassen können. Aber vorher werde ich Sie einbuchten wegen Behinderung der Justiz, Geldwäsche und Auftragsmord. Sie haben einem der meistgesuchten Mafiakiller Europas Schutz vor Strafverfolgung gewährt und ihn auf *meiner* Insel versteckt. Sie haben zu verantworten, dass die Frau, die ich zu heiraten beabsichtige, im Koma liegt. Gnade Ihnen Gott, wenn Abby nicht mehr aufwacht. Wenn Sie nicht ab sofort bereitwillig mit mir zusammenarbeiten, lasse ich Sorokin auf Sie los. Er ist nicht gut auf Sie zu sprechen, seit Sie sich auf Cataldos Seite geschlagen haben."

„Auftragsmord? Wieso Auftragsmord?", krächzte Baxter. „Ich wusste nicht, dass Cataldo Sorokin hintergangen hat, das müssen Sie mir glauben. Ich bin doch nicht verrückt und mache mir meinen besten Geschäftspartner zum Feind."

„Frank Saunders war also bei Ihnen, sagen Sie."

„Ja. Sein Tod war ein Unfall ... oder etwa nicht?"

„Ziehen Sie doch Ihre Quelle zurate."

Baxter schwieg.

„Wer aus meinem Team versorgt Sie mit Informationen? Gordon Lyme?"

„Ja. Zumindest bis vor einiger Zeit."

Steve setzte sich wieder. Hendersons Stuhl knarrte. Damit war Gordon draußen.

„Hören Sie, Cole. Mit dem Geld, das Sorokin mir zur Verfügung stellt, bewirke ich eine Menge Gutes für Alderney. Die Leute brauchen finanzielle Unterstützung, ich gebe Ihnen günstige Kredite und lasse ihnen Zeit, sie zurückzuzahlen. Alle sind zufrieden, es schadet niemandem. Wollen Sie dieses System wirklich zerstören?“

„Ich will Cataldo.“

„Ich weiß nicht, wo er sich aufhält. Ich habe ihn seit Mittwoch nicht mehr gesehen. Ja, er hat sich eine Zeit lang in meinem Haus aufgehalten. Sie müssen das verstehen, ich konnte ihm meine Unterstützung nicht verwehren. Schließlich war er Sorokins rechte Hand. Da wusste ich noch nicht, was er abgezogen hat.“

„Und nebenbei erweist er sich als äußerst nützlich für Sie, nicht wahr?“

„Wie meinen Sie das?“

„Nach Harris’ Verschwinden konnten Sie keinen besseren Geldeintreiber finden.“

„Man kann Cataldo zu nichts zwingen, das sollten Sie eigentlich wissen. Zunächst nahm ich an, dass Sorokin ihn geschickt hatte, um die Außenstände einzutreiben, die Harris unterschlagen hatte, aber dann wurde mir klar, dass er Geld brauchte und auf eigene Rechnung arbeitete.“

„Und dieses Geld wollte er sich bei den Nolans holen“, sagte Steve.

„Er war davon überzeugt, dass sie Harris bestohlen und umgebracht hatten.“

„Warum musste Barnes sterben?“

Baxter tupfte sich mit einem Taschentuch den Schweiß von der Stirn.

„Damit habe ich nichts zu tun. Glauben Sie, es war Cataldo? Ja, so muss es gewesen sein. Der Engel von Alderney hinterlässt großzügige Geldspenden in den Opferstöcken der Kirchen, also wollte sich Cataldo dort bedienen. Barnes wollte das Geld nicht herausrücken, deshalb musste er mit seinem Leben bezahlen.“

„Sie haben ebenfalls ein starkes Motiv, denn Sie profitieren von seinem Tod“, sagte Steve.

„Was nützt mir ein toter Priester?“

„Barnes missbilligte es, dass Sie Alderney aufkaufen. Er mobilisierte die Leute gegen Sie und überredete sie dazu, nicht an Sie zu veräußern.“

„Er war ein konservativer alter Narr, für den die Zeit stehen geblieben war.“

„Es stimmt also“, sagte Steve.

„Ja, ich plane den Bau eines Hotels, das ist kein Geheimnis“, antwortete Baxter, „und dazu brauche ich einige zusammenhängende Grundstücke, na und? Ich zahle gut. Ein Hotel fördert den Tourismus und bringt Arbeitsplätze nach Alderney. Davon hätte auch Frank Saunders profitiert.“

„Die Art und Weise, wie Sie sich den Besitz Ihrer Mitmenschen aneignen, gefällt nicht allen auf der Insel.“

„Deshalb engagiere ich doch keinen Killer, um einen Vikar zu ermorden. Allerdings ...“ Baxter starrte nachdenklich in die Luft. „Cataldo kann Barnes gar nicht getötet haben.“

„Sie machen mich neugierig.“

„Er starb so gegen sechs, nicht wahr?“

„Ungefähr.“

„Zu diesem Zeitpunkt war Cataldo vor dem Revier und verübte ein Attentat auf Ihre Freundin“, sagte Baxter.

335

26

„Wenn Sie keine weiteren Fragen haben, empfehle ich mich, Chief Cole. Ich betrete dieses Büro nur noch in Begleitung meines Anwalts."

„Das ist Ihr gutes Recht, Mr Baxter. Halten Sie sich bitte zu unserer Verfügung."

„Ich bin ein viel beschäftigter Mann, wie Sie wissen. Um mich mit Ihren lächerlichen Anschuldigungen auseinanderzusetzen, fehlt mir die Zeit."

„Er meint, dass Sie Alderney bis auf Weiteres nicht verlassen dürfen", sagte Penny.

Baxter japste auf. „Sie überschreiten Ihre Kompetenzen."

„Eine solche polizeiliche Anordnung liegt durchaus in meiner Macht", entgegnete Steve. „Fragen Sie Haggan. Ich bin sicher, ihm fällt ein Paragraf ein, mit dem Sie Ihren Kopf aus der Schlinge ziehen können. Bis es so weit ist, halten Sie sich an meine Anweisungen."

„Ihr Übergriff hat ein Nachspiel, verlassen Sie sich darauf."

Er stemmte sich hoch und humpelte aus dem Büro. Die Glastür flog krachend ins Schloss.

„Bist du verrückt geworden?", fragte Penny. „Du weißt, dass er nach einem Grund sucht, dich bei Laney anzuschwärzen. Er will Gordon auf deinem Stuhl sehen."

„Es kam so über mich."

„Du kannst einem Verdächtigen nicht einfach in die ... in die Eier treten."

„Kann ich nicht?"

„Steve!"

„Bei Frank hat's etwas gebracht. Zumindest eine Zeit lang."

„Du hast ihm in die ...?"

„Ich hab ihm den Lauf meiner Dienstwaffe an den Kopf gehalten und ihm geschworen, dass ich abdrücke, wenn er dich noch mal verprügelt."

„Die Lektion hat schnell ihre Wirkung verloren."

„So sieht's aus. Tut mir wirklich leid."

„Es ist nicht deine Schuld", sagte Penny. „Inzwischen glaube ich, dass seine Schussfahrt auf diese Weise enden musste. Wir haben versucht, ihm zu helfen, aber wir konnten ihn nicht vor dem Absturz bewahren."

„Die ausgestreckte Hand anzunehmen, reicht eben nicht", entgegnete Steve. „Die Verantwortung für das eigene Leben kann einem niemand abnehmen, ohne dass man sein Gesicht verliert. Danke übrigens euch allen für die Rettung in höchster Not. Die Sache vorhin wäre wohl ein bisschen aus dem Ruder gelaufen, wenn ihr nicht eingegriffen hättest. Womit habe ich den vorbildlichen Einsatz eigentlich verdient?"

„Du kapierst es nicht, oder?"

„Was denn?"

„Seit du das Team leitest, sind wir zu einer echten Einheit zusammengewachsen. Und wir wollen, dass das so bleibt. Wenn du Zeugen und Verdächtige misshandelst, bist du deinen Posten bald los. Laney und Baxter warten nur darauf, dass du einen Fehler machst. Für Dave und mich bedeutet es, dass Gordon unser Vorgesetzter wird."

„War das ein Lob, oder willst du dich bei mir einschleimen?"

„Ach, rutsch mir doch den Buckel runter, du verrückter Hund."

Steve grinste. „Wenn schon, dann bin ich ein verrückter alter Kater."

„Auf jeden Fall schlafen dunkle Seiten in dir, die mich erschrecken. Ich kenne dich jetzt fast ein Jahr, und du hast noch nie die Beherrschung verloren. Warum jetzt?"

„Er weiß etwas über mich und hat's mir unter die Nase gerieben."

„Etwas, womit er dich erpressen kann?"

„Nein. Mach dir keine Sorgen."

„Okay. Wenn du reden willst - du kannst jederzeit auf mich zählen."

„Danke. Im Moment habe ich keinen Bedarf an einem Seelenstriptease. Und jetzt schick bitte Gordon in mein Büro."

„Fass ihn nicht zu hart an. Er weiß, dass er Mist gebaut hat."

„Sag ihm einfach, dass ich ihn sprechen möchte."
„Okay."

„Ach, und Jake Mariott kann gehen. Er soll sich bei Baxter für ein Alibi bedanken."

Penny ging nach draußen. Kurz darauf klopfte es an der Tür. Gordon kam herein. Er trat nervös von einem

Bein aufs andere und vermied es, Steve in die Augen zu schauen.

„Du wolltest mich sprechen?"

„Ja. Setz dich bitte einen Augenblick."

Er hockte sich auf die Kante des Stuhls vor dem Schreibtisch, als wolle er jeden Augenblick die Flucht ergreifen. Steve lehnte sich in dem alten Sessel zurück, verschränkte die Hände hinter dem Kopf und legte die Füße auf den Tisch.

„Ich nehme an, Baxter hat seine Informationsquelle im Revier offengelegt", sagte Gordon.

„Hat er."

„Ich verstehe. Dann werde ich ..."

„Was mache ich jetzt?", unterbrach ihn Steve. „Du hast interne Angelegenheiten ausgeplaudert. Das ist ein schweres Dienstvergehen, über das ich nicht hinwegsehen kann."

„Mein Onkel hat mich unter Druck gesetzt, weil er dich loswerden will. Ich musste ihm jede Woche Bericht erstatten. Alles, was ich ihm erzählt habe, hat er an Baxter weitergegeben."

„So wie es Henderson gehandhabt hat."

Gordon nickte zerknirscht. „Nachdem wir Penny rausgehauen haben, habe ich damit aufgehört. Mein Onkel hat einen Riesenkrach veranstaltet, aber er konnte mich nicht umstimmen. In jener Nacht ist mir klar geworden, dass du die richtige Wahl für den Posten des Chiefs bist. Eigentlich wollte ich den Job nie haben, Ian hat mich dazu gedrängt." Er stand auf. „Ich gehe dann meinen Kram packen."

„Warum?"

„Bin ich etwa nicht gefeuert?"

„Du hast doch aufgehört, Laney Munition zu liefern, um mich abzuschießen.“

„Du … du trägst mir das nicht nach?“

„Weiß ich noch nicht. Dein Onkel zeigt sich als äußerst gerissen. Er hat eine Wanze im Revier platziert und kann zugleich Baxter über alles informieren, was ich unternehme. Ich bin angepisst, weil du mitgeholfen hast, an meinem Stuhl zu sägen. Ein dienstliches Fehlverhalten kann ich dir nur indirekt unterstellen, denn du hast den Stand unserer Ermittlungen an den Chief der Guernsey Police weitergegeben und nicht unmittelbar an Baxter – auch wenn das Ergebnis das Gleiche ist.“

„Es war falsch. Ich hätte mich weigern sollen. Aber du kennst meinen Onkel nicht. Wenn er sich etwas in den Kopf gesetzt hat, bekommt er es auch.“

„Kann ich mir gut vorstellen. Rein dienstlich hättest du dich nicht weigern können.“

„Ich hätte dich informieren müssen.“

„Ja. Hast du aber nicht, und das empfinde ich als Vertrauensbruch.“

„Zu Beginn erschien er mir richtig, schließlich hatte ich nach Hendersons Tod mit einer Beförderung gerechnet. Inzwischen kenne ich dich besser, es tut mir leid, was ich getan habe. Es war falsch, aber ich kann’s nicht ungeschehen machen.“

„Wenn wir schon dabei sind, über Fehlverhalten im Dienst zu sprechen – ich habe mich vorhin auch nicht mit Ruhm bekleckert. Vielen Dank, dass du mich rausgehauen hast.“

„Keine Ursache“, sagte Gordon verlegen.

„Wir vier arbeiten als Team gut zusammen. Ich will, dass das so bleibt. Und du ja wohl auch, sonst hättest du die Gelegenheit genutzt, um mich loszuwerden. Damit ist die Sache vom Tisch. Und jetzt lass uns nachdenken. Wir müssen zwei Mordfälle klären.“

Gordons Augen leuchteten hoffnungsvoll. „Du wirst die Sache also nicht weiterverfolgen?“

„Hab ich doch gerade gesagt, oder? Schwamm drüber.“

Erleichtert nickte Gordon und lächelte. „Schwamm drüber.“

„Gut. Dann wieder zu unserem Fall.“

„Jake Mariott hat Barnes also nicht getötet?“, fragte Gordon.

„Nein. Baxter scheidet auch aus, denn er hat ihm ja ein Alibi verschafft. Ruby Nolans Version der Ereignisse klingt ziemlich glaubhaft. Außerdem traue ich ihr keinen Mord dazu, eine Wasserfolter schon gar nicht. Cataldo kann’s ebenfalls nicht gewesen sein, denn zur Tatzeit schoss er vor dem Revier auf Abby.“

„Wir suchen also den großen Unbekannten?“

„Oder wir haben etwas übersehen. Ruf mal in Guernsey an, und frag, wie weit die Kriminaltechnik mit der Auswertung der DNA-Spuren ist.“

Gordon nickte. „Mach ich. Was wirst du unternehmen?“

„Ich muss etwas klären“, antwortete Steve. „Sag den anderen, dass ich in zwei Stunden zurück bin.“

„Okay.“

Was Steve zu klären hatte, musste er mit sich selbst ausmachen. Er drehte im Streifenwagen vier Runden über die Insel und vergaß die Zeit. Sein Unterbewusstsein führte ihn indessen ein ums andere Mal an denselben Ort: zum alten Pfarrhaus, das sich schützend an die Klippen im Westen lehnte. Am späten Nachmittag stellte er den Wagen oberhalb des Hauses ab, ließ Watson aussteigen, der auf dem Rücksitz gedöst hatte, und spazierte den Klippenpfad entlang.

Seine Hoffnung, dass das gewohnte Ritual des Umherstreifens ihn in die Spur zurückbringen würde, erfüllte sich nicht. Eine tiefe Unruhe hatte ihn erfasst und lähmte sein Denken und Handeln. Er musste einen Weg finden, die Geister zu bannen, die sich unaufhaltsam durch seine Seele fraßen, und zwar schnell. Er trug Verantwortung für sein Team und die Insel, er war der verdammte Chief der Alderney Police Force und schlug sich mit zwei Mordfällen und einer vermissten Person herum. Und dann konfrontierte ihn auch noch Baxter mit den Schatten seiner Vergangenheit. Die Sorge um Abby raubte ihm den Verstand, sonst hätte er sich nicht so leicht provozieren lassen. Mit einer einzigen Bemerkung hatte Baxter Erinnerungen aus ihrem Dornröschenschlaf geweckt, die sich mit den Schuldgefühlen Abby und ihrer Tochter gegenüber zu einem Sturm zusammenbrauten, der die Grundfesten seiner Seele erschütterte. Je länger er den gewundenen Pfad entlangwanderte, desto mehr verschwamm die karge Hochebene von Alderney vor seinen Augen und wich Bildern aus seiner Kindheit. Er sah die Arbeiterviertel von Birmingham vor sich, waghalsige Klettertouren über Dächer und Firste, selbstmörderische Mutproben und die Angst in Andys Augen, der ihm trotzdem auf Schritt und Tritt folgte. Der kleine Andy, der bedingungslos seinem großen Bruder vertraute und niemals zugeben würde, dass der Ältere ihn überforderte ... bis es zur Katastrophe kam.

Ein sechsjähriger Junge hatte für Steves Zorn auf die Welt mit dem Leben bezahlt, für die Wut auf den schwachen Vater und Steves hilflose Versuche, ihm zu beweisen, dass alles möglich war, wenn man keine Angst hatte.

Steve sah Andy mit dem gestohlenen Comicheft unter dem Shirt aus dem Kiosk flüchten und kopflos über die Straße laufen. Er hörte, wie er ihm eine Warnung zurief, die ihn nie erreichte, sah den riesigen Lastwagen und den winzigen, leblosen Jungen auf dem Asphalt.

In all den Jahren seit jenem verhängnisvollen Tag im August hatte Steve immer wieder den Tod herausgefordert. Der Job als verdeckter Ermittler war tatsächlich seine letzte Chance vor dem Rauswurf gewesen und zugleich die perfekte Gelegenheit zu testen, wie weit er gehen konnte, bevor er die letzte große Wette verlor. Aber der Tod hatte ihn nie gewollt. Es schien, als verschmähe er seine Seele und wolle ihn ewig leben und für seine Schuld büßen lassen.

Warum hatte das Schicksal ihn stets verschont und ihm stattdessen die Menschen genommen, die er liebte? Erst Andy, dann seine Eltern und nun Abby.

Watson schien seine depressive Stimmung zu spüren. Er jaulte leise und rieb seine Schnauze an Steves Hosenbein.

„Du hast recht. Die Selbstmitleidstour bringt uns nicht weiter. Was schlägst du vor?"

Der Hund kannte die Antwort nicht. Steve blickte sich um. Ohne es zu bemerken, war er weitergelaufen als jemals zuvor, seit die Ärzte in Brighton ihn wieder zusammengeflickt hatten. Er hatte es bis zum Platte Saline geschafft, einem lang gezogenen Strand an der Nordküste. Seine Hüfte schmerzte höllisch.

Nun, da er sich seines Körpers wieder bewusst war, konnte er kaum weiter. Er humpelte zum menschenleeren Strand hinunter und setzte sich auf einen Felsen, um auszuruhen. Das Wetter zeigte sich windig und regnerisch. Kein Tourist verspürte Lust, den Tag im feuchtkalten Sand zu verbringen. Steve blickte auf das graublaue Meer hinaus. Er kannte nur einen Weg, um mit der Vergangenheit fertigzuwerden und Kraft für die Gegenwart zu schöpfen: denselben Weg, den er jedes Mal ging. Er musste sich selbst beweisen, dass er stärker war als die Erinnerungen. Stärker als die Macht, die ihn herausforderte.

Methodisch zog er seine Sachen aus und legte sie an einer windgeschützten Stelle des Strandes ab. Watson beobachtete sein Tun argwöhnisch.

„Pass gut auf die Uniform auf", sagte Steve. „Wie sieht's denn aus, wenn der Chief ohne einen Faden am Leib zum Dienst erscheint?"

Langsam ging er über den Sand zum Meer hinab, spürte, wie die Brandung seine Füße umspülte, dann seine Waden und die Oberschenkel. Das Wasser war kalt und schwemmte die quälenden Kreisgedanken fort. Steve glitt in die seichte Dünung und schwamm los, dem Horizont entgegen.

Die Nacht, in der Sorokins Granate seinen Hüftknochen pulverisiert hatte, lag nun fast ein Jahr zurück. Noch war er nicht wieder der Mann, der er vor der Verletzung gewesen war, obwohl er ein gutes Stück auf dem Weg dorthin zurückgelegt und an Kraft und

Ausdauer gewonnen hatte. Auch wenn ihm seine Fortschritte quälend langsam erschienen, gelang es ihm, seine Leistungsgrenzen immer weiter nach oben zu verschieben.

Mit kräftigen Zügen pflügte er durch die Dünung und vergaß alles, was ihn quälte – Alderney, den drohenden Verlust von Abby und die Verantwortung seines Jobs. Der Kampf gegen die Elemente machte ihn stark und ließ Baxters Versuche, ihn an seiner empfindlichsten Stelle zu treffen, an ihm abperlen.

Doch es war zugleich eine trügerische Stärke, die ihn dazu verleitete, den Einsatz in dem Spiel mit dem Tod immer weiter zu erhöhen.

Heftig atmend hielt er inne, drehte sich auf den Rücken und ließ sich eine Weile treiben. Sein Verstand war jetzt klar und eiskalt - was der Sinn der gefährlichen Übung gewesen war. Er wartete, bis sich Herzschlag und Atmung beruhigten. Plötzlich riss ihn eine starke Strömung mit überraschender Kraft fort. Er hielt Ausschau nach dem Strand, aber die Insel war kaum mehr als ein verschwommener Streifen am Horizont. Vielleicht war der Tag gekommen, an dem er zu hoch gepokert hatte.

Steve drehte sich im Kreis und nahm Kurs auf das Land. Nach wenigen Minuten wurde ihm klar, dass er sich trotzdem noch immer vom Platte Saline entfernte. Er verstärkte seine Anstrengungen, kam dem Land aber nicht näher. Nun versuchte er, dem Sog seitlich auszuweichen, und schwamm parallel zur Küste, doch er trieb immer weiter in den Kanal hinaus. Es war keine ablandige, lokal begrenzte Strömung, die ihn erfasste, sondern die ablaufende Tide. Das Meer zog sich von Alderney zurück und nahm ihn mit. Irgendwo links von ihm mussten die Riffe liegen, wo sie die *Candice* gefunden hatten. Die Felsen ragten bei Ebbe einen halben Meter aus dem Wasser. Wenn er es bis dorthin schaffte, würde er überleben. Wenn nicht ...

Mit kräftigen Zügen schwamm er ostwärts und erkannte schnell, dass die Entscheidung falsch gewesen war. Die Strömung wurde stärker und trieb ihn an den Riffen vorbei auf das offene Meer hinaus. Wie lange würde er durchhalten, bevor ihn die Kräfte verließen? Eine Stunde, vielleicht zwei? Er schätzte, dass er das Revier vor über drei Stunden verlassen hatte. Wahrscheinlich versuchten Penny und Dave bereits, ihn zu erreichen. Irgendwann würde ihnen klar werden, dass etwas nicht stimmte, und nach ihm suchen. Doch bis sie seine Sachen auf dem Strand entdeckten, vergingen möglicherweise weitere Stunden – Zeit, die er nicht hatte.

Bob Hill, der Psychiater aus Southampton, der ihm geholfen hatte, die Flutmorde aufzuklären, hatte ihn gewarnt und ihm prophezeit, dass die Art, wie er gegen seine inneren Dämonen ankämpfte, ihn eines Tages umbringen würde. Plötzlich war der Tod ganz nahe.

Zehn Minuten später ging er zum ersten Mal unter, kämpfte sich aber an die Oberfläche zurück. Er geriet in Panik; ein Gefühl, das ihm fremd war. Bald schüttelten ihn Krämpfe, die Dämmerung setzte ein. Eine Welle fegte über ihn hinweg, er schluckte Salzwasser, hustete und rang nach Luft. Noch einmal gelang es ihm, den Kopf zu heben, doch dann verließ ihn die Kraft. Eine Weile noch kämpfte er, dann umfingen ihn Dunkelheit

und Frieden. Er sah Abby. Sie war ganz nah und lächelte.

347

27

Steve schwebte im Nirgendwo. Es war kein unangenehmes Gefühl, er verspürte weder Angst noch Schmerz. Ein helles Licht begleitete ihn, es war friedvoll und warm. Doch von einem Augenblick zum anderen blieb es in der Dunkelheit unter ihm zurück. Hände, die zu keinem Körper zu gehören schienen, griffen nach ihm. Er schoss empor, bis sein Kopf die Wasseroberfläche durchbrach. Reflexartig sog er Luft in seine Lungen. Stimmen riefen durcheinander, ein wettergegerbtes Antlitz schwebte über ihm, Watsons Hundegesicht mit den riesigen Ohren tauchte auf, eine raue Zunge leckte sein Gesicht. Steve hustete und erbrach Salzwasser in die Bilge des Boots.

„Willkommen an Bord, Chief", sagte Lewis.

Plötzlich zitterte er vor Kälte, der Wind biss mit eisigen Zähnen in seine Haut. Jemand hüllte ihn in eine wärmende Decke. Es kam ihm vor, als habe ihn das Meer wiedergeboren und in die Welt zurückgeworfen, aus der er gekommen war, weil die Zeit noch nicht reif war.

„Wenn du dich unbedingt umbringen willst, warum nimmst du dann nicht deine Dienstwaffe? Das geht sehr viel schneller und bequemer."

Er drehte sich mühsam um, seine unterkühlten Muskeln gehorchten ihm nur widerwillig. Penny saß im Heck des schaukelnden Boots und machte ein finsteres Gesicht.

„Ich wollte nicht ...“

Er begann erneut zu husten und würgte Seewasser aus den Lungen.

„Ich hatte nicht vor, mich umzubringen“, wiederholte er. „Die Strömung war zu stark. Ich habe die ablaufende Tide unterschätzt.“

Lewis warf den Außenbordmotor an und wendete.

„Sie sind nicht der Erste, dem das passiert“, brummte er. „Gerade die Leute, die sich für gute Schwimmer halten, begehen diesen Fehler. Manche bezahlen mit ihrem Leben dafür. Die Gewässer um Alderney sind tückisch.“

„Du kannst dich bei Watson bedanken“, sagte Penny. „Er lief am Platte Saline auf und ab und bellte das Meer an. Ich fand deine Sachen und rief sofort Mr Lewis an.“

Steve wickelte sich enger in die Decke. Allmählich dämmerte ihm, dass er beinahe Harris gefolgt wäre. Penny reichte ihm einen Becher mit heißem Kaffee, den er dankbar annahm.

„Was zum Teufel hast du dir bloß dabei gedacht?“, fragte sie.

„Ich wollte einen klaren Kopf bekommen. Ich schätze, das ging gründlich daneben.“

„Was Baxter über dich wusste, muss dich ziemlich aus der Bahn geworfen haben“, sagte sie stirnrunzelnd.

Er umklammerte den Becher mit beiden Händen und trank. „Vielleicht verrate ich es dir irgendwann“, sagte er. „Wieso hast du nach mir gesucht?“

„Glaube bloß nicht, dass ich mir Sorgen um dich gemacht habe, du Schafskopf. Ich habe dich angerufen, konnte dich aber nicht erreichen. Es gibt Arbeit für den Chief der Alderney Police.“

„Was ist passiert?“

„Jemand hat einen Mordanschlag auf Jake Mariott verübt.“

„Auf diesen alten Säufer? Soll das ein Witz sein?“

„Leider nein. Er hat's nur knapp überlebt und liegt jetzt im Mignot Memorial.“

„Dann lass uns dorthin fahren“, sagte Steve.

„Das werden wir ganz sicher. Und zwar, um dich in ein Bett zu stecken und deinen Geisteszustand überprüfen zu lassen.“

„Fahr mich zum Pfarrhaus. Nach einer heißen Dusche wird es mir besser gehen. Oder soll Dave die Ermittlungen leiten?“

Lewis steuerte den Strand an und ließ das Boot auf den Sand laufen. Penny kletterte über das Dollbord, sammelte Steves Sachen ein und half ihm an Land. Himmel und Erde drehten sich um ihn. Seine Zähne klapperten so heftig aufeinander, dass er befürchtete, sich die Zunge abzubeißen.

„Du stehst unter Schock.“

„Ach was. Mir ist nur ein bisschen kalt.“

In die braune Wolldecke gehüllt, stakste er mit unsicheren Schritten auf den Streifenwagen zu. Penny folgte ihm kopfschüttelnd.

Zwanzig Minuten später betrat er die Küche in dem alten Pfarrhaus bei den Klippen. Penny hatte Tee aufgesetzt, den er dankbar in kleinen Schlucken trank. Allmählich fühlte er sich besser. Sie telefonierte mit Dave und informierte ihn, dass sie Steve gefunden hatte. Die Einzelheiten der Rettung in letzter Sekunde verschwieg sie.

Watson folgte ihm auf Schritt und Tritt. Zwar hielt er immer noch einen Sicherheitsabstand ein, aber Steve schien es, als wäre die Distanz zwischen ihnen geschrumpft.

„Ich glaube, er macht sich Sorgen um dich“, sagte Penny.

„Ihn treibt wohl eher die Angst an, dass sein Napf um ein Haar leer geblieben wäre.“

„Gordon wartet auf uns im Krankenhaus. Wie fühlst du dich?“

„Als hätte ich eine Runde mit dem Klabautermann getanzt.“ Er trank den Tee aus und streifte seine Uniformjacke über. „Lass uns mal hören, was Mariott zu erzählen hat.“

„Bist du sicher, dass du mitkommen willst?“

„Werde ich wohl müssen, ich bin der Chief.“

„Du musst mir nicht beweisen, was für ein harter Hund du bist.“

Er grinste. „Schön, dass du das eh schon weißt.“

„Du bist ein Kindskopf, Steve. Irgendwann wirst du zu weit gehen. Was in aller Welt treibt dich dazu, so mit deinem Leben zu spielen?“

Er zuckte mit den Schultern. „Alte Angewohnheiten wird man nur schwer los. Du fährst.“

„Okay, ich hab’s kapiert. Du willst es mir nicht verraten.“

„Genau.“

Penny stellte den Streifenwagen auf einem der Parkplätze vor dem Eingang der Klinik ab.

„Wann besorgst du dir endlich eine Hundeleine?“, fragte sie.

„Wenn Watson danach fragt.“

Sie ließen den Hund im Wagen und erkundigten sich am Empfangsschalter nach Dr. Hopkins. Der leitende Arzt des Mignot Memorial empfing sie in der Notaufnahme.

„Meine Güte, Chief. Wie sehen Sie denn aus? Sie sollten mal ein paar Tage ausspannen.“

„Er ist fast ertrunken“, erklärte Penny. „Der Held weigert sich, einen Arzt aufzusuchen.“

„Das ist keine gute Idee. Kommen Sie mit, ich schau Sie mir mal an.“

„Wenn ihr nicht damit aufhört, mich zu bemuttern, stecke ich euch für vierundzwanzig Stunden in die Arrestzelle, die Mariott vollgekotzt hat.“

„Wie Sie meinen, Chief.“ Hopkins zuckte mit den Schultern. „Zwingen kann ich Sie nicht. Ich muss Sie trotzdem darauf hinweisen, dass es nach Fällen von Beinahe-Ertrinken zu lebensbedrohlichen Komplikationen kommen kann. Es kann passieren, dass ...“

„Das ist mir bekannt. Ist Mr Mariott ansprechbar?“

„Ja. Ich bringe Sie zu ihm.“

„Unbelehrbar, Doktor“, murmelte Penny, „er ist einfach unbelehrbar.“

„Das habe ich gehört“, sagte Steve, „das gibt einen Berg Minuspunkte.“

Penny grinste. „Er ist schon fast wieder der Alte“, sagte sie zu Hopkins.

Gordon wartete vor der Tür des Krankenzimmers und begrüßte Steve mit einem Nicken.

„Ich konnte nichts als wirres Zeug aus ihm herausbekommen.“

Sie gingen hinein. Der Kopf des Totengräbers war dick bandagiert. Er lag inmitten piepender medizinischer Überwachungsgeräte und schien zu schlafen.

„Wir haben ihm ein Sedativum gegeben. Mehr als fünf Minuten kann ich Ihnen nicht gewähren, Chief. Er darf sich nicht aufregen. Durch den übermäßigen Alkoholkonsum ist seine Gesundheit ohnehin stark angegriffen, sein Herz bereitet uns im Moment die größten Sorgen.“

„Zum Zeitpunkt des Überfalls war er wieder mal stockbesoffen“, sagte Gordon. „Er muss aus dem Revier ohne Umwege in den nächsten Pub marschiert sein.“ Er blätterte in einem Notizblock. „Ruby Nolan hat ihn gefunden und uns alarmiert.“

„Ausgerechnet Ruby?“

„Sie hat eine plausible Erklärung geliefert. Mariott besitzt einen kleinen Bagger und zwei alte Traktoren, die er zum Ausheben der Gräber und für andere Friedhofsarbeiten benutzt. Einer der Traktoren war defekt, Ruby Nolan hatte den Auftrag, ihn zu reparieren. Da sie Nachbarn sind, ist sie gleich zu ihm hinüber, um die Zugmaschine mit dem Pick-up abzuschleppen. Mariott ließ sich nicht blicken, auch auf ihr Klingeln reagierte er nicht. Sie klopfte an das Küchenfenster, weil sie vermutete, dass er wieder betrunken war, und sah ihn blutüberströmt auf dem Boden liegen. Die Eingangstür war nur angelehnt, also ging sie hinein, um nach ihm zu sehen.“

„Jemand hat ihn zusammengeschlagen und ihm schwere Kopfverletzungen und innere Blutungen zugefügt", erklärte Dr. Hopkins. „Er hat Glück, dass Mrs Nolan ihn rechtzeitig entdeckt hat. Eine halbe Stunde später wäre es vorbei gewesen."

„Ich habe das Haus versiegeln lassen und die Spurensicherung in Guernsey informiert", sagte Gordon. „Wir konnten dich nicht erreichen und …"

„Du bist der Dienstälteste und damit mein Stellvertreter", sagte Steve. „Du hast daher volle Handlungsfreiheit im Fall meiner Abwesenheit. Gewöhn dich an den Gedanken. Was hat er denn zum Besten gegeben?"

„Das ist 'ne unheimliche Geschichte. Da läuft's einem kalt den Rücken herunter."

„Warum?"

„Er lag in einer Pfütze aus Salzwasser."

„Und hast du eine Erklärung dafür?"

„Keine, die dir gefallen wird. Für mich sieht's aus, als wäre der alte Jake das Opfer eines Wiedergängers. Wenn die Toten aus dem Meer zurückkehren, hinterlassen sie eine Lache aus Seewasser. Sie kommen, weil sie etwas wiederhaben wollen, das ihnen gehört. Im Haus herrschte ein heilloses Durcheinander, genau wie in Barnes' Wohnung. Jemand hat alles von oben bis unten gründlich durchsucht."

„Mit Aberglauben und Volksmythen klärt man keine Verbrechen auf, Gordon. Für das Salzwasser wird sich eine einfache Erklärung finden. So war es im Fall von Barnes auch."

„Es bleibt trotzdem unheimlich", beharrte er.

Mariotts Augenlider bewegten sich. Er kam zu sich und blickte in die Runde – erstaunt und misstrauisch.

„Wo bin ich?", fragte er. „Der Himmel kann's nicht sein. Es wimmelt von Bullen."

Hopkins kontrollierte die Anzeigen der Überwachungsgeräte. „Fünf Minuten, Chief“, sagte er warnend. Dann verließ er das Zimmer.

„Was'n passiert?“, nuschelte der Totengräber.

„Das würden wir gerne von Ihnen wissen. Offenbar wurden Sie überfallen und niedergeschlagen“, sagte Steve. „Können Sie sich an etwas erinnern?“

Die Augen des Alten flackerten unruhig.

„Er ist wieder da! Er kommt alle holen, die sein Geld gestohlen haben.“

„Ich hab's gewusst“, rief Gordon. „Er meint Louie Harris!“

Penny schüttelte den Kopf. „Gordon, kannst du bitte mit dem Unsinn aufhören?“

Mariott versuchte, sich aufzurichten. „Er hat recht, ich hab ihn gesehen. So deutlich, wie ich Sie jetzt sehe. Es war Louie. Alle, die ihn beraubt haben, werden sterben.“

„Haben Sie ihn denn bestohlen?“

Er sank erschöpft auf das Kissen zurück. Eines der Geräte piepte warnend.

„Nee, aber ich hab genommen, was die alte Nolan mir gegeben hat. Ich hab nicht gefragt, woher sie's hat. Jetzt weiß ich es. Das Geld gehört 'nem Toten, und der will's wiederhaben.“

Dr. Hopkins betrat das Krankenzimmer und überprüfte den Blutdruck seines Patienten.

„Die Befragung ist beendet, Chief“, sagte er. „Ich kann das nicht länger verantworten. Kommen Sie morgen wieder.“

Steve nickte. „Dann werden wir uns mal auf die Suche nach dem Gespenst begeben.“

Mariott zitterte wie Espenlaub. „Machen Sie sich nur lustig über den alten Jake. Ich weiß, was ich gesehen hab.“

„Daran zweifle ich nicht. Fragt sich nur, ob es auch real war.“

„Er kommt so lange aus dem Meer zurück, bis er hat, was er will. ’nen Toten können Sie nicht einsperren“, krächzte er.

„Er darf sich nicht aufregen. Raus jetzt!“, herrschte Hopkins Steve an.

Sie verließen das Krankenzimmer.

„Ich habe die Lache aus Salzwasser selbst gesehen“, sagte Gordon.

„Ist die Mär von den Ertrunkenen, die aus dem Meer zurückkehren, um sich an den Lebenden zu rächen, auf Alderney gut bekannt?“, fragte Steve.

„Solche Gruselgeschichten gibt es in jeder Küstenregion“, sagte Penny. „Was denkst du?“

„Da will jemand den Leuten Angst einjagen. Barnes und Mariott werden todsicher nicht die Einzigen bleiben, die Besuch von einem rachsüchtigen Geist bekommen.“

„Du meinst, jemand benutzt die Legende, um Geld zu erpressen? Dann wäre der Täter, der Barnes gefoltert hat, derselbe, der Mariott überfallen hat.“

„Sehr wahrscheinlich sogar. Die Frage ist also: Wer kennt die Namen der Beschenkten?“

„John Baxter!“, riefen Penny und Gordon gleichzeitig.

Steves Diensthandy klingelte. Es war Dave.

„Ich sollte mich melden, wenn ich Neuigkeiten habe.“

„Dann schieß mal los.“

„Mortenson hat den Bericht über den Abgleich der DNA-Spuren vom Tatort mit den Verdächtigen geschickt. Ich habe eine faustdicke Überraschung für euch."

„Wir sind schon unterwegs."

„Chief?"

Steve wandte sich um. Dr. Hopkins winkte ihn zu sich.

„Geht schon mal vor. Ich komme gleich nach."

Er wartete, bis Gordon und Penny außer Hörweite waren.

„Wie geht es ihr?", fragte er.

„Ihr Zustand ist unverändert. Ich bemühe mich um einen Platz in einer Spezialklinik, bisher ohne Erfolg." Hopkins musterte ihn kritisch. „Ich mache mir Sorgen um Sie, Chief Cole. Stimmt es, dass Sie beinahe ertrunken wären?"

„Penny übertreibt", log er. „Ich bin ein bisschen zu weit rausgeschwommen und habe mich überschätzt. Sie mussten mich aus dem Wasser fischen."

„Ich würde Sie gerne untersuchen."

„Dazu habe ich im Moment leider keine Zeit."

„Wenn Sie Fieber bekommen oder eine ungewöhnlich schnelle Atmung, rufen Sie mich sofort an. Auch verfärbte Lippen und plötzliche Müdigkeit können Warnsignale sein."

„Wenn eins dieser Symptome auftritt, melde ich mich sofort."

„Morgen früh Punkt 10:00 Uhr sehen wir uns hier."

„Einverstanden."

Steve verließ das Krankenhaus. Er wusste, dass Hopkins und Penny recht hatten und er eine Pause brauchte. Und er wusste auch, warum er trotzdem weitermachte, als wäre nichts geschehen. Der Job des Chiefs der Alderney Police Force, den er zu Beginn als unvermeidliche Übergangslösung angesehen hatte, war alles, was ihm noch geblieben war. Er mochte die Insel, ihre Bewohner, das Team – ja sogar Hendersons knarrenden alten Bürosessel. Ihn auszutauschen, würde bedeuten, etwas zu verändern, und das wollte er nicht. Alles sollte so bleiben, wie es war auf Alderney. Warum zum Teufel setzte er dann immer wieder alles aufs Spiel, was er liebte?

Bevor er eine Antwort auf diese Frage fand, stand er im hellen Sonnenlicht, ohne sich erinnern zu können, wie er dorthin gelangt war. Gordon beäugte ihn scheu und misstrauisch. Sah er so mies aus, dass sogar der steife Constable es bemerkte?

„Alles okay?", fragte Penny.

„Ja. Hören wir uns mal an, was Dave zu berichten hat."

Dave ließ gerade eine Papiertüte in der Schublade verschwinden und wischte Krümel von seiner Uniform, als sie die Wache betraten. DNA-Analysen und Obduktionsberichte bedeckten seinen Schreibtisch. Er hatte einige Stellen mit Textmarkern farbig gekennzeichnet, Kringel, Fragezeichen und Pfeile auf die Ausdrucke gekritzelt. Nun zappelte er ungeduldig auf seinem Stuhl und konnte es kaum erwarten, seine Ergebnisse zu präsentieren.

„Okay, Dave", sagte Steve. „Was hast du uns zu berichten?"

„Am Opferstock konnten Fingerabdrücke sichergestellt werden, sie stammen von Barnes und Ruby

Nolan. Es gibt noch mehr Abdrücke, die wir nicht zuordnen können - wahrscheinlich von anderen Kirchgängern, die Geldspenden eingeworfen haben. An der Leiche des Vikars konnte Fremd-DNA isoliert werden."

„Wissen wir, von wem?", fragte Penny.

„Ich habe bei Interpol die DNA von Juan Cataldo angefragt. Er wurde vor einigen Jahren erkennungsdienstlich behandelt, weil er Verdächtiger in einem Mordfall war. Die Daten habe ich sofort an Mortenson weitergeleitet. Damit liegen uns nun die Signaturen aller Tatverdächtigen vor."

„Gut gemacht. Weiter", sagte Steve.

„Nach einem gründlichen Vergleich mit den Spuren am Tatort gelangt die Gerichtsmedizin zu dem Ergebnis, dass keine der aufgeführten Personen als Täter infrage kommt. Auch eine Untersuchung der Leiche von Frank Saunders hat keine Übereinstimmung ergeben."

„Womit wir wieder am Anfang stehen", stöhnte Gordon.

„Nicht ganz."

Daves Augen blitzten siegesgewiss. „Mortenson hat Spuren einer weiteren DNA entdeckt – sowohl unter den Fingernägeln von Frank als auch in der Wohnung des Vikars."

„Mach's nicht so spannend, Dave."

Der Constable ließ sich nicht beirren und genoss den Augenblick.

„Ich bat ihn, die Spuren, die auf der *Candice* sichergestellt wurden, mit denen aus der Kirche zu vergleichen. Sie stimmen überein."

„Was zum Teufel bedeutet das?", fragte Gordon.

„Das habe ich mich auch gefragt und die Polizeidatenbank durchsucht. Vor einigen Jahren gab Louie Harris eine Speichelprobe ab. Das geschieht routinemäßig, um eine Verunreinigung von Tatorten durch ermittelnde Beamte auszuschließen."

„Und war kam dabei heraus?", fragte Penny.

„Die DNA von Harris findet sich sowohl unter Franks Fingernägeln als auch an Barnes' Leiche. Ich bin sicher, dass wir sie im Haus von Mariott ebenfalls finden werden."

„Das ist unmöglich", sagte Penny. „Er muss sich irren."

„Da habt ihr euren unheimlichen Wiedergänger", sagte Steve. „Harris lebt."

„Wir wissen aber, dass er ertrunken ist", beharrte Gordon.

„Seine Leiche wurde nie gefunden."

„Jetzt ergibt das Ganze endlich einen Sinn", sagte Penny.

Steve nickte. „Das sehe ich auch so."

Gordon schüttelte den Kopf. „Erklärt es mir, ich kapier's nicht."

„Die Nolan-Geschwister hielten Harris für tot und schafften ihn auf sein Boot. Sie öffneten die Flutventile und ließen es auf die Riffe zutreiben, um einen tödlichen Unfall zu inszenieren. Anschließend fanden sie den Lottoschein, den Harris am vermeintlichen Mordabend in der Werkstatt verloren haben muss. Sie lösten ihn ein, aber ihre Mutter verteilte das Geld heimlich an diejenigen, die unter Harris' Erpressungen gelitten haben. Wir wissen noch nicht wie, aber Harris hat überlebt. Alle Welt hält ihn für tot, was ihm die Chance eines

Neuanfangs verschaffte. Vergesst nicht, dass er Baxter und damit Sorokin betrogen hat. Cataldo war ihm auf den Fersen, und er konnte ihn am besten loswerden, indem er sein eigenes Ableben inszenierte. Dumm nur, dass er an das Geld nicht mehr herankam, das er zur Seite geschafft hatte."

„Du meinst die hundertachtzigtausend Pfund, die wir in seiner Wohnung gefunden haben?", fragte Penny.

„Genau die. Was macht er also? Er braucht dringend Geld, und nun kommt ihm der Zufall zu Hilfe. Dave, wo haben wir das Protokoll mit Ruby Nolans Geständnis?"

Gordon fischte es aus einem Aktendeckel auf seinem Schreibtisch und reichte es Steve, der es aufmerksam studierte.

„Hier", sagte er. „Sie hat ausgesagt, dass Robbie glaubte, Harris gesehen zu haben, als sie in Poole den betrügerischen Autohändler zur Rede stellen wollten. Sie ging davon aus, dass ihr Bruder zu viel getrunken hatte und Gespenster sah. Was ist, wenn er sich nicht geirrt hat?"

„Harris könnte zur selben Zeit in dem Pub gewesen sein und zufällig gehört haben, wie Robbie mit dem Lottogewinn prahlte – mit einem Gewinn, der eigentlich Harris zustand", sagte Dave.

„Er beschließt, nach Alderney zurückzukehren und sich sein Geld zu holen", sagte Gordon, „aber er muss feststellen, dass die alte Nolan alles verschenkt hat."

„Dann war es Louie Harris, der den Opferstock aufgebrochen und Barnes gefoltert hat", sagte Penny.

„Anschließend hat er sich Mariott vorgenommen. Erinnert ihr euch, wie er im *Divers Inn* eine Runde nach der anderen geschmissen hat?", stimmte Steve ihr zu.

„Harris kam aber nicht an ihn heran, weil er in einer unserer Zellen saß. Er musste warten, bis Mariott wieder auf freiem Fuß war. Dann schlug er sofort zu.“

„Aber warum hat er Pennys Mann getötet?“, fragte Dave.

„Das wird er uns verraten, wenn wir ihn gefunden haben“, antwortete Steve. „Ich gehe davon aus, dass er ihm zufällig über den Weg lief und ihn erkannte. Harris musste unbedingt verhindern, dass sein Überleben bekannt wird. Das hätte sofort Cataldo auf seine Spur gebracht.“

„Und was machen wir jetzt?“, fragte Gordon.

„Wir setzen uns mit den Kollegen in Poole in Verbindung“, sagte Steve.

28

Penny klopfte an Steves geöffnete Bürotür.

„Ruby Nolan möchte mit dir reden."

„Und ich mit ihr", sagte er.

Penny ließ Ruby eintreten.

„Setzen Sie sich bitte, Miss Nolan."

Sie nahm vor dem Schreibtisch Platz.

„Wie geht es dem alten Jake? Wird er durchkommen?", fragte sie.

„Unkraut vergeht nicht. Ich schätze, Ihren Bruder hat es schlimmer erwischt."

„Er hat großes Glück gehabt. Es wird eine Weile dauern, aber er kommt wieder auf die Beine."

„Das sind ja gute Neuigkeiten", entgegnete Steve.

Ruby zuckte mit den Schultern. „Ich habe ihm erzählt, dass ich Ihnen die Wahrheit gesagt habe. Robbie weiß, dass er ins Gefängnis muss. Ich konnte ihn überreden, ein Geständnis abzulegen. Wird sich das strafmildernd auswirken?"

„Nun, die Anklage wird nicht auf Mord lauten."

„Wie meinen Sie das?"

„Gehen wir noch mal an den Abend zurück, an dem er auf Harris eingeschlagen hat. Wie konnten Sie sicher sein, dass er tot war?"

„Das war ich nicht, aber da war so viel Blut. Er rührte sich nicht, und ich glaube, er atmete auch nicht mehr."

„Haben Sie seinen Puls überprüft? Sich überzeugt, dass tatsächlich kein Leben mehr in ihm steckte?"

„Nein, ich war völlig kopflos. Alles, was ich unternahm, tat ich, um Robbie zu schützen. Es geschah instinktiv. Wir wickelten Harris in die Plane und schafften ihn an Bord der *Candice.* Das habe ich doch alles schon ausgesagt. Warum fragen Sie?"

„Wir haben ernst zu nehmende Hinweise darauf, dass Louie Harris lebt."

Ruby starrte ihn mit weit aufgerissenen Augen an.

„Aber ... wie ist das möglich?"

„Seine Leiche wurde nie gefunden. Wir wissen noch nicht, wie er es geschafft hat, sich aus dem sinkenden Boot zu befreien, aber offenbar ist es ihm gelungen."

Ruby kaute nachdenklich auf ihrer Unterlippe.

„Etwas kommt mir seltsam vor. Es fällt mir erst jetzt wieder ein. Als Robbie die *Candice* zum Saye Beach gebracht hatte, fiel mir auf, dass er verletzt war. Er sagte, er hätte sich wegen des heftigen Seegangs am Steuerruder den Kopf gestoßen. Mein Bruder ist ein Tollpatsch, ich glaubte ihm die Geschichte sofort. Aber nun ..."

„Sie denken, Harris könnte zu sich gekommen sein und Robbie in einen Kampf verwickelt haben, bei dem er schließlich über Bord ging?"

„Das wäre möglich, oder?", fragte Ruby. „Ich musste die Plane zuvor wieder aufschneiden, weil ich Harris' Handy brauchte."

„Bleibt immer noch die Frage zu beantworten, wie er sich retten konnte."

„Robbie behauptete, er hätte ihn in Poole gesehen. Ich hielt ihn für betrunken."

„So steht's im Protokoll der Befragung", sagte Steve. „Nun sieht es so aus, als habe er sich nicht geirrt."

„Dann hat Harris den Vikar ermordet und Mariott überfallen, um sich sein Geld zurückzuholen?", fragte sie.

„Davon gehen wir aus. Wir werden es wissen, wenn wir ihn gefunden haben."

„Warum ist er nicht zuerst bei uns aufgetaucht?"

„Er wusste wohl, dass es bei Ihnen nichts mehr zu holen gab, weil Ihre Mutter den Lottogewinn unter Baxters Schuldnern verteilt hatte."

„Als ich Mum in die Parish Church nachging, hatte ich das Gefühl, verfolgt zu werden."

„Gut möglich, dass es Harris war. Ihm muss klar geworden sein, dass Ihre Mutter der Engel von Alderney ist. Erinnern Sie sich an den Namen des Pubs in Poole?"

„*The Fat Badger.* Ich entsinne mich genau, weil die Leuchtreklame kaputt war und flackerte."

„Ich werde mich mit den Kollegen der Dorset Police in Verbindung setzen."

„Wenn Harris lebt, muss er sich auf Alderney aufhalten", sagte Ruby.

„Das ist sehr wahrscheinlich. Unternehmen Sie nichts. Wenn er hier ist, werden wir ihn finden."

Ruby stand auf und schob den Stuhl zurück an den Tisch. In ihren Augen glomm ein schwacher Hoffnungsschimmer auf.

„Dann kommt Robbie nicht ins Gefängnis?"

„Indem Sie die *Candice* mit geöffneten Flutventilen auf das offene Meer treiben ließen, nahmen Sie bewusst in Kauf, dass er stirbt. Das war versuchter Mord."

„Aber wir hielten ihn für tot."

„Das Strafmaß muss ein Gericht festsetzen. Ich führe nur die Ermittlungen durch." Steve lehnte sich zurück und seufzte. „Ruby, Sie haben Mist gebaut, daran ist nichts mehr zu ändern. Hätten Sie sofort den Notarzt alarmiert, redeten wir jetzt im schlimmsten Fall von gefährlicher Körperverletzung. Ein geschickter Verteidiger würde vermutlich auf Notwehr plädieren und käme damit vielleicht sogar durch."

„Die Schulden bei Baxter nahmen uns die Luft zum Atmen. Ohne das verdammte Geld wäre all das nicht passiert."

„Es ändert nichts an den Tatsachen. Nehmen Sie sich einen guten Anwalt."

Ruby nickte krampfhaft und verließ das Büro. Steve schaukelte in dem quietschenden Sessel und hielt stumme Zwiesprache mit Hendersons Porträt. Es gab nichts, was er für die Geschwister tun konnte. Der Mordversuch mochte in ihrer Situation verständlich sein, vor dem Gesetz hatten sie sich jedoch strafbar gemacht. Angesichts Robbies Vorstrafenregister sah Steve schwarz für ihn.

Es klopfte, Dave trat ein.

„Hast du eine Minute?"

„Für dich immer."

Dave runzelte angestrengt die Stirn und blätterte in seinem Notizblock.

„Ich habe ein Foto von Harris an die Dorset Police in Poole geschickt, wie du es mir aufgetragen hattest."

„Hast du eine Antwort bekommen?“

„Ja. Ein Louie Harris, zu dem das Bild passt, ist dort unbekannt.“

„So leicht wird er es uns nicht machen. Harris war Polizist, er weiß genau, welche Möglichkeiten uns zur Verfügung stehen, um Leute aufzuspüren, die nicht gefunden werden wollen.“

„Darum habe ich die Kollegen gebeten, sich ein bisschen umzuhören – vor allem im *Fat Badger*, wo Harris angeblich gesehen wurde.“

„Mach's nicht so spannend, Dave.“

„Sie haben das Foto herumgezeigt. Einige Gäste im Pub erkannten darauf einen Mann namens Pete Bradock – einen Fischer, dessen Trawler regelmäßig im Hafen von Poole anlegt. Genaueres weiß niemand über ihn. Er tauchte vor einem Monat im *Fat Badger* auf und trinkt seitdem dort oft sein Ale. Die Hafengebühren hat er immer bar bezahlt. Jemand hat aufgeschnappt, dass er in Swanage lebt. Die Kollegen der Dorset Police fanden eine verlassene Fischerkate vor, von Bradock fehlte jede Spur. Die Nachbarn beschreiben ihn als menschenscheuen Misanthropen. Niemand will etwas mit ihm zu tun haben, kaum einer weiß etwas über ihn.“

„Das passt schon eher auf Harris“, sagte Steve.

„Mit seinem Foto konnten sie nichts anfangen. Ich habe daraufhin ein bisschen herumtelefoniert. Bradock besitzt eine Fischereilizenz. Seinen Fang verkauft er in Poole und auf den umliegenden Märkten. Und jetzt kommt's: Vor vier Wochen hat er beim Passport Office in Bournemouth neue Ausweispapiere beantragt. Er reichte brav eine Geburtsurkunde und ein neues Passfoto ein. Angeblich sind die alten Papiere bei einem heftigen Sturm über Bord gegangen."

„Du meinst das Unwetter, in dem Harris verschwand."

Dave nickte eifrig. „Zuerst dachte ich, es wäre ein Zufall. Aber dann habe ich mir eine Kopie der Lizenz besorgt und sie mit Bradocks Ausweis verglichen. Der neue Pass zeigt Louie Harris, doch das Foto auf der Fischereierlaubnis stammt von einem anderen Mann. Er ist etwa so alt wie Harris, hat aber ansonsten keine Ähnlichkeit mit ihm."

„Der Fischer hat ihn aus dem Wasser gezogen. Zum Dank hat der Mistkerl ihn über Bord geworfen und dessen Identität angenommen", sagte Steve. „Das war gute Arbeit, Dave. Wenn wir jetzt noch den Namen des Trawlers kennen, dann ..."

„Die *Mary-Ann*, ein kleiner Garnelen-Trawler mit blauem Rumpf und einem auffälligen roten Streifen. Ein Boot, auf das die Beschreibung passt, liegt an der Frachtmole im Hafen von Alderney."

„Harris muss ganz schön unter Druck stehen", sagte Steve.

„Immerhin ist ihm ein Mafiakiller auf den Fersen. Vielleicht ist seine neue Identität aufgeflogen."

„Das könnte erklären, warum er das Risiko eingeht, nach Alderney zurückzukehren. Aber er ist hier bekannt wie ein bunter Hund und muss damit rechnen, dass ihn jemand erkennt."

„Er hat todsicher sein Äußeres verändert. Niemand rechnet damit, dass er noch lebt. Manchmal kann man sich am besten vor der Nasenspitze des Gegners verstecken. Und Jim Lewis ist blind wie ein Maulwurf, vergiss das nicht."

„Wenn du so weitermachst, bist du bald der Chef von unserem Laden", sagte Steve.

Dave grinste.

„Darum darfst du auch hier die Stellung halten."

Das Grinsen verschwand und machte tiefer Enttäuschung Platz. Steve nahm seine Jacke vom Haken. Watson erhob sich umständlich von seiner Matte und blickte ihn erwartungsvoll an.

„Ich habe einen guten Grund, Gordon mitzunehmen, Dave. Du bekommst deine Chance, versprochen. Aber nicht dieses Mal. Ruf Lewis an, und sag ihm, dass wir kommen."

„Okay."

Er instruierte den Rest seines kleinen Teams. In zwei Streifenwagen fuhren sie zum Hafen. Steve teilte sich seinen mit Watson, der unruhig auf der Rückbank saß.

„Du meinst, es war ein Fehler, Dave im Revier zu lassen?"

Der Hund schnaubte.

„Das sagst ausgerechnet du. Vertrauen macht uns als Team stark und schweißt uns zusammen. Ich will Gordon zeigen, dass ich mich weiterhin auf ihn verlasse, kapiert?"

Watson winselte leise.

„Okay, ich verspreche, dass ich es Dave erklären werde."

Steve stoppte vor dem inneren Hafenbecken. Jim Lewis erwartete sie bereits.

„Die *Mary-Ann* liegt am Frachtpier." Er deutete auf die Mole auf der östlichen Seite des Hafens, die in die

Braye Bay hineinragte. „Stimmt es, was Constable Bailey behauptet? Louie Harris lebt?“

„Kann gut sein.“

Steve beobachtete drei Männer, die gerade damit beschäftigt waren, einen Container zu beladen, der in der Nähe des blauen Trawlers auf der Mole stand. „Können Sie unauffällig dafür sorgen, dass die Arbeiter sich zurückziehen?“

Lewis legte zwei Finger an die Schläfe. „Aye, aye, Captain.“

„Chief“, sagte Steve. „Chief Steve, wenn’s recht ist.“

Lewis lachte schallend.

„Jeder, der hier anlegt, muss doch Hafengebühren entrichten und Formalitäten erledigen, richtig?“

Lewis nickte bekräftigend. „Ich hab ein scharfes Auge auf alles im Hafen.“

„Ich frage mich die ganze Zeit, warum Sie Harris nicht sofort erkannt haben, als er sich angemeldet hat.“

„Weil ich ihn nicht zu Gesicht bekommen habe.“

„Wer hat denn dann die Gebühr für die *Mary-Ann* bezahlt?“, fragte Gordon.

„So ’n junger Kerl. Blond mit Sommersprossen und lang wie der Breakwater.“

Gordon blickte Steve unsicher an. „Ob wir auf der falschen Fährte sind?“

„Glaube ich nicht.“

„Louie ist nicht dumm. Er weiß genau, dass ihn jeder sofort erkennt, wenn er an Land geht“, sagte Penny. „Er muss jemanden angeheuert haben, der die Formalitäten für ihn abwickelt. Wahrscheinlich wartet er, bis es dunkel ist, bevor er den Trawler verlässt.“

Steve nickte anerkennend. „Gute Idee. So würde ich es auch machen."

Ein durchdringender Pfiff zerschnitt die Luft. Lewis winkte die Arbeiter zu sich, die sich gemächlich in Bewegung setzten.

„Wir haben es also wahrscheinlich mit zwei Gegnern zu tun", sagte Steve. „Gordon und ich gehen als Erste an Bord. Penny deckt uns den Rücken."

Watson streckte neugierig die Schnauze aus dem hinteren Fenster des Streifenwagens.

„Du bleibst hier", sagte Steve, „verstanden?"

Mit gezogenen Waffen näherten sie sich dem Trawler und schnitten Harris so den Fluchtweg ab. Dreißig Meter hinter dem Heck des Schiffs endete die Mole. An Deck war niemand zu sehen. Steve schlich über die Laufplanke an Bord und blieb kurz stehen, um sich zu orientieren. Gordon deutete auf einen offenen Niedergang. Leise postierten sie sich rechts und links der Luke.

Er bedeutete Gordon, ihm zu folgen, aber Penny hielt ihn zurück.

„Ihr habt mir die Haut gerettet. Diesen Job übernehme ich", flüsterte sie. „Bleibt dicht hinter mir."

Steve spürte, dass sie fest entschlossen war.

„Also gut, aber sei vorsichtig. Beim ersten Anzeichen von Gefahr ziehst du dich zurück."

Gordon blockierte das obere Ende der Treppe, während sie leise die Stufen hinunterstiegen. Sie gelangten in einen kurzen, schmalen Gang, der in eine große Kajüte führte. Auf einer der Kojen lag ein blonder Mann. Er war etwa Mitte zwanzig, sehnig und kräftig, das lang gezogene Pferdegesicht war mit Aknenarben übersät.

In seinen Ohren steckten Bluetooth-Kopfhörer. Er blätterte in einer Zeitschrift und wippte im Takt der Musik mit dem Fuß. Er bemerkte Penny erst, als sie vor ihm stand. Erschrocken ließ er die Illustrierte sinken und glotzte überrumpelt in die Mündung ihrer Dienstwaffe. Steve deutete auf die Kopfhörer. Der Mann nahm sie mit vorsichtigen Bewegungen ab.

„He, was soll'n das?", fragte er.

Penny legte den Zeigefinger an die Lippen. Steve durchsuchte rasch die angrenzenden Kabinen. In der Kombüse stapelte sich schmutziges Geschirr, im Steuerstand herrschte ein wildes Durcheinander aus Seekarten und anderen Papieren, von Harris fehlte jede Spur. Er kehrte zurück in die Kajüte. Penny hielt den Mann in Schach, bis Steve ihn mit Handschellen an ein Heizungsrohr fesselte.

„Was wollen Sie von mir?", fragte der Blonde mit starkem kornischem Akzent.

„Wo ist Louie Harris?"

„Keine Ahnung, von wem Sie reden. Hier gibt's keinen Harris."

„Sagt Ihnen der Name Pete Bradock etwas?"

Bevor er antworten konnte, fiel über ihnen an Deck ein schwerer Gegenstand zu Boden. Steve fuhr herum. Gordon stürzte die Stiege herab und blieb am Fuß der Stufen liegen. In seinem braunen Haar glitzerte Blut.

„Legen Sie die Waffen auf den Boden!"

Steve konnte ihn nicht sehen, weil der Lukendeckel ihn verdeckte, aber die Stimme konnte nur Louie Harris gehören.

„Ich habe Penny im Visier. Bevor Sie abdrücken können, ist sie tot. Dieses hübsche Ding hat an Land eine
gewaltige Durchschlagskraft."

Steve zögerte, dann legte er seine und Pennys Pistole
auf den Boden und hob die Arme zum Zeichen, dass er
aufgab. Harris kam die Stiege herab, die höllisch
scharfe Spitze einer Luftdruckharpune auf Penny gerichtet.

29

Die Schweißnaht glühte in einem gespenstischen Grün durch das Sicherheitsglas der Schutzmaske. Der kleine Ausschnitt war alles, was Ruby von der zwei Meter großen Skulptur sehen konnte, aber sie wusste, dass sie da war und ungeduldig darauf wartete, unter ihren Händen Gestalt anzunehmen.

Sie löste den Brenner von dem heißen Metall und klappte das Visier hoch. Rings um sie standen ein halbes Dutzend abstrakte Tierfiguren, die dem Albtraum eines LSD-Süchtigen entsprungen zu sein schienen; eine Mischung aus Geiern und Furcht einflößenden Echsen blickte auf Ruby herab, die in ihrer Mitte kniete wie ein Dr. Frankenstein, der den Schweißbrenner dem Skalpell vorzog.

Ruby nahm den Helm ab, wischte sich den Schweiß von der Stirn und legte das Werkzeug auf den Boden. Seit vier Stunden arbeitete sie ohne Unterbrechung, Essen oder Trinken. Ihre Zukunft hing wie eine Gewitterwolke über ihr, aus der sich jeden Moment ein Blitz entladen konnte. Die Beschäftigung mit den stählernen Kolossen war die einzige Möglichkeit, die nicht enden wollende Gedankenspirale zu durchbrechen. Noch wusste ihre Mutter nicht, dass ihre Kinder ins Gefängnis mussten. Ruby brachte es nicht über das Herz, ihr die Wahrheit zu sagen, sie fürchtete, Mum könnte vollends den Verstand verlieren.

Eine raue Stimme riss sie aus ihren Gedanken.

„Ich betrachte diese Monstren nun seit zehn Minuten. Auf eine seltsame Weise finde ich sie faszinierend, aber ich komme nicht dahinter, was sie ausdrücken sollen."

Ruby wirbelte herum. Cataldo stand vor ihr und strich sich nachdenklich über das Kinn. Sie blickte sich suchend nach dem Brenner um. Er lag einen Meter neben ihr auf dem Pflaster. Ihre Finger zuckten. Sie schätzte die Chance, ihn aufzuheben und als Waffe gegen den Killer einzusetzen, als gering ein. Cataldos phänomenale Reflexe würden ihrem Angriff ein schnelles Ende setzen.

„Denk nicht mal dran", sagte er. „Mach nicht den gleichen Fehler wie dein bescheuerter Bruder."

„Sie haben Robbie fast umgebracht."

„Der Idiot ist selbst daran schuld."

„Was wollen Sie?"

„Was ich schon bei meinem letzten Besuch wollte: mein Geld."

„Ich hab's nicht mehr. Die Polizei hat es beschlagnahmt."

„Das ist sehr bedauerlich." Er ging um den Kreis der Skulpturen herum. Ruby bemerkte ein leichtes Hinken, er zog das Bein nach, wo ihn die Nägel des Betonnaglers getroffen hatten.

„Erklär's mir", sagte er.

„Ich drücke aus, was ich empfinde. Ich denke nicht nach, wenn ich arbeite."

Cataldos Augen glitzerten. „Sie sind so roh und animalisch." Er blieb stehen und drehte sich zu ihr um. „Hast du schon mal einen Menschen getötet?"

„Nein."

„Ich kann dir beibringen, wie man's richtig macht. Ja, wir könnten zusammenarbeiten. Es würde dir gefallen."

„Verpiss dich."

Cataldo grinste und ließ seine Blicke abschätzend über die Schrottskulpturen wandern. „So ein Jammer ... diese Verschwendung von Talent."

Plötzlich schien er sich zu erinnern, warum er gekommen war. Seine Miene verfinsterte sich. „Wie du meinst. Ich werde diesen elenden Felsen nicht ohne mein Geld verlassen. Du wirst mir helfen, es zu bekommen."

„Ich habe keinen Penny mehr in der Tasche. Du kannst mir die Fingernägel ausreißen oder tun, was Mafiakiller so machen, deine Kohle kriegst du trotzdem nicht."

„Eine verlockende Vorstellung, aber leider fehlt mir die Zeit, um mich näher mit dir zu beschäftigen. Ich will etwas anderes von dir. Ihr besitzt ein Boot."

„Ich soll dich von der Insel herunterbringen."

Cataldo nickte. „Du bist nicht so dämlich wie dein kleiner Bruder. Ich sehe, wir verstehen uns prächtig."

Ruby begriff sofort die Chance, die sich ihr bot. Wenn sie es klug anstellte, könnte sie ihn in eine Falle locken und mit Chief Cole den Deal aushandeln, den sie ihm angeboten hatte. Es lag dann an ihm, ob er die Ermittlungen gegen sie und Robbie im Sand verlaufen ließ. Im Gegenzug würde sie ihm den Mann ausliefern, der seine Freundin Abby ins Nirgendwo zwischen Leben und Tod geschickt hatte.

„Was soll ich tun?“

„Ruf auf dem Polizeirevier an, und frag nach Cole. Sag ihm, dass du ihn unbedingt sprechen musst. Hast du das verstanden?“

„Okay.“

„Stell den Lautsprecher an, ich will jedes Wort mithören.“

Sie zog ihr Handy aus der Seitentasche ihres Overalls und wählte die Nummer der Alderney Police. Dave Bailey meldete sich.

„Ruby Nolan. Ich muss Chief Cole sprechen“, sagte sie.

„Tut mir leid, er ist nicht da. Kann ich ihm etwas ausrichten?“

„Frag, wann er wiederkommt“, sagte Cataldo leise.

Ruby tat, wie ihr befohlen.

„Kann ich nicht sagen“, antwortete Dave. „Wir haben Harris aufgespürt. Der Chief ist mit Penny und Gordon zum Hafen gefahren, um ihn festzunehmen.“

„Das reicht“, zischte Cataldo. „Leg auf.“

„Okay, danke. Ich rufe später noch mal an.“

Ruby schaltete das Handy aus.

„Und was jetzt?“

„Nun machen wir einen kleinen Ausflug.“

Cataldo packte sie grob am Oberarm und stieß sie auf den Pick-up zu.

„Du fährst.“

Fünf Minuten später bogen sie in die Queen Elizabeth II Street ein.

„Stell den Wagen vor dem Haupteingang ab“, sagte Cataldo. „Wir gehen zusammen rein. Du tust genau, was ich dir sage, sonst werde ich deiner verrückten alten Mutter sehr wehtun. Hast du das kapiert?"

„Ja."

„Steig aus."

Ruby folgte der Aufforderung. Cataldo hatte mit seinen katzenhaften Bewegungen die Motorhaube bereits umrundet und blockierte jeden Fluchtweg. Sie verschwendete ohnehin keinen Gedanken daran und wartete fieberhaft auf eine Gelegenheit, um ihm eine Falle zu stellen.

Dave Bailey saß hinter dem Tresen und sah auf, als sie eintraten. Cataldo ließ ihr keine Gelegenheit, ihn zu warnen. Er schlang den linken Arm um ihre Kehle und presste ihr die Mündung einer Pistole an die Schläfe.

„Wenn du keinen Ärger machst, ist der Spuk in ein paar Minuten vorbei."

Dave erstarrte und nickte unmerklich. Deutlich sah Ruby die Mischung aus Hilflosigkeit, Zorn und Entschlossenheit in seinem Gesicht. Hoffentlich versuchte er nicht, den Helden zu spielen.

„Leg deine Waffe auf den Tresen. Schön langsam, sonst blase ich ihr ein Loch in den Schädel."

Dave öffnete den Sicherungsbügel des Halfters, nahm seine Dienstwaffe heraus und legte sie vorsichtig ab. Cataldo stieß Ruby von sich, sie verlor das Gleichgewicht und prallte gegen einen Aktenschrank. Mit einer fließenden Bewegung schnappte er sich die Waffe.

„Was wollen Sie?", fragte Dave.

„Ihr habt in Harris' Wohnung einen Haufen Geld sichergestellt, der mir gehört."

Dave zögerte.

„Gib es ihm", sagte Ruby.

Cataldo schoss ohne Vorwarnung. Die Kugel zischte an Daves rechtem Ohr vorbei und stanzte ein Loch in den Kalender neben der Kaffeemaschine. Ein dünner Blutfaden rann an seinem Hals herab. Das Geschoss hatte sein Ohrläppchen gestreift. Der junge Constable wurde kreidebleich.

„Okay. Sie sollen es haben." Er hob demonstrativ die Hände.

„Beweg dich."

Dave ging langsam zu einem grauen Stahlkasten, der an der hinteren Wand der Wache hing, und schloss ihn auf. Er nahm einen Schlüssel von einem der Haken und drehte sich langsam um.

„Das Geld liegt im Safe im Büro des Chiefs."

Cataldo wedelte mit seiner Waffe. „Na los. Quatsch nicht rum, und beeil dich. Wenn du Zeit schinden willst, geht das für das Mädchen schlecht aus."

„Hör nicht auf ihn", sagte Ruby. „Er braucht mich, um von der Insel herunterzukommen."

„Halt die Schnauze, oder ich schieße dem Puddinggesicht die Kniescheibe weg."

Dave lief rot an. Er ging voran in Coles Büro, gab eine Zahlenkombination in den Safe ein und schloss ihn auf. In dem Tresor lagen zwei Koffer. Einer davon war der Diplomatenkoffer, in dem Ruby Baxters Geld in die Werkstatt transportiert hatte. Dave nahm den anderen und legte ihn auf den Schreibtisch.

„Aufmachen!", befahl Cataldo.

Er ließ die Schlösser aufschnappen und klappte den Deckel auf. Der Aktenkoffer war randvoll mit Pfundnoten.

„Was ist in dem anderen Koffer?", fragte Cataldo.

Wieder zögerte Dave.

„Mach keinen Fehler, Junge", sagte Cataldo. „Man kann auch auf einem Bein durchs Leben hüpfen."

Dave nahm den Aluminiumkoffer, legte ihn neben den ersten und öffnete ihn. Ruby starrte auf die Geldbündel, bis ihre Augen tränten. Das alles gehörte ihr, aber all ihre Überlegungen waren nutzlos. Selbst wenn es ihr gelingen sollte, den Killer loszuwerden, würde Cole sofort wissen, wer das Geld eingesteckt hatte.

Er gab ihr einen Wink.

„Du trägst die Koffer. Und komm nicht auf dumme Gedanken."

Ruby nahm die Beute an sich.

„Wo ist die Toilette?", fragte Cataldo.

„Hinten links am Ende des Korridors", sagte Dave.

„Du musst dringend mal pinkeln, Kleiner."

Dave ging voran, Cataldo stieß ihm die Pistolenmündung in den Rücken.

„Mach schon."

Dave öffnete die Tür zum WC, Cataldo begutachtete den kleinen Raum. Durch das winzige Fenster unter der Decke hätte sich nicht einmal ein Kind hinauswinden können. Er befahl Ruby, Dave mit Handschellen an das Wasserrohr des Heizkörper zu fesseln. Dann zog er den Schlüssel ab und verriegelte die Tür von außen.

„Wo liegt das Boot?", fragte er.

„Im inneren Hafenbecken", antwortete Ruby.

„Dann fahren wir jetzt dorthin."

„Erst muss ich das Ziel kennen."

„Wozu?"

„Wenn wir Southampton oder Bournemouth ansteuern, muss ich einen Kurs abstecken. Robbie kennt sich in den Gewässern rund um Alderney sehr viel besser aus als ich."

„Kannst du das Boot steuern oder nicht?"

„Es kommt auf die Route an. Ich bin noch nie ohne ihn über den Kanal gesegelt."

„Das wird auch nicht nötig sein. Südlich des Cap de Goury in der Normandie liegt ein kleiner Bootshafen. Bis dorthin sind es nur ein paar Meilen. Ich werde dort erwartet."

Ruby hatte gehofft, dass die englische Südküste oder Cherbourg das Ziel waren. Je länger die Vorbereitungen dauerten, um das Zehn-Meter-Boot seeklar zu machen, desto größer war die Chance, dass Cole auf das Revier zurückkehrte, Dave fand und erfuhr, was passiert war.

Sie steuerte den Pick-up zum Hafen. Die *Sea Horse* lag an der westlichen Mole. Dad war ein leidenschaftlicher Segler gewesen, und Robbie hatte sein Gespür für die See und den Wind geerbt. Sie waren beinahe an jedem Sonntagnachmittag durch das marineblaue Wasser des Kanals gesegelt, doch seit Dads Tod war Ruby nur zweimal an Bord gewesen. Sie hatte das Boot verkaufen wollen, aber Robbie hatte sich dagegen gesträubt.

Ruby stellte den Wagen in der Nähe von Fort Grosnez ab. Cataldo stieg aus und verzog das Gesicht vor Schmerz, als er sein verletztes Bein belastete. Vielleicht war dies seine Achillesferse, die sie für sich nutzen konnte.

Er holte die Geldkoffer aus dem Wagen. „Vorwärts!"

Sie ging an den vertäuten Booten entlang und suchte fieberhaft nach einem Ausweg. Auf der anderen Seite des Hafenbeckens standen zwei Streifenwagen. Auch Cataldo hatte sie bemerkt und trieb Ruby zur Eile an.

Sie kletterte auf das Vordeck der *Sea Horse* und glich geschickt das leichte Schaukeln aus. Cataldo zögerte und versuchte, den richtigen Moment abzupassen. Er schien keinerlei Erfahrung zu haben, wie man sich auf dem Wasser bewegte, vielleicht konnte sie daraus einen Vorteil ziehen. Ruby ging um den Mast herum nach hinten, in ihrem Kopf begann sich ein Plan zu formen.

Cataldo warf die Koffer herüber, griff nach dem Vorstag und schwang sich linkisch auf das Deck. Es war ein kritischer Moment. Er ruderte mit den Armen, um das Gleichgewicht zu halten, und wäre um ein Haar ins Hafenbecken gestürzt. Zu spät erkannte Ruby die verpasste Chance. Seine schwarzen Augen funkelten wie zwei glühende Kohlen.

„Wenn du glaubst, ich wäre angezählt, dann irrst du dich. Mach das Boot klar."

Ruby begann, die Persenning vom Großsegel zu lösen. Cataldo hockte im Heck und verfolgte argwöhnisch jede ihrer Bewegungen. Es waren nur Sekundenbruchteile gewesen, in denen die Mordlust in seinen Augen aufblitzte, aber in diesem kurzen Moment erkannte sie deutlich seine wahren Absichten. Er konnte keine Zeugen gebrauchen und musste alle Spuren seiner überstürzten Flucht verwischen. Wenn die *Sea Horse* am Cap de Goury ankam und er Ruby nicht mehr brauchte, würde er sie, ohne zu zögern, töten.

30

Penny machte einen Schritt auf den bewusstlosen Gordon zu.

„Stehen bleiben. Keiner rührt sich!", rief Harris.

Er kam die Stiege herab und schwenkte die kleine Pressluftharpune herum, bis die Spitze mit den scharfen Widerhaken auf Penny zielte. Steve schätzte seine Chancen ab. Harris konnte von seiner Position jeden Winkel der Kajüte mit der Harpune bestreichen, aber er hatte nur einen Schuss.

„Keine Tricks, Cole! Ich weiß, wie Bullen ticken, schließlich war ich selbst mal einer. Ich brauche nur mit dem Finger zu zucken, und Penny ist so tot wie ihr Mann."

„Geben Sie auf, Harris. Auch wenn Sie uns beide töten, kommen Sie nicht von der Insel herunter. Die Guernsey Police ist informiert und überwacht die Gewässer rund um Alderney."

„Lassen Sie das meine Sorge sein. Schließen Sie Nicks Handschellen auf, wird's bald?"

„Mach mich los, Scheißbulle!", rief der Blonde.

Steve löste den Schlüssel von seinem Gürtel und kam der Forderung nach. Nick stieß ihn zur Seite und sammelte die Pistolen ein. Er steckte Pennys Waffe in den Hosenbund und reichte die zweite an Harris weiter.

„Wo ist mein Geld, Cole?", fragte der.

„Wo hätten Sie es denn deponiert, wenn Sie noch im Dienst wären?"

„Im Safe des Reviers. Wer hält die Wache besetzt?"

„Constable Bailey."

Gordon kam zu sich. Er stöhnte und schüttelte den Kopf. Harris verpasste ihm einen Tritt und geriet aus dem Gleichgewicht. Vom Deck drang plötzlich aufgeregtes Hundegebell herab. Ein verwischter brauner Schatten flog die Stiege hinab und brachte Harris zu Fall. Von einer Sekunde zur anderen wälzte sich ein Knäuel aus Mensch und Hund auf dem Kabinenboden. Watson sprang seinem verhassten Herrn auf die Brust und schnappte nach ihm. Die Harpune löste sich mit einem explosiven Knall, der Pfeil bohrte sich in Nicks Oberschenkel. Er schrie gellend auf und brach in die Knie. Steve nahm seine Waffe an sich und entsicherte sie. Penny trat Harris die Harpune aus der Hand und wand ihm ihre Pistole aus der Linken.

„Es ist vorbei, Louie. Du bist vorläufig festgenommen wegen Mordes an Frank Saunders und Vikar Barnes", rief sie.

„Pfeif den verdammten Köter zurück", keuchte Harris.

„Er hat wohl noch eine Rechnung mit Ihnen offen", sagte Steve.

Watson knurrte und fletschte die Zähne.

„Okay, das reicht."

Widerwillig löste sich der Hund von ihm.

„Was hast du ihm angetan, dass er so wütend auf dich ist, Louie?", fragte Penny.

„Nun, mit seiner Suspendierung musste er auch seine Macht abgeben", sagte Steve. „Der Hund war das einzige Wesen, das er noch kontrollieren und beherrschen konnte." Er schüttelte bedauernd den Kopf. „Aber auch er hatte irgendwann genug und begann sich zu wehren."

„Er hat einen Orden verdient, findest du nicht?"

Watson wuffte zustimmend.

„Wir sollten ihn mindestens zum Deputy ernennen. Schließlich ist das seine erste Verhaftung", sagte Steve.

Er drehte Harris auf den Bauch und legte ihm Handschellen an. Penny orderte im Mignot Memorial einen Notarztwagen. Der Blonde namens Nick war kaum noch bei Bewusstsein und stellte keine Gefahr mehr dar.

„Ich habe nichts Unrechtes getan, ich will nur mein Geld zurück. Es gehört mir!", schrie Harris.

„Wir haben deine DNA an den Tatorten sichergestellt", erwiderte Penny. „Mariott hat deinen Überfall übrigens überlebt. Er wird gegen dich aussagen. Aus der Nummer kommst du nicht mehr heraus."

Steve zog ihn hoch und drückte ihn auf eine der Kojen.

„Mich würde vor allem interessieren, wie Sie es geschafft haben, zu überleben."

Harris sah von einem zum anderen und ließ die Schultern hängen.

„Der kleine Mistkerl zog mir einen Schraubenschlüssel über den Kopf."

„Das wissen wir inzwischen", sagte Penny.

„Ich wurde an Bord der *Candice* wach. Sie hatten mich in eine Plastikplane gewickelt. Ich begriff, dass sie mich für tot hielten und alle Spuren ihres Verbrechens in der See versenken wollten. Es gelang mir, mich zu befreien und Robbie unbemerkt eins überzuziehen. Ich sah, dass wir auf die Riffe zuliefen, und versuchte, den Kurs zu korrigieren. Eine Bö drückte die *Candice* auf die Seite. Ich war wohl einen Moment lang unvorsichtig und ging über Bord. Ich dachte, es wäre aus. Eine Weile trieb ich auf dem Wasser, aber bei dem Mistwetter hatte ich keine Chance, länger als zehn Minuten auf offener See zu überstehen."

„Dann ist Robbie Nolan unschuldig", sagte Penny.

„Unschuldig? Er hat mich fast umgebracht." Er lachte trocken. „Aber der alte Harris hatte Glück. Plötzlich tauchte ein Trawler auf - dieses Schiff, die *Mary-Ann*. Ein Fischer zog mich aus dem Wasser."

„Wo ist Pete Bradock?", fragte Steve.

„Den haben längst die Fische gefressen. Er fuhr mit mir nach Poole, weil dort sein Liegeplatz war. Während der Fahrt habe ich ihn ein bisschen ausgequetscht. Das war nicht leicht, er war ein sturer alter Mann, der mich am liebsten wieder ins Meer geworfen hätte. Aber nach einer halben Stunde wurde mir klar, dass er die Lösung für all meine Probleme war. Es gibt da jemanden, der hinter mir her ist."

„Juan Cataldo", sagte Steve.

Harris nickte. „Ich habe schon gehört, dass Sie sich mit ihm und Sorokin angelegt haben, Chief Cole. Auch wenn es mir niemand glaubt, ich war gerne Polizist, und ich war gut in dem, was ich tat. Und ich habe Respekt vor Leuten, die ihren Job ordentlich erledigen. Es ist mir eine Ehre, dass Sie es sind, der mich gefasst hat."

„Und Bradock?", fragte Penny.

„Er war ein mürrischer Einzelgänger, der weder Freunde noch Familie hatte und wie ein Eremit in einer Fischerkate in einem Nest namens Swanage hauste."

„Was hast du mit ihm gemacht?"

„Ich hab ihn in den Kanal geworfen und seine Identität angenommen. Es war ein Kinderspiel. In seinem Haus stieß ich auf sein Stammbuch. Damit habe ich beim Passport Office in Bournemouth neue Papiere beantragt, und schon besaß ich einen echten Pass auf den Namen Pete Bradock. Ich ging bald regelmäßig in einen Pub in Poole, wo der Fischer unbekannt war. Vor einer Woche lief mir dort doch tatsächlich Robbie Nolan über den Weg. Er warf eine Lokalrunde nach der anderen und prahlte mit einem Lottogewinn. Ich habe dann eins und eins zusammengezählt. Mir war klar, dass sie mir meinen Schein gestohlen hatten, denn den vermisste ich seit dem Abend in der Werkstatt. Mit dem Geld hätte ich mir eine neue Existenz aufbauen können. Cataldo hätte mich nie gefunden."

„Also kamen Sie nach Alderney zurück."

Harris nickte. „Ich las in der Guernsey Press von dem Engel von Alderney. Daraufhin begann ich, die alte Nolan zu beschatten. Sie verschenkte meinen Gewinn an alle, bei denen ich für Baxter Geld eingetrieben hatte. Ich folgte ihr in die Saint Anne Church und sah, wie sie einen Umschlag in den Opferstock stopfte. Ich wollte mir das Geld wiederholen, aber Barnes kam mir zuvor. Als ich den verdammten Kasten aufbrach, hatte er den Umschlag schon herausgenommen. Er weigerte sich, ihn mir zurückzugeben, und so musste ich ein bisschen nachhelfen. Ich habe ihn wohl etwas zu hart angefasst, denn plötzlich rührte er sich nicht mehr. Ich durchsuchte seine Wohnung und die Sakristei, aber ich fand das Geld nicht. Der nächste Kandidat war Mariott."

„Warum bist du nicht zu den Nolans gegangen?", fragte Penny.

„Das war sinnlos, sie hatten ja selbst nichts mehr, weil die Alte das meiste verschenkt und Robbie den Rest durchgebracht hatte."

„Warum musste Frank Saunders sterben?", fragte Steve.

„Er lief mir zufällig über den Weg und hatte mich erkannt. Er drohte damit, mich der Polizei zu melden, wenn ich ihm nicht helfen würde, unterzutauchen. Er wollte Geld. Wir gerieten in Streit, er stürzte die Felsen hinab. Ich wollte ihn nicht umbringen. Es war ein Unfall."

„Was sollte denn der Unsinn mit den Salzwasserpfützen bewirken?", fragte Penny.

„Barnes wehrte sich heftig, als ich ihn zu überreden versuchte, mir zu verraten, wo er das Geld aufbewahrte. Das übergeschwappte Wasser brachte mich auf eine Idee. Die Leute auf Alderney sind naiv und abergläubisch. Ich dachte, sie bekommen es mit der Angst zu tun, wenn sie Gerüchte über einen Wiedergänger hören, und rücken das Geld freiwillig raus."

Auf dem Pier näherte sich der Notarztwagen. Zwei Sanitäter kamen die Stiege herab und versorgten Gordon und Nick.

„Wir bringen beide ins Memorial", sagte der Arzt.

„Geben Sie mir bitte Bescheid, wenn Sie mehr wissen", sagte Steve zu ihm.

Er deutete auf Nick. „Welche Rolle spielt er?"

„Er weiß von alldem nichts. Ich habe ihm einen Anteil versprochen, wenn er die Formalitäten im Hafen für mich erledigt. Mir war klar, dass ich auf Alderney bekannt bin wie ein bunter Hund. Selbst der halb blinde Lewis hätte mich sofort erkannt.“

Steve nickte. „Dann wäre so weit alles geklärt. Fahren wir ins Revier.“

Die Wache im vorderen Teil des Polizeireviers war leer.

„Wo treibt sich Dave herum? Hier kann ja jeder reinspazieren, wie er will“, grollte Steve.

Penny runzelte die Stirn. Auf Daves Schreibtisch lag ein angebissenes Baguette.

„Das passt gar nicht zu ihm. Wenn Dave zuschlägt, bleibt kein Krümel liegen.“

„Bring unseren Gast nach hinten in sein Quartier“, sagte Steve. „Mr Harris kennt sich in den Räumlichkeiten ja bestens aus.“

Aus der Toilette am Ende des zentralen Korridors drang ein Poltern.

„Dave? Alles okay?“, rief Penny.

„Der Schlüssel steckt von außen“, sagte Steve.

Er öffnete die schmale Tür. Dave hockte auf dem Boden, sein linker Arm war mit Handschellen an ein Wasserrohr gefesselt.

„Das war Cataldo“, sagte er. „Er hat mich überrumpelt und Ruby Nolan als Geisel genommen!“

31

Ruby steuerte die *Sea Horse* aus der Braye Bay in den Ärmelkanal hinaus. Als sie den Windschatten des Breakwater verließen, drehte der Wind auf Ost. Obwohl die französische Küste nur rund acht Seemeilen entfernt war und sich als flimmernder Strich am Horizont abzeichnete, würde die Überfahrt sehr viel länger dauern, als sie eingeplant hatte. Die Zeit lief für sie und gegen Cataldo.

„Zieh den Kopf ein, wenn ich es sage", rief sie.

„Jeder Versuch, mich loszuwerden, kostet dich etwas", erwiderte Cataldo, „einen Finger, eine hässliche Narbe im Gesicht oder ..."

„Wie du meinst."

Ruby legte das Boot auf den Backbordbug und löste die Brassen. Der Baum des Großsegels schwang herum. Cataldo duckte sich und entging ihm nur um Haaresbreite.

„Noch so ein Trick, und ich nagle deinen Fuß ans Deck", schrie er.

„Du willst doch nach Frankreich, oder? Ich muss gegen den Wind ankreuzen, um den Kurs zu halten", entgegnete sie gelassen. „Das bedeutet, dass ich das Boot im Wechsel von Steuerbord auf den Backbordbug und zurück legen muss."

„Dann wirf den verdammten Motor an.“

„Die *Sea Horse* ist ein Segelboot, kein Kutter. Wir haben nicht genug Treibstoff an Bord, um die Strecke mit Motorkraft zu überwinden. Der Wind und die Strömung sind zu stark. Achte auf meine Anweisungen, dann passiert dir nichts.“

Cataldo schwieg und beobachtete misstrauisch den Auslegebaum, der nun stabil auf der Backbordseite lag.

Während der nächsten halben Stunde änderte Ruby dreimal den Kurs und kreuzte auf den flimmernden Strich am Horizont zu. Cataldo gewöhnte sich an die Segelmanöver, achtete auf ihre Kommandos und zog jedes Mal blitzartig den Kopf ein. Seit dem Überfall auf die Wache war mehr als eine Stunde vergangen. Cole musste Dave inzwischen befreit haben und wissen, dass der Killer auf der Flucht war.

Immer wieder blickte sie nach Westen und suchte das graublaue Meer ab. Außer einigen Jollen und einer größeren Jacht war die See leer. Die französische Küste kam näher, ihr blieb nicht mehr viel Zeit. Es wurde immer wahrscheinlicher, dass sie den Plan, den sie sich als letzte riskante Option vorbehielt, ausführen musste.

Unentwegt beobachtete sie Cataldo und wartete auf einen Moment der Unaufmerksamkeit. Ihre Chance kam schneller, als sie erhofft hatte. Er verzog das Gesicht vor Schmerz, rieb fluchend sein verletztes Bein und streckte sich.

Rubys Hand war schneller als ihr Kopf. Instinktiv löste sie die Leinen, legte das Ruder um und nutzte den Winddruck aus. Der Großsegelbaum schwang knarrend herum und traf Cataldo mit voller Wucht am Hinterkopf. Er keuchte erstickt auf, verdrehte die Augen und kippte über die Reling. Ruby stabilisierte den Kurs und holte das Segel dicht. Die *Sea Horse* schoss nach vorn und pflügte wie ein Pfeil durch die Wellen. Ruby blickte über die Schulter. Die See war leer und gleichgültig. Der Killer war ohne einen Laut über Bord gegangen und verschwunden. Der harte Schlag musste ihn betäubt haben, und er war sofort untergegangen.

Ruby nahm Fahrt aus dem Boot und bereitete sich zur Wende vor, als erst eine Hand an der Reling auftauchte, dann eine zweite und schließlich Cataldos tropfnasses, hasserfülltes Gesicht. Blut lief ihm in die Augen, er tauchte kurz unter und holte dann blitzschnell zum Gegenschlag aus. Seine Faust traf Ruby völlig unvorbereitet. Sie ließ die Ruderpinne los und schüttelte benommen den Kopf. Aus dem Augenwinkel sah sie, dass er sich am Dollbord hochzog, ein Bein über die Reling schwang und mit zäher Kraft ins Boot kletterte. Ein tödliches Ringen begann. Ihr Gegner war angeschlagen, aber noch immer brandgefährlich.

Ruby wehrte seinen Angriff mit den Füßen ab und traf ihn an der Schulter. Er taumelte, bewahrte jedoch das Gleichgewicht und schlug zurück. Seine Faust streifte ihr Kinn und brachte sie an den Rand einer Ohnmacht. Ruby fiel auf den Rücken und prallte mit dem Hinterkopf auf den Geldkoffer. Bunte Sterne tanzten vor ihren Augen. Ihre Finger schlossen sich um den Griff des Aluminiumkoffers, in dem Cole Harris' Geld verwahrt hatte. Sie riss ihn hoch und schlug mit aller Kraft zu. Cataldos Nasenbein brach mit einem hässlichen Knirschen, Blut lief ihm über Mund und Kinn. Er schüttelte den Kopf, bis sich seine Sicht klarte, und richtete sich auf. Zum ersten Mal entdeckte sie eine

Spur von Unsicherheit in seinen kohlschwarzen Augen.

„Das war dein letzter Fehler, Kleines."

Cataldo zog die Pistole aus dem Schulterhalfter unter seiner Windjacke und schwenkte die Mündung auf Ruby. Sie griff hinter sich und riss das Ruder herum. Der Großbaum schwang nach Steuerbord und brachte Cataldo zu Fall. Er verlor die Waffe, prallte mit dem Nacken gegen die Dachreling der Kajüte und rührte sich nicht mehr.

Ruby kroch über das Deck und fesselte ihn mit einer Leine an Armen und Beinen. Als er fest verschnürt wie ein Paket vor ihr lag, sank sie erschöpft auf das Deck und blieb minutenlang regungslos liegen.

Cataldos Augenlider flatterten, er kam zu sich.

„Einen schönen Gruß von Robbie. Du hast verloren, Scheißkerl!", stieß sie hervor.

Ruby wendete die *Sea Horse* und brachte sie auf einen Kurs zurück nach Alderney. Der Wind trieb das Segelboot wie eine Vogelfeder nach Westen. Als sie auf der Höhe der Riffe war, drehte sie bei. Vor ihren Füßen lagen die beiden Geldkoffer. Sie hatte ihren Teil der Abmachung eingehalten und würde Cole seinen Erzfeind Cataldo ausliefern. Der Chief hatte sich nicht eindeutig geäußert, ob er dem Deal zustimmte, den sie vorschlagen hatte. Wahrscheinlich würden sie und Robbie trotzdem für Jahre ins Gefängnis gehen. Doch diesen Preis wollte sie nicht umsonst zahlen.

Vorsichtig steuerte sie die *Sea Horse* auf die Riffe zu. Die schwarzen Felsen ragten wie schiefe Zähne eines Seeungeheuers aus dem flachen Wasser. Ruby ließ das Boot langsam treiben. Sie benutzte einen luftgefüllten

Fender als Boje und knotete ein langes Seil an die beiden Koffer. Cataldo beobachtete sie stumm, er ahnte wohl, was sie vorhatte. Ruby warf ihren Schatz über Bord und sah zu, wie er zwischen den Riffen auf den sandigen Grund sank. Die Boje würde ihr später helfen, die Stelle wiederzufinden.

„Ich habe dich unterschätzt", sagte Cataldo. „Mein Angebot steht noch immer. Jemanden wie dich könnte ich gut gebrauchen."

„Halt die Klappe. Du bist erledigt."

Sie steuerte das Boot auf die Braye Bay zu. Eine halbe Seemeile vor der Hafeneinfahrt kam ihr die *Baleigh Anne* entgegen, das Patrouillenboot, mit dem die Alderney Police Force die Gewässer rund um die Insel überwachte. Der Steuermann drosselte das Tempo und ging längsseits. Cole stand an der Reling, passte den richtigen Moment ab und wechselte an Bord der *Sea Horse*.

Ruby deutete mit dem Kinn auf Cataldo.

„Gilt unser Deal?"

„Haben wir denn einen?", fragte Cole.

32

3. Juni

Penny streckte den Kopf zur Tür herein.

„Mr Baxter möchte dich sprechen.“

„Er soll einen Termin vereinbaren oder warten. Ich bin beschäftigt“, sagte Steve.

Sie verzog die Lippen zu einem Lächeln

„Du genießt deinen Sieg auf ganzer Linie, was?“

„Gönnst du mir den Spaß nicht?“

„Aber natürlich. Ich bezweifle nur, dass du lange Freude daran habe wirst“, sagte sie.

Steve lehnte sich zurück. Der alte Sessel knarrte protestierend.

„Du glaubst, dass die Ermittlungen wegen Steuerhinterziehung und Geldwäsche gegen ihn im Sand verlaufen werden“, entgegnete er.

„Baxter hat mächtige Freunde im Parlament.“

Er zuckte mit den Schultern. „Die Sache liegt nicht mehr in unserem Zuständigkeitsbereich. Schließlich sind wir nur ein kleiner Außenposten. Ich werde meinen Bericht nach London schicken. Das Economic Crime Directorate wird sich der Sache annehmen.“

Sie zögerte.

„Ist noch was?“, fragte Steve.

Penny druckste eine Weile herum. „Nun, wir fragen uns, ob du bleiben wirst. Jetzt, wo deine Fehde mit Sorokin beigelegt ist und deine wahre Identität offenliegt, hast du ja keinen Grund mehr, dich auf Alderney zu verstecken."

„Hat Laney sich wieder für seinen Neffen eingesetzt?"

„Wir finden, dass du einen guten Job machst. Dieser Meinung ist auch Gordon. Und außerdem ... ich dachte, wir wären so etwas wie Freunde geworden."

„Das ist was dran. Wo wir gerade über Freundschaften reden ... wie geht's denn Gordon? Seine Krankmeldung liegt auf meinem Tisch."

„Er muss bis morgen im Mignot Memorial zur Beobachtung bleiben. Mit einer Gehirnerschütterung ist nicht zu spaßen. Er macht sich bittere Vorwürfe, dass er Harris nicht bemerkt hat."

„Es ist ja alles gut ausgegangen", sagte Steve. „Ich werde ihn später mal besuchen."

„Du bleibst also Chief?"

„Ich werde euch noch eine Weile erhalten bleiben, und ich hoffe, dass Abby bald wieder aufwacht."

„Wie geht es ihr?"

„Ihr Zustand ist unverändert. Dr. Hopkins will sie in eine Spezialklinik für Komapatienten verlegen lassen. Die Krankenversicherung will allerdings nur einen Teil der Behandlungskosten übernehmen. Ehrlich gesagt, weiß ich im Augenblick nicht, wie es weitergehen wird. Und dann ist da noch Watson. Den kann ich ja auch nicht im Stich lassen."

„Das würde er dir übel nehmen. Und wir auch. Schließlich hat er uns alle gerettet."

„Ich werde ihn zur Beförderung vorschlagen“, sagte Steve. „Vielleicht bekommt er einen Orden.“

Watson lag auf seiner Decke, die Schnauze auf den Vorderpfoten. Er schien das Gespräch aufmerksam zu verfolgen.

„Soll ich Baxter jetzt reinschicken?“, fragte Penny.

„Ich lasse bitten“, sagte Steve.

Kaum hatte er seinen Namen gehört, drängte sich der Inselkönig an Penny vorbei ins Büro.

„Guten Morgen, Mr Baxter“, begrüßte ihn Steve. „Nehmen Sie Platz. Was kann ich für Sie tun?“

Baxter zog sich den Stuhl vor dem Schreibtisch heran und setzte sich.

„Sie wollen mich in London verpfeifen“, keuchte er.

„Das ist mein Job.“

Baxter zog eine gequälte Grimasse. „Waren wir uns nicht einig, dass eine gute Zusammenarbeit uns beiden nützt?“

„Tatsächlich? Daran erinnere ich mich gar nicht.“

„Okay, Sie haben gewonnen, Cole. Was wollen Sie?“

„Dies hier ist das Büro der Chiefs der Alderney Police Force, Mr Baxter, und kein Basar. Ich weiß, dass Ihnen Sorokin im Nacken sitzt, aber da kann ich Ihnen leider nicht helfen.“

„Ich handelte in guter Absicht. Ich kümmere mich ...“

„Ich weiß, Sie kümmern sich um die Leute auf Alderney“, fiel Steve ihm ins Wort. „Dann lassen Sie Ihren Absichten mal Taten folgen.“

„Das habe ich bereits. Ich wusste nicht, dass Louie Harris die Leute unter Druck setzt und in die eigene Tasche wirtschaftet.“

„Letzteres glaube ich Ihnen sogar.“

„Ich habe mich dazu entschlossen, die Nolan-Geschwister zu unterstützen. Mein Anwalt wird sie vor Gericht vertreten – auf meine Kosten selbstverständlich. Ich fühle mich verantwortlich für die Geschichte, in die sie hineingeschlittert sind.“

„Eine noble Geste“, sagte Steve anerkennend. „Das könnte für die beiden nützlich sein. Für Sie natürlich auch. Ein bisschen positive Publicity kann im Augenblick nicht schaden, was?.“

Baxter seufzte und stand auf. „Ich bin eben Pragmatiker. Wann begreifen Sie endlich, dass ich es gut mit Ihnen meine, Cole?“

„Irgendwann fällt sicher der Groschen.“

Baxter brummte ein „Auf bald!“ und trollte sich. Penny kam zurück.

„Was wollte er denn?“, fragte sie.

„Ich schätze, er versuchte herauszufinden, wo sein Geld geblieben ist. Aber wir kamen nicht dazu, die Sache zu erörtern.“

„Ruby Nolan hat ausgesagt, dass die Koffer über Bord gingen, als sie Cataldo überwältigt hat.“ Penny legte den Kopf schief. „Du glaubst ihr nicht, oder?“

„Du etwa?“

„Wir haben das Boot durchsucht. Sie waren nicht mehr an Bord.“

„Nein, das waren sie nicht“, sagte Steve. „Aber wo sind sie jetzt?“

„Wir sollten den Fall abschließen, findest du nicht?“

„Sollten wir. Gehen wir heute Abend ins *Divers Inn?*“

„Bin ich denn eingeladen?“

„Das ganze Team natürlich, wie sich das gehört.“

Penny strahlte. „Ich sag Dave Bescheid.“

„Er soll einen guten Appetit mitbringen", sagte Steve.
Penny lachte. „Daran soll's nicht scheitern."
Steve warf einen Blick auf seine Armbanduhr. Ihm
blieben noch zwei Stunden bis zu ihrer kleinen Feier im
Hafen. Zeit, die er mit Abby verbringen wollte. Er verließ das Revier und fuhr ins Memorial.
Abby lag stumm und teilnahmslos in ihrem Bett.
Steve setzte sich neben sie, legte seine Linke auf ihren
Unterarm und schlug den Roman auf, aus dem er ihr
bei jedem Besuch vorlas. Nach dreißig Seiten wusste er
noch immer nicht, worum es in der Geschichte eigentlich ging.
Leise begann er zu lesen. Nach drei Sätzen stockte er.
Abbys Hand zuckte, ihre Finger bewegten sich eine
Winzigkeit und tasteten nach seiner Hand.

ENDE

Danksagung

Vielen herzlichen Dank an das Team vom dp Verlag für die großartige Zusammenarbeit sowie Birgit Förster für das Polieren des Romans; und – wie immer – an die beste Agentin der Welt: Anna Mechler von der Literaturagentur Lesen & Hören.